KB241369

●테노치티틀란은 지금의 멕시코시티이다.

깃털 달린 뱀

Feathered Serpent

①

콜린 팔코너 Colin Falconer 장편소설

이창식 옮김

문학동네

케쌀코아틀이 거대한 파충류의 입에서 태어나는 순간. 깃털과 비취 원반으로 장식된 머리가 휘황찬란하게 빛나고 있다.

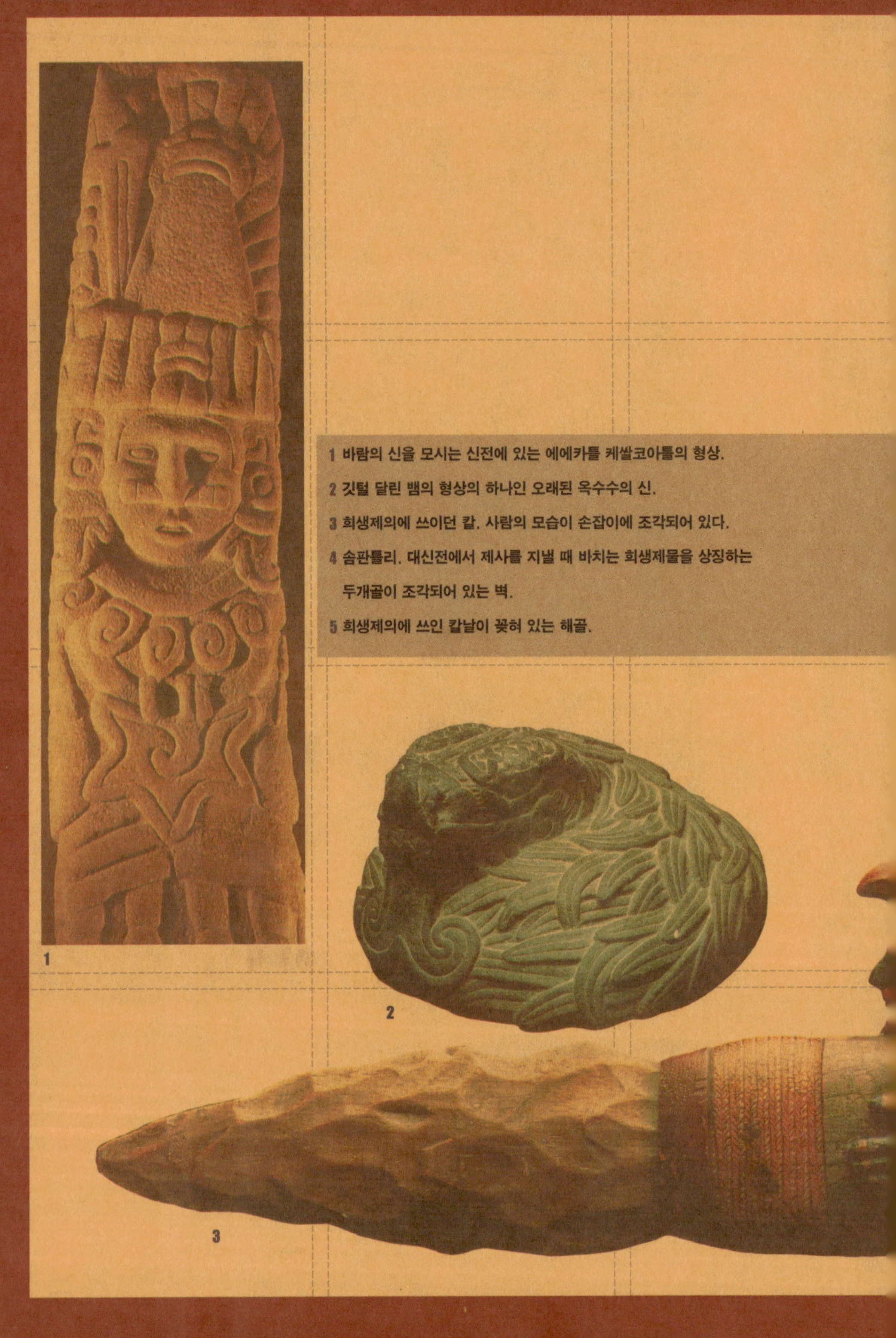

1 바람의 신을 모시는 신전에 있는 에에카틀 케쌀코아틀의 형상.

2 깃털 달린 뱀의 형상의 하나인 오래된 옥수수의 신.

3 희생제의에 쓰이던 칼. 사람의 모습이 손잡이에 조각되어 있다.

4 솜판틀리. 대신전에서 제사를 지낼 때 바치는 희생제물을 상징하는
   두개골이 조각되어 있는 벽.

5 희생제의에 쓰인 칼날이 꽂혀 있는 해골.

4
5

1 바람의 신 에에카틀.

2 불의 신 우에우에테오틀. 베라
크루스의 세로 데 라스 메사스에
서 출토.

3 출산중에 사망한 여성들의 영
혼으로 이루어진 신 치우아테테
오. 칼릭스틀라우아카 고고학 지
대에서 출토.

4 꽃·사랑·춤·시의 신 호치
필리. 멕시코 주 틀랄마날코에서
출토.

5 물·비·샘물의 신 틀랄록. 코
아틀린칸에서 출토.

5

4

태양의 신 위트실로포치틀리의 어머니이자 삶과 죽음의 신인 코아틀리쿠에.
멕시코시티에서 출토.

깃털 달린 뱀

Feathered Serpent

① 1

나는 인디언 넝마를 걸친 늙고 늙은 여인. 이 밤, 거리를 헤매네.

잃어버린 아이들을 부르며 걷네. 더러운 거리, 오래된 거리, 빼앗긴 자들과 내쫓긴 자들의 거리. 폐허가 된 사원 언저리, 거대한 광장을 걷네. 내 뒤를 따르는 망령들에게 소리지르며 걷네.

나를 보라, 허청대는 걸음으로 광장의 회랑을 거니는. 대성당이 술취한 인디언처럼 기대어 있는 곳, 발 아래 누운 호수 속으로 오래된 돌들이 가라앉는 곳, 그 어둠들을 향해 나는 걷네. 내 울음을 들으라, 캠코더와 카메라를 든 이방인들은 가고 없는 마야 사원의 폐허들 사이에서 울리는.

어둠에 잠긴 거리, 어두운 골목길을 모험할 용기가 없는 관광객들은 파세오 거리의 고급호텔들에 몸을 숨겼네. 내 울음에 놀란 인디언 하나가 성호를 긋고 광장을 가로질러 귀가를 서두르며 나를 돌아보네. 어깨 너머 그의 눈, 공포에 찬 그의 눈이 나를 바라보네. 나, 아스텍의 흐느끼는 여인.

내가 저지르고 만 일, 내가 당해야 했던 일, 나는 우네. 당신에게 들려줄 수 있으리.

당신이 조금만 용기를 내어 세월의 냄새, 지린내가 풍기는 어두운 가톨릭 교회 문에 들어설 수 있다면. 원숭이처럼 주름지고 죽음의 냄새가 풍기는 이 늙은 인디언 여인 곁에 다가와 앉을 수 있다면, 내 이야기를 말하리. 메시코를 떠도는 단 하나의 이야기를.

—— 아스텍의 공주 말리날리

차례

＊ 스페인에게 정복당하기 전에 멕시코 계곡을 다스리고 있던 부족은 스스로를 '멕시카 (Mexica)' 라 불렀다. '아스텍(Aztec)' 이란 말은 19세기에 들어와서야 일반적으로 널리 사용되었다.

프롤로그

코아싸코알코스 부근, 파이날라

여자는 어둠 속을 응시했다. 자신의 장례식 소리가 귓가에 들려왔다. 자정이 지난 시각, 유령들이 배회하고 머리 없는 마귀들이 길가는 외로운 이들을 쫓아다니고 있을 때였다. 말리날리는 점토 벽돌로 지은 오두막 바닥에 포박당한 채 누워 있었다. 잔뜩 쌓여 있는 고리버들 바구니들…… 그 안에 담긴 바닐라 단지들 때문에 들척지근한 냄새가 방 안에 가득했다. 여자의 머리 위로, 휘어진 삼목 들보 위에 앉아 있는 부엉이가 보였다. 부엉이는 커다란 머리를 구부리더니 여자를 바라보았다. 천천히 꿈뻑대는 누런 눈동자…… 전조(前兆)였다. 부엉이는 저승의 신 믹틀란테쿠틀리가 그녀를 기다리고 있다는 말을 전하러 온 전령이었다.

엄마는 '좁은 길'을 통과할 삯도 주지 않고 날 보내려 하고 있어.

여자는 손목과 발목을 묶고 있는 밧줄을 풀려고 애써보았지만 그럴수록 더욱 아프게 조여올 뿐이었다. 그녀는 울음을 터뜨렸다.

어머니는 딸이 죽기를 바랐다.

여자는 눈을 감고 장송곡 소리에 귀를 기울였다. 웅— 나지막하게 울리는 소라고둥 소리, 둥둥둥 공허한 북소리, 그리고 날카롭게 들려오는 새된 소리들. 그녀는 누군가 자기 이름을 외치는 소리를 들었다. 순간 장작더미가 딱딱 부서지며 불길이 타올랐다. 누군가 그녀를 대신해 검게 뒤틀리며 타들어가고 있었다.

애절하게 울부짖는 동풍 소리가 여자의 마음을 위로했다. 이 절체절명의 순간에도, 지혜의 신인 깃털 달린 뱀은 그녀를 지켜보고 있었다.

오두막 바깥에서 속삭이는 소리와 발소리가 들려왔다. 여자는 다시 눈을 뜨고 사람들의 그림자를 살폈다.

환한 횃불과 함께 그들이 들어왔다. 세 명이었다. 여자는 그들을 알아보았다. 시칼란코에서 온 노예 상인들이었다. 이미 여러 차례 마을에 온 적이 있는 자들이었다. 그녀의 아버지는 항상 그들을 경멸했다. 그중 한 사내는 애꾸눈이었고, 굳은 기름덩이 같은 흉터 주위가 불그죽죽했다.

불빛에 그들의 얼굴이 훤히 드러났다.

"이 여자야."

애꾸눈 사내가 말했다.

그녀는 비명을 지르려고 했지만 재갈이 물리고 말았다. 한 사내가 낄낄거리고 웃자 애꾸눈이 조용히 하라고 으름장을 놓았다. 하지만 그럴 필요가 없었다. 말리는 깨달았다. 설사 그들이 선인장 술에 취해 고래고래 고함을 질러대도 장례식 북소리 때문에 바깥에 있는 사람들의 귀에는 아무 소리도 들리지 않을 것이다.

사내들은 여자를 양쪽에서 가볍게 들어올려 오두막 바깥의 어둠 속으로 걸어나갔다. 바람이 다시 울부짖었다. 깃털 달린 뱀이 분노하여 으르렁거리는 소리였다.

여자는 스스로에게 겁먹지 말라고 타일렀다. 이것은 아버지가 예언했던 그 마지막은 아닐 것이다. 그녀의 이름은 '고행의 풀잎 하나'를 뜻하는 세 말리날리, 재난 속에서 자신을 찾아야 하는 운명이었다. 그녀는 목테수마의 쇠락을 재촉하는 북소리였고, 자신의 미래를 신들과 함께 하기로 되어 있는 여자였다.

그녀의 미래는 깃털 달린 뱀과 함께할 것이었다.

1부 | 깃털 달린 뱀

때가 이르면 나, 너희들 가운데로 돌아가리라,

수염 달린 백인들과 더불어. 그 동쪽 바닷가로……

신왕(神王)인 깃털 달린 뱀이 톨텍 백성에게 한 약속. AD 1000년경, 이스텍 전설에서.

1

테노치티틀란

고대 아스텍 태양력으로 갈대 하나의 해, 서기 1519년

부엉이 사내는 '코드의 어두운 집'의 모퉁이로 달려가는 그림자들을 향해 허연 거품을 물고 비틀거리며 껄껄 웃었다. 허리까지 내려온 그의 머리칼엔 피가 말라 엉겨붙었고, 어깨에 두른 검은 망토는 까마귀처럼 음침하고 불길한 기운을 풍겼다.

분노의 왕이자 멕시카 제국의 거룩한 대변자인 목테수마는 왕좌에 앉아 사내를 바라보고 있었다. 그의 귀와 입에 장식된 터키석은 관솔 불빛 아래 은은한 빛을 발하고 있었다. 그는 곁에 서 있는 총리내신 우먼 스네이크에게 나지막한 목소리로 질문할 내용을 일러주었다. 총리대신이 황제를 대신하여 부엉이 사자에게 물었다.

"부엉이 사자여, 안개 속에 멕시카의 미래가 보이느냐?"

바닥에 드러누운 부엉이 사자는 선인장 술의 기운이 온몸에 퍼지는 듯 계속 신경질적으로 웃어댔다.

"테노치티틀란이 불타고 있다!"

그가 갑자기 외쳤다.

목테수마는 심기가 불편한 듯 몸을 뒤척였다.

부엉이 사자는 바닥에서 일어나 석벽으로 광기 어린 시선을 던졌다.

"요피코 신전으로 목조탑이 걸어간다!"

"탑은 걸을 수 없어."

왕이 빈정거렸다.

"신들은 모두 숲으로 도망갔다."

목테수마는 무릎 위에 놓은 두 손을 꽉 쥐었다. 그는 다시 우먼 스네이크에게 질문할 내용을 말해주었다. 총리대신이 사내에게 물었다.

"목테수마는 어떻게 하고 계시느냐?"

"분노의 왕이 불타고 있지만 아무도 슬퍼하지 않는다. 멕시카인들은 그의 시체에 침을 뱉는다."

우먼 스네이크는 이 무엄한 말에 긴장했다. 선인장 술에 흠뻑 취한 사내의 이 불경한 말은 동굴 같은 방 안에서 천둥처럼 울렸다.

목테수마는 들릴락말락한 목소리로 다음 질문을 속삭였다.

"그 밖의 다른 전조는?"

"호수 위로 거대한 신전들이 테노치티틀란을 향해 행진한다!"

"신전은 행진할 수 없어."

"깃털 달린 뱀이 돌아온다!"

부엉이 사자는 가슴을 들썩거리며 가쁜 숨을 몰아쉬었다. 그는 발작하듯 웃음을 터뜨리며 계속 말을 뱉어냈다.

"테노치티틀란은 곧 사라지게 될 것이다!"

목테수마는 얼굴을 찡그리며 자리에서 일어섰다.

"도시들은 파괴되고…… 우리들의 시체가 산을 이룰 것이다!"

우먼 스네이크는 황제가 두 손으로 얼굴을 가리는 것을 보았다.

"곧 하늘에 전조가 나타나리라!"

부엉이 사자는 네 발로 엉금엉금 왕좌 쪽으로 기어가다가 픽 쓰러졌다. 볼은 샐비어 꽃을 짓이겨놓은 듯 붉었고, 눈동자는 흑요석처럼 새까만 빛을 발했다.

"멕시카 제국에 무슨 일이 일어날지 한번 살펴보라!"

목테수마는 일굴을 가린 채 한참 동안 말이 없었다. 마침내 손을 내렸을 때, 황제를 몰래 훔쳐보던 우먼 스네이크는 그의 눈에서 흐르는 눈물을 보았다.

"술기운이 떨어지면 저놈의 껍질을 벗겨라."

성난 목소리로 목테수마는 말했다. 그는 방에서 성큼성큼 걸어나갔다. 바닥에 드러누운 부엉이 사자는 자신의 운명도 모른 채 광란의 꿈에 빠져 눈앞에서 어른거리는 그림자들을 향해 키득거리고 있었다.

그리할바 강 연안

에르난 코르테스*는 강한 바람을 맞으며 산타 마리아 호(號)의

---

* 1485~1547년 스페인의 멕시고 정복자. 하급 귀족 출신으로 살라망카 대학에서 배운 후 19세에 대서양을 건너 쿠바에서 근무했다 인디오의 인구 격감

뱃전에 서 있었다. 좌현으로 보이는 유카탄 반도의 해안선이 윤기 흐르는 녹색 선을 이루고 있었다. 짭짤한 해풍에 열대 식물의 향기가 묻어왔다. 그의 머리 위로는 마치 포도탄이 터지는 듯한 소리를 내며 돛이 펄럭였고, 돛대에 매달린 그의 깃발도 퍼덕이고 있었다. 검은 벨벳 바탕에 붉은 십자가가 그려진 깃발이었다. 십자가 밑에는 한때 콘스탄티누스 황제의 깃발을 빛냈던 라틴어 문구가 감청색으로 새겨져 있었다.

형제들이여, 십자가를 따르라. 우리의 믿음으로 세상을 정복하자!

코르테스는 미소를 지었다. 엑스트레마두라의 평평하고 침울한 수평선에서 이곳까지는 무척 먼 길이었다. 그러나 이것이야말로 그가 늘 꿈꾸어오던 것이 아니었던가! 그는 미지의 바다를 건너 낯선 땅으로 향하고 있지만 마치 고향으로 돌아가는 기분이었다. 이것은 그의 소망이었고, 그를 자신의 운명 속으로 이끄는 바람이었다. 그는 하느님을 믿는 만큼이나 확신할 수 있었다.

그는 한 손으로 난간을 잡고 항해사 알라미노스에게 소리쳤다.

"우리는 역사 속으로 항해한다!"

에 수반하여 편성된 중앙아메리카 신식민지탐험대장이 되어 1519년 병사 508명과 말 16필로 유카탄 반도에 상륙했다. 말이나 대포에 관해서 전혀 모르는 인디오들의 공포 속에서 멕시코에 들어가 황제 목테수마 2세에게 스페인 왕에 대한 충성을 서약케 했다. 이와 같은 그의 행동은 임무를 넘어선 반란으로 간주되어 쿠바에서 원정군이 왔으나 코르테스는 이들을 격파했다. 그 동안 멕시코에서는 인디오의 반란이 일어나 많은 스페인인들이 학살당했다. 이것을 '슬픈 밤'이라고 한다. 이듬해 9월 철저한 파괴와 유혈 가운데 멕시코를 탈환하여 식민지를 건설하고, 1523년 총독으로 임명되었다. 1526년 월권혐의로 파면, 본국으로 송환되었으나 왕을 설득하여 재차 멕시코로 건너가 캘리포니아 만 등을 발견했다. 1540년 귀국한 후에도 계속 카를로스 1세(카를 5세)의 냉대를 받아 실의 속에 죽었다.

하지만 그의 외침은 바람에 흩어져버렸다.

갑판 아래를 내려다보니 베니테스와 하라미요가 상체를 숙인 채 얘기를 나누고 있었다. 코르테스 자신과 같은 가엾은 히달고스(스페인의 하급 귀족—옮긴이) 신세들. 자신과 마찬가지로 그들도 작위와 교육은 받았지만 가진 것이 없는 빈털터리들이었다. 그래서 저들도 한몫 잡기 위해 지겨운 카스티야와 엑스트레마두라의 가난으로부터, 그리고 별볼일 없는 대공이란 작자들의 폭정과 성직자들의 지겨운 설교로부터 도망친 것이다. 행운을 좇는 군인, 권태에 빠진 농장주, 금이라고는 만져보지도 못한 광부, 이 모든 사람들이 일확천금을 꿈꾸며 쿠바에서 코르테스와 합류했다. 그는 저들이 바라는 것 이상을 안겨줄 것이다. 이것은 부와 명예를 위해, 그리고 신께 봉사하기 위해 떠났던 옛 십자군의 원정과 다를 바 없다.

그렇다. 이제 바야흐로 그의 시대가, 그의 인생에 서광이 비칠 날이 도래한 것이다.

곤잘로 노르테는 죽고만 싶었다.

다시 헛구역질이 나며 쓴물이 올라오자 그는 바다에 침을 뱉었다. 지금까지 삼십삼 년을 살면서 십일 년을 바다에서 보냈다는 사실이 믿어지지 않았다. 하지만 그가 마지막으로 흔들리는 갑판에 선 것은 8년 전이었고, 그후로는 전혀 다른 삶을 살았다. 이 비참한 생활과 냄새나는 배, 요동치는 바다에서 벗어나 육지에서 지냈던 것이다.

하지만 그가 죽고 싶은 것은 속이 울렁거려서만은 아니었다. 그것은 다른 종류의 구역질, 말하자면 영혼의 구역질이었다. 주위를 둘러보자 나른 선원들이 의심의 눈초리로 자신을 바라보고 있었다.

그가 이 해안의 어떤 열병보다도 더 지독한 전염병에 걸려 있다는 사실을 선원들은 모두 알고 있었다. 곁을 지나가며 그가 있는 쪽으로 침을 뱉는 사람도 있었다.

나는 혼자야, 하고 그는 생각했다. 문둥이나 다름없어. 죽을 때까지 혼자일 거야.

누군가 그의 어깨에 팔을 둘렀다. 제로니모 아길라르였다. 배에 있는 단 한 명의 친구였던 이 자의 목을 비틀 만한 힘이 남아 있지 않다는 게 유감이었다.

"다시 하느님 나라로 돌아오니 좋지 않나, 노르테?"

노르테가 고향인 카스티야의 말을 거의 잊었기 때문에 아길라르는 마야 어로 말했다.

냄새나고 소름끼치는 녀석! 하고 노르테는 생각했다. 낯짝에 침이라도 뱉어주고 싶다.

"좋아? 너한테는 좋겠지, 아길라르."

아길라르는 벌써 갈색의 부제(副祭)복을 입고 있었다. 삭발한 머리와 검게 그을린 피부만이 그가 불과 며칠 전까지만 해도 마야 카시케 족의 노예였다는 사실을 말해주었다. 그의 손에는 여전히 너덜너덜해진 기도서가 들려 있었다. 유카탄에서 노예로 지내는 동안 그의 충실한 벗이 되었던 기도서였다.

"거기에서의 삶은 깨끗이 잊게나. 회개하면 하느님께서도 용서하실 걸세. 자넨 악마에게 굴복했지만 이렇게 구원받지 않았나."

개소리 작작해, 하고 노르테는 속으로 욕을 해주었다. 이 구역질 때문에 팔의 힘이 빠지지만 않았어도 네놈을 바다에 던져버렸을 거다. 그래서 네놈 소원대로 하느님과 다른 성자들을 만나게 해주었을 텐데. 내게 구원받을 영혼 따위는 남아 있지 않다는 걸 이 작자는 왜 모르는 걸까. 사제들이 제물로 삼은 인간의 심장을 빼내듯 그들은 내게서 영혼을 빼앗아가버렸어. 어째서 날 가만히 내버려두지 않는 거야?

아길라르가 말을 이었다.

"내 신앙심이 자네보다 강한 건 죄가 아니야. 하느님은 한없이 자비로우시네. 자네의 죄를 고해하고 새로운 삶을 시작하게."

"날 내버려둬. 제발 부탁이니 날 좀 내버려두라고!"

노르테는 다시 헛구역질을 하기 시작했다.

두 녀석을 보고 있자니 훌리안 베니테스는 속이 뒤집힐 것만 같았다. 정말 역겨운 놈은 노르테였다. 아길라르는 대부분의 성직자들처럼 그럭저럭 참을 만했다. 팔 년 전, 선원이었던 노르테와 갓 서품을 받은 부제였던 아길라르가 타고 있던 배가 다리엔에서 히스파뇰라로 항해하던 도중 난파되었다. 두 사람 외에도 열일곱 명의 승객이 범선에 실려 있던 대형 보트를 타고 난파선에서 빠져나왔지만 대부분이 유카탄 반도 해안에 도착하기도 전에 목이 말라 죽고 말았다. 하지만 그들은 나머지 사람들에 비하면 운이 좋은 편이었다. 다른 생존자들은 발디비아 추장이 이끄는 마야 인디오들에게 붙잡혀 모두 살해당했다. 오직 아길라르와 노르테만 간신히 도망칠 수가 있었다.

며칠 뒤 그들은 또다른 마야인 카시케 족에게 잡히고 말았다. 그들은 첫번째 마야인들보다는 유순한 사람들이었다. 그들은 아길라르에게 아내까지 주었다. 아길라르의 말에 의하면 그는 오두막 안에서 밤새 벌거벗은 채 여자 옆에 누워 있었지만, 너덜너덜한 기도서 덕택에 육체적 죄를 범하지 않을 수 있었다고 한다.

하지만 노르테는 여인을 받아들였다. 베니테스도 거기까지는 이 해할 수 있었다. 끝까지 순결을 지켰다고 주장하는 아길라르보다 욕정에 굴복한 노르테 쪽이 훨씬 더 수긍이 갔다. 하지만 이해할 수 없는 것은 그후의 그의 행동이었다. 어떻게 이교도 여자와 결혼하 여 두 명의 자식을 거느리고 그것으로도 모자라 마치 원주민들처럼 귀와 아랫입술을 뚫고 얼굴과 손에 문신을 새길 수가 있단 말인가? 그리고는 자신의 종교와 고향도 버리고 그 야만인들과 한 무리가 되었던 것이다. 저 자식은 개보다 나을 것이 없어.

하라미요를 포함해 육지에 착륙했던 팀들이 코수멜 섬에서 노르 테를 발견했을 때 그는 도망가려고 했다. 만약 아길라르가 제때 끼 어들지 않았다면 하라미요는 자신을 공격한 원주민들과 그를 함께 죽여버렸을 것이다. 노르테가 같은 스페인 사람이라고 증언한 자는 다름아닌 아길라르였던 것이다.

스페인 사람일지는 몰라도 결코 우리와 같지 않아, 하고 베니테 스는 생각했다.

하라미요는 베니테스의 시선을 좇았다.

"코르테스는 저 자를 교수형시켜야 했어. 그들이 나를 불에 구워 버린다 해도 저런 수모는 참을 수 없을 것 같아."

"내가 저 자를 처음 발견했을 때는 코에 돌을 꿰고 있더군. 저 귓 불 찢어진 걸 좀 봐. 아길라르 말로는 저것이 그들 신전에서 악마를 숭배하는 제식의 한 부분이라더군."

"저 자에게서 인디언 냄새가 나는 걸 알고 있나?"

베니테스가 물었다.

"해변에서 저 자의 목을 그어버렸어야 하는 건데. 아길라르도 함 께 말야."

"코르테스는 우리가 다른 원주민들을 만날 때 저들의 도움이 필요할 거라더군."

"아길라르는 그럴 수도 있지. 하지만 저 자식은 아니야. 저 작자가 그들에게 무슨 얘기를 할지 우리가 어떻게 알겠어?"

하라미요는 바다에 침을 뱉고는 말을 계속했다.

"아길라르가 그러는데 그 자들은 신전에 제물로 아이들을 바친다더군. 그리고 제식이 끝나면 아이들을 먹어치운대."

베니테스가 고개를 설레설레 저었다.

"나는 신앙심이 두터운 사람은 아니지만 우리가 이 어두운 대륙을 구원할 수 있도록 신께 기도드리겠어."

하라미요는 히죽 웃었다.

"그분을 위해 일하는 우리에게도 좀 후한 보상을 내려달라고 하게."

항해사 알라미노스는 배를 강 어귀 쪽으로 틀었다. 지난해 그리할바*와 함께 왔을 때도 이 지점에서 닻을 내렸다. 타바스칸 족이라고 하던 이곳 원주민들은 매우 우호적이었기에 코르테스는 이곳을 그들의 첫번째 정착지로 삼을 작정이었다. 선원들은 난간에 모여 해안선이 서서히 야자수와 모래언덕이 뒤덮인 지평선으로 변해가는 것을 바라보았다. 그들은 모두 새로운 기대에 전율했다.

자신들 앞에 무엇이 놓여 있는지 알았다면 그들은 필경 공포에

---

*1480~1527년. 스페인의 탐험가. 신대륙 정복사 디에고 벨라스케스의 조카이며 처음으로 멕시코 동쪽 해안을 탐험했다. 1518년 유카탄 반도를 탐험해 멕시코 땅을 최초로 밟은 항해가로 기록되었다. 부하들과 함께 강 지도를 만들었고 코수멜 섬을 발견했다. 그리할바 강은 1518년 이 강을 발견한 그의 이름을 따서 명명되었다.

떨었을 것이다. 저 초록색의 해안 너머로 그들을 기다리고 있는 것
은 어떤 모험이나 일확천금도 아닌, 그야말로 생지옥 같은 나날들
이었기 때문이다.

2

그리할바 강변의 포톤찬

  야자수 잎으로 지붕을 얹은 점토 벽돌집이 옹기종기 모여 있고 그 둘레에는 통나무 울타리가 쳐져 있었다. 부락민들은 강둑에 모여 창과 활을 흔들어댔다. 대부분이 면을 누벼 만든 갑옷 차림이었다. 벌써 전투용 카누에 뛰어들어 노를 저으며 이쪽으로 절반쯤 다가온 사람도 있었다. 통나무 울타리 안에서는 전쟁을 알리는 북소리와 귀에 거슬리는 나팔 소리가 요란하게 울려퍼졌다.

  베니테스는 코르테스를 바라보았다. 그는 코르테스가 무슨 명령을 내릴지 궁금했다. 턱수염 아래로 보이는 그의 입술은 칼날처럼 얄팍했다. 베니테스는 그 입술에 서린 것이 공포가 아닌 조소라는 것을 읽을 수 있었다.

  "그리할바를 대했던 것처럼 우릴 친절하게 대해줄 마음이 없는 것 같은데요."

베니테스가 말했다.

코르테스는 불만에 가득 찬 목소리로 말했다.

"우리는 평화적으로 왔으니까 저들도 우리를 평화적으로 대해야 해. 그걸 설득하기 위해 저들을 죽여야만 하더라도 말이야."

그는 침묵을 깨고 즉시 행동을 취하기 시작했다. 작은 대포 두 대와 경포가 마을을 마주 보고 있는 우현에 놓여졌다.

"화약을 준비해라! 오르다스, 보트를 내릴 준비를 해! 아길라르와 노르테는 날 따라오고!"

원주민들의 함성이 강을 따라 메아리쳤다. 베니테스는 몸서리를 쳤다. 다른 사람들과 달리 그는 군인이 아니었다. 그저 대규모 경작지를 일구고 싶어 서인도제도로 온 것뿐이었다. 그는 자신의 몸이 땅에 처박히는 일은 없기를 바랐다.

그들은 모두 칼을 뽑아들고 범선에 실려 있는 대형 보트에 섰다. 디에고 고도이는 서기관처럼 검은 양복 차림에 은장식이 달린 구두를 신고 타바스코 강 사람들을 향해 라틴어로 최고장(催告狀)을 읽기 시작했다. 통역은 아길라르의 몫이었다. 베니테스는 안절부절못하며 흉갑을 댄 쇠미늘 갑옷과 목가리개 아래로 식은땀을 줄줄 흘렸다. 만약 싸우게 된다면 이것은 그의 첫 전투가 되는 셈이다. 그는 자신이 겁쟁이가 되지 않게 해달라고 기도했다. 고통스런 죽음에 대한 두려움, 부상에 대한 두려움, 겁에 질린 모습을 보여주면 어쩌나 하는 두려움. 이런 모든 두려움 때문에 그는 궁중 서기관이 두루마리를 펼치고 읽는 글에 정신을 집중할 수 없었다.

아길라르가 통역하는 말은 북소리와 함성 소리에 묻혀 들리지 않았다.

카누를 탄 인디언들은 이제 불과 몇 미터 앞에 있었다. 창과 가죽 방패를 휘두르는 그들의 몸은 흑백으로 얼룩덜룩 칠해져 있었다.

베니테스는 마음속으로 성모 마리아에게 기도했다.

"완전 전투태세군."

하라미요가 말했다.

투구 아래로 보이는 코르테스의 얼굴이 분노로 험상궂게 변했다. 베니테스는 그에 대한 존경심이 솟아오르는 것을 느꼈다. 코르테스는 마치 자신의 품성만으로도 저 인디언들을 조용하게 만들 수 있다고 생각하는 것 같았다. 한 손은 허리에 걸치고 다른 한 손은 칼자루에 올려놓은 채 그는 광란 속에서도 침착한 태도를 유지했다.

"그리할바와 왔을 때는 원주민들이 우호적으로 맞아주었다고 하지 않았나?"

그가 하라미요에게 나무라듯 말했다.

"그랬습니다, 대장. 그들은 해변가에서 우리를 위해 피리를 불고 춤을 췄습니다. 그후로 뭔가가 저들을 변화시킨 게 분명합니다."

고도이는 최고장 낭독이 아무 효력도 없자 읽기를 멈추었다.

"계속해."

코르테스가 짧게 명령하자 고도이는 다시 읽기 시작했다.

최고장은 모든 신대륙을 교황과 스페인 국왕의 이름으로 찬탈하기 전에 그곳 원주민들에게 읽어주기 위해 교회가 만든 것이었다. 최고장은 기독교세계가 처음 시작되던 때부터 하느님이 성 베드로에게 모든 인간을 돌보라고 말하는 순간까지의 역사를 간략히 서술하는 것으로 시작된다. 그리고는 베드로의 후계자가 바로 교황이며, 그 교황은 지구상의 모든 섬과 대륙을 스페인 국왕에게 인도한다고 적혀 있다. 따라서 이 땅의 모든 거주민들은 카를 5세*의 합법적 대리인 자격을 부여받은 코르테스에게 복종해야 한다. 만약 복종한다면 극진히 대접할 것이며 기독교가 베푸는 은총을 받을 수 있을 것이다. 하지만 거부할 때는 반역으로 간주하고 그 결과를 감수해야 한다.

"이건 바보 같은 짓입니다."

노르테가 말했다.

코르테스의 관자놀이가 꿈틀거렸다.

"아, 우리의 배신자께서 다시 문명인의 언어를 되찾으셨군. 하느님의 율법이 어리석다는 건가, 노르테?"

"이 사람들은 당신들이 하는 말을 하나도 이해하지 못합니다. 이들은 교황이 뭔지 들어본 적도 없다구요. 이건 어리석은 짓입니다."

"자네가 다시 스페인 신사처럼 말하게 되었다니 기쁘기 그지없네. 하지만 우리의 고귀한 언어로 그런 불경스런 발언을 하다니 유감이군."

"어떤 것이 합리적이고 공정한지 논하는 게 불경스럽단 말입니까? 그럼 이렇게 속이 뻔히 들여다보이는 요란한 짓으로 양심을 달래는 거군요."

"언젠가는 자네가 나무에 매달린 꼴을 보고야 말겠네, 노르테. 그리고 내 양심은 앞으로도 계속 거리낌이 없을 것이네."

최고장 낭독이 끝났다. 북소리와 인디언들의 함성 소리에 귀가 멍

---

* 신성로마제국의 황제(1519~1556년 재위). 스페인의 왕, 오스트리아의 대공. 스페인과 신성로마제국을 계승했다. 그의 영토는 유럽 대륙 안에선 동서로 스페인에서 오스트리아까지, 남북으로는 나폴리 왕국에서 네덜란드까지 걸쳐 있었으며, 해외로는 스페인령 아메리카에 이르렀다.

멍할 지경이었다. 그들이 탄 대형 보트를 향해 강둑에서부터 두 개의 불화살이 날아왔지만 바다에 떨어지고 말았다. 아길라르는 어서 다음 명령을 내려달라는 듯이 코르테스를 돌아보았다.

코르테스는 주변으로 몰려드는 인디언들이 마치 성가신 모기떼쯤 되는 양 지극히 평온해 보였다. 그의 갑옷이 햇빛을 받아 번쩍거렸다. 놋쇠 투구 위에 꽂힌 깃털이 미풍에 가볍게 살랑거렸다.

마음속의 공포를 억누르기 위해 베니테스는 코르테스의 자세를 흉내내보았다. 움직이지 마. 그는 스스로에게 말했다. 다른 사람들이 네가 두려움에 떨고 있다는 걸 알아서는 안 돼.

"우리는 여러분의 친구다. 우리가 원하는 건 오직 물과 음식 그리고 당신들과 다시 한번 우호관계를 맺는 것뿐이다."

코르테스가 말했다.

아길라르는 즉시 통역했다. 주변에서 나는 물소리 때문에 그는 고함을 쳐야만 했다.

"우리는 어떤 해도 끼치고 싶지 않으며 카스티야인으로서 오직 선행을 베풀기 위해 이곳에 왔다."

코르테스가 덧붙였다.

바람을 가르는 소리와 함께 강둑 쪽에서 다시 화살이 날아왔다. 화살은 보트 근처까지 날아와서는 바다에 떨어졌다.

"하지만 만약 당신들이 계속 폭력적으로 나온다면 이후에 벌어지는 모든 비극적인 사태는 당신들의 책임이다! 저들에게 말해라, 아길라르. 평화적으로 나오지 않는다면 저들의 영혼은 하느님께 가게 될 기라고!"

"저렇게 많은 적들과 싸울 수는 없습니다."

노르테가 말했다.

"일개 선원이자 배신자인 네가 전투에 대해 뭘 안다고 지껄이느냐?"

"저들은 수천 명인데 우린 턱없이 부족해요."

"스페인인에게 숫자란 무의미한 것이야. 승리는 언제나 우리 것이다."

쉭쉭 소리를 내며 돌덩이가 비오듯 그들에게 쏟아졌다. 강둑에 있는 인디언들이 고무총으로 쏘아댄 돌이었다. 그러나 대부분의 돌은 물 속으로 첨벙 떨어지거나 요란한 소리를 내며 방패와 갑옷에 부딪힐 뿐 제대로 맞히는 경우는 거의 없었다. 베니테스는 또다른 대형 보트 안에서 어떤 남자가 비명을 지르는 것을 들었다.

"이제 그만!"

코르테스가 소리쳤다. 쇠 갈리는 소리를 내며 그가 쌍돛범선을 향해 칼을 뽑아들었다. 대포에 불을 붙이라는 신호였다.

경포도 같이 발사되었다. 육중한 대포알이 바람을 가르고 강 건너 홍수림 사이에 떨어지자 요란한 소리를 내며 폭발했다. 사정권 안에 있던 불운한 인디언들의 뒤틀린 시체 위로 나뭇잎과 나뭇가지들이 우박처럼 쏟아져내렸다. 대포의 효과는 실로 대단했다. 공포와 혼란에 가득 찬 절규가 사방에서 터져나오고, 인디언들은 썰물처럼 강둑에서 빠져나갔다.

코르테스는 허벅지까지 오는 진흙탕 속으로 뛰어내렸다.

"신이여, 스페인을 보살피소서! 성 야곱과 스페인을 위하여!"

그를 따라 사방에서 군인들이 물 속으로 뛰어내려 강둑을 향해 나아갔다. 베니테스도 순식간에 그들과 함께 휘말려들었다.

훗날 베니테스는 강에서의 그 전투를 거의 기억하지 못했다. 공포에 질려 정신이 혼미했던 것이다. 원주민들의 함성과 쿵쿵 울리는 북소리, 찢어질 듯한 휘파람 소리에 귀가 멍한 상태로 그는 얼룩덜룩 칠해진 갈색 몸뚱어리들을 향해 달려가서 무작정 칼을 휘둘렀다. 그를 가로막던 원시적인 나무 방패가 깨끗하게 두 쪽으로 갈라지며 방패 뒤에 있던 인디언이 모습을 드러냈다.

그러나 인디언들은 처음 느꼈던 공포심을 재빨리 극복하고 개미 떼처럼 강변으로 몰려들기 시작했다. 끝이 없었다. 그 많은 사람들을 이긴다는 것은 도저히 불가능한 일이었다.

여기서 죽는구나. 이 진흙탕 속에서.

베니테스는 자신이 뭘 하고 있는지조차 알 수 없었다. 다시 한번 미친 듯이 칼을 휘두르자 또다른 인디언이 비명을 지르며 그의 발 아래로 쓰러졌다. 시체가 강물 속으로 떨어지자 강물은 금방 핏빛으로 물들었다.

베니테스는 방어에는 신경 쓰지 않고 칼만 휘둘렀다. 창이 그의 가슴팍을 향해 날아왔을 때, 그는 흠칫 숨을 멈추었다. 하지만 흑요석으로 만든 창날은 그의 강철 흉갑에 부딪혀 산산조각나버렸다.

그는 인디언을 향해 칼을 휘두르다가 그만 발 밑의 시체에 걸려 넘어지고 말았다. 강물에 빠진 베니테스는 숨이 막혀 다시 일어서려고 필사적으로 몸부림쳤다. 고개를 들어보니 타바스칸 족 인디언 한 명이 돌도끼를 든 채 곁에 서 있었다. 강철 투구가 사라지고 없었다. 물 속에서 벗겨진 것이다. 이제 그에게는 자신을 방어할 수단이 아무것도 없었다.

하지만 인디언 전사는 곧장 돌도끼를 휘두르며 공격하지는 않았다. 일단 베니테스의 머리채를 잡더니 강둑으로 끌고 가기 시작했다. 베니테스는 칼을 왼쪽으로 옮겨 쥐고 찌르려고 애를 썼다. 그런데 그 순간 코르테스가 다가와 인디언을 찔렀다. 인디언 전사는 비명을 지르며 베니테스의 머리채를 놓았다. 그는 배에 난 상처를 움켜쥐고 비틀거렸다.

코르테스는 베니테스를 일으켜세웠다.

"신이여, 살피소서!"

그가 외쳤다.

오늘은 정말 성 야곱이 나를 지켜준 것이 분명해, 하고 베니테스는 생각했다. 그렇지 않았다면 난 벌써 죽은 목숨일 거야. 그런데 그 인디언 원주민은 어째서 날 곧장 죽이지 않았을까?

3

베니테스는 거친 숨을 몰아쉬며 칼자루에 몸을 기댔다. 머리의 상처에서 흘러내린 피와 땀으로 눈이 따끔거렸다. 처음 치른 전투였다. 운좋게 살아남았다. 그 사실이 자랑스럽기도 하고 동시에 혐오스럽기도 했다. 하지만 적어도 오늘 자신이 보여준 행동은 만족스러웠다. 특별히 용맹스럽지는 않았지만 사내답게는 행동했다. 하지만 그는 이런 식으로 사람을 죽이는 것은 마음에 들지 않았다. 아무리 이교도라 해도 사람을 죽이는 것은 조금도 즐겁지 않았으며 만약 이런 것이 군인이라면 그는 군인 자질이 전혀 없었다.

그는 여전히 칼자루를 움켜쥔 채 주저앉아 성모 마리아에게 감사의 기노를 올렸다. 눈을 감자 자신의 머리 위로 돌도끼를 치켜든 거내한 인디언의 형상이 보였다. 그는 구역질이 나는 것을 간신히 참았다.

그 인디인은 어쌔서 나를 죽이지 않았을까?

코르테스는 마을 한가운데 서 있는 케이폭 나무를 향해 걸어갔다. 왼쪽 겨드랑이에는 투구를 끼고 있었다. 길고 검은 머리칼은 어깨까지 내려왔으며 두 볼은 싸움으로 붉게 상기되고 눈은 흥분으로 번쩍거렸다. 주위의 병사들도 자신과 마찬가지로 흥분되어 있다는 걸 느낄 수 있었다. 우리 쪽 피해가 작은 한 이런 오합지졸들과 싸우는 것은 애들 장난이나 다를 바 없다고 그는 생각했다.

코르테스는 나무 둥치를 칼로 크게 세 번 베고는 소리쳤다.

"스페인 국왕이신 카를 5세 폐하의 이름으로 이 마을은 내가 소유한다."

디에고 고도이는 그 상황을 충실하게 기록했다.

몇 명의 인디언들이 양손을 등뒤로 묶인 채 앞으로 끌려나왔다. 싸우는 동안 베니테스의 눈에 어렴풋이 비친 것이라고는 깃털로 만든 머리장식과 벌거벗은 웃통, 칠을 한 얼굴뿐이었다. 이제야 비로소 자신의 적을 보다 가까이에서 뜯어볼 수 있는 기회가 생겼다. 그들은 다리가 바깥쪽으로 휜 앙가발이들이었으며 허리와 엉덩이에는 멋진 천을 둘렀고 머리는 모두 삭발이었다. 더러는 어깨장식이 달리고 화려하게 수놓은 망토를 입고 있는 사람들도 있었다. 대부분 얼굴과 몸에 붉은 문신을 했으며 귓불은 너덜너덜하게 찢어져 있었다. 노르테의 귀처럼.

"두려워할 것 없다."

코르테스가 말하자 아길라르가 인디언들에게 통역했다. 하지만 그 얘기를 듣고도 인디언들의 반응은 무덤덤했다. 베니테스가 보기에는 무덤덤한 정도가 아니라 냉담에 가까웠다.

"우리는 바다 건너 위대한 왕이 보낸 사람들로 너희들의 추장에게 들려줄 흥미로운 얘기가 아주 많다. 다시 한번 말하지만 우리는 아무 해도 끼치지 않을 것이다. 우리가 바라는 것은 그저 이번 여행에 필요한 신선한 물과 음식뿐이다."

아길라르가 이 말을 포로들에게 전하자 그들은 어리둥절한 표정으로 서로를 바라보기만 할 뿐 한마디도 하지 않았다. 알바라도가 그들을 이끌고 사라지자 코르테스는 베니테스에게 말했다.

"마을 주위에 보초를 세워라. 오늘밤은 여기서 야영하며 원주민들이 돌아오기를 기다린다. 따끔한 강철맛을 봤으니 또 싸움을 걸어오진 못하겠지."

코르테스의 명령이 전달되자 무거운 침묵이 감돌았다. 마침내 입을 연 사람은 레온이었다.

"제 숙부님께서 강변에서는 절대 야영하지 말라고 명령하시지 않았습니까."

순간, 코르테스의 눈에 야릇한 냉기가 서렸다. 베니테스는 코르테스의 그런 시선을 처음 보았다. 그 시선과 함께 굳게 다문 턱은 코르테스를 악당이자 광신도이며 동시에 성자처럼 보이게 했다. 그는 그제야 깨달았다. 자신들은 지휘관이라는 이 남자를 잘 알고 있다고 생각했지만 사실은 전혀 모르고 있었음을.

코르테스는 레온에게 경멸 어린 시선을 던졌다.

"여기 대장이 누구지?"

덥수룩한 수염에 목소리가 쩌렁쩌렁하고 덩치가 큰 레온은 조금도 움츠러들지 않고 대답했다.

"우리는 총독님의 지시에 따라야 합니다."

"내 명령에도 따라야 해!"

코르테스기 소리쳤다. 그는 소용돌이치는 흙탕물 속에 칼을 꽂았다.

"내 권위에 도전하고 싶은 자가 있다면 지금 당장 나와!"

빌어먹을, 저 자는 진심이야. 베니테스는 생각했다.

아무도 나서지 않았다.

"그럼 결정됐어. 여기서 야영한다."

코르테스는 칼을 다시 집어넣고 성큼성큼 걸어갔다.

"여긴 아무것도 없어."

하라미요가 길에 침을 뱉으며 말했다.

"금도 은도 심지어 여자도 없어."

그들이 먼지투성이 길을 걸어가자 털 빠진 개 몇 마리가 발치에서 짖어댔다. 하라미요와 몇몇은 칼끝으로 개들을 쿡쿡 찌르며 장난을 쳤다.

마을에는 아무도 없었다. 베니테스는 이 집 저 집 기웃거려보았다. 세간은 단출했고 벽은 점토 벽돌로 만들어졌으며 해와 비를 가리기 위해 지붕에는 짚을 덮었다. 출입구에는 문도 없고, 가구 같은 것은 보이지 않았다. 침대라는 것도 그저 마른 나뭇가지와 풀을 쌓아 천으로 덮은 정도였다. 집집마다 어두운 구석에 작은 성소가 마련되어 있었는데 거기에는 조잡한 조각상이 하나 있고 둘레에 약간의 음식물들이 헌납되어 있었다.

베니테스는 그 조각상을 자세히 들여다보았다. 붉은 찰흙으로 빚은 악마의 모습이었다. 그는 진저리를 쳤다.

하지만 그런 조각쯤은 그들이 피라미드 꼭대기에서 발견한 것에 비하면 아무것도 아니었다.

피라미드는 엄청나게 컸다. 베니테스의 눈짐작으로는 세비야 사원만큼이나 높아 보였다. 거대한 돌덩어리로 지어진 피라미드는 진흙 벽돌로 된 마을 가옥들 위로 우뚝 솟아 있었다. 안뜰에는 돌로 만든 용과 뱀이 이곳의 수호신인 양 세워져 있었는데 거기에는 기묘한 모양의 문자가 새겨져 있었다. 이것은 그들의 문화가 생각했던 것보다 훨씬 세련된 수준이라는 증거였다. 정복자들은 경외의 눈길로 조각들을 바라보았다.

"우리가 중국이라도 발견한 건가?"

베니테스는 중얼거렸다.

그는 코르테스와 아길라르, 노르테, 하라미요를 따라 피라미드 정상까지 올라갔다. 경사가 매우 심했기 때문에 그들은 꼭대기의 성소에 들어가기 전에 잠시 숨을 골랐다. 마을에 있는 다른 집들과 마찬가지로 성소 역시 짐토 벽돌과 볏짚으로 지은 것이었다.

안은 매우 어두웠으며 정글과 죽음의 냄새가 풍겼다. 눈이 갑작스런 어둠에 적응할 때까지 한동안 아무것도 보이지 않았다.

베니테스는 하라미요가 중얼거리는 소리를 들었다.

"거룩하신 성모 마리아여."

제단에는 뱀 한 마리가 기다란 몸으로 대리석 표범상을 둘둘 감고 있었다. 그 뒤로 쟁반만한 눈에 송곳니가 달린 석재 괴물상이 그들을 내려다보고 있었다. 그 조각은 푸른색으로 칠해져 있었다.

"저건 비를 만드는 신, 틀랄록입니다."

노르테가 속삭였다. 목소리마저 경건하게 들렸다.

"서신 악마야."

고르테스는 그렇게 말하곤 제단에 있는 뱀을 향해 칼을 휘둘러 능숙한 솜씨로 뱀의 대가리를 일격에 잘라냈다. 뱀의 몸뚱어리는 칠흑 같은 어둠 속으로 던져버렸다. 그리고는 자세히 보려는 듯 표범상 가까이 다가갔다. 조각상 뒤에 있는 그릇에는 뭔가 끈끈한 액체가 담겨 있었다. 코르테스는 그 액체를 손가락으로 찍어 냄새를 맡았다. 그리고는 갑자기 더럽다는 듯이 성상을 바닥에 내던졌다.

"이게 뭐야?"

그는 분노로 몸을 떨며 노르테를 돌아보았다.

노르테는 아무 말도 하지 않았다.

하라미요는 미소 짓는 틀랄록의 마스크 아래 놓인 포석 위에 또 다른 제물이 있는 것을 발견했다. 작은 무화과나무, 수놓은 옷가지 그리고 원주민 네 명의 해골과 뼈였다.

"인간 제물입니다. 저들은 이런 제식이 비를 내리게 하고 농사가 잘 되게 한다고 믿고 있죠."

아길라르가 잠긴 목소리로 말했다.

코르테스는 노르테에게서 시선을 떼지 않았다. 그는 아까 돌그릇 속에 넣었다 뺀 피 묻은 손가락을 들어올렸다.

"악마의 소행이야."

그리고는 노르테의 셔츠에 손가락을 닦았다.

"이들을 진정한 신앙의 길로 인도하기 위해 우리를 이곳으로 보내주신 신께 감사드려야 합니다."

아길라르가 말했다.

"이 악마 같은 제식이 어떻게 치러지는 거지?"

코르테스의 물음에 아길라르는 잠시 머뭇거리다 대답했다.

"그들은 제물이 살아 있을 때 심장을 꺼냅니다. 그 피를 신들에게 바치죠. 그리고는 제물의 사지를 먹어치웁니다. 전쟁중에 잡힌 포로들은 모두 그렇게 됩니다. 만일 싸움에 졌다면 우리도 이런 꼴을 당했을 겁니다."

오르다스의 병사들이 그들을 따라 성소에 들어왔다가 썩은 뼈가 쌓여 있는 것을 보고 문가에 조용히 서 있었다. 그것이 자신들의 미래였을 수도 있다는 생각이 들자 승리에 대한 도취감은 일시에 사라져버렸다. 어쩌면 그것은 여전히 그들을 기다리고 있는 운명일 수도 있었다.

그 순간 알바라도가 법석을 떨며 성소 안으로 들어왔다. 그는 신전의 계단을 올라오느라 숨을 헐떡이고 있었다.

"이 마을에는 값나갈 만한 것이 눈을 씻고 찾아봐도 없어요. 그 자들이 전부 가져갔다구요!"

말을 마치고 주위를 둘러본 그는 입을 딱 벌렸다.

"맙소사, 이게 대체 뭡니까?"

"우린 식인종의 소굴로 굴러떨어진 거야."

코르테스가 말했다.

알바라도는 노르테에게 물었다.

"이 야만인들이 자네의 옛 동료란 말인가?"

노르테는 알바라도의 시선에 정면으로 맞섰다. 베니테스는 그의 머릿속에 대체 무슨 생각이 들어 있는지 궁금해졌다. 그도 이런 제식에 참여했을까? 자신이 동화되었던 부족들과 함께 인육을 먹었을까? 히라미요가 말한 대로 우리는 저 자를 해변에서 죽였어야 했다. 고해성사를 받지 못한 채 죽도록 해야 했다. 그것이 저 자에게 가장 어울리는 운명이었다.

"이 사람들을 마나뿐인 신성한 신앙으로 인도할 수 있도록 기도 드립시다."

아길라르가 말하며 무릎을 꿇었다. 코르테스도 그를 따랐다.

베니테스, 알바라도, 히리미요도 무릎을 꿇었고 나머지 병사들도 모두 그 뒤를 따랐다. 그러자 아길라르는 기도하기 시작했다.

그러나 기도가 끝나자마자 베니테스는 밖으로 달려나가 지옥 같은 신전의 계단 아래로 황급히 내려갔다. 토할 것만 같았다.

4

아칼란

달의 여신 시스터 문이 자신의 무덤인 캄캄한 하늘에서 달빛을 흩뿌리고 있었다. 밤이 되면 괴물들은 외로운 여행자를 찾아 어둠 속을 배회했다. 북과 피리 소리에 맞춰 여자들의 통곡 소리가 파도처럼 올라갔다가 내려가곤 했다. 죽은 자를 위한 만가(輓歌)였다.

말리는 책상다리를 하고 앉아 자신의 죽은 남편을 바라보았다. 그는 전통적인 화장방식에 따라 수놓은 넓은 망토를 두르고 등을 꼿꼿이 한 채 앉혀져 있었다. 남편의 형제들은 그의 내장을 최대한 제자리에 맞추어놓았다. 그녀는 남편이 '좁은 길'을 통과할 때 '황색 괴물'에게 지불할 요금으로 입 속에 비취석을 넣어주었다.

그녀는 죽은 남편, 타이거 립 플러그에게 얼굴을 들이댔다. 그녀의 입술이 그의 얼굴에서 불과 몇 센티밖에 떨어지지 않았다.

"비를 부르는 신의 천국에서 한 마리 나비가 되거든 내게 줬던 것보다 더 많은 즐거움을 꽃들에게 나눠주세요."

그들은 남편이 훌륭하게 전사했다고 말했다. 그가 카스티야인 한 명을 포로로 붙잡아 머리채를 끌고 강둑으로 나오려 할 때 갑자기 다른 천둥의 신의 병사가 달려들어 그를 칼로 찔렀다고 했다. 타이거 립 플러그의 두 형제는 그를 아칼란으로 데려왔고 이곳에서 그는 대지에 입맞추기 위해 이틀 밤낮을 말없는 고통에 시달리며 기다렸다. 그것은 타이거 립 플러그 자신이 선택한 죽음이라고 그녀는 생각했다. 남편을 죽은 다른 전사들의 자리로 받아들이기 전에 신은 그에게서 신성한 액체를 한 방울도 남기지 않고 모조리 짜내었다. 이제 그는 녹음이 우거진 틀랄록의 천국에 가 있을 것이다. 그곳은 나비의 낙원으로 샘물이 끊임없이 솟아오르고 수면 위로는 에메랄드 빛 새가 날아다닌다.

그녀는 그를 그리워하지 않을 것이었다.

길 쪽으로 난 출입구에는 작은 금종이 달린 수놓은 태피스트리가 걸려 있었다. 그 종이 흔들리며 레인 플라워가 안으로 들어오더니 그녀 옆에 쭈그리고 앉았다.

"어떻게 돼가고 있어?"

말리가 속삭였다.

"카시케 족은 이 천둥 병사들이 사람인지 신인지 아직 결정을 못 내리고 있어요. 우리 전사들 말로는 그들은 분명 신이래요. 피부는 태양처럼 빛나고 단단해서 칼이 닿기만 해도 부러져버린대요. 또 그들이 탄 배는 요술을 부려 맑은 하늘에서 천둥이 울리며 벼락을 치게도 한대요."

"물론 그들은 신이야."

말리가 말했다.

"그들은 동쪽에서 왔고, 바람이 거대한 외투로 그들의 배를 사로잡았지. 깃털 달린 뱀이 우리에게 돌아온다는 전조야."

"그런 바보 같은 얘길 믿어요? 이 천둥 병사들은 작년에도 왔었어요. 참포톤에서는 그들을 스무 명이나 죽였다던대요. 그곳 사람들은 그들이 우리 전사들과 마찬가지로 그냥 인간이라고 했어요."

"깃털 달린 뱀을 모시는 것은 너나 나처럼 언젠가는 죽어야 할 두더지와 난쟁이들이야. 그들은 죽을 수 있지만 깃털 달린 뱀은 절대로 죽지 않아. 올해가 바로 그가 돌아온다는 해야. 그의 전설이 실현되는 해라구."

벽에서 타오르는 관솔불이 레인 플라워의 얼굴에 그늘을 드리웠다.

"그들은 수천 명에게 대항하는 수백 명의 보통 사람들일 뿐이에요. 내일이면 모조리 도륙당하고 말 거예요."

말리는 아무 말도 하지 않았다. 레인 플라워는 자기가 믿고 싶은 대로 믿게 내버려두자. 하지만 마음속으로는 자신이 옳다는 것을 말리는 알고 있었다. 그녀는 어렸을 때부터 이날이 오기를 꿈꾸어 왔다. 그녀의 아버지는 깃털 달린 뱀 케짤코아틀*이 뗏목을 타고 동

---

* 고대 멕시코 종교의 주요신. 깃털 달린 뱀의 출현은 중부 고원의 테우티우아칸 문명(3~8세기)으로 거슬러올라가며, 아스텍 시대(14~16세기)엔 사제들의 후원자이자 달력, 책의 발명자, 대장장이를 비롯한 장인들의 수호자가 되었다. 또한 금성과 동일시되어 죽음과 부활을 상징하게 되었다. 또다른 신화에서는 케짤코아틀이 틀대이 도읍인 툴라의 사제 출신 왕으로 기술되어 있다. 그는 인간 대신에 뱀·새·나비를 제물로 바쳤다. 그러나 맘하늘의 신인 테스카틀리포카가 교묘한 마술로 그를 툴라에서 추방했다. 케짤코아틀은 뱀으로 만든 뗏목을 타고 동쪽 수평선 너머로 사라졌다고 한다. 깃털 달린 뱀에 대한 테스카틀리포카의 승리 전설은 아마도 역사적 사실을 반영하는 것으로 보인다. 그의 패배는 고전적인 신권정치의 몰락을 상징한다. 케짤쿠

쪽에서 돌아와 멕시카로부터 그들을 구해줄 것이라고 했다. 아버지는 또한 훨씬 더 중대한 비밀도 알려주었다. 그것은 세 말리날리 테네팔 자신이 그 새 시대의 전조라는 사실이었다.

그녀는 그날 밤 자신의 운명이 포톤찬에 머물고 있다는 사실을 레인 플라워보다 더 잘 알고 있었다.

포톤찬

강에서 접전이 있었던 다음날, 코르테스는 죽은 인디언들의 시체를 불태우고 비를 부르는 신이라는 조각상을 신전에서 치워버렸다. 그것을 피라미드 가장자리까지 끌고 가는 데만도 열두 명의 장정이 필요했으며, 거기서 창을 지렛대 삼아 계단으로 옮긴 다음 안뜰로 굴려내렸다. 대신 그 자리에 프레이 올메도가 나무로 만든 십자가를 세우고, 신전의 벽에는 코르테스 자신의 도상(圖像)인 성모상 그림을 걸었다.

코르테스는 성소 안에 사령부를 차리고 자신이 제안한 평화안에 대한 원주민들의 답변을 기다렸다.

눈부신 태양, 강렬한 햇빛, 파리떼가 웅웅거리는 소리. 돌로 지어진 신전 안은 다행히도 한결 시원했다. 코르테스는 머리를 숙이고 안으로 들어갔다. 그곳에는 산타 마리아 호에서 옮겨다놓은 나무

아틀의 달력 이름은 세 아카틀(Ce Acatl : 갈대 하나)이다. 때문에 아스텍의 황제, 목테수마는 스페인의 정복자 에르난 코르테스와 그의 군대가 침략하자 그들을 신의 사절로 간주했다.

탁자와 쿠바에서 가지고 온 육중한 마호가니 의자가 놓여 있었다. 그는 의자에 앉았다.

나머지 지휘관들이 다음 작전 명령을 기대하며 테이블 주위로 몰려들었다. 코르테스는 긴장감이 감도는 것을 느낄 수 있었다. 그들은 두려움에 떨고 있었다. 그들은 아직 대장을 완전히 믿지 못하고 있었으며 굳은 신념도 없었다.

그는 그들의 얼굴을 둘러보았다. 푸에르토카레로는 금발에 귀족적인 외모를 하고 있지만 싸움에는 영 소질이 없다. 성질 급한 알바라도는 붉은 머리칼과 화살처럼 뾰족한 적갈색의 수염을 기르고, 누벼 만든 검정색 더블릿(허리가 잘록한 남자의 웃옷—옮긴이)에 금빛으로 번쩍이는 체인을 달고 다닌다. 늘 뚱한 표정이지만 발을 잘 다루는 청년 산도발, 백전노장 오르다스, 오르다스와 같은 용맹한 전사이지만 동시에 늘 문제를 일으키는 다혈질의 청년 레온, 사나운 매의 인상을 하고 얼굴엔 곰보 자국이 있는 하라미요. 그리고 마지막으로 못생기고 균형이 어그러진 얼굴에 변변치 못한 수염 쪼가리를 달고 있는 베니테스.

그들 모두의 얼굴에 땀방울이 맺혀 있었다.

코르테스는 엄숙한 몸짓으로 해안의 지도를 그들 앞에 있는 나무 탁자 위에 펼쳤다. 그 지도는 작년에 그리할바가 잉크로 그린 것이었다.

"귀관들, 원주민들이 어떻게 할 것인지 아직 대답이 없으므로 우리에게 어떤 선택의 여지가 있는지 살펴보겠다. 먼저 다시 배를 타고 더 북쪽 해안으로 갈 수도 있다. 하지만 내 생각에 그것은 작년 참포톤에서 그리할바가 그랬던 것처럼 인디언들로부터 도망치는 것밖에 되지 않으며 결과적으로 저들을 더욱 대담하게 만들어줄 뿐이다. 그렇게 되면 다음번에 이곳에 상륙할 때는 우리의 뜻을 펼치기가 두 배로 어려워질 것이다. 다음으로는 여기서 타바스칸 족이 올 때까지 기다리는 방법이다. 그리고 마지막으로는 저들이 전력을 증강할 수 있는 기회를 갖기 전에 우리가 먼저 공격하는 방법이 있다. 제군들, 나는 그대들의 의견에 따르겠다."

그는 입을 꼭 다문 채 의자에 등을 기대었다.

"이곳을 당장 떠나야 합니다. 우리들의 행동은 제 삼촌이신 총독님의 명령에 어긋난 것입니다."

레온이 투덜거렸다.

"동감입니다. 육지에서 인디언들과 전면전을 벌이기에는 병력도 식량도 부족합니다. 수적으로 너무 불리해요. 작년에 그리할바가 어떻게 되었는지 생각해보십시오."

오르다스가 말했다

"나는 당장 저 악당들을 공격해야 한다고 생각합니다."

알바라도가 외쳤다.

"우린 저들에게 충분한 시간을 줬어요! 저쪽이 몇 명이든 문제될 것 없습니다. 스페인 병사 한 명이 인디언 백 명과 맞먹으니까요."

"저도 알바라도의 의견에 동의합니다."

하라미요가 말했다.

"하지만 우리에게는 저들에게 싸움을 걸 만한 명분이 없소."

베니테스가 끼어들었다.

"이단자든 아니든 저들은 단지 적으로 보이는 우리들로부터 자신들의 마을을 지키려는 것뿐입니다. 그러니 해변을 따라 올라가서 좀더 우호적인 대접을 받을 수 있는 곳을 찾아보는 게 좋겠습니다."

"우리를 계집애 같다고 비웃을 곳 말이오?"

산도발이 빈정거렸다.

갑자기 모두 동시에 떠들어대자 코르테스가 조용히 하라는 뜻으로 손을 들었다.

"아주 정확하게 양분된 셈이군."

그는 베니테스에게 실망했다. 강가의 전투에서 보여주었던 용맹성을 보고 베니테스에게 많은 기대를 걸었다. 그러나 이젠 마음속으로 그가 레온이나 오르다스와 같은 골칫덩이가 될 가능성이 있다고 찍고 있었다.

"이제 결정권은 푸에르토카레로에게 있는 것 같군. 그래, 자네 생각은 어떤가?"

"저는 대장님의 명령에 따라야 한다고 생각합니다."

푸에르토카레로는 유순하게 대답했다.

코르테스는 미소 지었다. 그거야말로 바라던 대답이었다.

"좋아."

그는 다시 지도로 시선을 옮겼다.

"나는 원주민들을 만날 때까지 이 루트를 따라 내륙으로 진군해야 한다고 생각한다. 그들이 우리와 교역을 원하거나 식량을 제공해준다면 우리도 그들을 정중히 대할 것이다. 하지만 그들이 따끔한 맛을 너 보고 싶어한다면 그때는 그렇게 해줄밖에."

"누가 더 따끔한 맛을 보게 될지 모르겠군요."

오르다스가 투덜거렸다.

"원주민들을 누려워할 필요는 없다. 최근의 전투루 우리는 이주 중요한 교훈을 얻었어. 우리는 수적으로 열세야. 아마 저들 열 명에 한 명꼴일 거야. 부상자가 많긴 하지만 그래도 우리 쪽 손실은 적은 편이다. 그들의 칭과 같은 우리의 강철 방패나 흉갑에 닿으면 유리처럼 부서져버린다. 방패 역시 가죽이나 나무라서 우리의 톨레도 강철을 막아내지 못한다. 게다가 아길라르 형제와 배신자 노르테에게 물어보니 전쟁터에서 저들이 가장 영예롭게 여기는 것은 적을 죽이는 게 아니라 포로로 잡는 것이다. 바로 그 악마 같은 의식에 제물로 바치기 위해서겠지."

그는 베니테스를 힐끗 바라보았다.

"그런 전술은 우리로 봐서는 큰 이익이다, 안 그런가?"

베니테스는 얼굴이 하얗게 질렸다. 그는 머리를 끄덕였다.

"그렇습니다."

"그래서 원주민들은 기를 쓰고 우리의 칼끝으로 뛰어드는 것 같더군."

코르테스는 탁자 주위를 둘러보았다.

"내 생각엔 우리가 그들을 죽이는 일에 신물을 내지 않는 한 최후의 승리는 분명 우리 것이야."

"설령 그렇다 해도 어느 순간엔 적의 수가 너무 많아져서 빨리 해치울 수 없을 겁니다. 지금 이 순간에도 원주민들은 더 많은 사람들을 끌어모으고 있을 텐데요."

오르다스가 반대하고 나섰다.

"아마 그렇겠지. 그렇다면 우리도 병력을 최대로 활용하면 돼. 경포 두 발만 발사했는데도 그렇게 우수수 흩어져버렸는데, 대포를 사용하면 어떨지 상상해보게. 게다가……"

그는 말을 멈추고 마지막 카드를 내미는 도박꾼처럼 회심의 미소를 지었다.

"저들은 아직 완전무장한 우리의 군마를 보지도 못했잖나."

부하들이 모두 물러가자 코르테스는 의자에 등을 기대고 자신의
기함(旗艦)을 바라보았다. 기함은 신전의 사각형 입구를 배경으로
멕시코 만의 반짝이는 잔물결 위에 떠 있었다. 사람들은 언젠가는
나를 위한 노래를 짓게 될 것이다, 라고 그는 생각했다. 나는 알렉산
더 대왕이나 엘 시드*와 더불어 기억될 것이다. 쿠바에서 그는 가난
한 소작농이자 벨라스케스** 총독의 종자(從者)에 불과했다. 하지만
여기서는 완전히 다른 사람, 자신이 꿈꾸었던 사람이 될 터였다. 이
곳에서 그는 과거의 자신을 뛰어넘어 자신이 상상했던 사람이 될
것이었다.

그는 마음속으로 엄숙히 맹세했다. 이곳은 나의 왕국이며 내가
그 왕이 되리라.

세우틀라

오르다스는 옥수수와 카카오 밭 사이로 보병들을 진군시켰다. 하
지만 곧 군데군데 패고 복잡하게 얽힌 관개수로와 배수구가 그들을
가로막았다. 골짜기 저편에는 수천 명의 원주민들이 대기하고 있었
다. 그들의 머리징식에 달린 깃털이 마치 옥수수 이파리처럼 바람
에 흔들렸다. 베니테스는 나무 뒤에 숨어서 그들을 지켜보았다. 그
들의 요란한 피리와 나팔, 북 소리가 바람에 실려왔다.

---

* 1043년경~1099년. 중세 스페인 카스티야 왕국의 군사 지도자이며 민족 영
웅.
** 1465~1524년. 쿠바의 초대 총독을 지낸 스페인의 정복자. 그가 쿠바를 정
복함으로써 스페인은 멕시코 정복의 계기를 만들었다. 멕시코 탐험을 위해
에르난 코르테스를 파견했다.

하느님 아버지, 부디 오늘 일몰을 보게 해주십시오.

코르테스는 부하들을 지휘하기 위해 말 위에 올라탔다. 휘하의 기병대는 모두 열여섯뿐이었다. 하지만 그는 마치 수천 병사 앞에서 연설하는 공작처럼 늠름한 자세로 말 위에 앉아 한 손으로 고삐를 잡고 다른 손은 허리에 걸쳤다. 대체 저 남자가 무서워하는 것이 있을까? 베니테스는 새삼 궁금했다.

"귀관들, 오늘은 우리들의 날이다. 대포 발사 준비가 끝날 때까지 잠시 여기서 기다린다."

그의 밤색 말이 발길질을 하며 갈기를 흔들었다. 말은 공기중에 떠도는 먼지와 공포의 냄새를 맡았는지 콧구멍을 벌름거렸다.

"저들의 눈을 향해 창을 힘껏 찌르는 것을 잊지 마라. 그래야 우리를 쉽게 말에서 끌어내리지 못할 것이다. 두려워할 것은 아무것도 없다. 우리는 하느님을 위해 싸운다!"

돌과 화살을 퍼부으며 원주민들이 공격을 시작했다. 잠시 후 첫번째 무리가 오르다스의 보병대를 향해 돌진해왔다. 베니테스는 들판에서 강철 무기가 햇빛에 번쩍거리는 것을 보았다. 이내 우르르 포성이 울리더니 불길과 연기가 구름처럼 솟아났다. 인디언들의 전열이 마치 눈에 보이지 않는 낫으로 말끔히 쓸어버린 것처럼 사라졌다.

하지만 그들이 머뭇거린 것도 잠시뿐, 생존자들은 풀과 붉은 흙을 공중으로 던져 사상자들을 가리려고 했다. 곧이어 두번째 무리가 돌진해오고, 다음엔 세번째 무리가 덤벼들었다.

대포 공격으로 인디언들은 다시 한꺼번에 우수수 쓰러졌으며 살아남은 자들은 총과 활을 든 스페인 병사의 희생물이 되었다. 그래도 그들은 멈추지 않았다. 마침내 많은 인디언들이 스페인 진영까지 도달했으며, 그들은 순전히 수적 우세로 밀어붙였다.

베니테스는 코르테스의 명령이 떨어지기만 기다리고 있었다. 그는 말 위에 꼿꼿이 앉아 가죽 채찍 냄새와 갑옷의 기름 냄새, 말의 땀 냄새에 콧잔등을 찡그렸다. 입 안이 바싹바싹 타들어왔다. 걱정했던 그대로였다. 그는 사실 겁쟁이였던 것이다.

코르테스는 안장 위에 조용히 앉아 사태를 지켜보고 있었다.

오르다스와 그의 부하들이 도랑과 수렁에 빠져 허우적거리고 있었다.

갑자기 코르테스가 채찍을 치켜들고 소리쳤다.

"성 야곱과 스페인을 위해!"

그들은 앞으로 돌격했다.

원주민들은 대포 소리와 자신들의 요란한 북소리, 피리 소리 때문에 스페인 병사들이 달려오는 소리를 듣지 못했다. 대부분의 병력이 그들을 등지고 있었으므로 불시에 기습을 받은 셈이었다. 그러나 베니테스는 으스스한 공포와 함께 코르테스의 계산이 잘못되었음을 깨달았다. 그들은 격자무늬로 얽혀 있는 관개수로로 곧장 돌진한 꼴이었다. 갑자기 그의 말이 배수로에 빠져 비틀거렸고 주위의 다른 말들이 앞발을 들어올리며 비명을 질렀기 때문에 기수들은 모두 낙마할 지경이었다.

베니테스는 자신이 타고 있는 얼룩말에 박차를 가했다. 만약 이번 전투에서 긴다면 그들은 모두 죽게 될 것이다. 그는 포토찬의 신전에서 본 헤골을 떠올렸다.

그는 배수로를 빠져나와 단단한 땅 위를 질주했다. 인디언들이 외치는 고함 소리가 곧찌기 진제에 울려퍼졌다. 그의 앞에 서 있던 원주민들은 곤봉과 창을 내던지고 도망치기 시작했다. 베니테스는 그들 사이로 말을 달리며 코르테스가 명령한 대로 그들 얼굴 높이로 창을 겨누었다.

그는 다른 기병들은 어떤지 보기 위해 주위를 둘러보았다. 하지만 아무도 없었다. 자기 혼자뿐이었다. 다른 기병들은 아직도 진흙탕 속에서 허우적대고 있었다.

베니테스는 고함을 질렀다. 순전히 겁에 질린 외침이었다. 그러나 그는 본능적으로 말에 박차를 가하며 다시 질주하기 시작했다. 수십 명이던 인디언들이 어느새 수백 명, 수천 명이 되어 마치 잔잔한 수면 위를 퍼져나가는 잔물결처럼 흩어졌다. 주위에 있던 오르다스의 보병대가 환호하는 소리를 그는 들었다. 베니테스는 말머리를 돌려 다시 한번 질주했다. 심장이 뛰는 소리가 귀에 울리는 듯했다. 그는 마치 양들을 모는 개처럼 인디언들을 쫓아갔다.

나머지 기병들이 도착하자 인디언들은 패주하기 시작했다. 베니테스는 말을 세우고 뒤쪽에서 일고 있는 먼지구름을 바라보았다. 그는 머리를 젖히고 파란 하늘을 향해 도전적인 외침을 내질렀다. 승리의 기쁨, 안도감, 그리고 자신이 이렇게까지 해내고도 살아남았다는 사실을 믿을 수가 없었다.

노르테는 전쟁터를 돌아보며 지독한 메스꺼움을 느꼈다. 잘려나간 사지, 고통으로 신음하며 피투성이인 시체 더미에서 기어나오려고 안간힘을 쓰는 사람. 스페인 군인들은 무장한 차림 그대로 미소를 지으며 서로의 등을 두드려주고 있었다. 그들은 엄청난 수의 적군을 상대로 승리를 얻었다. 코르테스 덕분에 가능했던 일이었다.

그러나 노르테는 이와는 반대의 결과를 바랐다. 속으로는 인디언

들이 이기길 바랐던 것이다. 설령 그로 인해 자신이 죽게 된다 해
도. 그는 이제 자신의 죽음을 받아들일 수 있다는 자신감이 생겼다.
도저히 견딜 수 없는 이런 삶을 사는 것은 치욕스럽고 절망적인 일
이었다.

"이젠 졌다고 생각하는 순간, 난 그분을 보았어."

노르테의 귀에 한 병사의 목소리가 들려왔다. 구스만이었다.

"그분은 먼지 속에서 하얀 말을 타고 나타났어. 원주민들이 그분
을 보더니 마구 도망치기 시작했지!"

"누구?"

플로레스가 물었다.

"성 야곱 말이야! 그분은 저 벌판에 잠시 나다녔다가 다시 흙먼
지 속으로 사라져버렸어. 마치 연기처럼."

어리석긴, 하고 노르테는 생각했다. 어리석고 미신에 사로잡혀 있
기는 원주민이나 스페인인이나 마찬가지였다. 그런데도 스페인 사
람들은 자신들이 훨씬 우월하다고 생각하고 있었다.

"그건 베니테스야."

그가 말했다.

구스만과 플로레스가 그를 돌아보았다.

"자네가 본 건 성 야곱이 아니라 베니테스라고."

"무슨 냄새 안 나?"

구스만이 플로레스에게 물었다.

플로레스는 바람이 부는 쪽으로 고개를 돌렸다.

"야만인 냄새가 나는데. 전부 죽인 줄 알았더니만."

구스만은 죽은 인디언 한 명을 들여다보더니 칼로 귀를 잘라 노
르테의 발치에 던졌다.

"자네 아침거리야."

그 순간 노르테는 그들의 표정에서 말로는 표현할 수 없는 지독한 증오심을 발견했다. 팔 년 전의 일이 떠올랐다. 처음 그를 사로잡았던 인디언들이나, 그로부터 처음 두어 달이 지나는 동안 겪었던 마야인들조차도 이 두 사람처럼 그를 증오하진 않았던 것이다.

이곳에서 그는 진정 혼자였다.

5

포톤찬

꽃으로 장식한 카누 넉 대가 강물을 타고 천천히 흘러내려왔다. 카누가 강둑으로 가까이 오자 스페인 병사들이 모여들었다. 그들은 마치 철부지 학생들처럼 큰 소리로 웃고 소리치며 서로 팔꿈치로 쿡쿡 찔러댔다. 대부분이 오르다스의 부하들이었다. 저런 인간들에게서 뭘 기대할 수 있겠는가?

코르테스는 갈색의 프란체스코 수도사 복장을 한 아길라르를 대동하고 사신을 맞이하기 위해 강둑으로 내려갔다. 원주민들은 세우틀라에서의 전투 이후 즉기 평화를 요청했고 코르테스는 조약을 맺으며 선의의 징표를 요구했다. 카누 안에는 그의 전리품이 실려 있을 것이었다.

카시케 족의 추장은 전통적인 방법으로 고르테스를 영접했다. 그는 무릎을 꿇고 손가락을 땅에 댄 다음 자신의 입술로 가져갔다.

"이 약소한 우정의 징표를 받아달라는군요."

아길라르가 추장의 촌탈 마야 어를 통역했다.

"그리고 우리를 공격한 자신들의 어리석음을 너그러이 용서해달랍니다."

코르테스는 한껏 위엄을 부리며 고개를 약간 숙여 보였다. 그는 카시케 족에게는 관심이 없었다. 그보다는 그 사신이 카누에 싣고 온 물건에 더 관심이 있었다. 자신의 요구대로 그들은 금을 가지고 왔다. 하지만 실망스럽게도 새나 도마뱀과 같은 작은 짐승 모양의 조각상에 불과했다. 그 밖에도 보석과 귀걸이, 금으로 만든 신발 등이 있었다. 카시케 족의 노예들은 땅 위에 천을 깔고 그 물건들을 전부 밖으로 쏟아놓았다.

코르테스는 몇 가지 물건들을 자세히 들여다보았다. 전리품은 기대했던 것에는 턱없이 모자랐지만 세공의 정교함에는 감탄하지 않을 수 없었다. 지금까지 자신이 본 대로라면 이들의 문화는 그리할 바가 생각했던 것처럼 그렇게 미개하지는 않았다. 그는 아길라르에게 말했다.

"금을 어디서 가져왔는지 물어보라."

아길라르가 통역했다.

"광산은 내륙 깊숙이 있다는군요. 멕시코라 부르는 곳이랍니다."

"그 멕시코에는 금이 많은가?"

"멕시카의 황제는 이 세상에서 가장 부유한 사람이라는군요."

아길라르가 말했다.

새로운 사실을 알아낸 코르테스는 저들이 자신의 속셈을 눈치 채지 않기를 바라며 잠시 생각에 잠겼다.

"그의 이름이 뭐지?"

아길라르는 그 어려운 발음 때문에 연거푸 다시 물었다.

"목테수마. 황제의 이름이 목테수마랍니다."

그때 갑자기 강가에서 귀에 거슬리는 웃음소리가 들렸다. 코르테스는 분노에 찬 시선으로 돌아보았다. 카시케 족의 노예들이 카누에 탄 여인들을 해안으로 인도하자 스페인 병사들이 더 가까이서 보려고 몰려들었다. 하라미요가 알바라도의 옆구리를 치며 뭐라고 음탕한 발언을 지껄이자 웃음소리는 더욱 커졌다.

코르테스는 천박하다는 듯이 입술을 비틀었다. 개나 다를 바 없는 것들! 문장(紋章)을 새긴 갑옷을 입고 있는 예의 바른 알바라도도 마찬가지였다. 마음속은 모두 개들이다! 위대한 국왕 폐하에게 봉사하는 기사의 의미를 제대로 이해하고 있는 사람은 하나도 없었다.

"저 여자들은 아칼란에서 가장 아름다운 여인들이랍니다."

코르테스가 흥미있어하는 것을 눈치 채고 카시케 족장이 말하자 아길라르가 다시 통역했다.

"저 여자들이 당신을 모실 거라는군요. 옥수수 가루를 만들어 식사도 준비하고, 당신의 옷을 수선해주기도 하고, 그리고……"

아길라르는 얼굴을 붉히며 말을 멈추었다.

"……그리고 당신이 원하는 것은 뭐든 해줄 거랍니다."

여자들은 모두 스무 명이었다. 깨끗한 하얀색 튜닉에 발목까지 내려오는 먼 스커트를 입고 허리에는 수놓아진 벨트를 맨 마야인의 복장이었다. 귀와 팔목, 발목에는 금장식이 번쩍거렸고, 머리는 케쌀(남아메리카에 서식하는 꼬리가 긴 새 ─ 옮긴이)의 화려한 초록색 깃털이나 플라밍고의 핑크색 깃털로 장식되어 있었다. 하지만 금붙이나 예쁜 깃털로도 그녀들의 땅딸막하고 못생긴 외모를 감출 수는 없었다. 심지어 눈이 사팔뜨기인 여자들도 있었다. 그것이 마야 인디언들 사이에서는 굉장한 미의 상징이라고 아길라르는 코르테스에게 속삭였다.

코르테스는 전혀 흥미가 없었다.

바로 그때 그는 그녀를 보았다.

마치 하늘의 뜻인 양.

그녀는 몸가짐으로 보아 절대 노예는 아니었다. 다른 처녀들과 달리 그녀의 튜닉은 목과 가장자리가 화려하게 수놓아져 있었으며 갈대무늬가 그려져 있었다. 또 원주민치고는 이례적으로 키가 컸다. 다른 처녀들처럼 얌전하게 내리깔지 않고 그를 정면으로 응시하는 검은 눈동자는 도발적인 매력을 뿜어내고 있었다.

코르테스는 동물적 욕구가 꿈틀대는 것을 느꼈다. 아름다운 여자로군. 다른 자리에서라면 내 여자로 만들었을 거야. 하지만 지금 여기선 문제의 소지가 있어.

카시케 족장이 아길라르에게 뭔가를 속삭였다.

"저 여자의 이름은 세 말리날리 테네팔이라는군요. 이름은 그녀가 태어난 날을 가리키는 것으로 열두번째 달의 첫날이랍니다. '고행의 풀잎 하나' 란 뜻이라는군요. 테네팔은 그러니까…… 수다스런 사람에게 붙이는 성이랍니다."

마침내 그녀도 얌전히 시선을 낮췄다. 하지만 코르테스가 계속 자신을 쳐다보고 있다는 것을 느끼고 있는 듯했다. 그녀는 다른 소녀들처럼 쩔쩔매지도 않았으며, 킬킬거리거나 속살거리지도 않았다.

"추장 말로는 약초를 다루는 데 매우 능하다는군요. 뛰어난 치료

사라고 합니다."

아길라르가 덧붙였다.

그는 부사제의 얼굴을 바라보았다. 그는 침울한 표정으로 말없는 비난을 보내고 있었다. 고루한 신의 사도 같으니.

"선물을 감사히 받겠다고 하게."

코르테스가 말했다.

추장이 다급한 어조로 말했다.

"마을은 태우지 말아달라는군요. 이 이교도들의 나라에서는 일반적으로 승자가 그렇게 아량을 베풀어준답니다."

아길라르가 통역했다.

코르테스는 미소를 지으며 말했다.

"그건 여기뿐 아니라 어디서든 마찬가시다. 어쨌든 저들과 저들 마을에는 아무 해도 끼치지 않겠다고 추장을 안심시키게. 하지만 그 대가로 어리석은 우상들을 치우고 인간을 제물로 바치는 관습을 폐지하라고 해. 그 대신 우리의 신, 예수 그리스도에게 복종하라고 말이야."

한동안 열띤 논쟁이 벌어지더니 마침내 아길라르가 말했다.

"저들이 우리의 말뜻을 완전히 알아들은 것 같지는 않습니다. 하지만 제가 차치 가르치겠습니다."

"좋아. 저들의 구원 문제는 자네와 올메도 신부에게 일임하겠네."

분명 자네도 그걸 바랐겠지.

코르테스는 다시 여인에게도 시선을 돌렸다.

"대장님."

"왜 그러나, 아길라르?"

부사제의 얼굴은 여전히 상기되어 있었다. 그는 적당한 말을 찾지 못하고 더듬거렸다.

"뭔데 그래?"

코르테스가 귀찮다는 듯이 물었다.

"저 여자들 말인데요, 하느님을 믿는 신사들은 결코 접촉해서는 안 될 이교도입니다. 교회에서 금지하고 있습니다."

"그 정도는 나도 알고 있어. 내일 아침 올메도 신부를 도와 저들에게 세례를 주고 참된 우리의 종교로 개종시키게."

아길라르는 그제야 마음을 놓았다.

"고맙습니다."

코르테스가 돌아보자 그 처녀가 다시 그를 바라보고 있었다. 그는 순간 그녀의 얼굴에서 무언가를 보았다. 호기심? 두려움? 얼른 파악하기 어려운 색다른 무엇이었다. 여자는 다시 천천히 시선을 떨구었다.

그는 목덜미가 갑자기 따끔거리는 것을 느꼈다. 방금 무슨 일이 벌어진 것이다. 그것이 무엇인지는 그로서도 알 수가 없었다.

신이다!

그의 머리칼은 옥수수 수염처럼 부드럽고, 눈은 푸르고 피부는 눈처럼 새하얬다. 추장은 천둥의 신을 화나게 해서는 안 된다며 고개를 숙이라고 했지만 어쩔 수가 없었다.

그녀와 다른 여자들이 케이폭 나무 그늘 아래 서자 이상하게 생긴 사람들이 그들 주위로 몰려들었다.

또다른 신이다!

그는 다른 사람보다 키가 컸으며 수염은 화살촉처럼 뾰족했다. 하지만 그녀를 놀라게 한 것은 그의 머리칼이었다. 그것은 불의 빛깔이었다. 그의 목에 걸린 황금 메달과 손가락의 금반지에 부딪혀 찬란한 빛을 발하는 태양의 빛이었다.

모든 것이 눈부셨고 놀라웠으며, 황홀했다. 멀리 개가 한 마리 보였다. 그 개는 이제껏 그녀가 보아온 개와는 달리 빨간 눈동자에 무시무시한 이빨 사이로 침을 질질 흘리는 거대한 짐승이었다. 마치 죽음의 신 믹틀란테쿠틀리의 왕국에서 저승의 문을 지키고 있을 것만 같은 괴물의 모습이었다. 그녀는 두려워하는 모습을 보이지 않으려고 애썼다. 다른 여자들은 비명을 지르며 개에게서 도망쳤다. 불타는 머리칼을 가진 신은 그들이 당황하는 모습을 보자 호탕하게 웃었다.

다음 순간 그녀의 발 아래에서 땅이 흔들렸다. 주위를 둘러보니 마을의 전사들을 공포에 떨게 하고 전쟁에 패하게 만든 머리가 두 개 달린 거대한 괴물들이 서 있었다. 하지만 그녀는 이내 그 괴물들의 머리가 두 개가 아님을 알았다.

현실은 전설보다 훨씬 놀라웠다. 한 신이 그 괴물 등에서 내리자, 돌받침 위에 세워진 집만큼이나 높다란 그 거대한 짐승이 하얀 연기를 내뿜었다. 신들은 이 짐승을 타고 명령을 내리는 것 같았다. 어떻게 그런 일이 가능하지?

그녀는 뒤를 돌이 강 위에 떠 있는 거대한 카누를 바라보았다. 거기엔 깃털 달린 뱀의 붉은 십자가 깃발이 나부끼고 있었다. 이젠 의심의 여지가 없었다. 마침내 그날이 온 것이다.

"저거 봐."

그녀는 레인 플라워에게 속삭였다.

"나도 봤어요, 작은엄마."

"내가 뭐랬어! 그날이 온 거야!"

그러나 그녀는 아직 그를 보지 못했다. 그는 옥수수 수염 같은 머리칼을 한 신도 아니며, 터키석 눈동자를 지닌 신도 아니고, 불타는 머리칼을 지닌 신도 아니다. 하얀 얼굴에 수염을 기른 이 사람들 사이에는 없었다. 대부분이 마치 현무암처럼 얼굴에 구멍이 나 있었다.

저기 있다!

한순간 그녀는 숨을 쉴 수가 없었다. 그녀가 상상했던 그대로였다. 촐룰라의 피라미드에서 본 그 모습, 수많은 동상과 조각, 신전 벽의 부조 등에서 수백, 수천 번 묘사되었던 그 모습 그대로였다. 짙은 수염에 검은 머리칼이 어깨까지 내려오고 얼굴은 케쌀의 초록 깃털이 꽂힌 투구가 감싸고 있었다. 회색 눈동자는 마치 그도 그녀와 같은 깨달음을 얻었다는 듯이 그녀를 뚫어지게 바라보고 있었다.

마침내 그가 그녀에게 다가왔다.

그녀는 무릎을 꿇고 손가락을 땅에 댄 다음 입술로 가져갔다. 그도 답례의 뜻으로 고개를 숙이고 희미한 미소를 보냈다.

"케쌀코아틀,"

그녀는 자신의 언어로 그렇게 말하고는 촌탈 마야 어로 말했다.

"깃털 달린 뱀이시여."

코르테스는 아길라르를 돌아보았다.

"뭐라고 하는 거냐?"

아길라르는 그녀를 바라보다가 코르테스에게 시선을 옮겼다. 그는 어리둥절한 표정을 지으며 고개를 저었다.

"그냥 전통적인 인사입니다."

말은 그렇게 했지만 아길라르의 눈길은 코르테스가 다른 사람들

을 맞기 위해 그 자리를 떠난 뒤에도 오랫동안 그 여인에게 머물렀
다. 말리는 직감적으로 자신이 적을 만났음을 깨달았다.

6

그들은 두 그루의 야자수 그늘 아래 커다란 나무 십자가를 세우고, 그중 한 나무에는 그림을 걸었다. 아이에게 젖을 물린 어머니의 그림이었다. 그들이 무슨 제식을 올리려는 것인지 말리는 즉시 눈치 챌 수 있었다. 마야인들에게 십자가는 다산의 상징이었고, 나무에 걸린 그림은 신들이 그들과 짝을 맺고 싶어한다는 뜻을 한층 노골적으로 드러낸 것이었다.

이것이 두려워할 만한 일임은 그녀도 알고 있었다. 어젯밤 다른 처녀들은 자신들의 미래에 대해 얘기를 나눴다. 레인 플라워는 신들의 페니스가 흑요석처럼 단단하고, 날카로운 독수리 발톱 같은 것이 달려 있어 그들은 모두 끔찍하게 죽게 될 거라는 얘기를 들었다고 했다. 어떤 처녀는 신의 씨가 사람이 아닌 표범으로 자라나 출산할 때가 되면 그 이빨로 자신들의 자궁을 찢고 나올 거라고 믿고 있었다.

그들은 어리석은 타바스칸 족 여자들일 뿐이었다.

하지만 말리 자신도 약간은 두려운 마음이 생기는 것을 어쩔 수 없었다.

어젯밤 아길라르라는 사람이 와서 오늘 어떤 일이 벌어질 것인지 설명하려고 애썼다. 하지만 그의 말은 이해하기가 힘들었다. 마치 복잡한 수수께끼를 얘기하듯 그는 빙빙 돌려서 설명했다.

말리가 다른 여자들과 함께 해변으로 안내되자 모든 천둥의 신들이 양쪽에 서서 그들을 지켜봤다. 그녀는 그들의 시선이 자신에게 꽂히는 것을 느꼈다. 흥분으로 관자놀이가 세차게 뛰기 시작했고, 정신이 어질어질했다.

아버지가 살아 계셔서 이 숭고한 순간을 지켜보신다면 좋을 텐데.

프레이 올메도와 아길라르가 야자수 아래에 있는 십자가 양쪽에 서서 그들을 기다리고 있었다. 한쪽에는 사람들이 코르테스라고 부르는 깃털 달린 뱀이 서 있었다. 그 뒤에는 터키석 눈동자를 가진 신 푸에르토카레로가 서 있었고, 그 옆에는 불의 신 알바라도가 싱글벙글 웃으며 옆에 있는 또다른 수염 달린 신에게 속삭이고 있었다. 사방이 조용한 가운데 야자수 잎이 바람에 살랑거리는 소리와 깃발이 펄럭거리는 소리만 났다. 동풍이 불고 있었다. 분명 깃털 달린 뱀 신이 명령한 것이리라.

대부분의 천둥 신들은 무장을 하고 있었다. 햇빛에 강철이 번뜩이자 말리는 눈이 부셨다.

말리가 십자가 앞으로 나가자 아길라르가 모래 위에 무릎을 꿇으라고 했다. 올메도 신부는 물이 남긴 향로를 들고 그녀 곁에 서 있었다.

"악마와 그에 관련된 모든 제시을 버리겠는가?"

아길라르가 라틴어로 물었다.

그녀는 생전 처음 들어보는 말에 어리둥절하여 그를 바라보았다.

"네, 라고 대답해."

이번에는 그녀가 알아들을 수 있는 말로 아길라르가 말했다.

"네."

말리는 기어드는 목소리로 말했다.

"주 예수를 너의 구세주로 영접하고, 그의 아버지이신 하느님을 너의 하나뿐인 진실한 신으로 받아들이겠느냐?"

대체 무슨 말을 하는 거지?

"네, 라고 해."

아길라르가 다시 촌탈 마야 어로 말했다.

"네."

아길라르가 올메도에게 고개를 끄덕이자 신부는 그녀의 머리에 약간의 물을 뿌리고 이상한 말로 재빨리 뭐라고 중얼거렸다. 그러자 아길라르가 그녀의 어깨에 손을 얹고 말했다.

"하느님의 은혜로 너는 구원받았도다. 너의 새 이름은 도냐 마리나다. 평화가 함께하길."

여자는 모두 스무 명이었다. 그의 부하들에게는 충분치 않은 숫자였다. 여자들은 케이폭 나무 아래에서 참을성 있게 기다렸고, 남자들은 코르테스가 어떤 결정을 내릴지 궁금해하며 뚫어지게 바라보고 있었다. 싸움터에서 그는 지휘관으로서의 진가를 충분히 보여주었다. 이제는 전리품 배분에서도 그가 얼마나 믿을 만한 사람인가를 보여줘야 한다.

그는 차례로 여자들 손을 잡고 자신의 부하들에게 데려갔다. 문제를 일으킬 소지가 있는 오르다스와 레온을 빠뜨릴 수는 없었고, 든든한 지원자인 하라미요와 산도발에게도 은혜를 베푸는 것을 잊지 않았다. 몰라, 루고, 그라도와 같이 덜 중요한 부하들에게는 사팔뜨기 여자들을 주었다. 동료들은 그들을 놀려댔고, 하라미요는 그들에게 여자들 위에 올라탈 때 머리맡에 설탕 자루를 놓아두라고 충고했다.

그들이 웃음을 터뜨리자 코르테스는 화가 났지만 아무 말도 하지 않았다.

다음은 베니테스 차례였다. 그는 훌륭한 기수이며 세우틀라 전투에서 가장 용맹하게 싸웠다. 하지만 쿠바에 있을 때는 말썽꾼으로 악명이 높았다. 잘 다루면 든든한 오른팔이 될 수도 있겠지만 살못하면 골칫덩이가 될 수도 있었다.

이젠 가장 예쁜 세 명의 여자만 남아 있었다. 코르테스는 커피색 피부에 매부리코, 고양이처럼 새까맣고 반짝이는 눈동자를 가진 자그마한 처녀를 베니테스에게 주었다. 처녀는 예뻤지만 고개를 거만하게 젖히고 있는 폼으로 보아 성질이 보통은 아닌 것 같았다. 저 여자를 길들이려면 베니테스도 꽤 바쁠 것이다.

이제 두 명의 여자, 말리날리와 또 한 명의 가슴이 풍만한 여자가 남았다. 알바라도와 푸에르토카레로는 그의 결정에 따라 즉각 기뻐하거나 덤벼들 자세로 그를 지켜보고 있었다. 코르테스 자신이 여자를 차지하기 위해 둘 중 한 명을 제쳐둘 것인가?

그는 곰곰이 따져보았다. 알바라도는 무모하고 충성스러우며 훌륭한 전사다. 푸에르도카레도 역시 충성스런 부하지만 지난번 강변에서나 세우틀라 전투에서 본 것처럼 싸움에는 소질이 없다. 하지만 고귀한 혈통을 타고났으며 궁정에 막강한 권력을 가진 친구들도 많다는 점에서 그에게 좋은 발판이 되어줄 수 있었다.

그는 말리라고 하는 여인을 돌아다보았다. 길들여주기를 기다리고 있는 야생마 같았다. 그는 오른손 주먹을 쥐었다. 이거야말로 문제로군. 그는 야망과 욕망 사이에서 갈등하고 있었다. 자신이 궁지에 몰린 것을 깨닫자 화가 치밀었다. 그는 이것이 손해가 아닌 유보가 될 것이라고 다짐했다.

그는 가슴이 풍만한 여인을 알바라도에게 주고 말리에게 돌아섰다. 반짝이는 검은 눈동자가 그를 올려다보고 있었다. 그녀의 눈동자에 자신의 흥분되고 기대에 찬 모습이 비쳐 보였을까? 그는 여자의 손을 잡고 푸에르토카레로에게 데리고 갔다.

그녀는 어리둥절한 표정이었다.

이제 됐다. 부하들 사이에서 동조의 속삭임이 들려왔다. 이로써 코르테스는 완벽한 외교가임을 입증한 것이다.

코르테스는 자신의 일그러지는 얼굴을 보이지 않기 위해 얼른 돌아서야만 했다. 지금으로서는 다른 방법이 없다. 하지만 결국에는 내가 저 여인을 차지하게 될 것이다. 저 여인에게는 반드시 내가 차지해야만 하는 뭔가가 있다.

7

"신사답게 굴겠다는구나."

아길라르가 중얼거렸다. 그는 실망한 것처럼 보였다. 말리는 새로운 남편을 받아들이는 오늘밤 내내 그가 여기 함께 머물 작정인지 궁금했다.

"내가 처녀라고 말해주세요."

아길라르는 이 새로운 사실에 놀랍기도 하고 동시에 기쁘기도 하다는 표정을 지었다.

"정말이냐? 아직도 순결을 간직하고 있단 말이야?"

"아뇨, 하지만 그렇게 말해주세요. 그가 고마워할 테니까요."

촛불이 미풍에 펄러였다. 촛불은 참으로 신기한 물건이었다. 탁자 위로 뜨거운 기름이 흘리내리며 벽에서는 그림자가 춤을 추었다.

아길라르는 마치 부적이라도 되는 양 기도서를 꼭 움켜쥐었다.

"자신에게 궁금한 것이 있는지 물어보라는구나."

"이름이 뭔지 알고 싶어요."

말리가 말했다.

"그의 이름은 알론소다. 알론소 푸에르토카레로. 스페인 사람이고 기독교 신자야. 매우 훌륭한 가문 출신이지."

말리는 알론소라는 이름을 제대로 발음하기 위해 몇 번 되뇌어보았다. 이후에 아길라르가 카스티야 어와 마야 어를 섞어 지껄이는 얘기는 그녀에게 아무 의미도 없었다.

"더 알고 싶은 게 있느냐?"

아길라르의 질문에 그녀의 정신이 돌아왔다.

"그가 신인지 물어봐주세요."

아길라르는 얼굴을 붉혔다.

"신은 오직 하나뿐이야."

그는 나무라는 어조로 말했다.

"우리 인간은 모두 죄를 지고 태어난다. 그런 말도 안 되는 생각은 하지 마."

오직 하나의 신이라. 물론 코르테스를 말하는 거겠지. 그녀는 고개를 끄덕였다.

아길라르는 진땀을 흘리고 있었다. 그는 자리에서 일어섰다.

"그가 만약 너에게 어떤…… 비정상적인 것을 요구한다면, 꼭 따를 필요는 없다."

말리는 재미있기도 하고 당황스럽기도 했다. 쾌락에 관한 것은 무엇이든 이 남자를 당혹스럽게 만드는 것 같았다.

"그가 하라면 무엇이든 기쁜 마음으로 할 거예요."

그녀가 말했다.

아길라르는 도망치듯 밖으로 나갔다.

아길라르는 어둠 속으로 비틀거리며 걸었다. 사내들은 모두 짐승이나 마찬가지다. 하지만 이 어둡고 야만스런 나라에서 신의 과업을 펼치기 위해서는 짐승들이 필요했다.

그는 말리라는 여자를 믿을 수 없었다. 뚱뚱한 여자들이나 못생기고 얼굴이 둥근 여자들, 눈이 사팔뜨기인 여자들은 그래도 구원받을 영혼이 있다는 생각이 들었다. 하지만 이 여자는 아니다. 속내를 알 수 없는 검은 눈동자에서 그는 악마를 보았다.

이런 여자를 곁에 둬서 좋을 리가 없어, 하고 그는 스스로에게 다짐을 두었다.

푸에르도카레로는 갈대로 짠 침대 위에 앉아 있는 말리의 곁으로 갔다. 그녀는 촛불에 비친 그의 얼굴을 자세히 들여다보았다. 그리고는 손을 뻗어 마치 옥수수 수염처럼 이상하게 생긴 머리칼을 만졌다. 뻣뻣한 수염과는 달리 머리칼은 놀랄 만큼 부드러웠다.

"내 사랑."

사내가 속삭였다.

그녀는 그의 팔을 쓰다듬으며 섬세한 황금빛 털을 자세히 살펴보았다. 자신도 모르게 두려운 마음이 들었다.

남자도 그녀의 두려움을 눈치 챈 듯했다. 그는 여자를 부드럽게 누이고 스페인 말로 뭐라고 속삭이며 머리칼을 쓰다듬었다. 그게 무슨 뜻인지는 알 수 없었지만 그 부드러운 어조가 그녀를 달래주었다.

그의 몸을 보자 그녀는 두려운 마음이 들었지만 한편으로는 매료되었다. 그녀는 이상하게 생긴 옷의 여민 부분을 서투른 손짓으로 더듬었다. 그의 상체는 그다지 매끄럽지 않았다. 가슴과 배, 허벅지는 수염보다 부드럽고 곱슬거리는 황금빛 털로 뒤덮여 있었다. 하지만 조금 익숙해지자 그다지 불쾌할 정도는 아니었다. 말리는 레인 플라워의 무시무시한 예언이 틀렸다는 사실이 무엇보다 다행스럽게 여겨졌다. 성기에 독수리 발톱 따위는 달려 있지 않았던 것이다. 하지만 부풀자 엄청나게 커졌다. 아마도 그의 덩치가 워낙 크기 때문이리라.

타이거 립 플러그와 달리 그는 서두르지 않았다. 그리고 인디언들이 하는 것처럼 등뒤에서가 아니라, 얼굴을 마주 보며 그녀를 안았다. 그가 그녀 안으로 들어온 이후부터는 아무런 육체적 전율도 느낄 수 없었다. 너무 두렵고 당황하여 감각이 마비되었다.

곧 그가 몸을 부르르 떨며 그녀의 몸 안에 씨를 뿌리는 것이 느껴졌다. 그 순간 그녀는 자신의 삶이 이제는 되돌릴 수 없는 방향으로 변했다는 것을 깨달았다. 완만하게 흐르던 강은 이제 그 흐름을 바꾸어 절벽 아래로 곤두박질치며 바다를 향해 사납게 나아갔다. 코르테스라 불리는 바다를 향해.

테노치티틀란

세 명의 남자가 엉금엉금 기어 방을 가로질러왔다. 맨발에다 허리엔 하얀 천만 간단히 두른 차림이었다.

"황제여, 우리의 위대한 황제여."

그중 한 명이 새되고 갈라지는 목소리로 중얼거렸다.

목테수마는 눈부신 차림으로 그들을 맞았다. 그의 아랫입술에는 독수리 모양의 입술장식이, 귀에는 터키석 귀걸이가 반짝이고 있었다. 다홍빛 망토는 코요테의 털과 케쌀의 깃털로 만들어졌으며, 가장자리에는 기하학적 무늬가 수놓아져 있었다.

그는 혐오스럽다는 표정을 감추지 않고 자신의 발 아래 엎드린 세 명의 남자를 내려다보았다. 그리고는 몸을 돌려 총리대신인 우먼 스네이크에게 속삭였다.

"거룩하신 대변자께서 너희가 대체 무슨 일로 이곳까지 왔는지 알고 싶어하신다."

세 명의 어부 모두 다른 사람이 먼저 입을 열기를 기다렸기 때문에 잠시 침묵이 흘렀다. 마침내 가장 연장자인 듯한 사람이 말했다.

"저희는 테완테펙에 있는 코아싸코알코스의 마을에서 왔습니다. 사흘 선, 노도 젓지 않는 커다란 배가 저희 민(灣)에 나타났습니다. 그 배는 바람을 타고 왔으며, 몸을 천으로 감싸고 진홍색 십자가가 그려진 거대한 깃발을 달고 있었습니다! 다음날 저희는 덥수룩한 수염을 기르고 햇빛에 번뜩이는 황금색 투구를 쓴 사람을 만났습니다. 그들은 해변가로 오더니 신선한 물과 식량을 달라고 했습니다. 저희는 가진 것을 전부 주었습니다. 칠면조와 옥수수까지 주었지요. 그들은 이틀 밤낮을 머물더니 다시 배를 타고 동쪽 땅을 향해 떠났습니다."

만약 세 명의 어부들이 감히 목테수마의 표정을 보았다면 그들은 필경 공포에 떨었을 것이다. 하지만 황제의 얼굴을 바라본다는 것은 죽음이라는 엄벌에 처해짐을 의미했다. 그들은 자신들의 말이 황제에게 어떤 영향을 미쳤는지 선혀 알지 못한 채 그저 무릎을 꿇고 기다리기만 했다. 마침내 목테수마는 마음을 가라앉히고 우먼 스네이크에게 두번째 질문을 속삭였다.

"그 대가로 그들은 무얼 주었느냐?"

우먼 스네이크가 어부에게 물었다.

남자는 딱딱한 빵을 움켜쥐고 앞으로 기어나왔다. 그리고는 목테수마의 발 아래 대리석 바닥에다 그것을 내려놓았다.

"이것이 그들의 식량이라고 했습니다."

목테수마가 고개를 끄덕이자, 우먼 스네이크는 빵을 집어 왕에게 건넸다. 그는 그것을 손바닥 위에 올리고 무게를 가늠해보았다. 이 신의 음식이라는 것은 그 무게나 질감이 마치 화산암 같았다. 그는 시험삼아 빵의 모서리를 깨물어보았지만 이빨조차 들어가지 않았다.

그는 다시 총리대신에게 속삭였다.

"거룩하신 대변자께서는 그들이 너희에게 다른 말은 하지 않았는지 알고 싶어하신다."

"그들은 신에게 사람을 제물로 바치는 의식은 그만둬야 한다고 말했습니다. 아니면 다시 돌아와 저희에게 벌을 내릴 거라고 했습니다."

목테수마는 가쁜 숨을 내쉬었다. 그 소리는 마치 뱀이 내는 소리처럼 알현실에 울려퍼졌다. 의심의 여지가 없었다. 예언대로 깃털 달린 뱀이 돌아온 것이다.

그는 딱딱한 빵을 움켜쥐고 우먼 스네이크에게 나지막이 지시했다.

"너희들은 거룩하신 대변자를 위해 안뜰에서 기다리도록 해라. 이 일을 아무에게도 말해서는 안 되느니라. 그랬다간 죽음에 처해질 것이다."

무사히 알현을 끝냈다는 사실에 안도하며 세 사내는 등을 보이지 않고 문 쪽을 향해 뒷걸음질을 쳤다. 그들이 나가고 나자 목테수마는 다시 우먼 스네이크에게로 고개를 돌렸다.

"저들을 제물로 바쳐라. 이 얘기가 절대 새나가서는 안 된다."

"알겠습니다."

우먼 스네이크가 대답했다.

목테수마는 자신의 손 안에 쥐어진 신성한 식량으로 주의를 돌렸다.

"저들의 얘기를 어떻게 생각하느냐?"

"저들은 미천한 어부들일 뿐입니다. 저런 천민의 얘기를 어찌 믿을 수 있겠습니까. 그 이방인들은 절대 신들이 아닐 것입니다. 그저 먼 나라에서 온 사신이겠지요."

"말도 안 되는 소리. 테노치티틀란은 이 세계의 중심이다. 바다 건너에는 천국이 있을 뿐이야."

목테수마는 고개를 저었다.

"케쌀코아틀, 깃털 달린 뱀이야. 빨간 십자가가 그려졌다는 그의 깃발. 그는 깃털 달린 뱀이 새벽녘에 사라졌다는 동쪽에서 왔어. 게다가 그 배에 바람을 몰고 왔다고 했어. 또 인간 제물에 대한 얘기까지! 그 자가 케쌀코아틀이 아니면 대체 누구겠는가?"

우먼 스네이크는 아무 대답도 하지 않았다.

나는 왕좌에 오른 순간부터 이렇게 될 운명이었어, 하고 목테수마는 생각했다. 마침내 그 순간이 다가오니 오히려 마음이 놓이는 군. 더이상 미래를 두려워하며 살 필요는 없어.

그는 여전히 손에 쥐고 있는 딱딱한 빵을 바라보았다. 그리고는 그것을 총리대신에게 건넸다.

"이것을 황금 조롱박에 넣어두노록 해라. 후에 톨란*에 있는 깃털 달린 뱀의 신전으로 옮길 것이니라. 만약 그가 다시 돌아온다면 우리

---

* 멕시코 톨텍 족의 옛 수도. 900~1200년경에 번영한 중심지. 케쌀코아틀 신을 위한 것으로 여겨지는 다섯 계단으로 된 사원 피라미드가 있다.

가 자신의 물건에 경의를 표하고 있는지 분명 알고 싶어할 것이다."

"알겠습니다, 폐하."

우먼 스네이크가 사라지자 목테수마는 거대한 알현실에 홀로 남았다. 불현듯 공포가 비수처럼 그의 심장을 파고들었다. 그는 머리를 뒤로 젖히고 마치 사냥꾼에게 잡힌 상처 입은 짐승처럼 조용히 울었다.

포톤찬

그녀는 머리를 뒤로 젖히고 마치 사냥꾼에게 잡힌 상처 입은 짐승처럼 조용히 울었다.

빌어먹을, 하고 베니테스는 생각했다. 처녀라니.

야만인 처녀와 동침한다는 생각은 혐오스러운 동시에 그를 흥분시키기도 했다. 그는 선원들이 동물과 성교한다는 얘기를 들은 적이 있는데 이것도 그보다 나을 것이 없었다. 하지만 그럼에도 여자가 깨끗하다는 사실은 인정하지 않을 수 없었다. 그녀의 향기는 다소 낯설기는 해도 불쾌한 정도는 아니었다. 여자는 많아야 열여섯 정도로밖에 보이지 않았다. 열여섯 살 처녀와 잔다는 사실에 기뻐할 나이는 이미 오래 전에 지났다. 많은 사람들은 아마도 그를 정말 행운아라고 생각할 것이다. 하지만 그 저주받은 신전에서 자신이 본 것을 떠올리며 그는 도대체 야만인과 동침한다는 것이 무슨 행운일까 싶었다.

밤의 적막을 가르며 원숭이들의 소름끼치는 비명 소리가 울려퍼졌다. 마치 지옥에서부터 새어나오는 소름끼치는 합창 소리 같았다.

그렇지만 그는 그녀를 부드럽게 대했다. 첫날밤을 맞는 여자가 치러야 할 최소한의 고통만 주려고 노력했다. 너울거리는 촛불 아래로 그는 그녀의 몸매가 얼마나 아름다운지 볼 수 있었다. 처음에는 그녀의 다리 사이에 체모가 없다는 걸 알고 깜짝 놀랐지만 생각만큼 불쾌하지는 않았다.

그는 금방 절정에 도달했고 밀려드는 쾌락에 큰 소리로 신음했다.

여자의 얼굴은 온통 눈물범벅이었다. 여자와 얘기가 통하지 않았기 때문에 그는 그녀가 고통 때문에 우는지 아니면 다른 이유로 우는지 알 길이 없었다. 타바스코에 두고 온 어머니나 언니, 동생 또는 첫사랑의 남자 때문에 우는지도 몰랐다.

그는 약간 놀라면서도 자신의 팔에 안겨 있는 여인이 처음에 생각했던 것만큼 거칠거나 야만스럽지 않다는 것을 인정했다. 그는 그녀가 이해하지도 못할 위로의 말을 중얼거리며 그녀의 머리칼을 쓰다듬어주었다. 불현듯 자신의 예기치 못한 행동이 어색하게 느껴졌다. 멀리 떨어져 있던 야수와 야만인이 한데 얽힌 것이다.

톨란

목테수마가 즉위한 지 얼마 되지 않았을 때부터 불행의 전조들은 나타나기 시작했었다. 그 전조들은 너무 많아 도저히 무시할 수 없을 지경이었다. 처음 일 년 동안은 매일 밤 하늘에 혈석(血石)이 나타났다. 그리고는 마치 불붙은 통나무처럼 불꽃을 튀기며 동쪽으로 길게 꼬리를 늘어뜨리고 서쪽 하늘로 사라져갔다. 그 다음에는 벌새 신의 신전이 벼락에 맞아 불이 났다. 또 밤마다 서리에서는 유령

같은 여인의 흐느낌이 들렸고, 얼마 전에는 머리 둘 달린 아이가 태어나기도 했다.

화산이 분출하기 시작하더니 날마다 하늘로 연기를 토해냈고 밤이면 또다른 태양이 떠오른 것처럼 동쪽 하늘을 훤히 비추었다.

때가 왔어. 드디어 때가 온 거야.

어째서 내가 이 모든 짐을 져야만 하는 거지? 목테수마는 이해할 수가 없었다. 멕시카 제국의 그 많은 위대한 대변자들 중에서 어째서 꼭 내가 이 운명의 순간과 대면해야만 한단 말인가?

사제들은 그의 가마를 어깨에 지고 톨란까지 갔다. 옛날, 깃털 달린 뱀이 지상 위를 걸어다니던 시절엔 이 도시가 그의 본거지였으나 지금은 폐허가 되어 눈부신 햇살과 차가운 바람만 몰아치는 벌판으로 변했다. 가옥은 이미 오래 전에 무너져내렸고, 꼭대기가 납작한 피라미드 신전들만 유일하게 남아 있었다. 중간이 부러져나간 궁전의 주랑(柱廊)들은 마치 하얗게 표백된 죽은 거인의 갈비뼈 같았다. 이제 이 거리는 바람에 굴러다니는 건초 더미와 방울뱀의 소굴로 전락했으며, 한때 아무리 위대했던 문명이라도 언젠가는 멸망하고 만다는 것을 소리없이 증언하고 있었다.

목테수마는 가마에서 내려 사제들의 부축을 받으며 피라미드의 계단을 하나씩 올라갔다. 늦은 오후, 돌무더기 사이로 사막의 바람이 세차게 울부짖으며 모래와 먼지바람을 일으켰다. 깃털 달린 뱀, 바람의 신, 그가 여기 있다. 여기서 우리를 지켜보고 있다.

십오 피트 높이의 돌로 된 톨텍* 전사상이 신전 지붕을 지키고

---

*10~12세기에 현재의 멕시코 중부를 지배했던 부족. 나우아틀 어를 사용했다. 건축술과 수공예 기술이 매우 뛰어났으며, 12세기에 멕시카 족을 비롯한

있었다. 사막의 바람에 떨며 기울어져가는 처마 위에 앉아 있던 까마귀 한 마리는 사람들이 올라오는 것을 보자 꺅꺅 소리를 내며 날아가버렸다.

광풍이 또다시 목테수마의 얼굴을 때렸다. 동쪽 산봉우리 너머로는 짙은 회색빛 하늘에 번개가 번쩍거렸다.

그의 신과 옛날 적들의 피난처라 할 수 있는 성소는 피라미드 한가운데, 즉 꼭대기 바로 밑에 있는 방이었다. 목테수마는 고급 천으로 감싼 황금 조롱박과 뾰족한 못을 들고 혼자 계단을 내려갔다.

다시 바람이 울부짖었다.

계단이 끝나는 곳에 진회색의 둥그런 현무암으로 된 태양석이 놓여 있었다. 정교하게 조각된 그 돌은 어른의 허리 높이까지 왔으며 남자 둘이서 발을 쭉 뻗고 누워도 남을 만큼 널찍했다. 바퀴에는 인류의 지나간 역사와 미래의 그림이 새겨져 있었다. 사각형의 패널들은 이전 세상의 몰락을 보여주고 있었다. 현존하는 태양석 이전에 네 개의 태양이 더 있었다. 첫번째는 호랑이에 의해 몰락했고, 두번째는 폭풍, 세번째는 불, 네번째는 물이었다. 그리고 현재는 모든 멕시카인들이 알고 있듯이 다섯번째인 태양 시대의 말엽이었다. 모든 것이 멸망하는 마시막 태양이며 이 세상의 마지막 주기였다. 돌의 한가운데에는 입에 칼날을 물고 있는 태양 신 토나티우의 모습이 새겨져 있었다.

마지막 세상은 칼에 의해 멸망할 것이다.

제단 뒤에서는 깃털 달린 뱀이 칠흑같은 어둠 속에서 목테수마를

다른 부족들의 침략으로 멕시코 승부의 패권을 잃었다.

지켜보고 있었다. 황제는 어둠 속에서도 그의 형상을 알아볼 수 있었다. 수염 달린 뱀이 인간의 해골들과 살아 있는 멕시카의 몸뚱어리들을 삼키는 모습이었다.

목테수마는 호흡이 거칠어지는 것을 느꼈다. 제단 위에 있던 부엉이 한 마리가 두 눈을 껌벅이며 그를 바라보았다. 방에 갇힌 것을 알아차리고 한동안 미친 듯이 날갯짓을 하더니 이내 출구로 빠져나가 구름이 잔뜩 낀 하늘로 날아가버렸다.

또다른 전조였다.

목테수마는 제단 위에 조롱박을 공손히 올려놓고 돌 위에 있던 가오리의 등뼈를 집어들었다. 그 옆에는 뱀 모양으로 구부러진 자그마한 돌그릇이 있었다. 목테수마는 망토와 허리에 두른 천을 벗고 알몸으로 깃털 달린 뱀의 조각상 앞에 무릎을 꿇었다. 그리고는 조심스럽게 가오리의 등뼈로 자신의 성기를 찌른 다음 상처에서 흐르는 피를 돌그릇에 받았다. 그는 계속해서 귓불과 허벅지, 혀를 찔러 최대한 많은 피를 받았다.

제식을 마치자 그의 몸은 땀으로 범벅이 되어 있었고 고통으로 숨결이 가빠졌다. 목테수마는 아주 천천히 자리에서 일어나 깃털 달린 뱀의 얼굴에 그 피를 뿌렸다.

목테수마가 신전을 떠날 때 그의 망토는 자신의 피로 물들어 있었다. 그는 우먼 스네이크에게 신전의 입구를 단단히 봉쇄해 다시는 이곳이 사람들에게 발견되지 않도록 하라고 지시했다. 사제들은 그를 들어올려 계단을 내려간 다음 가마에 앉혔다. 그는 테노치티틀란으로 돌아갈 때까지 한마디도 하지 않은 채 우울한 표정으로 앞만 보고 있었다. 그는 미래에 닥칠 재앙을 바라보고 있었다. 이제 그로서는 신을 달랠 수 있는 일은 다 했다. 만약 깃털 달린 뱀의 귀환이 필연적인 것이라면 그는 그 일이 오히려 빨리 닥치기를 바랐다. 어서 그 일을 겪고 모든 것이 끝났으면 싶었다.

8

산 후안 데 울루아

부활절 일요일 아침, 뱀가죽으로 만든 북과 소라고둥 소리가 요란하게 울려퍼지는 가운데 그들이 도착했다.

그들은 오십이 년마다 순환하는 시간의 주기를 따라 모두 오십이 명이었다. 황금으로 된 가슴장식과 입술장식이 햇빛에 반짝였고, 케쌀의 녹색 깃털은 아침 미풍에 살랑거렸다. 대체로 그들은 스페인 사람들보다 키는 작았지만 근육질의 몸매를 가지고 있었다. 넓고 각진 얼굴에 코는 매부리코였으며, 머리칼은 어깨까지 내려오고 눈꼬리는 처져 있었다. 어깨까지 내려온 머리칼을 정수리로 모아올려 머리띠로 고정시켰다. 다들 무기는 가지고 있지 않았다.

코르테스는 막사에서 몇 미터 떨어지지 않은 야자나무 아래에서 그들을 맞았다. 파견단의 우두머리 격인 사람이 앞으로 걸어나왔다.

그의 코에는 잘 세공된 옥 장식이 매달려 있었다. 코르테스는 그 야
만적인 풍습에 대한 혐오감을 가까스로 억눌렀다.

남자는 손가락으로 땅을 만지고는 그걸 다시 자신의 입술에 대었
다. 코르테스 역시 답례로 인사하고 아길라르에게 앞으로 나와 통
역하라고 했다.

원주민이 인사말을 마치자 코르테스는 아길라르가 통역하기를
기다렸다. 아길라르는 당황한 표정이었다. 그는 방문객에게 촌탈 마
야 어로 뭐라고 중얼거렸다. 그러자 이번에는 인디언이 얼굴을 찌
푸리고 당황하는 표정을 지었다.

"무슨 일이야?"

코르테스가 물었다.

"저 자의 말을 알아들을 수가 없습니다. 저런 언어는 들어본 적이
없어요."

아길라르가 대답했다.

"통역을 못 한다면 자네가 여기 있을 필요가 없잖아."

"전 마야인들과 팔 년을 함께 지냈습니다. 이 자가 하는 말은 사
투리도 아니에요. 완전히 다른 언어입니다."

아길라르는 분하다는 듯이 말했다.

그때 코르테스 뒤에서 여자의 목소리가 들렸다. 뒤를 돌아보니
그가 푸에르토카레로에게 주었던 검은 눈동자의 여인이었다. 그녀
의 얼굴에는 묘한 미소가 감돌고 있었다.

"뭐라고 하는 거냐?"

코르테스가 아길라르에게 물었다.

아길라르는 얼굴을 찡그리며 대답했다.

"저 여자는 이 자의 말을 알아듣는 것 같습니다. 저 말은 나우아

틀 어라는군요.”

“그럼 저 여자를 이리 데려와!”

코르테스는 말리에게 앞으로 나오라고 손짓했다.

“인사만 하다가 하루가 다 갈지도 모르지만 어쨌든 의사소통은 가능하게 됐군. 내가 자네에게 말하면 자넨 이 여자에게 말하고 그럼 이 여자가 다시 방문객에게 말하는 식으로 하자. 자, 아길라르, 그럼 이제 이 신사분들이 우리에게 원하는 게 뭔지 한번 알아볼까.”

네 사람 사이의 대화가 시작되었다. 이방인은 자신을 텐딜레라고 소개했다. 그는 멕시카이며 코르테스 일행이 도착한 이 지역의 통치자였다. 텐딜레는 삼각동맹의 거룩한 대변자이신 목테수마의 이름으로 그들을 환영한다고 했다. 그 자신은 이 세상에서 가장 위대한 황제이며 산 너머 테노치티틀란이라고 불리는 곳에서 살고 있는 목테수마의 시종일 뿐이라고 했다.

코르테스는 그 얘기를 듣고 기뻐하는 것 같았다.

텐딜레는 자신의 노예들에게 앞으로 나오라고 명령했다. 그들은 땅에 깔개를 깔고 자신들이 가져온 선물을 코르테스에게 보여줬다. 금을 세공한 자그마한 조각상들이 잔뜩 있었고, 약간의 보석, 하얀 천 열 필, 녹색의 케쌀 깃털이 장식된 망토가 있었다. 칠면조와 옥수수빵 같은 음식도 있었다.

아길라르는 말리에게 텐딜레의 선물에 감사의 뜻을 전하라고 했다. 코르테스가 알바라도에게 뭐라고 하자 그는 서둘러 캠프로 돌아갔다. 아마도 답례로 줄 물건을 찾으러 갔으리라고 말리는 짐작했다.

그 동안 텐딜레는 말리에게 물었다.

"저 털투성이 친구들은 누구냐? 저들도 인간인가? 여기에는 대체 왜 왔지?"

말리는 그 질문을 그대로 아길라르에게 전했고 아길라르는 다시 코르테스에게 말했다.

"저자에게 말해라. 우리는 위대한 기독교 군주이신 스페인 왕 카를 5세께서 보내신 사람들이다. 그분은 너희들의 황제 목테수마를 알고 계신다. 그분은 나를 이곳으로 보내시며 너희들의 황제와 우호관계를 맺고 무역을 성사시키며 나아가 진정한 종교에의 길로 인도하라고 하셨다."

이게 대체 무슨 말이지? 말리는 혼란스러웠다. 코르테스와 직접 얘기할 수만 있다면! 이 아길라르라는 작자는 분명 멍청이야. 그녀는 적절한 말을 생각해내느라고 잠시 방설이다가 텐딜레에게 권했다.

"옛 예언이 실현됐습니다! 깃털 달린 뱀이 돌아오셨습니다!"

한동안 침묵이 흘렀다. 텐딜레는 이 얘기를 듣고도 별로 놀라지 않았다. 그들이 온다는 얘기는 진작부터 들어서 알고 있었다.

"그가 정말로 신이냐?"

마침내 그가 물었다.

"저 하얀 얼굴과 검은 수염을 보십시오. 그래도 모르시겠습니까?"

텐딜레는 코르테스를 바라보았다. 만감이 교차하는 표정이었다.

"이럴 수가……"

"저분은 예언대로 동쪽에서 거대한 배를 타고 오셨어요. 입고 있는 옷을 보세요. 깃털 달린 뱀의 색깔이에요!"

텐딜레는 당황했다. 그는 황금 투구 밑으로 곱슬거리는 붉은 머리칼이 나와 있는 알바라도를 보았다.

"저 사람은 누구냐?"

"저분 역시 사람이 아닙니다. 그의 이름은 토나티우. 태양의 신입니다."

"저 자가 뭐라는 거냐?"

아길라르가 참지 못하고 끼어들었다.

"몹시 흥분한 것 같은데, 십자가의 비밀에 대해 알고 싶어하는 거냐?"

말리는 얼굴을 찌푸렸다. 십자가의 비밀? 마야인들에게 십자가는 다산의 상징일 뿐이었다. 텐딜레에게 아이 만드는 법을 알려주겠다는 뜻인가? 그건 아니겠지.

"저 사람은 당신들이 어디에서, 왜 돌아왔는지 알고 싶어합니다."

그녀가 대답했다.

"돌아와? 아, 작년에 왔던 그리할바를 기억하고 있는 모양이구나!"

그는 재빨리 코르테스와 얘기하고 다시 말리에게 말했다.

"코르테스 님은 바다 건너 해가 떠오르는 곳에 살고 계시는 위대한 왕의 신하시다. 언제, 어디로 가야 직접 목테수마를 만나 그에게 진정한 종교를 전할 수 있을지 코르테스 님께선 알고 싶어하신다."

이게 무슨 말도 안 되는 소리지? 말리는 의아했다. 그녀는 텐딜레에게 말했다.

"깃털 달린 뱀께서는 당장 목테수마를 만나고 싶어하십니다. 아시다시피 두 분은 의논할 것이 아주 많으니까요. 물론 주로 신에 관한 얘기지요."

텐딜레는 눈을 깜박였다. 그는 끝없이 이어지는 무례하기 짝이

없는 요구사항을 듣고도 대사(大使)로서의 위엄을 잃지 않으려고
안간힘을 썼다.

"어떻게 저 자가 거룩하신 대변자를 만나겠다는 거지? 이제 막
우리 땅에 오지 않았는가."

텐딜레가 말했다.

"이곳은 저분의 땅입니다. 그러니 저분이 원하시는 대로 할 수 있
습니다."

말리가 말했다.

"코르테스 님께서 얘기가 어떻게 돼가는지 알고 싶어하신다."

아길라르가 다시 끼어들었다.

말리는 어떻게 해야 코르테스의 분노를 사지 않고 완곡하게 말할
수 있을지 생각했다.

"코르테스 님의 소망을 목테수마 왕에게 전하겠답니다. 하지만
바로 알현할 수 있게 될지는 잘 모르겠답니다. 아무래도 코르테스
님은 여기에 도착하신 지 얼마 되지 않았으니까 먼저 여독을 푸셔
야 할 겁니다."

다시 한번 짤막한 대화가 오갔다.

"코르테스 님께서는 쉽게 지치지도 않으실뿐더러 폐하의 명을
이행하는 데 한시도 지체하실 수가 없다."

말리는 이 말의 뜻을 곰곰이 생각해보았다. 코르테스가 이토록
두려워하는 위대한 왕은 대체 누굴까. 분명 모든 신의 아버지인 올
린테클을 말하는 것이리라.

그녀는 텐딜레에게 말했다.

"저분을 화나게 하셨습니다. 저분은 반드시 목테수마를 만나 당
장 얘기를 나눠야 한다고 하십니다. 한시도 지체하시 말고요. 올린

테클로부터 직접 지시를 받았다고 합니다."

알바라도가 쿠바 노예들을 부려 잡다한 선물들을 가지고 왔다. 푸른 유리구슬이 들어 있는 상자와 쿠바에서 항해하던 도중 벌레떼의 습격을 받았던 의자였다.

"텐딜레에게 전해라. 코르테스 님께서는 목테수마가 이 선물을 마음에 들어하기를 바라신다. 우리가 만나러 갔을 때 코르테스 님이 이것을 의자로 쓸 수도 있겠구나."

텐딜레는 충격을 받은 표정이었다.

"목테수마 님께 그대로 전하겠다."

말리가 통역해주자 텐딜레가 말했다.

하지만 그와 말리는 벌레 먹은 의자를 바라보며 누군가가 지금 고의적인 모욕을 당했다는, 같은 생각을 하고 있었다.

텐딜레는 오늘이 스페인 사람들에게 매우 중요하고 성스러운 의미를 지닌 부활절 일요일이며, 자신과 수행원들이 그들 생애의 첫 카톨릭 미사를 지켜보도록 초대받았다는 얘기를 듣게 되었다. 올메도 신부와 아길라르가 모래 위에 커다란 나무 십자가를 세우자 그들은 야자나무 그늘 아래 앉았다. 아길라르가 배에서 가져온 자그마한 은종을 흔드는 동안 수사는 삼종기도를 올렸다. 그런 후 올메도는 아름다운 테너 목소리로 미사곡을 불렀다.

"뭘 하는 거지? 뭘 마시는 거야? 피인가?"

텐딜레가 말리에게 속삭였다.

말리도 확실하지 않았기 때문에 선뜻 대답할 수 없었다. 이 제식에 대해 그녀가 아는 거라고는 아길라르가 지껄이는 이상한 소리뿐이었다.

"피는 맞지만 인간의 피는 아니에요. 저들이 믿는 신의 피예요."

텐딜레는 당황했다.

"우리의 신은 우리 피를 요구하지만, 깃털 달린 뱀과 그 추종자들은 반대로 저들의 신에게 피를 요구해요. 저들의 신은 스스로를 희생하죠."

이번에는 좀더 확신에 찬 어조로 말리가 말했다.

텐딜레는 아무 말도 하지 않았다. 그는 거룩한 대변자께서 이 얘기를 들으면 뭐라고 하실지 궁금했다.

코르테스는 멕시카인들을 자세히 살펴보았다. 텐딜레가 캠프에 도착한 순간부터 수행원 중 두 명이 작업에 착수했다. 즉 길대로 싼 깔개 위에 앉아 자신들이 본 것을 모두 그리기 시작했던 것이다. 그러니까 이들은 환영 사절단일 뿐 아니라 첩자이기도 한 셈이군. 그렇다면 내가 이들을 이용할 수도 있겠는걸, 하고 코르테스는 생각했다.

미사가 끝나자 그는 알바라도에게 말했다.

"베니테스와 다른 사람들에게 말안장을 얹으라고 해. 메사에게는 대포를 장전시키라고 하고. 이 콧대 높은 야만인들이 목테수마에게 돌아갔을 때 애기할 거리를 만들어줘야겠어."

알바라도는 미소를 지으며 서둘러 사라졌다.

코르테스는 텐딜레와 그 측근들을 해변으로 데려갔다.

"말리에게 내가 손님들에게 보여줄 게 있다고 해."

그가 아길라르에게 말했고 말리는 이 얘기를 다시 멕시카인들에게 전했다.

텐딜레는 도착한 이래 한 번도 흐드러지지 않았던 위엄 있는 얼굴로 코르테스를 따라나섰다. 다른 멕시카인들도 코를 치켜든 채 그를 따랐다.

그 콧대를 납작하게 해주지, 하고 코르테스는 생각했다.

갑자기 맑은 하늘에 벼락치는 소리가 났다. 멕시카인들은 모두 무릎을 꿇었다. 텐딜레도 예외는 아니었다. 이 충격으로 그의 평온함은 온데간데없이 사라져버렸다. 다시 한번 벽력이 울렸고 연이어 또 울렸다.

코르테스는 웃음이 나오려는 걸 가까스로 참았다. 자신이 준비한 쇼는 정확히 기대했던 결과를 가져왔다. 텐딜레와 그의 수행원들 모두는 바닥에 주저앉아 넋을 잃었다.

메사는 컬버린 포를 일제히 발사했다. 만 저쪽의 나무들이 흔들리며 부서지더니 해변에 거대한 가지가 떨어져내리고 코코넛 나무도 마치 가냘픈 나뭇가지처럼 단박에 부러져버렸다.

쇼가 끝나자 텐딜레 일행은 후들거리는 다리로 일어서려 했다. 코르테스가 알바라도에게 고개를 끄덕이자 그는 미리 약속한 대로 칼을 공중에 뽑아들었다. 그러자 해변 끝에서부터 기병대가 빽빽한 진형을 이루며 전투용 개들을 앞세우고 달려왔다. 축축하고 단단한 모래 위로 달리는 말발굽 소리가 뇌성처럼 울렸다.

당황한 멕시카인들은 입을 딱 벌렸다. 텐딜레는 하얗게 질린 얼굴을 하고 뒤로 한 걸음 물러섰다. 다른 멕시카들은 텐딜레 곁으로 몰려들었다.

기수들은 계속 박차를 가해 멕시카인들 코 앞까지 말을 몰았다.

코르테스가 해변 쪽을 보자 목테수마의 서기들이 지금 눈앞에 벌어지고 있는 모든 일들을 정신없이 그리고 있는 모습이 보였다. 흠, 저걸로 '거룩하신 대변자' 께 좋은 인상을 줄 수 있겠군 그래.

말리는 그를 바라보았다. 저분이야말로 내가 기다리던 신이야, 하고 그녀는 생각했다. 그는 아무것도 두려워하지 않아. 멕시카인들도 벌벌 떨게 만들지. 비록 잠자리는 알론소와 함께 했지만, 저 신은 나의 것이야. 저분의 운명은 나의 운명과 이어져 있어.

코르테스는 아길라르에게 짤막하게 말했다.

"코르테스 님께서는 목테수마를 직접 만날 수 있는 기쁨을 하루 빨리 누리게 되기를 바라십니다."

아길라르가 통역했다.

말리는 미소 지으며 텐딜레에게 통역했다.

멕시카를 통치한다는 사람들이 여자처럼 진땀을 흘리는 모습이라니! 말리는 태어나서 처음으로 자신이 강하다고 느꼈다. 나는 더 이상 가죽끈에 묶여 헛간에서 몸부림치던 어린애가 아니다. 목테수마의 병사들이 아버지를 발로 차고 때려서 끝내 목숨까지 앗아가는데도 그저 바라보기만 해야 했던 무력한 공주가 아니다. 나는 더이상 땅 위의 보잘것없는 먼지가 아니다. 나는 신들의 숨결인 흑요석의 바람이다.

텐딜레는 마치 밍도를 다시 두르듯 마음을 가라앉히고 이전의 위엄을 되찾았다. 그는 알바라도를 가리켰다.

"목테수마 황제에게 드릴 선물로 토나티우의 투구를 가져갈 수 있는지 알고 싶답니다."

아길라르가 코르테스에게 말했다.

알바라도는 그 말을 듣고 웃음을 터뜨렸다. 그는 투구를 벗어 말리에게 주었다.

"그러면 돌려줄 때 여기에 황금을 가득 담아서 줘야 해!"

코르테스는 알바라도를 나무라려고 했지만 이미 아길라르와 말리가 그의 말을 통역해버렸다. 코르테스는 가끔씩 알바라도의 혀를 붙잡아두고 싶을 때가 있었다. 그의 발언은 자신들의 의도를 너무 적나라하게 드러내는 셈이었다.

텐딜레는 얼굴을 찌푸리며 급히 말리와 얘기를 주고받았다.

"뭐라고 하는 거지?"

코르테스가 물었다.

"금이 왜 그렇게 중요하냐고 묻는 것 같습니다."

아길라르가 말리와 얘기를 나눈 뒤 대답했다.

잠시 팽팽한 침묵이 흘렀다. 몇몇 스페인 병사들은 저들이 자신들의 속셈을 눈치 챈 것은 아닌가 걱정되는 눈치였다.

코르테스는 뭐라고 대답할지 생각했다.

"우리 스페인 사람들은 끔찍한 심장병을 앓고 있는데, 황금만이 유일한 치료약이라고 말해줘라."

"아멘."

하라미요가 히죽 웃으며 말했다.

텐딜레는 곧 목테수마의 전갈을 갖고 돌아오겠다는 약속을 남기고 떠났다. 코르테스는 다른 사람들 앞에서 흥분한 모습을 보이지 않으려고 애썼다. 금이 있다는 얘기와 목테수마가 가졌다는 막강한 권력과 부의 얘기를 들으니 자신이 찾아헤매던 것을 발견하게 될 날이 멀지 않았다는 확신이 섰다.

그는 말리라는 여자를 바라보았다.

"그녀에게 고맙다고 해라. 그리고 앞으로 내 곁에서 멕시카인들과 얘기하는 것을 도우라고 해라."

코르테스는 아길라르에게 말했다.

아길라르는 뚱한 표정이었지만 코르테스의 말을 그대로 전했다.

말리는 기쁨으로 볼을 물들이며 고개를 숙였다. 코르테스는 그녀
가 미소짓는 것을 보았다. 저 여인에 대한 직감이 들어맞았다. 그날
받았던 그 많은 선물 중에서 그는 저 여인이야말로 가장 값진 보물
일 거라고 짐작했던 것이다.

9

코르테스의 텐트는 모래언덕 뒤 야자수 그늘 아래 세워져 있었다. 감청색 비단이 바닷바람에 펄럭였다. 코르테스는 나무 탁자 뒤에 앉아 있었고 양쪽으로 시종과 집사장이 서 있었다.

말리는 그를 바라보았다. 그에게는 마력이 있는 것 같았다. 눈초리는 부엉이 남자와 같았으며 그가 바라볼 때는 그 시선을 피할 수 없었다. 말리는 그의 수염 사이로 턱과 아랫입술에 작은 흉터가 나 있는 것을 발견했다. 그들의 신 테스카틀리포카*처럼 그도 땅괴물

---

*나우아틀 어로 '연기나는 거울'이라는 뜻. 아스텍 족의 주요 신들 가운데 하나. 그에 대한 숭배는 10세기 말경, 북쪽에서 내려온 나우아틀 어를 사용하는 전사들인 톨텍 족에 의해 멕시코 중부로 전해졌다. 수많은 신화에 테스카틀리포카가 사제 겸 왕이며 '깃털 달린 뱀'인 케쌀코아틀을 툴라에 있는 그의 본거지에서 쫓아낸 경위가 묘사되어 있다. 테스카틀리포카의 영향으로 멕시코 중앙에서는 사람을 제물로 바치는 의식이 도입되었다. 아스텍 시대(14~16세기)에는 신들 가운데 최고 서열에 올랐다.

들에게 공격을 받은 것일까.

그가 아길라르에게 뭐라고 말했다.

"네가 어디서 멕시카의 언어를 배웠는지 알고 싶다고 하시는구나."

"저는 타바스코 출신이 아닙니다."

그녀는 코르테스에게 어디까지 말해야 할지 난감했다. 모든 것을 다 밝히기는 너무 부끄러웠다.

"저는 파이날라라는 곳에서 태어났습니다. 그곳에서 우리는 나우아틀이라는 아름다운 언어를 사용했습니다. 제가 어렸을 때, 우리는 포로가 되어 노예가 되었습니다."

코르테스는 팔꿈치를 탁자에 대고 상체를 앞으로 기울였다.

"목테수마에 대해 아는 것이 있느냐고 물으신다."

아길라르가 말했다.

"아주 어렸을 때 딱 한 번 테노치티틀란에 가본 적이 있습니다. 그는 가마를 탄 채 지나가고 있었습니다. 전 단지 그가 이 세상에서 가장 부유한 황제라는 사실만 알고 있습니다. 하지만 동시에 그는 매우 잔인한 사람이기도 합니다."

"그 도시, 테노치티틀란은 어떤 곳이냐?"

비록 아길라르가 그녀의 말을 통역하기는 했어도 그녀는 코르테스를 보며 대답했다. 그에게 자신도 사람이며 그를 두려워하지 않는다는 것을 알리고 싶었다.

"테노치티틀란은 산으로 둘러싸인 거대한 골짜기 한가운데 위치한 호수에 세워진 도시입니다. 세상에서 가장 아름다운 곳이지요. 아마 수만 명의 사람들이 살고 있을 겁니다."

아길라르는 이 말에 미소를 지었다. 분명 그녀가 과장하는 거라고 생각하는 듯했다.

"그곳 사람들은 부유한가?"

말리는 자신 있게 대답했다.

"멕시카는 이 세상의 절반을 소유하고 있고 나머지 절반의 세상 사람들은 매년 그들에게 공물을 바치고 있습니다."

코르테스는 이 대답에 만족한 듯했다.

"너의 도움에 후사를 하시겠다는구나."

아길라르가 말했다. 그리고는 코르테스의 말이 아닌 자신의 의견을 얘기했다.

"텐딜레와 말할 때 내가 한 말을 정확히 옮겼느냐?"

말리는 시선을 내리깔았다. 그가 눈치 챈 걸까? 비록 이 바보가 한 말을 정확히 옮기지는 않았어도 그녀가 텐딜레에게 말한 것은 모두 진실이었다.

"네."

"정말이냐?"

코르테스가 그녀를 뚫어지게 바라보고 있었다. 이 일이 그녀가 생각하는 것보다 훨씬 중대한 의미가 있다는 예감이 들었다. 그녀는 약간의 두려움을 느꼈다.

"당신께서 하신 말을 그대로 옮겼습니다."

"그들이 내 말을 이해했느냐?"

"이해했습니다."

말리는 아길라르의 시선이 자신에게 꽂히는 것을 느꼈다. 그는 그녀를 의심하고 있다. 하지만 그래서 어쩌겠는가? 어쨌거나 그녀는 자신이 이미 진실이라고 알고 있는 것만 텐딜레에게 얘기했다. 그녀가 보기에 아길라르는 바보거나 아니면 허풍쟁이로 깃털 달린 뱀을 타도하려는 것 같았다. 코르테스와 직접 얘기할 수만 있다면 얼마나 좋을까!

"고맙다, 도냐 마리나."

아길라르가 말했다. 스페인 병사가 그녀를 텐트 밖으로 안내했다. 그녀는 나가기 전 마지막으로 코르테스를 돌아보았다. 그가 자신을 향해 미소를 짓고 있었다.

나는 저분의 오른팔이 될 거야, 하고 그녀는 결심했다. 너는 실컷 비역질이나 해라, 아길라르. 네가 아닌 내가 저분의 오른팔이 될 것이다!

10

테노치티틀란

  텐딜레와 그 일행이 궁전에 도착한 것은 여섯째 날 깊은 밤이었다. 하지만 목테수마는 그들이 도착하는 즉시 자신을 깨우라고 분부를 내려놓았다. 알현이 조금이라도 지체되어서는 안 된다. 텐딜레 일행은 샌들과 화려하게 장식된 망토를 벗고 용설란 줄기로 만든 평범한 망토로 갈아입었다. 그런 다음 목테수마의 처소로 향하는 거대한 계단으로 안내되었다.

  거룩한 대변자는 자신의 처소들 중 한 곳에서 기다리고 있었다. 일행이 방 안으로 들어가자 진한 사향 냄새가 코를 찔렀다. 구리 화로 안에는 백단이 타고 있었으며 뿌연 연기 속에서 어둠의 신 테스카틀리포카가 그들을 바라보았다. 우먼 스네이크는 제단 앞에 엎드려 있고, 목테수마의 개인 제단 위에는 발가벗은 어린 소녀가 사지를 활짝 벌린 자세로 묶여 있었다. 소녀의 팔다리는 석판 위에 힘없이 늘어져 있었고, 가슴 부분은 절개되어 벌어져 있었다. 소녀의 심장은 석탄 속에서 타오르고 있었다.

검은 연기가 천장으로 올라갔다.

텐딜레 일행이 다가가자 석판 뒤에서 목테수마가 내려왔다. 그의 의복은 제물이 된 소녀의 피로 물들어 있었다. 그는 죽은 소녀의 피가 담긴 재규어 모양의 현무암 그릇을 들고 그들에게 다가갔다. 그리고는 그 피를 뿌려 그들을 정화시켰다. 어쨌거나 그들은 신들과 얘기하고 돌아왔으니까.

목테수마는 희소식을 바랐지만 그들의 위축된 얼굴에서 진실을 읽을 수 있었다.

"말하라."

그가 말했다.

"닷새 전에 거대한 배 한 척이 저희들의 해안에 출현했습니다. 소신은 그 이방인들을 만났으며 폐하께 그 소식을 전해드리기 위해 여기까지 밤낮으로 달려왔습니다."

텐딜레가 말했다.

"그래서?"

"그들은 우리처럼 품위 있는 언어를 사용하지 않고 마치 오리가 꽥꽥거리는 소리와 같은 이상한 언어로 얘기했습니다. 그들 중에는 우리와 얘기가 통하는 여인이 하나 있었는데 이름은 마리나라고 했습니다."

"그 마리나라는 여인이 무슨 말을 했느냐?"

텐딜레는 두려움에 떨었다. 그의 입에서 흘러내린 침이 마룻바닥에 떨어졌다.

"그 여자가 뭐라고 했냐니까?"

목테수마는 무섭게 다그쳤다.

"그 여인의 말이 옛 예언이 실현되었다고 했습니다! 그러니까…… 예언대로 깃털 달린 뱀이 돌아왔다고 했습니다!"

목테수마는 마치 자신의 머리를 부수려는 듯이 두 주먹으로 머리를 짓눌렀다.

"그 여인이 누구라고 했지?"

"황공하옵게도 소신은 잘 모릅니다, 폐하. 단지 여인의 말투가 몹시 오만불손했습니다."

"그 여자가 또 뭐라고 했느냐?"

"깃털 달린 뱀이 폐하와 직접 대면하기를 원한다고 했습니다. 올린테클이 직접 명령했다고 했습니다."

목테수마는 울고 있는 것 같았다. 하지만 텐딜레는 감히 고개를 들어 거룩한 대변자의 용안을 바라볼 수가 없었다. 그는 차가운 대리석 위에 엎드려 이 끔찍한 순간이 지나기만을 기다리고 있었다. 이번 일로 나는 벌새 신의 제물이 되겠지, 하고 그는 생각했다. 나는 가죽이 벗겨져 요피코에 있는 거대한 동굴 속으로 던져질 것이다.

목테수마는 성소에서 용설란 가시를 꺼내어 피가 흐를 때까지 자신의 팔을 계속 찔러댔다.

"케쌀코아틀이라고 주장하는 자를 만났는가?"

"네, 폐하. 그는 백악처럼 하얀 피부에 검은 수염을 길렀으며 콧날이 오똑했습니다. 검은 옷을 입고 모자에는 초록색 깃털을 꽂고 있었습니다."

"케쌀의 깃털이야!"

목테수마가 중얼거렸다. 신들마다 각기 자신을 상징하는 머리장식이 있었는데 초록빛 깃털은 깃털 달린 뱀을 상징했다. 그리고 검정색 역시 그의 색깔이었다.

"그와 함께 온 다른 자들은 어떻던가?"

"그와 마찬가지로 악취나는 이상한 옷차림을 하고 대부분이 묘한 빛깔의 기다란 수염과 머리칼을 기르고 있었습니다. 그들의 칼과 방패와 활은 태양처럼 번쩍이는 금속으로 만들어졌습니다. 하오나 폐하, 만약 그들이 정녕 신이라면 그 배설물도 황금이어야 하거늘, 그것은 금이 아니라 우리 인간과 같은 것이었습니다. 회합이 끝나고 그들을 지켜보고 있었는데……"

"네가 신에 대해 무얼 안다고 떠드느냐!"

목테수마가 소리쳤다.

덴딜레는 아무 말도 못 하고 납작하게 엎드렸다. 제발 살려주십시오.

"수염 달린 신이 왜 나와 얘기하고 싶어하는지 그 여인이 말했느냐?"

"그녀는 신들의 문제 때문이라고 했습니다."

"종교 말이냐?"

"아닙니다. 하지만 소인은 그들의 제식을 보았습니다, 폐하. 그들은 피를 마셨습니다."

목테수마는 처음으로 희망의 빛이 비치는 것을 느꼈다.

하지만 그때 텐딜레가 다시 말했다.

"하지만 그들이 마신 피는 인간의 피가 아니었습니다. 그 여자의 말에 의하면 그것은 신의 피라고 했습니다."

"신의 피?"

목테수마는 숭얼거렸다. 그의 목소리가 대리석 홀 안에 울려퍼졌다.

"소신의 화가가 폐하를 위해 그림을 그려왔습니다."

텐딜레가 작은 소리로 말했다.

서기관 중 한 명이 나무 껍질로 만든 종이 몇 장을 가지고 앞으로 기어나왔다. 자신과 동료들이 산 후안 데 울루아의 해변에서 그린 그림이었다. 목테수마는 그림을 잡아챘다. 거대한 깃발을 나부낀 채 물위에 떠 있는 신전, 불을 내뿜는 통나무, 머리가 둘 달린 괴물, 그들을 쫓아오는 성난 짐승.

"이게 뭐냐?"

목테수마가 물었다.

"폐하, 그 이방인들은 입에서 연기와 불꽃을 내뿜는 돌로 된 뱀을 지니고 있습니다. 그걸로 나무를 겨냥하면 나무가 쓰러지고, 산을 겨냥하면 요란한 소리가 나며 무너져내립니다. 천둥 같은 소리와 지독한 냄새가 나는 연기 때문에 저희들은 죽는 줄만 알았습니다. 어떤 사람들은 거대한 수사슴과 같은 짐승을 타고 있었는데, 장정 두 사람의 키를 합친 것만한 그 짐승은 그들이 원하는 곳이면 어디든 데려다주었습니다. 입에서는 연기를 내뿜고 달릴 때는 발 아래 땅이 흔들렸습니다. 또한 그들은 우리가 전혀 본 적이 없는 개를 데리고 있었는데 그것은 마치 지옥에나 있을 법한 짐승처럼 거대한 턱에 누런 이빨을 가지고 있었습니다."

마리나라는 여인이 텐딜레에게 한 말을 부정할 수는 없었다. 올해는 갈대 하나의 해이고, 깃털 달린 뱀이 태어났던 날이며 그가 배를 타고 떠난 날이기도 했다. 그 전조는 아무리 둔한 사제라도 알 수 있을 터였다. 부엉이 사자는 이렇게 예언했던 것이다.

만약 그가 악어 하나의 해에 온다면 노인들을 죽일 것이다.

만약 그가 표범 하나, 사슴 하나, 꽃 하나의 해에 온다면 아이들을 죽일 것이다.

만약 그가 갈대 하나의 해에 온다면 왕들을 죽일 것이다.

목테수마는 깊은 절망에 빠져 멍하니 어둠 속을 바라보았다. 한참 후에야 그는 텐딜레와 다른 신하들이 자신의 대답을 기다리고 있다는 게 생각이 났다.

"내게 또 할말이 있느냐?"

텐딜레의 수행원 중 하나가 앞으로 기어나왔다. 그는 은처럼 반짝이는 금속으로 만들어진 투구를 내밀었다.

"이게 뭐지?"

"이방인 중의 한 명이 저희에게 이 투구를 주었습니다."

텐딜레가 말했다.

목테수마는 그것을 찬찬히 뜯어보았다. 그는 텐딜레가 왜 이 물건에 신경을 쓰는지 이해가 갔다. 그것은 좌편에 있는 전쟁의 신 벌새가 쓰는 투구와 아주 비슷했다.

"이걸 선물로 주었느냐?"

목테수마가 물었다.

"아니옵니다, 폐하. 거기에 금을 가득 담아오라고 했습니다."

"금? 왜 하필 금이지?"

"그들 말로는 금이 자기 종족들만의 특이한 질병을 치유한다고 했습니다. 정말 그들은 아름다운 옷이나 깃털로 만든 물건, 그리고 정교한 옥 제품은 거들떠보지도 않았습니다. 오직 금에만 관심을 보였습니다."

어쩌면 그들이 온 이유가 그것 때문인지도 모르겠군. 목테수마는 혼자 생각하며 킥킥거렸다. 그렇다면 일의 해답을 찾을 수 있을지도 모르겠어.

"너희들은 오늘밤 해안으로 돌아가 그 이방인들에게 원하는 것을 주도록 해라. 만약 그들이 원하는 것이 금이라면, 금을 주어라. 또한 그 마리나라는 여자 말대로 그 남자가 진정 깃털 달린 뱀인지 아니면 네 주장대로 그냥 인간인지도 알아보아라. 진실을 가리는 방법도 있을 게야."

텐딜레 일행이 물러난 후 목테수마는 나무 껍질 위에 공들여 그린 그림을 다시 한번 바라보았다. 그의 손이 걷잡을 수 없이 떨리기 시작했다.

갈대 하나의 해. 왕에게는 불길한 해.

산 후안 데 울루아

그들이 해안에 도착한 것은 1519년 어느 금요일이었다. 덜컹거리며 돛이 내려지는 동안 스페인 병사들은 사막의 스러져가는 지평선을 응시했다. 사막에는 군데군데 담황빛 풀이 나 있었고, 황량한 작은 숲 두어 개와 오랜 세월 바람을 맞아 휘어진 야자수들이 서 있었다. 저 멀리에는 오리자바라는 인디언들이 거주하고 있는 푸른 산과 구름 속에 파묻혀 있는 칼데라 호수가 있었다.

텐딜레가 두고 간 인디언 노예들은 나뭇가지와 야자수 잎으로 오두막 만드는 일을 도왔다. 자신들의 막사는 그곳에서 약간 떨어진 곳에 지었는데 스페인 병사들을 시중들기 위해 하룻밤 사이에 지은 움막이었다. 그들은 모닥불을 피워 생선과 칠면조를 굽고, 여자들

104

은 과일을 깎고, 천으로 만든 차양 아래에서 옥수수 케이크를 만들었다.

스페인 병사들은 모닥불 가에 둘러앉아 차가운 북풍에 이를 딱딱 부딪혔다. 그러던 어느 날 북풍이 멎더니 날씨가 갑자기 무더워졌다. 그러자 이제는 옹이진 나무 옆에 모여앉아 자신들을 괴롭히기 위해 달려드는 탐욕스런 검은 곤충떼들의 공격을 피해야만 했다.

오로지 코르테스만이 이런 불편함에 아랑곳하지 않았다. 그는 몇 날 며칠이고 사막을 돌며 평원 너머 서쪽의 금지된 구역인 울창한 정글을 바라보았다. 그러면서 기다리고, 고민하고, 계획을 세웠다.

레인 플라워는 치마 위에 걸친 순면으로 된 긴 튜닉을 벗고 말리가 있는 차갑고 깨끗한 연못 속으로 들어갔다. 말리는 레인 플라워의 팔과 가슴에 생긴 검붉은 멍자국을 보았다.

말리의 시선을 느낀 레인 플라워는 어깨를 으쓱하곤 말했다.

"털북숭이 신은 나를 거칠게 다뤄요. 그럴 의도는 아니었을 거예요. 그는 단지 덩치가 크고 둔할 뿐이죠. 내 동굴 속으로 들어오면 그는 자기가 얼마나 강하고 난 얼마나 작은지 잊어버리는 것 같아요."

레인 플라워는 더 깊은 곳으로 들어가며 물이 어깨까지 차오르도록 상체를 웅크렸다. 말리는 그녀를 향한 애정이 솟아나는 것을 느꼈다. 포톤찬에서 레인 플라워는 못생긴 축에 속했다. 어릴 때 어머니가 레인 플라워의 모자에 진주를 걸어주는 일을 게을리했기 때문에 그녀는 타바스칸 족 사람들이 미인의 첫째 조건으로 치는 사팔뜨기가 되지 못했다. 레인 플라워의 어머니는 타이거 립 플러그의 첫번째 부인이었고 레인 플라워는 말리보다 겨우 한두 살 아래니까

여동생이나 마찬가지였다. 레인 플라워는 말이 빠르고 성질이 급해 그녀의 아버지가 칠리 연기를 맡게 하는 벌을 내려야만 겨우 말을 들었다.

"난 그들이 신이라는 걸 못 믿겠어요, 작은엄마. 몸에서는 지독한 냄새가 나고 다른 남자들과 똑같이 씨를 뿌리던걸요."

"네 동굴이 처음 열렸으니 이젠 너도 남자에 대해 다 알게 된 셈이구나. 그럼 그 남자의 성기에 독수리 발톱 같은 것이 달리지 않아 실망했니?"

"난 감히 쳐다보지도 못했어요."

레인 플라워는 말리의 눈길을 피해 물 속으로 고개를 집어넣었다.

"어떤 이는 신으로 태어나기도 하고, 어떤 이는 신의 기운을 가지고 태어나기도 하고…… 목테수마처럼 신으로 만들어지는 사람도 있지."

말리가 말했다.

"금발 머리의 신은 어때요?"

"그는 성기가 세 개 달렸는데 그걸로 밤새 나를 공격하더구나! 두 개가 기운을 회복하는 동안 나머지 하나는 언제나 다급하게 내 기쁨의 동굴 속으로 들어왔지. 그리고는 새벽이 되면 고양이로 변해 새벽을 맞아 울부짖는 표범 무리에 합류해서 떠났어."

"정말 잘도 지어내는군요. 언젠가는 목테수마가 당신의 혀를 잘라 불에 구워버리지나 않을까 걱정돼요."

말리는 미소 지었다. 그것은 타이거 립 플러그가 레인 플라워에게 늘 하던 말이었다.

"언젠가 목테수마를 전혀 두려워하지 않게 될 날이 올 거야."

레인 플라워는 그녀를 뚫어지게 바라보았다.

"정말 그렇게 생각해요?"

"그렇지 않다면 저들이 왜 왔겠어?"

레인 플라워는 손으로 물을 떠서 어깨에 끼얹었다. 작은 상처에 물이 닿자 그녀는 움찔했다.

"저들은 그냥 인간이에요. 원하는 것이 무엇이든 그걸 얻은 다음에는 구름의 섬으로 돌아가겠죠."

"설사 그게 사실이라 해도 돌아갈 때는 우리를 데려갈 거야. 우린 분명 전보다 나은 삶을 살게 되겠지. 평생 동안 바느질이나 하고 빵이나 구우며 살고 싶진 않아."

레인 플라워의 말이 사실이라곤 조금도 믿지 않았지만 말리는 그렇게 얘기했다.

레인 플라워는 당황하는 표정이었다.

"그럼 여자들이 달리 무슨 일을 해요?"

레인 플라워에게 그걸 어떻게 설명할 수 있겠는가, 하고 말리는 생각했다. 그녀는 아주 어렸을 때부터 인생은 토틸라 반죽을 개고 아기를 낳는 것 이상의 의미가 있다고 믿어왔다. 마음속으로는 자신이 전사이며 왕이고, 정치가, 왕비, 시인이라고 생각했다. 비록 여자지만 자신에게는 단순히 요리나 하며 한 남자의 첩으로 사는 삶 이외의 운명이 있으리라고 믿었다. 말리는 언제나 그렇게 생각했으며 그녀의 아버지가 그 생각에 확신을 불어넣어주었다.

"작은엄마는 너무 많은 걸 바라고 있어요."

레인 플라워가 그녀의 생각을 밀어내며 밀했다.

"삶은 그저 꿈일 뿐이에요. 영원하지 않다구요. 여기서 일어나는 일들은 우리들에겐 별로 중요하지 않아요."

태양 신이 자신의 형제자매들과 또 하룻밤의 싸움을 치르기 위해
숲 너머로 지고 있었다. 숲에서는 매미들이 리듬에 맞춰 우는 소리
가 들렸다. 나비들은 양치류 사이를 춤추듯 날아다니고, 꽃과 갈대
밭 사이로는 죽은 전사들의 영혼이 떠돌고 있었다.
"네 말이 맞을지도 모르겠다."
말리가 대답했다.
하지만 그녀는 그 말을 믿지 않았다, 조금도.

물은 더욱 검어지고 차가워졌다. 태양의 신은 숲속으로 들어가버
렸다. 말리와 레인 플라워는 물에서 나와 몸을 떨며 강둑으로 걸어
갔다. 그들이 옷을 입는 동안 나무 뒤에 숨어 있던 하라미요는 급히
자리에서 물러나 서둘러 캠프로 돌아갔다.

11

이번에는 한결 더 격식을 차렸군, 하고 말리는 생각했다.

텐딜레가 걸어나오기에 앞서 의례적인 팡파르가 울려퍼졌다. 뱀 가죽 북 소리, 뿔피리 소리, 점토피리 소리, 나무 딱딱이 소리. 이번 파견은 왕이 승인한 것임을 나타내기 위해 텐딜레 일행은 초록색의 케쌀 기를 들고 있었다.

"거룩하신 대변자께서 임명하신 멕시카의 통치자이며 대변인인 텐딜레께서 오고 계십니다! 통치자께서는 동쪽 구름 나라에서 오신 말린친께 환영의 말과 우정을 가지고 오셨습니다!"

말린친. 나우아틀 어로 '마리나의 신' 이라는 의미였다. 결국 그것이 코르테스를 부르기로 정한 칭호였다. 모호한 성격을 지닌 멕시카인답게 그들은 코르테스를 신이라고도 인간이라고도 규정짓기를 회피한 것이다.

텐딜레는 가장자리에 기하학적 무늬가 수놓아진 순면의 오렌지

색 망토를 두르고 금으로 상감된 플라밍고 깃털 머리장식을 한 호화로운 차림이었다. 전보다 훨씬 많은 수행원들을 거느리고 왔는데, 귀족들과 노예들로 구성되어 있었다. 텐딜레가 걸어나오는 동안 소년 둘이서 깃털 부채로 그의 얼굴에 달라붙는 벌레들을 쓸어냈고, 두 명의 사제는 코팔 향을 피우는 화로를 들고 텐딜레 앞에서 걸어갔다. 텐딜레 바로 뒤에는 깃털로 만든 망토와 뾰족한 투구를 쓴 부엉이 남자가 따랐다. 그가 입은 망토 끝에는 사람의 뼈와 해골이 달려 있었다. 몇몇 사람은 마치 까치와 같은 소리를 질러댔고, 어떤 사람들은 점토 화로에서 나오는 색색의 연기를 입으로 불고 있었다.

"저들은 누구냐?"

아길라르가 속삭였다.

"마법사들이에요. 자신들의 주술로 코르테스 님의 힘을 빼앗으려는 거예요."

말리가 보니 아길라르는 거의 기겁하는 것 같았다. 그의 안색이 창백해졌다.

"마법사!"

그는 중얼거리며 성호를 그었다.

코르테스는 야자수 그늘 아래에서 터키석이 새겨진 육중한 떡갈나무 의자에 앉아 마치 왕과 같은 태도로 그들을 맞이했다. 말리의 충고대로 이번에도 지난번과 같은 검은색 벨벳 옷을 입고 녹색 깃털이 꽂힌 검은색 모자를 썼다.

말리는 아길라르와 함께 코르테스의 오른쪽에 서 있었다.

텐딜레는 땅바닥에 키스하고 입술에 손가락을 대었다. 그러자 그의 사제들이 앞으로 나와 코르테스와 부하들의 주위를 돌며 향을 피웠다. 텐딜레가 입을 열었다.

"거룩한 대변자로부터 말린친께 우정 어린 환영의 인사말을 가
지고 왔습니다."

말리가 아길라르에게 이 말을 전하자 아길라르는 '말린친'을
'말린체'라고 발음했다.

텐딜레는 함께 온 귀족들에게 고갯짓을 했다.

"폐하께서는 우정의 징표로 이 선물을 전하라 하셨습니다."

말리는 그들이 하려는 일을 눈치 채고 깜짝 놀랐다. 그녀가 상상
했던 이상의 대접이었다. 말리는 아길라르에게 말했다.

"코르테스 님께 자리에서 일어나시라고 정중히 말씀해주세요. 이
사람들은 코르테스 님께 의식용 예복을 입혀드리려고 합니다."

아길라르는 얼굴을 찌푸렸다.

"뭐 때문에?"

"제가 말한 대로 하십시오. 그건 코르테스 님께서 생각하실 문제
입니다!"

말리는 힐난조로 말했다.

아길라르는 그녀의 눈을 똑바로 응시했다. 시건방지다고 내게 매
질이라도 하고 싶은 표정이로군, 하고 말리는 생각했다. 불쌍한 아
길라르. 너는 왕이 되고 싶은 모양이지만 한낱 하찮은 노예에 지나
지 않아.

아길라르가 말리의 말을 전하자 코르테스는 자리에서 일어났다.

멕시카 귀족들은 아름다운 깃털로 짠 망토를 코르테스 어깨에 걸
쳐주고, 목에는 옥과 금으로 만든 뱀 모양의 목걸이를 걸어주었다.
다른 이들은 코르테스의 다리에 금과 은으로 만든 발목장식을 달아
주었다. 또 화려한 녹색 케쌀 깃털로만 만든 방패를 주고 머리에는
호랑이 가죽을 씌워주었다. 마지막으로 텐딜레는 터키석으로 모자

이크하고 금으로 만든 송곳니와 케쌀의 깃털이 달린 가면을 꺼내어 코르테스의 얼굴에 씌웠다.

그것은 깃털 달린 뱀의 고위 사제들이 입는 옷으로 나아가서는 깃털 달린 신 자체의 복장이었다. 목테수마는 공식적으로 코르테스가 신의 부활임을 인정한 것이다. 그도 믿는군.

스페인 사람들은 어리둥절한 표정으로 바라보았다.

깃털 달린 뱀은 목테수마가 그의 상징을 인정한 것에 대해 필시 감동할 것이라고 말리는 생각했다. 하지만 놀랍게도 코르테스는 즉시 예복을 벗어 발 아래 내던지고는 임시 왕좌에 다시 앉았다. 그는 아길라르에게 말했다.

"코르테스 님께서는 그들이 또 뭘 가져왔는지 알고 싶어하신다."

아길라르가 코르테스의 말을 전했다.

말리는 당혹감을 감추려고 애썼다. 어째서 깃털 달린 뱀은 자신의 존재를 숨기려고 할까? 무슨 목적으로? 이것은 그녀가 전혀 예상치 못했던 일이었다.

그녀는 텐딜레에게 말했다.

"깃털 달린 뱀은 당신이 가지고 온 다른 선물들을 보고 싶어하십니다."

텐딜레 역시 당황한 표정이었다. 코르테스의 반응은 그의 의심을 더욱 부채질했다.

"말린체와 그의 동료들을 위해 음식을 가져왔소."

그는 뒤를 돌아 명령을 기다리고 있던 노예들을 앞으로 데려왔다. 그들은 음식이 가득 담긴 바구니를 땅에 깔린 매트 위에 나란히 내려놓았다. 바구니에는 석류와 아보카도, 돈육포, 달걀, 구운 칠면조 고기, 옥수수 케이크 등이 담겨 있었다.

모든 음식물 위에는 사람의 피가 흠뻑 뿌려져 있었다.

말리는 숨을 죽인 채 알바라도가 앞으로 나와 칠면조 고기를 한 점 뜯어내는 것을 지켜보았다. 그는 그것을 코에 갖다대고 냄새를 맡더니 역겹다는 듯 얼굴을 찡그리고 땅에 던져버렸다.

무거운 침묵이 감돌았다. 스페인 병사들은 코르테스를 지켜보며 그가 어떻게 나올지 기다리고 있었다. 말리도 기다렸다. 제대로 행동한다면 지금 이 순간이야말로 그가 신임을 증명할 수 있는 기회였다.

코르테스가 아길라르에게 뭐라고 부드럽게 말하자 아길라르가 다시 말리에게 말했다.

"코르테스 님은 선물에 감사하다는 말을 전해달리고 하신다. 하지만 우리 종교에서는 모든 인간이 한 형제이기 때문에 인산을 먹는 것은 엄격히 금지되어 있다. 이것은 신 앞에서 저지르는 가장 큰 죄악 중의 하나다."

말리는 이 혼란스러운 말에 어리둥절했다. 하지만 무슨 뜻인지는 알 것 같았다. 그녀는 텐딜레를 돌아보며 말했다.

"텐딜레 님도 잘 아시다시피 깃털 달린 뱀께서는 인간을 제물로 바치는 제식을 철폐하기 위해 돌아오셨습니다. 더이상 그의 인내심을 시험하는 행동은 하지 마십시오."

텐딜레는 실망한 듯했다. 말리는 그의 생각을 읽을 수 있었다. 말린체는 자신의 신적 존재를 상징하는 복장은 거부했지만 예상했던 대로 인간의 피를 마시는 것은 금했다. 폐하께는 대체 뭐라고 아뢴다지?

알바라도가 말했다.

"알바라도 님께서 멕시카인들이 자신의 투구를 가지고 왔는지 알고 싶어하신다."

아길라르가 말했다.

말리는 이 요구를 전했다. 텐딜레가 손을 들자 말리가 보기에 백 명도 넘는 듯한 짐꾼들이 서둘러 앞으로 나왔다.

"목테수마 폐하께서는 이걸 전하라고 하셨습니다."

코르테스의 발 아래 짚으로 만든 매트가 깔리고 금이 가득 담긴 알바라도의 투구가 놓였다. 다른 물건들도 속속 놓였다. 오리며 사슴, 표범, 원숭이 모양의 작은 금조각상, 금목걸이와 팔찌, 진주가 박힌 금지팡이, 보석이 박힌 황금 방패, 터키석과 마노로 만든 모자이크, 나무로 만든 조각상과 가면, 옥으로 만든 펜던트와 브로치, 은부채, 옥과 진주가 박히고 케쌀 깃털로 만든 머리장식, 최고급 깃털로 만든 망토, 조가비, 황금, 터키석, 옥과 같은 보석류 그리고 엄청난 크기의 에메랄드 다섯 개.

마지막 선물을 본 스페인 병사들은 입을 딱 벌렸다. 그것은 크기가 똑같은 두 개의 원반이었는데 양쪽 다 마차바퀴만했고 두께는 이 인치쯤 되어 보였다. 하나는 은이고 다른 하나는 금이었다. 은으로 된 원반은 한가운데 달의 여신이 조각되어 있었고, 금으로 된 원반에는 왕좌에 앉은 태양 신의 모습이 조각되어 있었다.

모래밭 위에 나란히 놓인 값비싼 금속과 보석들은 햇빛을 받아 눈부시게 반짝였다. 주위는 숨막힐 듯 고요했다. 모래 위로 바람이 속삭이며 지나갔다. 코르테스는 권좌에서 몸을 틀며 마치 이 모든 것이 진짜인지 확인해야겠다는 듯 발끝으로 금 원반을 건드렸다.

마침내 그가 입을 열었다.

아길라르가 말리에게 전했다.

"이게 전부냐고 물으신다."

말리는 눈을 깜빡이며 자기가 잘못 들었다고 생각했다. 그녀는 이 말을 어떻게 받아들여야 할지 알 수가 없었다. 텐딜레에게 그런 말을 전할 수는 없었다.

"깃털 달린 뱀께서 선물에 감사하신답니다."

마침내 그녀는 그런 식으로 둘러댔다.

텐딜레는 불쾌한 표정을 지었다.

"그렇다면 이젠 우릴 내버려둘 수 있겠군."

코르테스가 다시 아길라르에게 말했다. 이번에는 말리도 무슨 뜻인지 정확히 파악할 수 있었다.

"코르테스 님께서 다시 한번 폐하의 관대하심에 감사를 표하십니다. 그러니 이제는 개인적으로 거룩한 대변자와 만나는 일만 남았다고 하십니다."

이 말을 듣자 텐딜레는 충격을 받은 표정이었다.

"그건 불가능합니다. 테노치티틀란까지의 여정은 매우 길고 위험합니다. 폐하께서는 당신에 대한 존경의 표시인 이 보잘것없는 선물들을 받아주시고, 당신들이 떠나온 구름 나라로 돌아가시기를 바라십니다."

말리는 이 말을 통역하고 또다른 지시를 기다렸다. 하지만 그녀는 아길라르가 그 말을 통역하기도 전에 어떤 대답이 나올지 알고 있었다.

"코르테스 님은 목테수마를 직접 만나기 위해 이 먼길을 오셨다. 직접 만나뵙고 인사의 말을 올리지 않는다면 코르테스 님은 왕의 분부를 거역하는 것이 된다."

아길라르가 말했다.

말리는 자신의 얼굴에 승리의 미소가 번지는 것을 참느라고 입술을 깨물었다. 목테수마는 한 손으로는 코르테스를 신으로 대접하며, 다른 손으로는 그의 환심을 사려 했던 것이다. 독수리와 선인장의 도시에 있는 자신의 권좌에 앉아 그는 겁에 질려 떨고 있을 것이 분명했다!

"깃털 달린 뱀은 신이기 때문에 쉽게 피곤해지지 않는다고 하십니다. 그분께서는 직접 거룩한 대변자를 만나셔야 한답니다. 그는 모든 신들의 아버지이자 우주를 주관하시는 오메테오틀의 인도를 받아 이곳에 오셨다고 합니다."

텐딜레는 자신의 어깨 위에 엄청난 짐이 올려진 듯한 표정이었다. 이것은 단순히 대사로서 그의 임무가 실패한 것 이상을 의미한다고 말리는 생각했다. 그것은 곧 그의 죽음을 의미했다.

멕시카인들이 떠나자 스페인 사람들은 우르르 금덩이에 덤벼들었다. 아름답고 귀한 케쌀의 깃털로 최고의 장인이 정교하게 빚은 작품이나, 귀중한 조가비 보석이나, 신성한 나무로 만든 마스크, 화사하게 수놓은 의복, 이 모든 것들은 서로 황금을 만져보고 차지하려는 병사들의 발에 마구 짓밟혔다.

말리는 주위를 돌아보았다. 코르테스가 그녀를 지켜보고 있었다. 그는 벌거벗은 채 사람들 앞에 서 있는 것처럼 당혹스러운 표정이었다. 말리는 그가 자신의 병사들을 부끄러워하고 있다는 것을 알았다.

코르테스가 자신들에게는 나쁜 심장병이 있다고 말하던 것이 생각났다. 정말 그 병 때문에 그들은 심한 고통을 받고 있나 보군, 하고 말리는 생각했다. 황금이 저들을 거의 원숭이로 만들어버릴 정도인 걸 보니.

12

그날 오후 병사들은 야자수 그늘 아래 모여 곤충이며 전갈, 그리고 더위로 인해 자신들이 겪는 고통에 대해 불평을 늘어놓았다. 그러다가 밤이 되자 갑작스런 추위에 벌벌 떨며 벼룩에 물린 자국을 긁적거렸다. 뿐만 아니라 모기떼의 앵앵거리는 소리와 옆 캠프에서 들리는 부엉이 남자의 섬뜩한 비명 소리는 밤새도록 그들을 괴롭혔다.

다음날 아침 그들은 모래사장에 모여 함대로 옮겨지는 목테수마의 선물들을 바라보았다. 이걸 다시 구경이나 할 수 있겠냐고 배짱 좋게 큰 소리로 불평하는 병사도 있었다. 그들은 함대에 실린 두 척의 대형 보트 사이에 매달려 있는 거대한 황금 원반을 바라보며 자기들끼리 수군거리기도 하고 선장인 코르테스에게 의혹의 눈초리를 던지기도 했다.

텐딜레가 떠나고 나자 원주민들의 태도도 바뀌기 시작했다. 음식도 매일 줄어들었다.

베니테스는 병사들이 수군거리는 소리를 들었다. 이 저주받은 해변에서 우린 대체 뭘 하고 있는 거지? 총독님은 인디언들과 물물교환을 하고 해안을 탐험하라고 하셨잖아. 하지만 우린 지금 여기서 아무것도 안 하고 있어. 우리가 지금껏 본 금은 코르테스가 몽땅 자기 배에 숨겨놨어. 언제라도 원주민들이 밀림에서 뛰어나와 우리를 공격할지 몰라.

열두 명의 병사들이 타바스코 강에서의 전투 때 입은 부상으로 사망했다. 그 외에도 스물두 명이 열병과 황열병으로 사망했다.

쿠바로 돌아가야 한다고 말하는 병사들도 있었다. 하지만 지금 돌아간다면 벨라스케스 총독이 그들에게 보물을 나누어줄까? 아니면 자기 혼자 독차지할까?

베니테스는 그 물음에 대한 해답을 알지 못했다.

그리고 목테수마로부터는 아직 아무런 전갈도 없었다.

어느 날 아침, 스페인 병사들이 일어나보니 인디언은 한 명도 보이지 않았다. 사람의 흔적이라고는 찾아볼 수 없는 그들의 캠프에는 아직도 모닥불이 피어오르고 있었고, 화로 위에 올려진 옥수수빵은 숯처럼 새까맣게 타버렸다. 이천 명가량이나 있던 원주민들이 스페인 병사들의 감시를 뚫고 밤중에 살며시 빠져나가버린 것이다. 황량한 해변에 그들만 남겨둔 채.

13

수염난 얼굴 위로 흐르는 식은땀은 그들이 얼마나 긴장하고 있는지 잘 보여주었다. 인디언들이 사라지고 나자 코르테스는 캠프에 비상령을 내렸다. 그들은 잘 때에도 완전무장을 하고 잤다. 코르테스는 지휘관들을 급히 불러모아 회의를 소집했다. 알바라도만이 아무 걱정도 없는 사람처럼 텐트 입구에 쭈그리고 앉아 그 잘생긴 얼굴에 능글맞은 웃음을 띠고 있었다.

"어떻게 된 일인지 이해가 안 갑니다. 어째서 원주민들이 도망쳤을까요? 우리가 자기들의 친구임을 분명히 밝혔는데요."

산도발이 말했다.

"그늘은 우리의 우성을 기쁘게 받아들였어요. 대장이 목테수마를 꼭 만나야 한다고 고집 피우기 전까지는 말입니다."

레온이 불평하듯 말했다.

코르테스는 잠자코 그 비난을 받아들였다.

오르다스가 입을 열었다.

"병사들은 이제 쿠바로 돌아갈 때라고 생각하고 있는 듯합니다."

코르테스는 화를 억누르며 미소를 지었다.

"하지만 여기엔 아직도 얻을 게 많지 않은가."

그는 놀랄 만큼 상냥한 어조로 말했다.

"여러분 모두 목테수마가 우리에게 선물한 황금 바퀴를 보았을 텐데. 그건 여기 감춰진 보물의 시작일 뿐이라고 나는 믿고 있네."

레온은 두 주먹으로 테이블을 짚었다.

"총독님은 우리에게 해안을 탐험하고 원주민들과 물물교환을 하라고 했습니다. 분명히 우리에게 해안에서의 야영을 금지하셨단 말입니다. 하지만 우리는 이 저주받은 해안에 몇 주째 머물면서 동료들이 열병으로 죽어가는 동안 언제 우리를 배신하고 공격할지 모르는 인디언들의 습격에 거의 무방비 상태로 있습니다. 우린 언제까지고 여기 머물 수만은 없습니다. 이미 기대했던 것 이상의 금과 귀중품을 얻었으니 즉시 쿠바로 돌아가 총독님께 이 물건들을 바쳐야 합니다."

코르테스의 관자놀이가 꿈틀거렸다. 쿠바로 돌아간다고? 쿠바로 돌아가면 그걸로 그는 끝이었다. 벨라스케스 총독은 자신에게서 금을 빼앗아 기껏 이번 원정의 여비도 안 나올 만큼만 나눠주겠지. 그는 이번 원정의 자금을 조달하기 위해 자신의 모든 재산을 담보로 잡혀 빌릴 수 있는 모든 돈을 빌려서 이미 써버린 상태였다. 게다가 도착하자마자 총독은 그를 체포하여 쇠사슬로 묶어 스페인으로 되돌려보낼 것이다. 코르테스는 결코 그런 식으로 귀향하고 싶지는 않았다. 십오 년간 서인도제도에서 뼈빠지게 일하고 빈털터리가 된 치욕적인 모습으로 돌아갈 수는 없었다.

코르테스는 한숨을 내쉬었다.

"나는 귀관들이나 나를 신뢰하는 모든 병사들에게 최선의 길만을 선택하고 싶소. 나는 하느님을 믿는 군인임과 동시에 국왕 폐하의 충실한 하인이며 귀관들이 좋다고 하는 것이라면 무엇이든 따르겠소. 만약 귀관들이나 우리 부하들이 쿠바로 돌아가기를 원한다면 그렇게 할 것이오."

"대장!"

알바라도가 그 멋진 미소를 지우고 성난 얼굴로 외쳤다.

"우린 그 말에 동의하지 않았습니다!"

코르테스는 두 손을 앞으로 펴 보이며 어쩔 수 없다는 표정을 지었다.

"달리 도리가 없는 것 같네. 이 신사분들이 지적했듯이, 총독님의 명령은 분명하니까."

"이 두…… 얼간이의 말을 듣겠다는 겁니까?"

알바라도가 레온과 오르다스를 노려보며 말했다. 두 사람의 손이 칼자루로 가자 다른 사람들이 그들을 말렸다.

갑자기 얼음장 같은 침묵이 흘렀다.

마침내 베니테스가 입을 열었다.

"최소한 한 가지 점에서는 저들이 옳습니다, 대장. 아무것도 하는 일 없이 여기서 계속 머물 수는 없습니다."

"만약 우리가 쿠바로 돌아간다면 저 금은 두 번 다시 구경도 못 하게 될 겁니다."

푸에르토카레로가 말했다.

코르테스는 손을 들어 부하들을 진정시켰다.

"귀관들, 이미 말했듯이 우리에겐 선택의 여지가 없습니다."

레온과 오르다스는 서로 시선을 교환했다. 자신들의 의견이 이렇게 쉽게 먹혀들 것이라고는 예상치 못했다. 오르다스는 허리를 똑바로 세우며 말했다.

"부하들에겐 제가 말하겠습니다."

레온은 알바라도가 있는 쪽을 힐끗 돌아보고는 오르다스를 따라 밖으로 나갔다.

"저 벨라스케스 졸개들에게 너무 쉽게 넘어가신 것 아닙니까?"

푸에르토카레로가 말했다.

"그렇다면 귀관들은 쿠바로 돌아가고 싶지 않다는 뜻인가?"

하라미요는 불퉁한 표정으로 반문했다.

"조금 전에 말씀하셨듯 우리에게 무슨 선택권이 있죠?"

"만약 귀관들이 계속 머무르고 싶다면 방법이야 있지."

텐딜레의 노예들이 가져다주던 음식이 없어지자 스페인 병사들은 굶어죽을 위험에 처했다. 그들이 가져온 카사바빵은 몇 주가 지나자 끈적끈적한 전분으로 변해버려 고약한 냄새를 풍겼다. 레인 플라워는 그걸 먹어보려 했지만 결국 뱉어내고 말았다. 냄새가 너무 역겨웠으며 구더기까지 기어다녔다.

이제는 그들 스스로 음식을 찾아다닐 수밖에 없었다. 스페인 병사들은 매일 아침마다 활을 들고 새를 잡으러 나갔고, 타바스칸 족 여자들은 게나 야생과일을 찾아 해안으로 나갔다. 음식을 찾아다니다보니 그들은 매일 캠프에서 점점 더 멀리 떨어진 곳까지 가게 되었다.

어느 늦은 오후, 레인 플라워는 혼자 야생열매를 따고 다니다가 자신과 말리가 매일 저녁마다 목욕하는 연못에서 무슨 소리가 나는 것을 들었다. 그녀는 이상하게 생각하며 그쪽으로 조심스럽게 다가 갔다.

노르테라고 하는 스페인 사람이 발가벗은 채 허리까지 오는 차가 운 초록빛 연못 속에 서 있었다. 레인 플라워는 당황했다. 스페인 사 람들은 절대 목욕을 하지 않는다고 생각했던 것이다. 말리는 그들 이 신이기 때문에 그럴 필요가 없다고 했지만 레인 플라워의 코로 감지되는 냄새는 그 사실을 부인했다.

레인 플라워도 이미 알고 있었지만 노르테는 다른 스페인 사람들 과는 약간 달랐다. 그들은 노르테를 멀리하는 것 같았다. 아길라르 라는 성직자만이 그와 얘기를 했다. 이상하게도 아길라르보다 행동 거지가 차분하고 스스로 귓불을 찢은 노르테가 더 성직자 같은 분 위기를 풍겼다.

그녀는 양치류 뒤에 숨어 그를 훔쳐보았다. 그녀의 시선이 그의 몸에 머물렀다. 그가 물 속에서 일어나자 피부 위로 물이 흘러내렸 다. 구릿빛으로 그을린 그의 몸은 단단해 보였고, 베니테스나 알바 라도를 비롯해 털이 많은 다른 사람들과는 달리 매끈했다. 이상하 게 그녀의 아랫배가 꿈틀거렸다.

만약 이 스페인 사람들 중에 신이라고 할 만한 사람이 있다면 아 마도 이 사람일 것이다.

그는 그녀에게 등을 돌린 채 물 속에서 일어났다. 레인 플라워는 그가 자신을 볼 수 없을 거라고 생각했다. 하지만 갑자기 마야 어가 늘려왔다.

"언제까지 거기 서서 날 지켜볼 작정이지?"

내가 여기 있는 것을 알고 있었네!

그녀는 눈을 떨구고 감히 신을 그런 식으로 쳐다본 것에 대해 어떤 처벌을 받게 될지 두려워하며 숨어 있던 곳에서 걸어나왔다.

"죄송합니다."

그녀는 웅얼거리는 소리로 말했다.

"전 그저 너무 놀라서…… 신들은 목욕을 할 필요가 없는 줄 알았습니다."

"아무리 신이라 해도 땀은 흘리겠지."

그가 말하며 돌아섰다. 그는 미소를 짓고 있었다. 그는 해진 린넨 셔츠에 반바지 차림이었다.

"당신께서 저를 보신 줄 몰랐습니다."

"그랬겠지."

강렬한 검은 눈동자. 아름다운 분이다, 라고 레인 플라워는 생각했다. 마치 축제날 멕시카인들이 깃털 달린 뱀에게 바치던 소년 중의 하나 같았다.

"이름이 뭐지?"

그가 물었다.

"레인 플라워라고 합니다."

"레인 플라워."

그가 천천히 중얼거렸다.

"넌 베니테스의 여자지?"

그녀는 고개를 끄덕였다.

그는 즐겁다는 듯이 고개를 한쪽으로 기울이고 계속 그녀를 바라보았다.

"내가 신기해 보이나?"

레인 플라워는 그의 귀를 바라보았다.

그는 고개를 끄덕이며 자기도 안다는 듯이 찢어진 귓불을 만졌다.

“깃털 달린 뱀을 위해 피를 흘렸지.”

레인 플라워의 눈이 휘둥그레졌다.

“당신은 신이 아닌가요?”

“네게는 내가 신으로 보이느냐?”

그녀가 대답하지 않자 그가 말했다.

“아무래도 나 역시 너와 조금도 다르지 않은 인간 같구나. 내게도 너와 같은 피부색을 가진 아내가 있었지. 그녀는 내게 두 아이를 낳아주었어.”

“그런데 왜 그녀를 버렸죠?”

“내가 버린 게 아니야.”

“그럼 왜 여기 계시는 거예요?”

그는 어떻게 설명해야 할지 고심하는 것 같았다.

“이 사람들은 내 동족이야.”

그는 어깨를 으쓱였다.

“자신의 핏줄에서 벗어날 수는 없어. 언젠가는…… 그들이 분명 찾아낼 테니까.”

그는 그녀 가까이에 있었다. 너무 가까이. 자신의 종족들 사이에서 간통의 대가는 죽음뿐이었다. 그리고 그녀는 마음속으로 자신은 베니테스와 결혼한 사이라고 생각했다. 그는 손을 내밀어 그녀의 머리칼을 쓰다듬었다. 레인 플라워는 한 걸음 물러섰다.

그는 손을 떨구었다.

“미안하구나.”

“그러면 당신은 신이 아닙니까?”

레인 플라워가 속삭였다.

“그래. 우린 모두 스페인 사람들일 뿐이야.”

그는 다시 미소지었다.

"그게 더 나쁘지만."

그는 그녀에게 야릇한 미소를 지어 보이곤 캠프가 있는 쪽으로 걸어갔다.

그가 사라지는 모습을 보고 있자니 갑자기 숨이 가빠왔다. 이제 기꺼이 자신을 바치고 싶은 남자가 나타났다고 그녀는 생각했다. 어째서 코르테스는 자신을 저 남자에게 주지 않았을까?

언제나 그렇듯 인생은 너무도 잔인했다.

"소문 들었나?"

아길라르가 베니테스에게 물었다.

"무슨 소문?"

"코르테스가 쿠바로 돌아가 벨라스케스 총독에게 그 동안의 감사 표시로 금을 모두 상납할 거라더군."

베니테스도 이 특별한 소문에 대해 알고 있었다. 사실 그는 코르테스가 알바라도에게 이 소문을 퍼뜨리라고 지시하는 자리에 함께 있었던 것이다.

"사실이라고 생각하나?"

"코르테스는 그럴 사람이 아니야. 그는 우리가 어떤 임무를 띠고 여기에 왔는지 잘 알고 있어. 우리는 이 미개한 영혼들을 구원해야만 하네. 그는 훌륭한 기독교인이야. 지금 같은 때에 자기 생각만 할 사람은 아니지."

"나도 그렇게 생각해."

베니테스는 그렇게 말하곤 그 자리를 떠났다.

코르테스는 막사에 있던 거대한 떡갈나무 탁자를 야자수 그늘 아래로 옮겨놓았다. 원정대 전원을 그곳에 모아놓고 자신들의 앞날을 논의하기 위해서였다. 코르테스가 연설을 하기 위해 탁자 위로 올라가자 웅성거리던 말소리가 뚝 그치고 적막이 흘렀다.

"귀관들!"

코르테스는 그들을 향해 소리쳤다.

"여러분들 중 이곳에서의 체류가 길어지는 것에 대해 상당한 불만을 품고 있는 사람이 있다는 걸 나는 알고 있다."

그러자 병사들 사이에서 웅성거림이 일었다. 조심해요, 코르테스, 베니테스는 생각했다. 분위기가 심상치 않았다. 병사들은 적의에 찬 불퉁한 표정으로 투덜거렸다. 그들에게 정당한 명분만 생기면 반란이 일어날 수도 있었다.

"귀관들의 마음을 나도 이해한다. 나도 지난 몇 주간 여러분과 함께 고생한 사람이다. 하지만 결정을 내리기 전에 그 동안 우리가 이룬 것들을 되돌아볼 필요가 있다. 우선 우리가 쿠바를 떠날 때 총독님께서는 유카탄의 원주민들에게 포로로 잡혀 있는 모든 스페인 사람들을 구해오라고 명령하셨다."

코르테스는 희미한 미소를 지었다.

"아길라르 형제와 우리의 동료 노르테를 보아도 알 수 있듯이 우리는 그 목표를 훌륭히 달성했다. 또한 우리는 이 신대륙의 해안을 탐험하여 이곳에 사는 원주민들의 풍습과 종교를 알아보고 그들과 물물교환을 통해 금을 얻어오라는 명령도 받았다. 나는 우리가 이 모든 것들을 기대했던 것 이상으로 훌륭히 이루어냈다고 생각한다. 그러니 이젠 지금부터 어떻게 할 것인지를 결정해야 할 때다. 난 감히 여러분들에게 만약 우리가 이대로 쿠바에 놀아간다면 그 동안 우리가 이룬 모든 영광과 젖 먹던 힘까지 다해 타바스코 강과 세우틀라에서 싸워 얻은 전리품들을 모두 빼앗기게 될 거라고 말하고 싶다. 벨라스케스 총독이 그 보물들을 공정하게 분배해줄 거라고 생각하나? 여러분들은 대개 쿠바에서의 생활이 불만족스러웠거나 총독에게서 받는 녹봉에 실망했기 때문에 이곳까지 온 것이 아닌가? 그런데 어째서 지금 그토록 서둘러 그 자비로운 총독의 품으로 돌아가려 하는가?"

"우리는 쿠바의 총독님과 약정을 맺고 왔습니다! 거기서 벗어나는 행동은 위법입니다!"

에스쿠데로라는 사내가 소리쳤다.

코르테스는 그를 나무라진 않았지만 입가에 물고 있던 미소가 사라졌다.

"그 말이 맞을 수도 있다. 하지만 우리의 행동을 결정하기 전에 내가 알아낸 사실을 여러분들에게 알려주겠다."

신중하게 말을 고르는군, 하고 베니테스는 생각했다. 그는 사람들에게 최후의 결정은 자기들 손에 달려 있다는 인상을 주고 있어.

"이 땅은 아름다운 호수 가운데 자리잡은 한 도시에 사는 위대한 왕에 의해 통치되고 있다. 만약 우리가 지금 쿠바로 돌아간다면, 우리는 자질구레한 장신구들과 거대한 금바퀴 이상의 것을 얻을 수 있는 가능성을 포기하는 것이다. 이 땅에는 우리 모두가 그런 금바퀴 하나씩을 차지할 수 있을 만큼 풍부한 금이 있다고 나는 믿는다!"

레온이 더이상 참지 못하고 끼어들었다.

"하지만 우리에겐 그럴 권리가 없습니다! 고작 오백 명의 병사와 열두 문의 대포만 가지고 이 왕국을 차지하겠다는 말입니까? 우리는 쿠바로 돌아가야 합니다!"

"돌아가야 합니다!"

오르다스도 소리쳤다.

"여기 계속 있다간 굶어죽든가 아니면 인디언들에게 모조리 말살되고 말 겁니다!"

많은 병사들이 주먹을 공중에 쳐들며 함성을 질렀다.

코르테스의 어깨가 축 처졌다. 그는 조용히 하라는 뜻으로 양손을 들어올렸다.

"좋다. 난 단지 우리 모두에게 가장 좋은 길을 택하려는 것뿐이다. 귀관들의 생각이 정 그렇다면 당장 돌아갈 준비를 할 것이다."

병사들은 일제히 환호했다. 코르테스가 임시 연단에서 막 내려오려는데 알바라두가 탁자 위에 뛰어올라 코르테스 옆에 섰다.

"잠깐만! 아직 정해진 게 아니야! 지금 쿠바로 돌아가는 건 반역이나 다를 바 없어!"

분노에 찬 함성이 일었다. 레온과 오르다스는 알바라도에게 내려오라고 소리쳤지만 알바라도의 목소리도 두 사람 못지않게 컸다.

마침내 코르테스가 좌중을 진정시켰다. 소동이 어느 정도 가라앉자 코르테스가 알바라도에게 물었다.

"자네 말이 무슨 뜻인지 설명해주겠나? 반역이라니?"

"만약 이대로 쿠바로 돌아가면 카를 5세 폐하께서는 우리가 이미 그분을 위해 확보하기 시작한 막대한 보물을 잃게 되시는 겁니다. 내년에는 원주민들이 만반의 대비를 하고 우리를 맞을지 누가 압니까? 강력한 군대를 정비하여 우리가 육지에 발도 내딛지 못하게 할지도 모릅니다. 만약 그렇게 된다면 우리의 왕께서는 모든 걸 잃게 되시는 겁니다! 안 됩니다. 우리는 이곳에 요새를 세우고 국왕 폐하의 권리를 찾아드려야 합니다!"

"알바라도의 말에 나도 동의합니다!"

푸에르토카레로가 소리쳤다.

"우리는 이 땅에 엄청난 보물이 있다는 것을 확인했습니다. 그러니 식민지를 삼지 말란 법이 있습니까?"

식민지라는 말에 분위기는 다시 활기를 띠었고 레온과 오르다스의 목소리는 그 속에 파묻혀 들리지도 않았다.

코르테스는 이때라는 듯이 말했다.

"우리는 그럴 권위를 부여받았다! 나는 귀관들의 주장을 존중한다. 그리고 우리의 동료 레온과 오르다스의 말이 맞을 수도 있다. 식량은 다 떨어져가고 원주민들로부터 공격을 받을 수도 있다. 그렇지만 솔직히 말해 나 개인적으로는 별로 돌아가고 싶지 않다. 이번 항해에 나는 가진 재산 모두를 쏟아부었기 때문에 이젠 동전 한 닢도 남아 있지 않다. 하지만 나는 내가 생명을 책임지고 있는 귀관들의 의견에 따를 것이다."

"이번 원정에 투자한 사람은 대장만이 아닙니다."

푸에르토카레로가 코르테스에게 상기시켰다.

"하지만 나는 귀관들에게 이미 약속했다. 원한다면 돌아갈 수도 있다."

코르테스는 어쩔 수 없다는 듯이 말했다.

"그렇다면 가고 싶은 사람만 가게 합시다!"

산도발이 외치자 동의의 함성이 터졌다.

"나머지는 이곳에 남아 우리들만의 식민지를 세웁시다!"

하라미요가 소리쳤다.

"그건 불법이야!"

에스쿠데로가 하라미요에게 호통쳤다.

"미안하지만 그건 그렇지 않네."

코르테스가 말하자 병사들은 조용해졌다. 다들 놀란 얼굴로 그를 바라보았다. 자기들 중에서 법에 대해 가장 잘 아는 사람은 코르테스라는 것을 모두 잘 알고 있었다. 실제로 그는 쿠바의 산티아고에서 치안판사를 하기도 했다.

"스페인 법에 따르면 어떤 스페인 사람이든 왕실의 인가만 받았다면 자기들만의 자치기관을 가질 수가 있다. 그후로는 다른 사람을 거칠 필요 없이 곧장 왕실의 명령을 받기만 하면 되지. 그들의 권리는 여전히 보호되는 거야."

"우리는 왕실의 인가를 받지 않았습니다!"

에스쿠데로가 반박했다.

"그건 당장이라도 받을 수 있다."

코르테스가 말했다.

레온은 사람들을 향해 호소했다.

"우리는 벨라스케스 총독님으로부터 명령을 받았다! 쿠바로 돌아가야 한다!"

"난 그의 명령엔 신물이 난다! 돌아가고 싶으면 너나 가라!"

코르테스가 레온에게 소리쳤다.

"금은 어떻게 됩니까?"

누군가 외쳤다.

"금은 그것을 찾아낸 사람이 갖게 될 것이다. 달아나는 자에게 금 따위는 없어!"

코르테스는 탁자에서 내려와 성큼성큼 걸어갔다.

다시 왁자지껄하는 소리가 났다.

베니테스는 회심의 미소를 지었다. 아주 잘 처리되었어. 산 후안
데 울루아의 사막 위에 식민지를 건설하는 것이 코르테스 본인의
생각이라는 사실은 아무도 모를 것이다.

노르테는 언제부터 구세계가 사라지고 신세계가 자신의 영혼 속
에 자리잡기 시작했는지 기억나지 않았다. 코수멜 섬의 노란 모래
가 세비야의 장터보다 더 중요하게 느껴진 게 언제부턴지는 모른
다. 팔 년 전 팔로스에서부터 배를 타고 온 기독교도 신사는 이제
그에겐 완전히 낯선 사람이었다. 마치 무대에 선 배우처럼 그는 말
을 더듬으며 팔 년 전의 그 남자를 어떻게 연기해야 하는지 기억해
내려고 애썼다.
　마치 지금까지의 삶이 모두 꿈이었던 것처럼 모든 것이 비현실적
이고 몽롱하게만 느껴졌다. 내일이면 꿈에서 깨어나 다시 마야인들
과 함께 생활하게 될 거야. 그럼 난 다시 나의 또다른 자아로 돌아
가 미신에 가득 찬 기도문을 다른 기도문과 바꿔야겠지, 하고 그는
생각했다. 마치 다른 사람의 옷을 입은 듯한 어색함과 외로움이 주
는 암담한 고통의 감정이 그에게 낯선 것만은 아니었다. 한때 자신
이 망망대해를 바라보며 카스티야나 엑스트레마두라의 배가 오는
것을 보게 해달라고 간절히 기도하던 일이 이제는 너무도 아이러니
컬하게 느껴졌다. 그는 자신이 이교도들 사이에 버려진 기독교도
신사라고 생각했었다. 하지만 이제야 그는 팔 년 전의 진정한 자기
모습을 볼 수 있었다. 그는 자신의 땀 냄새만큼이나 고약한 해적에
다 도둑에다 위선자였던 것이다.
　그는 짚이 듬성듬성 들어간 침대 위에서 몸을 뒤척이며 눈을 크
게 뜨고 어두운 천장을 올려다보았다. 커피색 피부를 한 두 아이가

유카탄의 해변에 서 있는 것이 보였다. 지금까지 살면서 누군가를 그토록 사랑해본 적이 없었다. 그는 그 아이들이 지금은 뭘 하고 있을지 생각했다. 얼마나 많은 눈물을 흘렸을지, 이미 자신을 위한 장례를 치렀는지……

하지만 이제는 더이상 그들을 생각하지 않을 것이다. 더이상은.

그는 침대에서 일어났다. 잠이 오지 않았다. 몸을 움직여 자신을 괴롭히는 이 악마로부터 달아나야 했다. 아길라르는 여전히 코를 골며 구원의 단잠에 빠져 있다. 노르테는 조용히 그를 향해 욕설을 지껄이며 임시로 만든 오두막에서 나왔다.

얇게 드리워진 구름을 통해 보름달의 은은한 빛이 스며나왔다. 나른한 바다 위에 떨어진 그 빛은 파도를 타고 잔물결을 일으켰다. 노르테는 깊은 숨을 들이쉬었다. 그는 근처의 늪지에서 풍기는 악취에 코를 찡그리며 귓가에 앵앵거리는 모기를 손바닥으로 잡았다. 가슴에 사무치는 외로움이 아닌, 다른 것에 정신을 집중하려 애쓰며 노르테는 계속 해변으로 걸어갔다.

그들이 그를 붙잡았을 때는 아마도 캠프에서 백 미터쯤 떨어져 있었을 것이다.

베니테스는 불침번을 서고 있었다. 그는 그 일을 몹시 중요하게 생각했으므로 다른 동료들과 달리 늦은 시간까지 노름을 한다든가 포도주를 마시는 법이 없었다. 그는 각 초소를 차례로 방문하며 졸고 있는 병사들을 꾸짖거나 무기 상태가 허술하다거나 즉각 싸울 준비가 되어 있지 않다는 등의 훈계를 늘어놓았다. 그가 두번째로 주변을 돌고 있을 때 오른쪽 모래언덕 너머로 이상한 소리가 들렸다. 그것은 상처 입은 남자의 신음 소리 같기도 했고 발정한 남자의 신음 소리 같기도 했다.

그는 칼을 뽑아들고 조심스럽게 모래언덕을 올라갔다.

그는 두번째 모래언덕에서 그들을 발견했다. 그들은 모래 위에 드리워진 어두운 그림자 속에 숨어 있었다. 두 명이었다. 한 명이 재미를 보는 동안 다른 하나는 붙들고 있었다. 그 다른 하나가 달빛에 비친 베니테스를 보더니 동료에게 경고의 소리를 질렀다. 그들은 부드러운 모래 위를 비틀거리며 다급하게 도망쳤다. 베니테스는 달빛에 드러난 한 녀석의 엉덩이를 볼 수 있었다. 놈은 달려가면서 바지를 끌어올렸다.

그들의 희생자는 엎드린 자세에서 흐느꼈다. 그는 그들이 입에 처넣었던 넝마를 끄집어내곤 기침을 토해냈다.

"노르테?"

베니테스는 노르테의 허리 아랫부분이 벗겨진 것을 보았다. 갑자기 구역질이 났다. 저들이 무슨 짓을 했는지 알 수 있었다.

"난 괜찮아."

노르테가 말했다.

"누구였나?"

베니테스는 물었지만 사실은 알고 싶지 않았다. 그는 코르테스가 범인들을 어떻게 처벌할지 알고 있었다.

"나도 몰라."

노르테가 대답했다.

잘 생각했어, 하고 베니테스는 생각했다. 만약 저들을 밀고했다가는 다른 사람들이 널 죽일 테니까. 베니테스는 둘 중 한 명이 구스만이란 것을 알고 있었다. 환한 달빛에 똑똑히 보았던 것이다. 그러니 다른 한 사람은 아마도 크리스토발 플로레스일 것이다.

"그들의 얼굴을 못 봤나? 목소리도 못 듣고?"

베니테스는 다그쳤다.

"그래."

노르테가 대답했다. 그는 바지를 끌어올리며 옆으로 누워 토하기 시작했다. 베니테스는 칼을 도로 집어넣고 그의 옆에 쪼그리고 앉았다.

"다친 덴 없나?"

"보면 알 거 아닌가."

베니테스는 몸을 부르르 떨었다. 다른 사내의 성적 노리개가 되느니 차라리 죽는 게 나았다.

"의사를 깨울까?"

"그냥 저리 가버려."

노르테는 고개를 돌렸다.

베니테스는 그가 고맙다는 인사라도 하길 기다렸지만 그럴 기미는 보이지 않았다. 노르테는 그대로 누운 채 숨을 몰아쉬었다. 베니테스는 몇 걸음 걸어가 모래언덕 위에서 잠시 멈춰 섰다. 잠시 후 그는 노르테가 비틀거리며 모래언덕을 지나 캠프로 돌아가는 것을 보았다. 베니테스는 그가 안전히 도착하는지 확인하기 위해 뒤따라 갔다.

이것으로 밤의 악행이 끝난 것에 안도하며 베니테스는 다시 순찰을 계속했다.

그는 자신이 노르테를 동정하고 있음을 발견하고 스스로 놀랐다. 그는 그 변절자를 좋아하지 않았으며 믿을 만한 사람이라고 생각지도 않았다. 그렇다고 해서 그를 그런 식으로 대하는 것은 옳지 않다. 대부분의 남자들은 단지 짐승일 뿐이었다. 세상 어떤 남자든 그 남자의 영혼을 깊이 들여다본다면 하느님을 믿는 점잖은 신사가 아니라 피도 눈물도 없는 한 마리의 짐승과 마주치게 될 것이다.

검은 벨벳 모자에 더블릿, 정식 복장을 차려 입은 디에고 고도이가 세 척의 쌍돛 범선이 즉시 쿠바로 돌아가는 것을 허락한다는 코르테스의 선언문을 큰 소리로 낭독하고 있었다. 때는 아직 이른 아침이었다. 캠프 앞에 피워놓은 모닥불의 검은 연기가 연한 푸른빛 하늘로 낮게 퍼져나갔다. 병사들은 불만이 가득한 얼굴로 고도이의 말을 들으며 지평선 쪽을 바라보았다.

고도이의 낭독이 끝나자 오르다스와 레온, 에스쿠데로를 비롯한 몇몇 지휘관들은 모래언덕을 건너 코르테스의 막사가 있는 곳으로 갔다. 오르다스는 코르테스의 하인장 카세레스에게 자신들은 급히 대장과 할 이야기가 있다고 했다.

코르테스는 그들을 기다리게 했다. 마침내 하얀 린넨 셔츠에 바지를 입은 차림으로 나타난 그는 피곤하고 짜증스러워 보였다.

"무슨 일인가?"

그가 말했다.

"우리는 남기로 했습니다."

레온이 말했다.

이젠 당연히 남고 싶겠지, 하고 코르테스는 생각했다. 금은 여기 있으니까. 빈손으로 벨라스케스에게 돌아갔다가는 필경 그 눈물 어린 충성의 대가로 호된 질책이나 당할 테니. 금도 없이 돌아간다면 너희들은 반역자에 겁쟁이라고 불리게 될 거야.

"우리가 있을 곳은 당신 곁입니다."

또다른 지휘관인 몬테호가 말했다.

"나는 이미 명령을 내렸다. 이젠 너무 늦었어. 귀관들은 가고 싶다고 했으니 가게."

코르테스는 돌아섰다.

"대장."

레온이 그를 불렀다.

"우리의 성급했던 행동을 용서해주십시오. 우리가 중대한 실수를 저질렀다는 사실은 잘 알고 있습니다. 하지만 당신과 동료들을 버리고 갈 순 없습니다. 제발 명령을 취소해주시고 우리가 머무는 것을 허락해주십시오."

코르테스는 한숨을 내쉬었다.

"자네는 내게 성자의 인내심을 요구하는 건가?"

그는 그들의 얼굴을 살폈다.

"알바라도와 푸에르토카레로가 계속 여기 남아 있자고 날 설득했네. 하지만 나는 두 가지 조건을 걸고 그 제안을 승낙했다는 걸 알아야만 하네."

병사들이 코르테스의 막사 주위로 몰려들었다.

"첫째, 나는 이 새로운 식민지의 총사령관이자 치안판사가 되어야만 이 원정을 계속할 걸세."

레온과 오르다스는 서로 마주 보곤 다른 동료들의 눈치를 살폈다. 일개 지휘관인 그들로선 선택의 여지가 없다는 것을 코르테스는 알고 있었다. 푸에르토카레로는 싸울 만한 배짱이 없었고, 알바라도는 너무 완고했다.

"동의합니다."

레온이 말했다.

"둘째, 이 식민지의 총사령관으로서 나는 원정에서 생기는 전리품의 오 분의 일을 차지하겠네.”

“오 분의 일!”

오르다스는 입을 딱 벌렸다. 오 분의 일이면 국왕에게 바치는 몫이다.

“다른 사람들은 모두 동의했네. 싫으면 쿠바로 돌아가게.”

이제 와서 감히 내게 대들지는 못하겠지, 하고 코르테스는 생각했다.

“좋습니다.”

레온이 대답했고 오르다스도 고개를 끄덕였다.

“그럼 결정됐네. 이제 쿠바 얘기는 더이상 꺼내지 말게. 귀관들, 이제부터는 신과 나를 믿고 따르게. 그리고 부푼 꿈을 안고 부와 명예를 찾아보세나.”

베니테스는 케이폭 나무에 등을 기대고 일이 돌아가는 과정을 지켜보았다. 그는 더위 속에서 몸을 떨었다. 뼛속까지 쑤시는 것 같았다. 열이 약간 나는 것뿐이야. 오한을 느끼는 사람들도 더러 있지만 그 때문에 모두 큰 고통을 당하는 건 아니니까. 단지 운 나쁜 몇몇 사람들만 그렇지. 곧 괜찮아질 거야.

이곳은 정말 너무 끔찍하고 냄새나는 곳이야.

14

달개집 방 안의 숨막힐 듯한 열기 속에서도 베니테스는 사시나무 떨듯 온몸을 떨었다. 눈동자의 흰자위는 누렇게 변했고 피부는 땀에 흠뻑 젖어 번들거렸다. 열 때문에 그의 몸은 심하게 떨렸고, 머리가 흔들릴 정도로 이를 딱딱 부딪쳤다. 이따금씩 어둠 속을 걸어다니는 헛것이 보여 그는 분노에 찬 목소리를 지르기도 했다.

레인 플라워는 그의 곁에 무릎을 꿇고 앉았다.

"말라리아에 걸린 게 분명해요. 몸이 불덩이처럼 뜨겁다가 다음 순간엔 얼음장처럼 차가워져요. 스페인의 부엉이 남자가 와서 신께 바친다며 그의 피를 조금 받아갔어요."

레인 플라워는 그의 손을 잡고 마치 상처 입은 새인 양 쓰다듬었다.

"이틀 동안 계속 이런 상태였어요."

말리는 레인 플라워가 보여주는 지극한 애정에 놀라며 그녀 곁에 앉았다.

"내가 어떻게 해주길 바라니, 딸아?"

"작은엄마는 마법사잖아요. 이 사람을 도울 수 있어요."

"난 마법사가 아니야. 어렸을 때 어머니한테 약초 쓰는 법을 배웠을 뿐이야. 그건 마법과는 상관없어."

"하지만 이 사람을 고칠 수는 있죠?"

말리는 생각했다.

"난 네가 이 털북숭이 남자를 좋아하지 않는 줄 알았는데."

레인 플라워는 베니테스의 머리에 놓인 수건을 가져다가 물에 적셨다. 그리고는 어떻게 대답하면 좋을지 궁리하며 그의 얼굴과 가슴에 흐르는 땀을 가볍게 닦아냈다.

"그럼 이렇게 죽어가는 걸 보고만 있어야 해요?"

"만약 이 사람이 죽으면 코르테스가 널 노르테에게 줄지도 몰라."

레인 플라워는 움찔했다.

"알고 있었어요?"

"네가 그 사람을 쳐다보는 걸 보았지. 조심해야 한다, 딸아. 스페인 사람들에게 베니테스는 네 남편이야. 만약 네가 노르테와 동침한다면 그들이 네게 무슨 짓을 할지 누가 알겠니?"

레인 플라워는 입술을 깨물었다. 그녀의 관자놀이로 땀방울이 흘러내렸다.

"그래도 내가 이 남자를 치료해주기를 바라니?"

그녀는 고개를 끄덕였다.

"좋아. 네가 어떻게 하면 좋을지 알려주지. 우리가 목욕하는 연못 근처에 가보면 풀 한 포기가 있을 거야. 그걸 잘 빻아서 깨끗한 물에 넣고 끓인 다음 그 액체를 마시게 해. 난 말라리아에 걸린 군인들에게 그렇게 했어."

"그럼 병이 나을까요?"

"그건 나도 몰라. 나은 사람도 있어. 만약 그가 오늘밤 '좁은 길'을 지나가지 않는다면 아마 살 수 있을 거야."

말리는 일어섰다.

"이젠 작은엄마도 아셨겠죠? 이 사람은 신이 아니에요."

"깃털 달린 뱀이 톨란을 떠났을 때 그는 두더지와 난쟁이 부대의 도움을 받아 산을 넘었어. 신이 다른 신과 함께 있는 경우는 거의 없지. 이 사람들은 단순히 그를 돕는 사람들일 뿐이야."

"이젠 작은엄마도 그를 돕는 건가요?"

뜨거운 바람이 딜개집의 캔버스 천을 펄럭이게 했다. 카푸친 원숭이 무리가 머리 위의 야자수에서 요란하게 떠들어대는 소리가 들렸다.

말리는 대답하지 않았다.

"작은엄마가 없으면 그 신은 의사소통도 할 수 없잖아요. 그게 이상하지 않아요?"

레인 플라워가 속삭였다.

말리는 어렸을 때 아버지가 그녀에게 했던 약속과 예언을 생각했다.

"아니, 딸아. 내겐 운명처럼 느껴지는구나."

그날 오후 알바라도는 국왕 카를 5세의 이름으로 이 땅을 소유하노라고 공식적으로 선언했다. 그는 이 새로운 마을을 '진정한 십자가의 부유한 마을'이라는 뜻으로 '빌라 리카 데 라 베라 크루스'라고 이름지었다.

 병사들은 환호하기 시작했다. 불과 며칠 전까지만 해도 쿠바로 돌아가고 싶다던 사람들도 마찬가지였다. 결국 코르테스가 말한 대로 황금 바퀴는 시작일 뿐인 것이다. 그들은 이 새로운 식민지를 계속 개척해나간다면 자신들도 언젠가는 이곳의 시장이 될 수도 있을 거라고 생각했다.

 새로운 식민지의 치안판사 겸 지도자의 자리는 일단 공석으로 선언되었다. 그러나 곧 그 자리는 만장일치로 코르테스에게 돌아갔고 그는 겸손하게 받아들였다.

15

코르테스의 목덜미로 흘러내린 땀방울이 등뼈를 타고 미끄러져 내렸다. 날씨는 점점 더 무더워지고 있었다. 서쪽의 산들과 오리자바의 거대한 화산 꼭대기는 구름이 드리우자 더욱 매혹적으로 보였다. 그는 그 뒤에 무엇이 있는지 알아야만 했다.

그는 프레이 올메도가 모래밭에 세워놓은 나무 십자가 앞에 무릎을 꿇었다. 그곳엔 온갖 기념비와 비석들이 성모 마리아 상을 둘러싸고 있는 성소가 세워져 있었다.

그는 기도하며 두 주먹을 쥐었다.

이제 거의, 거의 다 왔다. 하지만 여기서부터는 어찌해야 한단 말인가? 많은 부하들이 말라리아에 걸렸고 처음엔 말을 잘 듣던 원주민들도 갑자기 사라져버렸다. 당분간은 벨라스케스의 멍에로부터 벗어났지만 부하들의 사기는 형편없었다. 머잖아 다시 고향으로 돌아가자고 소동을 피울 것이다.

코르테스도 더이상 식량이나 물도 없이 오백 명의 병사들과 말 몇 필만 가지고 내륙으로 진군하는 모험은 할 수 없었다. 계속 머물 구실을 찾아내야만 했다. 저 산 너머에 무엇이 있는지 알아야 하기 때문이었다.

성모 마리아여, 절 도와주십시오……

바람결에 목소리가 들렸다. 그는 눈을 떴다. 보초 한 명이 해변에서 그를 향해 달려오고 있었다.

원주민들이 돌아왔다.

이들은 멕시카인이 아니야. 말리는 단박에 그들을 알아보았다. 일행은 다섯 명으로 텐딜레의 일행들과는 달리 수행원도 없었고 옷차림도 달랐다. 멕시카인들의 깃털 외투나 화려하게 수놓은 옷차림과는 대조적으로 이들은 그저 평범한 하얀색 천을 허리에 두르고, 어깨에는 하얀색의 짧은 면망토만 둘렀다. 옷차림은 소박했지만 장신구는 훨씬 더 화려했다. 일행 중 우두머리 격인 사람은 코에 거북이 모양의 옥 장식을 하고 금귀걸이를 했다. 아랫입술에 단 무거운 터키석 장식은 너무 아래로 처지는 바람에 이빨이 드러났다. 다른 일행 역시 크고 정교한 귀걸이와 입술 장식물을 달고 있었다.

그들은 코르테스의 막사 밖에 있는 나무 그늘에서 기다렸다. 말리는 알바라도가 그들 중 한 명에게 다가가 아랫입술을 잡는 것을 보았다. 재규어 모양의 입술 장식이 그의 흥미를 끈 것 같았다. 코르테스가 알바라도에게 소리치자 그는 마지못해 손을 뗐다. 마치 굶주린 개가 먹음직스런 고깃덩어리를 바라보듯 알바라도는 뒤로 물러서서 방문객들을 노려보았다.

아길라르가 창백한 표정으로 말리에게 말했다.

"이 사람들은 내가 전혀 들어본 적이 없는 말을 하고 있어. 코르테스 님이 너를 데려가라고 하셨다."

그는 말리를 새로운 방문객들에게 데리고 갔다. 그들 중 한 사람이 아길라르에게 했던 인사말을 되풀이했다. 말리는 당황하며 얼굴을 찌푸렸다.

"저도 무슨 말인지 모르겠습니다."

그녀의 말에 아길라르는 승리의 미소를 지었다.

코르테스의 실망한 표정이 그녀의 마음을 아프게 했다. 저분을 실망시킬 순 없어. 지금이야말로 내가 도와야 할 때야, 하고 말리는 생각했다.

그녀는 다시 이방인들에게 물었다.

"나우아틀 어를 발할 술 아는 사람 있나요?"

그들 중 가장 어린 소년이 잠시 주저하다가 앞으로 나왔다.

"제가 나우아틀 어를 할 줄 알아요."

말리는 만족감에 전율을 느꼈다. 그녀는 코르테스를 향해 수줍은 미소를 지어 보이고 아길라르에게는 차가운 시선을 던진 다음 다시 이방인들을 바라보았다.

"여러분을 환영합니다. 불행히도 우리들 중 나우아틀 어를 할 줄 아는 사람은 저뿐이에요. 내 뒤의 갈색 옷을 입은 저 보잘것없는 사람은 촌탈 마야 어만 합니다. 그리고 저기 수염을 기르신 신께서는 천상의 언어인 카스티야 어를 쓰십니다. 여러분들은 누구이고 우리에게 뭘 바라시는 건지요?"

소년은 말리가 한 말을 동료들에게 옮겼다. 그들은 놀라움에 입을 딱 벌리고 서로를 바라본 다음 코르테스에게 시선을 던졌다. 그들은 자기들끼리 토론을 한 다음 소년에게 할말을 일렀다. 이렇게 해서 길고 복잡한 회담이 시작되었다. 말리가 촌탈 마야 어로 아길라르에게 말하면 아길라르는 다시 카스티야 어로 코르테스에게 통역했다.

"우리는 토토낙 족으로 셈포알란이라는 곳에서 왔습니다."

소년이 말을 옮기기 시작했다.

"저희 마을은 이곳에서 걸어서 하루 정도 걸리는 곳에 있습니다. 저희는 테우레스들이 해변에 왔다는 말을 들었습니다."

테우레스는 나우아틀 어로 '신'이라는 뜻이었다.

"저희는 여러분께 환영의 인사말을 전하고 아울러 저희 마을에 초대하러 왔습니다. 그곳에 가시면 저희의 선물과 융숭한 대접을 받게 되실 것입니다."

이 말을 듣고 코르테스는 미소를 지었다.

"기꺼이 방문하겠다. 저들도 위대한 왕 목테수마의 백성인지 물어보라."

말리가 이 말을 통역하자 토토낙 사람들은 자기네들 말로 욕을 퍼부었다. 마침내 소년이 말했다.

"그렇지 않기를 바라지만 저희는 분명 그분의 백성입니다. 목테수마가 당신의 신께 선물을 바쳤다는 소문이 사실입니까?"

"그렇습니다."

이 질문의 대답은 자기가 해도 되겠다고 생각하고 말리가 대답했다. 선물이라기보다는 뇌물에 가깝지. 하지만 다른 사람들에게 그런 식으로 보여 해될 것은 없다.

"그는 우리에게 태산 같은 선물과 케쌀의 깃털, 옥과 금을 보내주었죠."

토토낙 사람들은 다시 흥분한 듯 서로 시선을 주고받았다. 그들

중 한 명이 말리가 목에 걸고 있던 가슴장식을 가리켰다. 텐딜레가 거대한 황금 바퀴를 선물하던 날 스페인 병사들의 발에 짓밟힐 뻔한 것을 그녀가 구해낸 물건이었다.

"저의 삼촌은 당신이 어디서 그 아름다운 깃털 장식을 얻었는지 알고 싶어하십니다."

소년이 말했다.

"이것은 그들이 보낸 선물에 들어 있던 것입니다."

말리가 대답했다.

그 노인은 갑자기 놀란 표정을 지었다.

"작년에 목테수마의 공물징수원이 왔을 때 저의 사촌이 그와 비슷한 것을 하고 있다가 빼앗겼다는군요."

소년이 설명했다.

아길라르가 거칠게 말리의 팔을 흔들었다.

"무슨 얘기를 하는 거냐?"

"멕시카인들이 제물로 바치려고 자기 아이들을 훔쳐간다고 하는군요."

아길라르는 성호를 그으며 코르테스에게 그 말을 전했다. 말리는 코르테스를 바라보았다. 그는 평상시처럼 엄한 표정을 짓고 있었지만 뭔가 흥미있어하는 기색이 엿보였다. 그녀는 둘이 은밀한 공모자가 된 듯한 기분을 느꼈다. 그 순간 아길라르는 물론 다른 누구도 존재하지 않았다. 지금 이 순간에는 오직 그와 나뿐이야, 하고 말리는 생각했다. 내 도움이 없다면 그도 곤란해지지.

마치 연인을 보는 듯한 코르테스의 시선이 그녀에게 머물렀다.

아길라르가 헛기침을 하며 못마땅하다는 듯이 파리하고 얇은 입술을 삐죽거렸다. 코르테스는 카스티야 어로 아길라르에게 뭐라고 말했다.

"코르테스 님께서는 멕시카 제국이 많은 적을 가지고 있냐고 물으신다."

말리는 눈을 깜박였다. 정말로 깃털 달린 뱀이 그걸 모른단 말인가? 그렇지 않다면 대체 그가 여기 왜 왔단 말인가?

"전 세계가 멕시카를 증오하고 있습니다. 다들 아는 사실이죠."

그녀가 아길라르에게 대답했다.

"테우레스께서 셈포알란을 방문하시는 겁니까? 여기서 북쪽으로 하루만 가면 됩니다."

소년이 다시 물었다.

말리가 이 질문을 아길라르에게 전하자 그는 다시 코르테스에게 말했다. 하지만 코르테스는 그 말을 듣고 있는 것 같지 않았다. 그의 시선은 먼 앞날을 내다보고 있었다.

미래를 보고 있는 거야. 말리는 그렇게 생각하며 몸을 떨었다.

마침내 그는 아길라르에게 부드러운 어조로 말했다. 아길라르는 약간 주저하는 듯하더니 말리에게 야릇한 눈길을 던졌다.

"코르테스 님께서는 너도 멕시카를 싫어하는지 알고 싶어하신다."

말리가 대답했다.

"전 이제 코르테스 님의 백성입니다."

"그건 대답이 아니야."

아길라르가 퉁명스럽게 말했다.

"그대로 말해주세요."

말리가 말했다.

둘은 서로를 노려보았다. 이 자는 정말 날 경멸하는군, 하고 말리는 생각했다. 여자를 증오하는 이 사제의 속마음이 뻔히 보여. 조심해야겠어.

아길라르가 코르테스에게 말했다. 그녀는 코르테스가 자신에게 환히 미소 짓는 것을 보았다. 그녀는 아길라르가 자신의 말을 그대로 전했다는 것을 알았다. 그는 거짓말을 하기에는 너무 고지식한 사내였다.

코르테스는 카스티야 어로 뭔가를 중얼거리더니 마지막으로 그녀를 뜯어보고는 돌아섰다.

"뭐라고 하셨죠?"

밀리가 궁금하나는 듯이 물었다.

"너를 칭찬히셨다."

아길라르가 발했다.

"어떻게요?"

"허영심은 영혼의 적이다. 너는 세례를 받았으니 보다 겸손해지는 법을 배우도록 해라. 이 인디언들에게 코르테스 님께서는 기꺼이 그들을 방문하실 거라고 말해라. 우리는 내일 떠날 것이다. 그게 전부다."

베니테스는 천천히, 고통스럽게 눈을 떴다. 마치 창고 속의 물건을 세어보듯 그는 자신의 감각을 하나씩 확인했다. 메마른 입에서는 악취가 났고, 부푼 눈은 따끔거렸다. 눈에서 희미한 통증이 느껴졌다. 그는 어둠 속에서 천장에 놓인 짚을 바라보며 파리들이 앵앵거리는 소리를 듣고 코를 킁킁거려 땀과 사람, 모닥불 냄새를 맡았다.

내가 얼마나 오랫동안 잤을까? 여기 얼마 동안 누워 있었던 거지?

레인 플라워가 그 위로 몸을 숙이더니 천을 물에 적셨다가 그의 이마를 닦았다. 그녀는 알아들을 수 없는 말을 중얼거렸다.

노르테의 얼굴이 보였다.

"기분이 나아졌느냐고 묻고 있는 걸세."

그는 일어나 앉으려고 했지만 몸이 너무 허약해져 있었다. 방 안이 눈앞에서 빙빙 돌며 꼭 토할 것만 같았다.

"일어나려고 하지 마. 쉬어야 해."

베니테스는 말하고 싶었지만 혀가 말을 듣지 않았다. 혀가 두 배는 커진 것 같았다. 레인 플라워가 젖은 수건을 입술에 대자 그는 차가운 물을 빨아들였다.

"내가…… 아팠었나?"

그는 간신히 말문을 열었다.

"말라리아에 걸렸네. 사경을 헤맸지. 또 한 명의 스페인 병사를 잃고 온 세상이 슬퍼할 뻔했어."

노르테가 말했다.

베니테스는 레인 플라워를 바라보았다. 그는 그녀가 언제부터 자기 곁에 있었는지 궁금했다. 어째서 그녀가 자신을 간호하고 있는지 그는 이해할 수가 없었다.

"그녀에게…… 고맙다고 말해주게."

노르테가 어깨를 으쓱였다.

"여자도 알 거야."

"말……하라니까."

알아들을 수 없는 이국적인 말이 재빨리 오갔다.

"자네를 낫게 해준 것은 마리나의 약초 덕이라고 하는군."

노르테가 말했다.

베니테스는 눈을 감았다. 이상한 세상이야. 이따금씩 사람 속을 모를 때가 있다. 그는 어째서 레인 플라워나 도냐 마리나라는 여자가 자신을 살렸는지 알 수가 없었다. 그는 서른세 살이 된 지금까지 살아오면서 다른 사람의 호의를 받아본 적이 별로 없었다. 특히 여자가 친절을 베푼 적은 더욱 드물었다. 그는 자신을 속이지 않았다. 그의 외모와 내성적인 성격은 여자들에게 별로 인기가 없었다. 그런데 자신에게 몸종이자 첩으로 주어진 이 레인 플라워라는 여자가 그를 죽음에서 구한 것이다. 그가 부자거나 잘생겨서가 아니라, 다만 그 여자의 성격이 친절했기 때문이었다.

정말 이상하군. 너무나 이상한 일이야.

16

그들은 동이 틀 무렵 출발하여 해안을 따라 서서히 나아갔다. 갑옷과 무기의 무게에 짓눌린 병사들은 비칠거리며 자갈투성이 모래밭을 지났다. 타바스칸 족 여인들과 쿠바인 노예들이 포함된 행렬은 모래사장 위로 일 마일도 넘게 구불구불 이어졌다.

말리는 적갈색 말을 타고 가는 푸에르토카레로 뒤를 타박타박 걸어서 따라갔다.

무덥고 험난한 행군이었다. 내리쬐는 태양이나 살갗을 파고드는 모래만이 그들 앞을 가로막는 적은 아니었다. 반나절쯤 지났을 때 한 남자가 전갈을 밟았다. 그의 비명 소리는 수백 미터 떨어진 일행에게도 들릴 정도였다.

오후 늦게 말리는 모래 더미 속에 숨어 있던 나무뿌리에 발이 걸려 비틀거렸다. 발목을 삔 순간 기겁을 했지만 비명을 지르진 않았다. 멕시카인은 고통을 드러내지 않아야 한다는 가르침을 받으며

자라온 때문이었다. 말을 타고 있던 푸에르토카레로는 그녀가 다친
것도 알지 못했다.

　병사들이 그녀 곁을 터벅거리며 지나가다 잠깐씩 호기심 어린 눈
길을 보내곤 했다. 하지만 그들 대부분은 자신들이 짊어진 짐만으
로도 힘겨운 지경이었고 지휘관들의 눈총을 받을까봐 그녀를 돌봐
줄 엄두도 내지 못했다. 말리는 몸을 구부려 양 팔꿈치를 땅바닥에
대고 고통이 가라앉기를 기다렸다. 그리고 다시 일어서려 했지만
다리가 휘청거려 엉덩방아를 찧고 말았다.

　"어디 아픈가, 아가씨?"

　부드럽고 나지막한 목소리. 그이였다. 뒤에서 내리쬐는 태양 빛을
받아 그의 얼굴 주위로 황금빛 영기(靈氣)가 어렸고 갑옷이 반짝거
렸다. 말리는 손을 눈가에 대고 그를 올려다보았다. 그는 말에서 내
려 그녀 곁으로 다가왔다.

　"다쳤나?"

　말리는 그의 말을 알아들을 순 없었지만 따뜻한 말투에 호감이
실려 있는 것을 느낄 수 있었다. 그녀는 자신의 왼쪽 발목을 가리켰
다. 그는 몸을 구부려 그녀의 발목 부위를 살펴보았다. 발목을 어루
만지는 부드러운 손길은 마치 연인의 손길처럼 다가왔다. 회색 눈
동자가 그녀의 얼굴을 바라보고 있었다. 그녀의 영혼을 꿰뚫어보는
듯한 예리한 눈빛이었다.

　말리는 지그시 입술을 깨물었다. 고통은 이제 그다지 심하지 않
았지만 그가 보여준 따뜻한 호의에 눈물이 비어져나왔다. 그녀는
다리를 들어 그가 자신의 허벅지까지 로브 자락을 들추어올릴 수
있게 했다. 그때 말을 타고 지나가던 지휘관 하나가 다가와 달콤한
분위기는 깨져버렸다.

"무슨 일입니까?"

알바라도가 코르테스 옆에 말을 세우며 물었다.

"마리나가 발목을 삐었다네."

"염병할!"

"행군을 멈추라고 명령하게. 짐꾼들더러 나뭇가지로 들것을 만들게 해야겠어. 마리나를 들것에 태워 데려가도록 하게."

알바라도는 어이가 없다는 듯 머리를 저었다.

"이까짓 창녀 하나 때문에 이런 호들갑을 떨어야 합니까? 그냥 두고 갑시다. 내일 짐꾼들을 보내죠."

"이 여자는 창녀가 아냐."

코르테스는 조용하게 말했다.

"이젠 어엿한 기독교도 숙녀라구. 또 원주민들을 상대할 때 우리의 귀와 입 역할을 하고 있어. 이 여자 없이 토토낙 족이나 멕시카 족과 의사소통할 수 있는 방법을 알고 있나? 아길라르 수도사에게 모래 위에 그림을 그리게 할 텐가? 이 여자는 지금 우리에게 대포보다 더 소중한 존재야. 어쩌면 내 부관보다 더 소중하다고 할 수 있지. 자네가 이곳에 남고 대신 그녀를 자네 말에 태우면 어떻겠나? 내일 짐꾼들을 보내줄 테니까."

코르테스의 말에 알바라도는 기세가 누그러져 고개를 끄덕였다.

"정지 명령을 내리죠."

"고맙군그래."

코르테스는 말리 쪽으로 돌아섰다. 그녀는 미소를 지었다. 예쁘군. 칠흑처럼 검은 머리칼에 둘러싸인 여자의 얼굴은 매혹적이었다. 발목은 다쳤어도 여전히 예쁘장했다. 벨벳처럼 부드러운 살결. 걷어올린 치맛자락 사이로 비단처럼 눈부신 허벅지가 눈에 들어왔다. 코르테스는 자기 마음속에서 야수가 으르렁거리는 소리를 들었다.

원주민 공주 출신에다 언어 능력까지 뛰어났다. 게다가 타고난 총명함이 있다. 분명 푸에르토카레로 같은 사내에겐 과분한 여자였다.

시간을 두고 해결책을 찾아볼 생각이었다.

다음날 아침 행렬은 얕은 강을 건너 내륙으로 진로를 바꾸었다. 황량한 모래사장을 지나자 갑자기 초록의 옥수수 밭이 펼쳐졌다. 키 큰 나무들이 들어찬 왼쪽 숲속엔 야생 난이 무성했고 덩굴이 어지럽게 얽혀 있었다. 아름드리 사포네 나무들 줄기에서 끈적거리는 수액이 반짝거렸다. 가슴 깃털이 주홍빛인 마고 앵무새와 보라색 풍금조 같은 열내 새들이 언뜻언뜻 자태를 드러냈다. 때때로 파리들이 우글거리는 초라한 마을들도 나타났다.

정오가 지난 지 얼마 안 되어 그들은 셈포알란에 이르렀다.

코르테스는 눈앞에 펼쳐진 경이로운 광경을 유심히 바라보았다. 약간의 기대는 했지만 이 정도라고는 상상도 하지 못했다. 정글 한가운데 우뚝 솟은 도시. 윤나는 백색 석회와 치장 벽토를 발라 반짝이는 궁전들과 신전들이 펼쳐져 있었다. 그 둘레에 짚으로 지붕을 인 수천 채의 흙벽돌 초가집들이 무리지어 있었다. 굉장한 도시였다. 행여 만나게 될까 염려했던 초라하고 더러운 오두막들이 아니었다.

코르테스의 믿음에 하느님은 응답했던 것이다.

"이런 세상에!"

알바라도가 옆에서 감탄했다.

안내인 한 명이 소라고둥을 길게 불어 그들의 도착을 알렸다. 거의 동시에 도시 안에서도 응답의 북소리가 울려퍼졌다. 셈포알란 사람들은 그들을 환영할 준비를 이미 끝낸 모양이었다. 거리로 들어선 그들은 돌아온 영웅들처럼 환영과 축하를 받았다. 사람들이 몰려들어 화환을 목에 걸어주었다. 병사들에게 파인애플이나 자두를 던져주었고, 말을 탄 지휘관들에겐 장미 꽃다발을 건넸다.

코르테스는 군중 사이로 조심스럽게 말을 몰아 나아갔다. 갈색 피부에 하얀 망토 차림의 토토낙 사람들이 그를 위해 길을 열어주었다. 그들은 약간 거리를 두고 조심스럽고 신기한 눈길로 말들을 쳐다보았다. 코르테스는 들것에 앉아 있는 말리를 돌아보았다. 아길라르와 노르테가 그의 지시에 따라 그녀 뒤를 따르고 있었다.

"말리에게 물어봐야겠다. 우리가 무슨 이유로 이렇게 환영을 받고 있는가?"

말리와 아길라르는 큰 소리로 외쳐야 상대방의 말을 알아들을 수 있었다. 세 가지 음조를 띤 북소리와 피리 소리에다 사람들이 웅성거리는 소리로 주위가 너무 소란했기 때문이었다. 이윽고 아길라르가 코르테스에게 보고했다.

"우리가 해방자라고 합니다, 사령관님."

"해방자라니?"

"저도 잘 모르겠습니다. 그녀는 뱀 신에 대해서 뭐라고 말했습니다. 이 사람들은 우리가 자신들을 야만적인 통치에서 해방시켜 구원의 길로 이끌어줄 것이라고 믿고 있는 모양입니다."

용감한 토토낙 처녀 하나가 코르테스에게 달려오더니 화환을 걸어주었다. 그리고 대담하게 그가 타고 있는 말을 어루만져주고는 깔깔 웃으며 자기들이 있는 쪽으로 돌아갔다.

"해방자라……"

코르테스는 중얼거렸다. 물론 해방자지!

아길라르가 전해준 말 때문에 그의 머릿속은 혼란스러웠다. 뱀 신의 귀환이라는 말이 그의 귓전을 자꾸만 맴돌았다.

이곳엔 내가 생각한 것 이상의 뭔가가 있어.

그의 이름은 치코마카틀이었다. 그런데 알바라도는 대뜸 그에게 뚱보라는 별명을 붙여버렸다. 깃털로 정교하게 만든 대형 부채가 달린 대나무를 든 기수들을 앞세우고 뚱보가 튼튼한 지팡이를 짚고 다가왔다. 어린 시종들이 뒤에서 거대한 그의 몸을 부축해주었다. 뒤따라오는 왕자나 귀족들의 모습은 앞에 있는 엄청난 비곗덩어리에 기려 초라해 보였다.

"아이구, 정말 뚱뚱하시군. 보아하니 식인종들이 분명해."

알바라도의 말에 하라미요가 싱글거리며 맞장구를 쳤다.

"살라망카 사람 모두가 달려들어도 이 뚱보의 엉덩이 살을 먹어치우려면 한 달은 족히 걸리겠는걸."

코르테스는 말에서 내려 주위를 둘러보았다. 스페인의 큰 도시들처럼 셈포알란에도 광장이 있었다. 광장의 삼 면은 신전들의 안마당 벽으로 둘러싸여 있었고, 다른 한 면은 뚱보의 궁전과 경계를 이루고 있었다. 피라미드 꼭대기에서 연기가 모락모락 피어오르고 있었다. 야만적인 의식이 이제 막 끝났다는 표시가 분명했다. 비록 여태까지 토토낙 족이 우호적인 태도를 보여주었다 하더라도, 그들은 이교도 식인종이었다. 코르테스는 이 사실을 마음속 깊이 되새겼다.

하느님, 이들을 보호해주소서.

말리가 아길라르와 함께 코르테스 곁으로 다가왔다. 그녀가 직접 약초로 찜질한 덕택에 발목의 부기는 밤 사이에 가라앉았다. 뼈가 부러진 건 아니어서 이젠 남의 도움을 받지 않고도 절뚝거리며 걸을 수 있었다. 코르테스는 그녀를 보며 미소를 지었다. 순간 아길라르의 표정에 분노의 기색이 스쳐갔다. 하느님의 종복에 어울리지 않는 질투심을 느끼고 있는 것이 분명했다.

뚱보 족장은 시종들이 코르테스와 장교들에게 향로의 향을 쏘이는 동안 기다렸다가 앞으로 다가가 코르테스와 포옹했다. 이전에 만났던 귀족들처럼 뚱보도 귀와 아랫입술에 황금 장신구를 매달았으며 코에는 터키옥 장식물을 꿰고 있었다. 부하 장교들에게 혐오감을 함부로 내비치지 말라고 미리 일러둔 코르테스지만 그 자신도 어쩔 수 없이 치미는 역겨움을 애써 억눌러야만 했다.

뚱보 족장의 시종이 앞으로 나와 고리버들로 엮은 바구니를 코르테스 발치에 놓았다. 그 안에는 팔찌, 목걸이, 귀고리 등이 담겨 있었다. 모두가 순금이었다. 뚱보는 짤막하게 인사말을 했다. 코르테스는 통역이 이루어지는 동안 참을성 있게 기다렸다.

아길라르가 말리의 말을 이어받았다.

"변변찮은 선물에 송구스럽지만 우호의 정표로 드리는 것이니 받아주시기 바란답니다. 멕시카 세리들한테 강탈당해 보물이 남아 있는 게 거의 없다는군요."

코르테스는 답례의 인사를 했다.

"선물을 아주 감사히 받겠노라고 전하게."

광장에는 쥐죽은듯한 정적이 감돌았다. 셈포알란 사람들과 스페인 병사들 모두 한마디라도 놓치지 않으려는 듯 열심히 귀를 기울였다.

다시 단계를 거쳐 아길라르가 코르테스에게 말했다.

"이 여자 말로는……"

코르테스는 아길라르의 어조에 경멸감이 배어 있다는 사실을 알아차렸다. 그녀의 이름조차 입에 올리기 싫은 모양이었다.

"……족장이 목테수마에게 커다란 적대감을 가지고 있답니다. 멕시카인들이 황금, 깃털 공예품, 옥 등을 전부 공물로 징수해가버리기 때문이랍니다. 바닐라 콩은 수확량의 절반을 빼앗기고, 많은 젊은 남녀들이 멕시카 사제들의 요구로 끌려가 신전에 제물로 바쳐지고 있답니다. 그래서 사령관님의 도움을 요청하고 있습니다."

코르테스는 먼지가 사욱한 광장에서 자기 앞에 서 있는 이 눙눙한 얼간이의 요청을 진지히게 생각해보았다. 이윽고 그는 입을 열었나.

"아길라르, 치코마카틀에게 이렇게 전하라고 하게. 우리는 매우 강력한 군주의 신하이며 우리를 이곳에 보내신 그분의 뜻에 따라 그들을 압제에서 해방시킬 거라고. 또 그들이 카를 5세 폐하의 신하가 되는 데 동의하면 더이상 멕시카에게 공물을 바치지 않아도 된다고 말이야."

시종들이 깃털 부채를 열심히 흔들어 시원하게 해주었지만, 뚱보 족장은 뜨거운 태양 아래에서 땀을 비오듯 흘리고 있었다. 다시 한 번 장황한 말이 말리와 아길라르를 거쳐 코르테스에게 전해졌다.

"족장은 우리의 도움을 바라는 것 같습니다. 하지만 멕시카의 부대가 여기서 그다지 멀지 않은 곳에 주둔하고 있기 때문에 두렵다고 합니다. 목테수마의 속국이 되길 거부하면 그 부대가 당장이라도 달려와서 도시를 불태울 것이고 젊은이들은 전부 테노치티틀란으로 끌려가 신전에서 죽임을 당할 거랍니다."

"내게 복종하면 목테수마를 두려워할 필요가 전혀 없다고 말하
게."

"코르테스 사령관님……"

뒤에서 푸에르토카레로가 무어라 항의하려다가, 코르테스가 돌아
보자 침묵해버렸다.

코르테스는 토토낙 족의 뚱보 족장을 살펴보았다. 느긋하고 즐거
우면서도 공포에 사로잡힌 체하는 것이 과연 가능할까? 뚱보의 표
정이 영락없이 그랬다.

알바라도가 말을 앞으로 몰고 나와 나지막이 항의했다.

"지금 제정신입니까?"

"내가 언제 무모하게 행동한 적 있던가?"

"많았죠. 예를 들어볼까요? 살라망카에서 담벼락을 타고 어떤 여
자 집 창문으로 기어오른 적도 있었죠."

"난 도박을 하기 전엔 항상 승률부터 계산하지. 잘될 거야. 자네
도 곧 알게 돼."

꽉 다문 알바라도의 입술에 핏기가 사라졌다.

"말로는 무슨 일이든 못 하겠소?"

"나를 믿게. 이제 우리는 목테수마의 궁전으로 가는 열쇠를 건네
받은 거야."

17

그들을 위해 성대한 연회가 열렸다. 식탁에는 칠면조와 생선 요리, 옥수수 케이크, 파인애플, 자두 등이 차려져 있었다. 코르테스와 장교들에게는 커다란 궁전이 숙소로 제공되었다. 그 궁전은 부유하지만 못생긴 한 귀족 여인의 소유였다. 코르테스가 어떤 이유에서 그 여인에게 카탈리나라는 세례명을 주었는지, 말리는 그 속을 헤아릴 수 없었다.

평평한 지붕에 널찍한 테라스를 갖춘 궁전에서는 광장이 훤히 내려다보였다. 방들은 큼직했지만 덜렁 침구 몇 장과 나지막한 탁자들뿐이었다. 방마다 밝은 색조의 태피스트리가 벽과 치장 벽토를 하얗게 바른 바닥을 덮고 있었다. 다른 장교들과 마찬가지로 푸에르토카레로에게도 말리와 함께 쓸 방이 주어졌다. 병사들은 강당을 숙소로 배정받았다.

말리는 전날 발목을 다쳤을 때 이야기를 나눈 이후로 코르테스와 직접 대면할 기회를 갖지 못했다. 광장에서 족장과 만나던 동안 그가 화를 내고 있었던 것을 그녀는 알고 있었다. 그 자리에서 코르테스가 피라미드에서 피어오르는 연기를 몇 번씩이나 노려보는 것을 보고 그녀는 그를 괴롭히는 것이 무엇인지 어렴풋이 알 것 같았다.

그녀는 뱀이 꿈틀거리는, 신이 깨어나는 소리를 들었다.

다음날 아침 말리는 부름을 받고 궁전 안뜰로 갔다. 아길라르, 푸에르토카레로, 알바라도 등등의 몇몇 장교들이 와 있었다. 코르테스의 옷차림은 엄숙했다. 그는 검정 벨벳 정장 차림에 칼을 허리에 차고 목에는 성모 마리아 상이 새겨진 은제 메달을 걸고 있었다.

"여러분, 우리는 신의 과업을 수행하라는 부름을 받았소."

말을 마친 코르테스는 문 밖으로 성큼성큼 걸어나가 광장을 가로질렀다. 일행들도 서둘러 뛰다시피 그를 쫓아갔다.

신전은 포톤찬에서 보았던 것처럼 길을 따라 세워져 있었다. 삼면이 벽인 안마당 한쪽으로 가파른 계단이 피라미드 꼭대기까지 이어져 있었다. 꼭대기에는 짚과 대나무를 엮어 단순하게 세운 오두막 형태의 제식 성소가 세워져 있었다.

그들이 다가서자 고기 타는 냄새가 진동했다.

조각 난 시체가 계단 아래에서 나뒹굴고 있었다. 도살한 뒤 쓸모없는 부분들을 제단에서 던져버린 것이었다. 팔다리가 없는 몸체의 뻥 뚫린 가슴 주위로 피가 거무스름한 젤리처럼 응고되어 있었다. 시체들 주위로 파리떼가 새까맣게 윙윙거리며 날아다녔다. 죽은 자들의 눈이 푸른 하늘을 응시하고 있었다.

"아니, 어린애도 있잖아."

푸에르토카레로가 말했다.

올메도 신부는 사자를 위한 기도문을 암송하기 시작했다. 아길라르 수도사도 함께 따라서 중얼거렸다.

코르테스가 올려다보니 검정색 로브를 입은 신관들이 계단 꼭대기에 까마귀떼처럼 모여서서 그들을 지켜보고 있었다. 얼굴이 새빨갛게 달아오른 그가 칼을 잡아빼자 칼집이 긁히는 날카로운 금속성 소리가 들렸다. 푸에르토카레로가 그의 팔을 잡으며 나지막이 말했다.

"지금은 안 돼요, 사령관님. 우린 준비가 되어 있지 않아요."

코르테스는 망설였다.

"이게 저들이 자기 아이들에게 한 짓이란 말인가?"

말리는 분노를 당당하게 표출하고 있는 코르테스를 지켜보았다. 깃털 달린 뱀은 늘 인간을 제물로 삼는 의식을 폐지하겠다고 말해왔다. 코르테스의 절망과 분노를 목격하면서 그녀는 레인 플라워가 이 모습을 보았더라면 하고 생각했다. 그러면 그 아이도 믿게 될 텐데.

스페인 장교들은 백지장처럼 하얘진 얼굴로 절단된 시체들을 뚫어지게 쳐다보았다.

"그들이 모시는 비의 신 틀랄록을 위한 제사의식이에요."

말리가 아길라르에게 나지막이 말했다.

"어린아이들은 제단 위에 놓이면 울게 마련이죠. 그 눈물은 빗물을 상징해요. 눈물을 더 많이 흘릴수록 비가 더 많이 내려 겨울에 풍성한 수확을 거둘 수 있답니다."

"악마의 짓이로군."

아길라르는 성호를 그으며 스페인어로 중얼거린 뒤, 어린애를 제물로 올리는 제의에 대한 말리의 설명을 다른 사람들에게 전했다.

"주님을 위해 여기서 무언가를 꼭 해야겠어."

코르테스는 그렇게 말하곤 걸어가버렸다.

말리는 죽은 아이의 얼굴을 유심히 바라보았다. 그러면서 그 아이가 살아 있을 때의 모습을 떠올려보려고 애썼지만 아무 소용 없었다. 아이의 눈에서 아무것도 떠올릴 수가 없었다. 아무것도.

모두 가버린 다음에도 베니테스는 혼자 남아 오랫동안 죽은 아이를 응시하고 있었다. 공포에 질린 그는 꼼짝할 수가 없었다. 코르테스의 말이 머릿속을 어지럽혔다.

주님을 위해 여기서 무언가를 꼭 해야겠어.

그러다가 누군가가 자신을 바라보는 것을 깨닫고는 주변을 두리번거렸다. 노르테였다. 배교자, 반역자, 원주민, 야만인. 노르테는 부드럽고 유순한 얼굴에 뭔지 알 수 없는 능글맞은 웃음을 지으며 그를 지켜보고 있었다. 베니테스는 갑자기 화가 치솟았다.

"자네의 신들에게 제물을 바치려고 왔나, 노르테?"

"신이 뭐지, 베니테스? 우리 마음의 창조물 아닌가."

이교도의 말이 조용히 울려퍼졌다. 코르테스가 이 말을 들었다면 넌 곧바로 죽었어.

"그럼 이 야만적인 신들은 어떤 마음들이 창조했나?"

"사람을 죽여야 굶주림을 모면할 수 있다고 절대적으로 믿는 마음이지."

베니테스는 고개를 저었다. 뭐 이 따위 대답이 다 있지? 그것도 스페인 녀석이 말이야.

"자넨 이런 의식들을 본 적이 있나?"

노르테는 직접적인 대답은 피하며 말했다.

　"베니테스, 자네의 도덕관은 생각해볼 여지가 있네. 그 잘난 종교 재판관들에겐 살아 있는 인간의 팔다리를 고문하여 부러뜨리는 일이 허용된다는 사실을 알고 있을 테지. 그런데 자네는 죽은 사람의 팔다리를 자른 걸 보고 갑자기 분노하고 있어. 당신도 전쟁터에서는 사람들 창자를 창으로 찢어발겨 천천히 죽어가게 할 것 아닌가. 그러면서 심장을 찔러 단번에 죽이는 일은 아주 야만적으로 보이는가보지. 자네의 논리엔 정말 할말이 없군."
　"저건 어린애라구!"
　"그럼 우리가 벌이는 전쟁에서는 여자들이나 어린애들이 고통받거나 죽는 일이 없다는 얘긴가?"
　"우리 교회는 그렇지 않네. 우리 종교는 사람을 죽이거나 먹지 않아."
　"그래, 우리 종교는 황금처럼 고귀하지."
　내가 왜 이 녀석에게 성스러운 교회를 옹호하고 있는 거지? 베니테스는 울컥 짜증이 났다. 왜 신성모독이 분명한 일을 가지고 이 야만인과 토론을 벌이는 거지? 이 녀석은 야만인보다 더 나쁜 놈이야. 문명사회에 살았으면서도 등을 돌리고 이 야만적인 짓을 옹호하고 있으니까.
　"자네 같은 철면피들은 정말 경멸하지 않을 수 없어."
　베니테스는 비아냥거렸다.
　"나를 동정하고 있나본데, 베니테스, 길 잃은 양, 무리에서 벗어나 헤매는 죄인이라고 말이야."
　"코르테스가 자네 목을 진작 매달았어야 하는 건데."
　"당신네 스페인 사람들은 인육은 신성하게 여기면서 생명은 너무 하찮게 취급하지. 나나 당신 모두 남녀를 가리지 않고 사람을 화형에 처해 죽이는 것을 무수히 보아왔어. 하느님의 이름으로 말이야. 그런 짓과 이곳에서 벌어지는 일에 어떤 차이가 있나?"

"지금 이런 짓을 변명하는 건가?"

"자넨 내가 장작더미 위에서 비명을 지르며 타죽는 게 나은지 아니면 신관들의 칼에 빨리 죽는 게 나은지 묻고 있는 건가? 그 정도는 나도 알고 있다네."

"언젠가는 자네의 그 소원이 이루어지길 바라네."

베니테스는 땅바닥에 침을 탁 뱉고는 걸어가버렸다. 이 지긋지긋한 장소와 괴상한 놈으로부터 빨리 벗어나고 싶었다.

18

돗자리 위에는 셈포알란 사람들이 제공한 맛있는 음식들이 수북이 쌓여 있었다. 구운 칠면조 고기, 고추 향신료를 발라 요리한 사슴 고기, 샐비어 향신료를 발라 구운 메뚜기, 황색 후추를 뿌려 요리한 도룡뇽 등에 토마토와 호박씨까지 차려져 있었다. 스페인 사람들은 사슴고기와 칠면조 요리는 게걸스럽게 먹으면서도 다른 요리들은 제쳐놓았다. 전투견들이 모여들어 스페인 병사들이 어깨 너머로 던져주는 뼈 부스러기를 서로 먹으려 다투었다. 토토낙 족 여인네들은 시시덕거리며 부산하게 음식을 날랐다.

코르테스는 뚱보 족장과 함께 연회석의 한자리를 차지하고 앉았다. 말리와 아길라르도 통역을 위해 그들 곁에 대기하고 있었다. 토토낙 족장이 여전히 목테수마에 대한 불만을 늘어놓고 있는 가운데, 시종들은 김이 모락모락 나는 고기를 쟁반에 담아 들고 와 코르테스와 뚱보 앞에 공손하게 놓았다. 뚱보는 그 쟁반을 가리키며 특별요리라고 코르테스에게 먼저 들어보라고 권했다.

코르테스는 미심쩍은 듯 코를 벌렁거리다가 인간의 피를 요리한 듯한 시큼한 냄새를 맡았다. 눈에 익은 핏빛 향신료가 신전 사제들의 귀를 잘라낸 듯한 고기들 위에 뿌려져 있었다. 그의 의심은 더욱 커졌다.

숨막힐 듯한 침묵이 올메도 신부가 사자를 위한 기도문을 읊는 소리에 깨어졌다.

"난 이 요리에 손대지 않겠다고 말하게. 사람고기를 먹다니, 하느님 앞에 극악무도한 죄를 짓는 거라고 전하게."

코르테스는 분노에 찬 음성으로 말했다.

아길라르는 코르테스의 분노를 말리에게 전했고, 그녀는 뚱보 족장에게 통역했다. 족장은 그 말을 듣고 놀란 표정으로 코르테스를 바라보았다.

"이 자가 뭐라고 하는가?"

코르테스가 아길라르에게 물었다.

"전쟁에서 잡은 포로들을 먹지 않으면 어디에 쓰느냐고 묻는군요. 하느님, 이 사람의 영혼에 자비를 베푸소서."

"아길라르 수도사, 이 자에게 설명하게. 이곳의 신들은 악마에 지나지 않으니 이 야만스런 짓을 그만두지 않으면 지옥불에서 영원히 타죽는 고통을 겪을 거라고 말이야. 우리는 진정한 종교를 전하러 왔다고 하고, 카를 폐하의 신하가 되겠다면 기독교도 신사가 되는 법을 배워야만 한다고 말하게."

코르테스는 말리가 토토낙 족장에게 자신의 말을 전하고 있는 모습을 지켜보았다. 족장은 눈이 휘둥그레지며 어리둥절한 표정을 지었지만 이윽고 조금은 즐거운 기색으로 돌아왔다. 말리는 잠시 머뭇거리다가 족장의 대답을 아길라르에게 전했다.

"이 여자는 족장이 이렇게 생각한다고 하는군요. 신들에게 제물을 바치지 않으면 한발과 홍수가 닥치고 메뚜기떼들이 수확물을 전부 먹어치울 거라고요. 그래도 족장은 여전히 코르테스 님의 신하가 되는 것을 기쁘게 여긴답니다."

코르테스는 스스로 냉정함을 잃어가고 있는 것을 느꼈다. 자신이 듣고자 했던 대답이 아니었다.

"다시 전하게."

이때 알바라도 옆자리에 앉아 있던 올메도 신부가 나섰다.

"사령관님, 이들의 야만적인 의식을 지금 당장 중지시킬 필요는 없을 것 같군요. 현새는 우리가 불리한 위치에 있습니다. 시간이 지나면 자연스럽게 이야기를 꺼낼 수 있을 겁니다. 그러면 이들은……"

"우리는 하느님의 일을 하러 이곳에 왔네!"

"하느님의 일은 하루 만에 이룰 수 없는 법입니다."

이제 아길라르가 나설 차례였다.

"존경하는 올메도 신부님. 전 사령관님 말씀에 동의합니다. 주님께서는……"

갑자기 소라고둥 나팔 소리가 울려퍼지는 바람에 격론은 중단되었다. 토토낙 사람들이 뛰다시피 광장에서 빠져나갔다. 한 전령이 급히 뚱보 족장에게 다가가 귀에 대고 뭐라고 속삭였다.

코르테스는 말리를 돌아보았다. 여자는 그에게 미소를 지으며 고개를 끄덕였다. 마치 그녀 자신이 이 순간을 연출이라도 한 듯했다. 무슨 일이 있기에 말리는 기쁜 표정이고 토토낙 사람들은 사색이 되었을까? 말리는 아길라르에게 낮은 목소리로 뭔가를 말했다.

아길라르가 그 말을 받아 전했다.

"토토낙 족에게 다른 방문객들이 온 모양입니다. 멕시카인들이 도착했다는군요."

이들의 반응은 코르테스에게 군대가 쳐들어왔을 거라는 생각이 들게 할 만큼 겁에 질리고 야단스러웠다. 하지만 겨우 다섯 명의 관리가 수행원 몇을 대동하고 왔을 뿐이었다. 목테수마 제국의 견장을 망토의 어깨에 달고 있는 관리들은 각자 오른손에 황실 지팡이를 쥐었으며, 악취를 물리치려는 듯 왼손에 쥔 꽃을 코에 대고 있었다. 수행원들 가운데는 깃털 부채로 관리들의 얼굴에 달려드는 파리떼를 쫓아주는 이들도 있었고 파라솔을 들고 햇빛을 가려주고 있는 이들도 있었다.

사신들은 광장을 가로질러가고 있었다. 뚱보와 토토낙 족 귀족들이 그들을 따라가며 온갖 아첨을 다 하고 있었다. 콧수염을 기른 이방인들의 군대가 도시 한가운데 진을 치고 있는 광경은 멕시카 사신들에겐 난생처음 보는 인상적인 장면이었을 테지만 그들은 코르테스와 스페인 사람들을 철저하게 무시했다. 코르테스는 결심했다.

그래, 이건 의도적으로 무시하는 거로군. 그럼 그에 대한 답례를 해줘야지.

"마리나에게 뭔가 알고 있는 것이 있는지 물어보게."

"사령관님, 저는……"

"내 말대로 하게, 아길라르 수사."

코르테스는 차갑게 말했다. 이 수사 녀석 점점 짜증나게 하는걸. 코수멜에서 노르테와 이자를 그냥 팽개쳐두고 올 걸 그랬어. 그는 알바라도를 보며 말했다.

"저 거만한 놈들, 반드시 후회하게 만들어주겠어! 우릴 마치 소닭 보듯 하며 지나가는군."

"망할 놈들! 뜨거운 맛을 보여줘야겠어요."

"그렇게 할 거야, 약속하지."

말리가 미소 지은 데는 이유가 있겠지, 하고 코르테스는 속으로 생각했다. 멕시카인들이 때맞추어 나타난 것이다. 그의 마음속에 어떤 계획이 그려졌다. 멕시카가 구축한 이 거대한 기반을 구석부터 하나하나 무너뜨리는 거다. 조금씩 조금씩. 그렇게 하면 결국 전체를 무너뜨릴 수 있어. 한 번에 한 조각씩 파내는 거야.

스페인 사람들은 모두 뚱보 족장의 궁전에서 이루어진 접견에 대해서 이야기를 들었다. 궁전에 갔다가 돌아온 말리는 뚱보가 사신들을 만나 친히 무릎을 꿇고 어린애처럼 울었다고 전해주었다. 다섯 명의 멕시카인들은 제국의 공물징수원이라고 했다. 말리는 그들의 대화 내용을 전부 엿듣지는 못했지만, 사신들은 목테수마의 칙령을 무시하고 스페인인들을 지나치게 환대했다며 토토낙 족에게 엄청난 공물을 요구하고 있는 것 같다고 했다.

코르테스와 장교들은 지붕 테라스에 서서 멕시카인들이 뚱보의 궁전에서 나오는 것을 지켜보았다. 그들은 여전히 손에 작은 꽃다발을 쥐고 코를 킁킁거리고 있었다. 토토낙 족은 그들을 위해 광장 맞은편에 숙소를 마련해주었다. 그 숙소의 방들은 수백 송이의 꽃으로 장식되었다. 음식이 준비되었고 하인들이 배치되었다.

"저것들 봐, 마치 주교양반 다섯이 미사를 올리러 가는 것 같군."

알바라도가 비아냥거렸다.

아길라르와 올메도 신부가 못마땅한 눈초리로 쳐다보았지만 알바라도는 아랑곳하지 않았다.

코르테스의 시선이 말리를 좇았다. 그녀는 그의 오른쪽에서 다소 곳한 자세로 대기하고 있었다. 그녀의 총명해 보이는 검은 눈동자가 뭔가 조심스런 기대감으로 반짝였다. 오, 이 땅에서 찾아낸 나의 동지! 코르테스는 속으로 중얼거렸다. 그의 얼굴에 희미한 미소가 떠올랐다가 이내 사라졌다. 아길라르는 두 사람이 눈길을 주고받는 것을 알아채곤 얼굴을 찡그렸다. 이 젊은 수사 녀석은 뭐가 그렇게 걱정일까? 코르테스는 궁금했다. 말리가 여자라서? 아니면 원주민이어서 그런가?

"무기도 없이 꽃만 달랑 들고 나타난 저 다섯 사람을 이들이 왜 그렇게 두려워하는지 마리나에게 물어보게."

아길라르는 말리에게 전했다.

"이 여자 말로는 이들이 두려워하는 것은 저 다섯 사람이 아니랍니다. 다섯 명의 명령에 따르지 않으면 곧바로 들이닥칠 오천 명을 두려워하는 거랍니다."

코르테스는 얼굴을 찌푸렸다.

"그래서 우리보다 멕시카가 더 두렵다 이거로군."

"우리가 그 인식을 바꿔줘야 해요."

알바라도의 말에 코르테스는 미소를 지었다.

"정말 그래야겠어."

그리곤 아길라르를 보며 말했다.

"궁전으로 다시 가서 뚱보 영주님더러 이곳에 납시라고 말하게. 지금 당장 말이야."

코르테스는 자신이 지금 꾸미고 있는 계획이 도박임을 알고 있었다. 하지만 최고의 도박이었다. 그것도 탁자 위의 동전이 넘쳐 옆으로 흘러내릴 만큼 판돈이 큰 도박.

19

뚱보 족장은 온몸을 사시나무처럼 떨고 있었다. 그의 얼굴은 질 척한 밀가루 반죽처럼 번들거렸으며, 턱살이 흔들거렸고 여자의 손처럼 두툼하게 살진 양손을 꽉 쥐고 있었다. 노예 소년들이 부들부들 떨고 있는 그의 무릎을 꼭 붙들고 있었다. 말리의 눈에는 그 흉하고 거대한 살덩어리가 금방이라도 바닥에 쿵 하며 쓰러질 것만 같았다.

말리는 코르테스를 돌아보았다. 차분한 눈동자에 관대함과 엄격함이 섞인 눈빛을 담고 있었다. 코르테스는 부드러운 어조로 아길라르에게 말했다. 아길라르가 다시 그 말을 말리에게 통역했다.

"코르테스 사령관님은 스페인 카를 국왕의 신하가 되면 멕시카를 전혀 두려워하지 않아도 된다고 뚱보에게 일깨워주길 바란다고 하셨다. 코르테스 님의 명령만 따른다면 뚱보는 절대 안전할 거라고 말하라."

말리는 뚱보 족장에게 나우아틀 어로 말했다.

"깃털 달린 뱀께서는 당신을 보호해주겠다고 말씀하세요. 그렇게 하려면 그분의 말씀을 무조건 따라야 합니다."

하지만 뚱보는 그 말을 듣고 있지 않았다.

"멕시카 사신들은 목테수마의 명령에 복종하지 않았다고 남녀 스무 명을 제물로 요구하고 있소. 심지어 내 아들 셋도 포함시켜 데려가겠다고 고집하고 있습니다."

"깃털 달린 뱀께서는 족장님이 지금 그분의 보호 아래 있다고 말씀하십니다."

말리가 참을성 있게 다시 말했다.

뚱보는 겁에 질린 표정으로 그녀를 응시하며 말했다.

"우린 어떻게 해야 합니까?"

코르테스가 다시 말했다. 아길라르는 코르테스의 지시에 의아한 표정을 지었다. 방금 들은 말이 전혀 믿어지지 않는 모양이었다. 코르테스의 어조에 짜증이 배어났다.

"코르테스 사령관님께서는……"

아길라르는 머뭇거렸다.

"뚱보에게 부하들을 시켜 즉시 멕시카 사신 다섯을 붙잡아 포박하여 가둬놓아야 한다고 전하라신다."

말리는 눈이 휘둥그레졌다. 그래, 마침내 전쟁이 시작되는구나. 지금이야말로 코르테스 님의 말씀을 토토낙 족장에게 정확히 전해야 할 때야.

말리는 족장이 기절할지도 모른다는 생각이 들었다. 족장의 두 다리가 무너질 듯 후들거리자, 노예 소년들이 그를 넘어지지 않게 하려고 안간힘을 썼다. 땀으로 범벅이 된 그의 얼굴이 사냥꾼에 쫓겨 궁지에 몰린 동물의 표정을 연상시켰다.

"난 할 수 없소!"

뚱보는 비명을 질렀다.

"깃털 달린 뱀의 명령을 따라야 해요."

"사신들을 붙잡아놓으면 목테수마가 우리 모두를 도살해버릴 거요!"

말리는 고개를 저었다. 이런 줏대 없는 겁쟁이, 자신을 돕는 신의 권능을 왜 알지 못하지? 말리는 아길라르를 향해 말했다.

"족장은 제안을 거절했어요."

코르테스는 얼굴이 하얘져 목조 의자에서 벌떡 일어섰다. 그리고 노기충천한 어조로 말했다.

"명령에 따르지 않겠다면 나는 당장 여길 떠나 다시는 돌아오지 않겠다. 족장의 선택에 달려 있다. 자식들의 목숨을 구하고 멕시카로부터 해방되고 싶다면 나의 말에 따라야 한다고 전해라."

말리는 의기양양하게 뚱보에게 돌아섰다.

"보세요, 족장님은 깃털 달린 뱀을 화나게 하고 있어요! 명령에 따르지 않으면 그분은 구름의 나라로 돌아가실 거고, 족장님 자제분들은 목테수마의 신전 제단에서 심장을 찢기게 될 겁니다!"

뚱보는 곧 숨이라도 넘어갈 듯이 헐떡거렸다. 당신은 이제 선택의 여지가 없어. 다른 길이 전혀 보이지 않는데도 남자들이란 믿음을 받아들이기가 이렇게도 어려운 것일까? 눈앞에 나타난 신에게도 복종할 수 없다면 족장이 믿는 종교는 전부 어리석은 미신에 지나지 않아.

"어떻게 하실 거죠?"

말리는 다그쳐 물었다.

"깃털 달린 뱀께선 언제라도 여길 떠나 동쪽 나라로 배를 타고 가실 수 있어요. 이제 어떻게 하실 거죠?"

멕시카 사신들은 마치 들사슴 시체처럼 길다란 말뚝에 손과 발이 묶여 있었다. 하지만 이 포로들은 생생하게 살아 있었다. 그들은 눈을 부릅뜨고 악에 받친 욕설을 내뱉으며 항의했다. 토토낙인들은 광장 여기저기 분주히 돌아다니며 이 소름끼치면서도 색다른 구경거리를 흘낏거렸다.

코르테스는 알바라도와 푸에르토카레로를 비롯한 장교들과 함께 숙소인 카탈리나의 궁전 난간에서 이 광경을 지켜보고 있었다. 코르테스 옆에 서 있는 뚱보 족장은 공포에 질려 턱이 축 늘어져 있었다. 뚱보의 말을 말리가 아길라르에게 전했다.

"족장은 사신들을 즉시 신전에 제물로 바치기 원한답니다. 사신들을 죽여야 목테수마가 상황을 알기 어려울 거라고 그는 믿고 있습니다."

코르테스는 고개를 저었다.

"사신들은 살려둘 거야. 나중에 심문을 해야 하니까. 저들을 격리시켜 가둬놓으라고 하게. 나도 병사들을 보내어 경비를 세우겠어."

코르테스는 아랫배에서 강렬한 흥분이 차올라오는 것을 느꼈다. 그는 간신히 흥분을 가라앉히고 말했다.

"족장은 이제 해방되었다고 전하라. 이제 더이상 자녀들이 목테수마의 제물로 희생당하는 일은 없을 것이고, 공물징수원들에게 재물을 빼앗기지도 않을 거라고 하게. 이제부터 나는 족장을 형제로 여길 것이며, 족장도 나에게 신뢰를 보여줘야 할 것이라고 해!"

말리는 기쁨이 파도처럼 몰려왔고 자랑스럽기까지 했다. 마침내 예언은 실현되었어. 이분은 상상했던 대로 정말 위대한 분이야! 깃털 달린 뱀께서 멕시카를 무너뜨리기 위해 귀환하셨다. 나도 그 일의 한몫을 거들게 될 것이다.

"이 순간을 즐겨요, 작은엄마."

나지막한 목소리가 그녀의 귀에 들렸다.

"시스터 문이 두번째로 떠오르기 전에 우리는 모두 테노치티틀란의 석재 신전을 향해 걸어가고 있을 거예요!"

말리는 돌아섰다. 레인 플라워였다.

"그분은 신이야."

말리가 말했다.

"아니에요, 미친 사람일 뿐이죠."

레인 플라워의 손이 그녀에게 뻗어왔다. 깜짝 놀란 말리는 자신의 힘과 확신을 전해주기라도 하듯 그녀의 손을 꼭 쥐었다. 레인 플라워만이라도 이해할 수 있다면.

두 여인은 다섯번째 태양의 종말과 동시에 새로 밝아오는 핏빛 붉은 날의 여명을 목격하고 있었다.

말리는 아홉 살 때 아버지 손에 이끌려 파이날라에 있는 케쌀코아틀 신전의 꼭대기에 올라가본 적이 있었다. 그곳에서 밤하늘을 가로질러 혜성이 긴 꼬리를 구름 나라 쪽으로 끌며 떨어지는 것을 바라보았다.

"저건 네 별이란다."

그녀의 아버지가 속삭이듯 말했다.

"멕시카의 통치가 끝나고 벌새 신의 시대가 임박했다고 세상에 알리는 장소가 바로 이곳이야. 말리는 저 혜성 같구나. 아빠는 꿈에

서 저 혜성을 보았지. 네가 바로 깃털 달린 뱀의 전조이고 멕시카의
운명이란다."

말리는 아버지의 말을 믿었다. 목테수마처럼 그녀의 아버지도 군
주이자 사제였기 때문이다. 아버지는 깃털 달린 뱀에 대한 신앙을
지켜왔고, 바로 올해인 갈대 하나의 해에 깃털 달린 뱀이 귀환할 거
라고 약속했다. 아버지가 했던 말들은 모두 진실로 증명되었다.

20

푸에르토카레로가 거칠게 흔드는 바람에 말리는 잠에서 깨어났
다. 그의 옥수숫빛 머리카락이 촛불을 받아 희미하게 빛났다. 밤이
깊었는데도 푸에르토카레로는 옷을 다 차려입고 있었다. 그는 말리
에게 빨리 따라나서라고 했다. 그녀는 잠자리에서 일어나 치마와
웃옷을 입고 그의 뒤를 따라 복도로 나갔다. 벽에 걸린 관솔불이 깜
박거리며 그림자가 너울거렸다.

두 사람은 코르테스의 방 앞에서 걸음을 멈추었다. 푸에르토카레
로는 그녀를 방 안으로 밀어넣었다. 말리는 아직 잠이 덜 깬 눈으로
주위를 둘러보았다. 턱수염을 기른 스페인 병사들이 보였다 대다수
가 군장을 완전히 갖추고 있었다. 그들의 창검이 횃불에 반사되어
흐릿하게 반짝였다. 코르테스는 방 가운데 놓인 묵직한 나무 탁자
옆에 앉아 있었다. 그의 양편으로는 장교들이 자리하고 있었다. 아
길라르는 뒤편에 서 있었다.

코르테스는 부드러운 격려의 미소를 그녀에게 보냈다. 그러나 그 미소는 그의 얼굴에 잠깐 떠올랐다가 그만큼 빠르게 사라졌다. 코르테스는 깃털 달린 뱀, 징벌의 신, 귀환한 신이었다.

멕시카 공물징수원 세 사람이 목에 묵직한 나무 족쇄를 차고 탁자 앞에 서 있었다. 이제 그 거만함은 사라졌네, 하고 말리는 생각했다. 그들은 등뒤로 손이 묶인 채 눈을 내리깔고 있었다.

그런데 멕시카인들이 여기에 왜 왔을까? 무슨 일이 일어난 걸까?

아길라르가 창백하면서도 경건한 표정으로 말리에게 말했다.

"코르테스 사령관님께서는 너를 통해 이 자들이 누구인지, 어디에서 왔는지, 무슨 이유로 토토낙인들에게 잡혔는지 묻고자 하신다."

"하지만 코르테스 님은 이미 알고 계시잖아요."

"시키는 대로 하라."

당황한 말리는 멕시카인들에게 시선을 돌렸다. 그리고 그날 처음 보았을 때, 망토나 장신구 등으로 미루어 일행 중 가장 높다고 판단했던 사람이 그들 중에 있다는 것을 알았다. 그녀는 그 사람에게 물었다.

"나의 주인님이신 깃털 달린 뱀 말린체께서는 당신들이 누구인지, 왜 이곳에 왔는지 알고 싶어하십니다. 또 토토낙이 당신들을 포로로 잡은 이유를 묻고 계십니다."

멕시카인은 기다란 매부리코를 들고 그녀를 바라보았다. 콧대 높은 건 여전해, 하고 말리는 생각했다.

"우리는 위대한 목테수마의 공물징수관들이다. 포로가 된 이유는 너의 주인이 그렇게 명령했기 때문이야. 우리는 이 굴욕을 몇십 배로 갚아줄 것이다!"

말리는 이 공물징수관이 무엇을 믿고 허세를 부리는지 의아했다.

하지만 코르테스 님은 다 짐작하고 계시겠지. 그녀는 아길라르에게 그의 대답을 충실히 통역했다.

아길라르는 그 답변을 다시 코르테스에게 통역했다. 그리고 코르테스의 말을 다시 전했다.

"코르테스 사령관님께서는 토토낙인들이 무슨 음모를 꾸미고 있는지 확실히 알지 못한다고 대답하셨다. 하지만 그들이 여기 멕시카인들을 신전에 제물로 바치려는 것을 아시고는 그걸 말리셨다. 목테수마를 친구로 생각하시기 때문이다. 또 그분은 목테수마가 자신처럼 위대한 군주라고 알고 계시기에 이들을 선물과 함께 돌려보내실 거라고 전하라."

말리는 코르테스가 이 터무니없는 일을 꾸미는 속셈을 짐작할 수가 없었다. 그녀로서는 신의 마음을 헤아릴 수는 없는 노릇이었다. 그렇지만 그녀는 토토낙 사람들이 '제물'로 삼으려 했다는 말을 전할 때, 멕시카인들의 표정이 창백해지는 것을 보며 커다란 기쁨을 느꼈다. 당신들에겐 돌 제단 위에 쭉 뻗어 있는 모습이 정말 어울리지, 하고 그녀는 생각했다.

"토토낙 족장의 말로는, 우리가 당신 주인님의 명령으로 처형될 거라고 했어."

공물징수관이 반박했다. 하지만 그는 이제 좀 안심이 되는 듯한 표정을 지었다.

아길라르는 일부러 서리등절한 표정을 지으며 코르테스에게 그 말을 전했다.

"코르테스 각하께선 토토낙인들이야말로 정말 배반 잘하고 거짓말을 밥먹듯이 하는 사람들이라고 하셨다. 또 이 일에 대해서는 전혀 모르고 계셨다고 하시다."

말리는 코르테스를 응시했다. 그의 표정은 변화가 없었다. 그녀는 코르테스의 눈과 만나 은밀한 의사소통을 기대했지만 시선이 마주치지 않았다. 왜 코르테스 님은 거짓말을 하시는 걸까? 그녀는 자문했다. 하지만 그녀는 아길라르가 말한 대로 정확히 전달했다.

멕시카인은 그녀의 말에 어리둥절한 듯했다. 그들 가운데 하나가 다른 일행에게 말을 건넸다. 이렇게 말했을 것이다. 거짓말은 아닐 텐데, 도대체 왜 우릴 풀어주겠다는 거지?

말리는 아길라르에게 물었다.

"일이 어떻게 되어가는 거죠?"

"넌 몰라도 되니까 통역이나 똑바로 해."

그는 말리를 보지도 않고 쏘아붙였다.

이런 문둥병에 걸린 돼지 같은 인간! 그녀는 속으로 욕을 했다. 나를 쳐다보지도 않고 그렇게 말하다니, 난 깃털 달린 뱀의 단순한 통역자가 아니라 훨씬 중요한 존재라구! 그분도 그걸 알고 계신단 말이야!

코르테스는 아길라르에게 뭐라고 속삭였다. 그러자 아길라르는 그녀를 향해 부드럽게 미소를 보냈다. 그 미소는 이렇게 말하고 있었다. 네 속셈을 난 빤히 알아. 하지만 난 코르테스 님의 신임을 받고 있는 사람이야. 넌 하찮은 인디언일 뿐이라고.

"코르테스 각하께서는 이들이 거만한 태도를 보였기 때문에 이런 곤경을 자초한 것으로 생각하신다고 전하라. 그렇지만 위대한 목테수마의 충복으로서 정당한 이유 없이 체포되었으므로 즉시 석방될 거라고 하셨다."

말리가 그 말을 통역하는 동안, 스페인 경비병들이 멕시카 사신들에게 다가가 팔목을 묶은 줄과 목을 죄고 있던 무거운 칼을 풀어주었다. 그날 멕시카인들은 두 번이나 놀랐다.

공물징수관이 말리에게 말했다.

"당신 주인님께 고맙다는 말을 전해주게."

그는 여전히 미심쩍어했지만 자신들을 풀어준 것은 친절한 호의로 해석하지 않을 수 없었다.

"우리를 풀어주셨지만 떠날 수가 없다고 전해주게. 우리가 당신들의 보호에서 벗어나 이 궁전 문을 나서는 순간 토토낙인들에게 다시 붙잡히고 말 거야."

아길라르는 이 말을 코르테스에게 전하지 않았다. 아길라르는 그들의 말을 예상하고 그 문제에 어떻게 대처해야 하는지 코르테스의 사전 지시를 받은 듯했다.

아길라르는 말리에게 말했다.

"두려워하지 않아도 된다고 말해주게. 우리 병사들이 그들에게 스페인 망토를 입혀 변장시킨 뒤 해안까지 안전하게 데려다줄 거야. 그리고 토토낙 영토를 벗어날 때까지 우리 배 한 척이 호위해줄 테니까 무사히 돌아갈 수 있을 거라고 해. 코르테스 각하께서는 목테수마 전하의 안부를 물으셨고, 자신을 목테수마의 친구로 여긴다고 전하게."

말리는 그 말을 전하면서 마지막 부분은 더듬거렸다. 어떻게 목테수마의 신들과 전통적 적대관계인 깃털 달린 뱀께서 멕시카 황제를 진정한 동맹자라고 말할 수 있을까?

공물징수관이 이해할 수 있도록 말리는 최선을 다해 통역했다.

멕시카 공물징수관 세 사람은 안내를 받아 방에서 나갔다. 그러자 갑자기 방 안에 있던 스페인 사람들이 모두 서로 돌아보며 싱글거렸다. 말리는 그런 그들을 보며 마음이 혼란스러웠다. 왜 깃털 달린 뱀은 저 괴물들을 제물로 바치는 것에 반대하는 걸까? 저들을 풀어주면서까지 자신을 믿고 있는 뚱보 족장을 배신하는 이유가 뭘까? 또 스페인 사람들은 왜 저리도 좋아하고 있는 걸까?

코르테스가 그녀에게 시선을 돌렸다. 말리는 그의 희미한 미소를 보며 어떤 음모가 있다는 것을 알아차렸다. 그렇지만 궁금증을 뒤로 한 채 푸에르토카레로를 따라 자신들의 방으로 돌아올 수밖에 없었다.

다음날 아침 뚱보 족장이 멕시카인 세 사람이 없어진 것을 알고 뭐라고 말할 것인지 말리는 정말 궁금했다. 나의 신께서 뚱보를 배신했다면 분명 신이라고 할 수 없어. 그렇다면 나의 운명도 단지 거칠고 황량한 꿈이 되고 말겠지.

"뚱보가 어젠 정말 겁을 잔뜩 먹은 것 같더군."
산도발이 말했다.
"그런데 오늘은 낯짝이 성모 마리아의 젖통만큼이나 하얗잖아."
코르테스를 제외한 다른 장교들은 낄낄거렸다.
"말 조심해."
코르테스는 엄한 표정으로 말했다.
웃음소리가 딱 그쳤다.
뚱보 족장은 며칠 전 광장에서 멕시카인들을 맞이하던 모습 그대로였다.
코르테스 앞에 서서 부들부들 떨고 있는 뚱보의 모습이 마치 주발에 담긴 팔딱거리는 심장 같다고 말리는 생각했다.
말리가 뚱보의 말을 통역하자 아길라르는 스페인어로 코르테스에게 속삭였다. 뚱보의 말을 듣고 난 코르테스는 분노에 찬 표정으로 의자를 박차고 일어났다. 그는 두 주먹을 불끈 쥐고 소리쳤다.

"뭐야! 도망쳤다구? 당신 경비병들은 모두 잠자고 있었소?"

족장은 말리에게 어떻게 그런 일이 일어났는지 이해할 수 없다며, 경비병들은 그 책임으로 지금 고통을 당하고 있다고 설명했다. 다시 말해 경비병들의 심장이 지금쯤 화로에서 구워지고 있을 거란 이야기였다. 하지만 코르테스는 통역이 이루어질 때까지 기다리지 않았다. 그들이 어떻게 탈출했는지 코르테스 님은 뚱보보다 훨씬 더 잘 알고 계실 텐데, 하고 말리는 생각했다. 어젯밤 야심한 시각에 구스만과 플로레스가 쿠바산 포도주 한 병을 가지고 토토낙 경비병들에게 접근했다. 술을 받은 경비병들은 매우 슬거워했다. 두 사람이 한 시간 후에 돌아와보니 경비병들은 소처럼 쿨쿨 자고 있었다. 옆에서 컬버린 대포를 쏘아대도 깨어나지 않을 것 같았다. 두 사람은 밧줄로 묶여 있는 멕시카 포로 세 사람을 풀어주었다.

코르테스는 우리에 간힌 곰처럼 방 안을 오락가락했다. 그는 주먹을 쥔 손으로 다른 손바닥을 탁탁 치며 중얼거렸다. 말리는 그가 일부러 화가 난 척하고 있다는 것을 알았다. 그녀는 그가 뚱보를 배반한 이유가 궁금했다.

"코르테스 각하께서는 이번 일은 지독한 재앙이라고 말씀하셨다. 족장을 믿을 수 없으니 다른 포로들을 즉시 우리에게 넘겨줘야 한다고 전하게. 우리가 그들을 쇠사슬로 묶어 우리 배로 이송할 것이라고."

뚱보는 위대하신 대장님의 처분만 바란다며 그 말에 동의했다.

"코르테스 각하께서는 또 말씀하셨다."

건너편 방 안에서 소리치는 코르테스의 말을 아길라르는 열심히 받아 전했다.

"오늘 족장은 왕실 서기관 앞에서 스페인의 국왕이시며 위대한 카톨릭 군주이신 카를 5세 폐하와의 동맹을 서약해야 한다고 하신다. 또 그의 지휘 아래 있는 모든 전사들은 우리와 힘을 합쳐 멕시카인에 맞서 싸워야 한다고 하셨다. 이 두 가지를 다 실천하지 못하면 족장이 곤경에 처하더라도 코르테스 님은 돌아보지 않을 것이오."

말리는 터져나오려는 웃음을 간신히 참으며 코르테스를 바라보았다. 오, 당신의 연기력은 정말 대단하시군요. 그렇게 여러 모습으로 가장하시다니, 당신은 진정 신이에요. 뚱보를 피리 불듯이 가지고 노시는군요.

말리는 코르테스의 말을 토토낙 족장에게 전했다. 그는 깃털 달린 뱀의 명령에 따를 수밖에 없었다. 목테수마의 분노를 사면 어떤 결과가 올지 족장이 생각하고 있는 동안 쥐죽은듯한 침묵이 흘렀다. 마침내 뚱보는 고개를 끄덕였다. 그의 턱살이 심하게 흔들렸다.

"뭐라고 했나?"

아길라르가 물었다.

"동의한답니다."

말리가 대답했다.

21

테노치티틀란

나라에 중대사가 닥치면 멕시카 황실 최고회의가 대신전 안에 있는 독수리기사단 청사에서 열리곤 했다. 회의실에는 뱀과 전사의 부조상이 새겨진 나지막한 돌의자들이 놓여 있고, 비의 신 틀랄록의 모양을 본떠 만든 질화로가 방 안을 따뜻하게 해주었다. 사자(死者)의 신 믹틀란테쿠틀리의 점토상들이 살을 뚫고 뼈가 불쑥불쑥 튀어나온 모습으로 황제와 영주들의 회의를 지켜보면서, 그들에게 삶과 권력의 무상함을 일깨워주곤 했다

늘 그렇게 해왔듯이 목테수마가 회의를 주재했다. 그의 곁에는 총리대신인 우먼 스네이크가 자리했다. 또 목테수마의 조카이자 텍스코코의 영주인 마이세 콥스와 목테수마의 동생이자 상속자인 익스타팔라파의 영주 시틀라왁도 참석했다. 신전의 고위사제들과 표

범기사단 및 독수리기사단의 원로 전사들 또한 회의에 소환되었다. 멕시카의 위대한 귀족들과 사제들 모두는 용설란 섬유로 만든 장식 없는 의상을 걸치고 황제 앞에 나타났다. 황제만은 고운 망사로 짠 꿈틀거리는 뱀 문양이 새겨진 청록색 망토를 눈부시게 차려입고 있었다.

벽에 걸린 관솔불이 딱딱 소리를 내며 타오르고 있었다.

마이세 콥스 영주가 말문을 열었다.

"폐하의 명에 따라 우리 군대는 언제라도 출정할 준비가 되어 있습니다. 명령만 내리소서."

"그런 불행한 조치는 필요할 것 같지 않네."

목테수마가 말했다.

"사태가 달라졌어. 공물징수관 세 사람이 석방되었네. 말린체의 병사들은 토토낙 영토를 빠져나올 때까지 세 사람을 호송해 주었다는군."

귀족들은 모두 어리둥절해하며 고개를 저었다.

"그들은 말린체의 친서를 가지고 왔네. 말린체는 나에게 호의를 전하며 토토낙인들이 공물징수관에게 범한 죄를 직접 처벌하겠다고 했어."

오랫동안 침묵이 흘렀다. 도대체 무슨 일인지 그들은 이해할 수가 없었다.

"나머지 공물징수관들도 몇 시간 전 테노치티틀란으로 돌아왔어. 그들 역시 토토낙인들의 제물이 될 뻔했지만 말린체가 구해주었다고 했다는군. 스페인 사람이라고 자신들을 일컫는 그들이 아주 친절하게 대해줬다는 거야."

"그게 무슨 뜻입니까?"

원로 전사 한 명이 큰 소리로 물었다.

우먼 스네이크가 대답했다.

"말린체에게 마리나라고 부르는 여인이 있는데, 그녀는 말린체가 신이며 귀환한 깃털 달린 뱀이라고 한답니다."

좌중은 다시 쥐죽은듯 고요해졌다.

"그 여자 말이 사실인지 확신할 수가 없습니다."

목테수마의 동생인 시틀라왁이 투덜거렸다.

"말린체는 우아한 말을 할 줄 모릅니다. 그는 나우아틀 어를 말하지 않습니다."

마이세 콥스는 고개를 끄덕이곤 말했다.

"그 자는 머나먼 곳에서 온 사신일 겁니다. 사징이 그렇다면 우린 기꺼이 환대하여 그가 하는 말을 들어봐야 합니다."

목테수마의 조카인 폴링 이글은 초조한 듯 의자에서 들썩거렸다.

"폐하를 몰아낼지도 모르는 자를 함부로 궁 안에 들여놓아서는 안 되옵니다."

그러자 표범기사단의 한 장군이 말했다.

"말린체가 이국의 사신이라면 마이세 콥스 영주님 말씀대로 마땅히 환대를 해야 할 것입니다. 하지만 그 자가 떳떳지 못한 방법으로 접근해온다면, 우리의 용맹스런 전사들이 나아가 막아야 할 것입니다. 무엇을 두려워하십니까? 수백만의 군사로 겨우 몇백 명을 상대하는 일이 아니옵니까."

"그런데 텐딜레 영주도 그들이 사신이 아니라고 믿고 있습니다. 단지 신을 가장한 침략자들일 뿐이라고 하더이다."

"침략자라고요?"

한 사제가 끼어들었다.

"그렇게 적은 병사로 어떻게 멕시카를 침략할 수 있겠습니까?"

토론이 벌어지는 동안 침묵만 지키고 앉아 있던 목테수마가 조용하게 손을 들었다.

"토토낙인들이 그들을 신이라 부르는 것을 한 공물징수관이 우연히 엿들었다고 하더군."

"토토낙 족의 조상은 원숭이입니다."

폴링 이글이 내뱉듯이 말했다.

목테수마는 폴링 이글을 가만히 노려보았다.

"그렇긴 하지. 하지만 말린체와 그 부하들은 우리가 이해할 수 없는, 정말 신들처럼 보이는 행동을 했어. 그건 징조로 이미 예견된 거였네. 말린체는 예언된 갈대 하나의 해에 왔고, 자기 이름의 날인 아홉 바람의 날에 우리 해안에 상륙했네. 그의 외모도 우리가 예상했던 그대로이고."

목테수마는 잠시 숨을 돌렸다가 말을 계속했다.

"이런 판국에 우리가 뭘 하겠다는 건가? 군대를 보내어 그들과 대적한다면 우리가 질 게 뻔해. 그러면 어떤 일이 우리에게 닥칠 것 같나?"

목테수마는 방 안 사람들을 둘러보았다. 모두 충격을 받은 듯 심각한 표정이었다.

"우리가 깃털 달린 뱀을 물리쳤다고 해도 그건 바람을 물리친 격이지. 바람이 사라지면 구름이 없어져 비가 내리지 않을 것이고, 들에서 아무 곡식도 수확할 수 없게 될 거야. 말린체를 무찌르는 것은 바로 우리 자신을 무찌르는 꼴이 되네."

오랫동안 정적이 흘렀다. 들리는 소리라곤 화로에서 통나무들이 타며 내는 타닥거리는 소리뿐이었다.

"이제 말린체가 스스로 나의 친구라고 선언했고, 그것을 입증해 주었네. 쓸데없이 그들과 맞서 싸우는 것은 어리석은 짓이야."

"그 자가 깃털 달린 뱀이 아니면 어찌하시겠습니까?"

마이세 콥스 영주가 물었다.

"깃털 달린 뱀이라면 어떻게 할 텐가?"

목테수마가 되물었다.

"지금으로선 아무 할 일이 없어. 그저 기다리는 수밖에."

말을 마친 목테수마가 자리에서 일어났다. 회의가 끝났다는 신호였다. 목테수마가 방을 나가는 동안 귀족들은 무릎을 꿇고 있었다. 그들 모두는 회의에 들어왔을 때보다 더욱 두려움을 느꼈다. 황제가 모호한 태도를 취하는 동안 변방 어디선가 사악한 손길이 음모를 꾸밀지도 모르기 때문이었다. 신이건 인간이건 위험한 존재인 것만은 분명했다. 사제들만 목테수마의 사태 해석에 만족하는 듯했다. 장군들과 귀족들은 본능적으로 자신들이 이해할 수 없는 일은 믿으려 들지 않았다.

하지만 그들은 거룩한 대변자인 황제의 지침을 따라야 했다. 그가 믿는 대로 그들도 믿어야만 했다. 그래야만 예언된 운명의 심판을 피할 수 있기 때문이었다.

셈포알라

왕실 서기관인 디에고 고도이를 공증인으로 한 스페인과 토토낙 간의 군사동맹이 광장에서의 공식적인 의식을 통해 체결되었다. 뚱보 족장은 스페인의 신하가 되어 동맹관계를 공고히 할 것이라고 부족들에게 발표했다.

족장이 말리에게 말했다.

"토토낙과 스페인 사이에 맺어진 유대관계는 영원할 것입니다. 우리는 이제 동맹을 맺은 말린체 신하들에게 아리따운 우리 딸들을 선물하겠습니다."

"여인들이 산더미처럼 많다는군요."

말리는 미소를 지으며 아길라르에게 말했다.

아길라르의 표정이 변했다.

"무슨 뜻인가?"

"뚱보 족장이 나의 주인님께 여인들을 공물로 바치겠답니다. 아마 이번에는 당신 차례도 돌아올 거예요."

아길라르는 마야 어로 '매춘부'의 뜻을 지닌 단어를 사용했지만 원주민의 언어에는 그처럼 강한 치욕의 뜻이 담겨 있지 않았다. 그는 당황하며 코르테스에게 그 소식을 전했다.

"코르테스 사령관께서는 족장의 관대함에 감사의 말을 전하라고 하셨다. 그리고 우리 기독교도 신사들의…… 시중을 들기 전에 여인들은 성령으로 세례를 받아야 한다고 전하게."

"여자들에게 성수를 겉과 속에 모두 끼얹어야 하나요, 아길라르?"

아길라르의 얼굴이 잘 익은 고추처럼 붉어졌다.

그를 화나게 할 목적으로 한 말은 아니었지만 그렇게 묻지 않을 수 없었다. 그녀는 그의 성직자로서의 경건함에 상처를 내주고 싶었다. 하지만 그 때문에 자칫 그의 미움을 살 우려가 있었다.

코르테스 님이 나를 두고 그 여자들 중의 하나를 선택하면 어떻게 하나?

순면 망토를 걸치고 장신구를 주렁주렁 매단 젊은 여인 여덟 명이 광장으로 나왔다. 모두가 금목걸이와 귀걸이를 몇 개씩이나 걸치고 있었다. 멕시카인들이 노골적으로 경멸했던 토토낙의 빈곤한 실정을 감안할 때 여자들이 장신구들을 너무 많이 걸치고 있다고 말리는 생각했다. 하지만 걱정할 것 없어. 나의 주인님은 그들의 배신을 알고 계실 것이 분명하니까. 토토낙인들은 그분의 속을 짐작도 못 할 테지만.

당연히 그래야만 했다.

일곱 명의 여인들이 차례로 장교들에게 선사되었다. 푸에르토카레로와 알바라도는 충성심에 대한 보상으로 두번째 부인을 맞이하게 되었다. 푸에르토카레로가 얻은 여인은 총리대신 쿠에스코의 딸로 특히 아름다웠다. 그녀는 올메도 신부에게 즉시 세례를 받고 프란체스카란 이름을 받았다. 다른 여인들도 올메도에게 세례를 받았다.

그리고 뚱보 족장은 코르테스에게 자랑스럽게 자신의 조카딸을 선사했다. 스페인 병사들은 터져나오는 웃음을 참고 있었다. 말리는 안도감을 느꼈다. 그 공주도 뚱보 못지않게 살이 쪄서 마치 모이를 잔뜩 먹은 칠면조처럼 뒤뚱거리며 걸었다. 신부 차림으로 성장한 그녀의 모습은 머리부터 발끝까지 꽃으로 뒤덮여 있어서 움직이는 정원 같았다.

말리는 코르테스를 보았다. 그는 신사답게 묵묵히 부하들이 킥킥대며 있는 것을 눌러보고 있었다. 그리고는 앞으로 나아가 그녀의 손에 정중하게 키스를 했다. 말리는 그의 매너와 친절함에 놀랐다. 이 순간 어쩌면 난 저분을 사랑하게 되었는지도 몰라!

코르테스의 시선이 말리에게 멎었다. 그의 눈은 웃음을 띠고 있었지만 입술은 굳어 있었다. 코르테스는 아길라르에게 뭔가를 속삭였다.

"코르테스 각하께서는 족장의 관대함이 거대하다고 말씀하셨다."

말리는 웃음이 나왔다. 아길라르만이 그 농담을 이해할 수 없는 모양이었다.

말리는 '거대하다'란 말을 '바다 같다'란 말로 적당히 바꾸어 통역했다.

뚱보 족장의 조카딸이 마지막으로 세례를 받았다. 코르테스는 그녀의 이름을 카탈리나 부인이라고 부를 것을 제안했다. 그 이름은 어떤 이유에선지 알바라도나 하라미요를 비롯한 몇몇 장교들을 즐겁게 했다.

코르테스가 아길라르에게 말했다.

"족장에게 전하게. 카톨릭 왕이신 스페인 국왕에게 충성을 맹세했으므로 그는 이제 이 고약한 인간제물의식을 중단해야 한다고 말일세."

올메도 신부가 끼어들었다.

"사령관님, 아직은 때가……"

코르테스는 신부를 노려보았다.

"당신의 영적인 가르침에 대해선 고맙게 생각하네, 신부. 하지만 본관은 지금 명령을 내려야겠네."

"그래봐야 얻을 것이 아무것도……"

"고맙다고 했잖나, 신부."

올메도는 머뭇거리다 물러섰다.

코르테스는 아길라르에게 시선을 돌렸다.

"계속하겠네. 인간을 제물로 바치는 야만적인 의식을 당장 폐지하고 저 악마의 우상들을 파괴해야 한다고 전하게."

말리는 잠시 어리둥절해하며 기다렸다. 올메도와 코르테스 간에 오고간 짤막한 대화가 무슨 내용인지 알 수 없었던 것이다. 아길라르의 통역을 듣고 난 그녀는 왠지 기분이 들떴다. 그녀는 뚱보에게 그 말을 열심히 전했다.

"깃털 달린 뱀께서는 옛적에 이곳을 떠나면서 서원하신 대로 인간을 제물로 바치는 의식은 당장 폐지하라고 하십니다."

깜짝 놀란 뚱보는 입을 벌리고 멍하니 그녀를 바라보았다.

"하지만 노예 몇 명과 전쟁 포로들만 바치는 의식입니다. 그리고 의미없는 의식이 아니라 풍년을 보장해주는 것이란 말이오. 그리고 비가 내리지 않을 때는……"

"깃털 달린 뱀께서는 이 의식은 범죄이므로 즉시 그만두라고 하십니다. 또 그분의 적이자 어둠의 신인 테스카틀리포카의 우상들을 모두 파괴해야 한다고 하셨습니다."

"하지만 우리가 모시는 신들을 파괴해버리면 더이상 비가 내리지 않을 것이고 곡식을 거둘 수도 없게 된다오."

부족들이 술렁이기 시작했다. 그 말은 연못에 파문이 번져나가듯 광장에 모인 사람들의 입에서 입으로 전해졌다. 술렁거림은 차츰 분노에 찬 함성으로 변해갔다.

"뚱보가 뭐라고 하는 거요?"

아길라르가 고함을 질렀다.

"족장은 시장바닥의 아낙네처럼 반발하고 있어요. 다시 그를 설득해보겠어요."

말리는 다시 족장을 바라보며 말했다.

"지금까지 수많은 세월을 족장님과 족장님의 조상들은 깃털 달린 뱀의 귀환을 기다리셨습니다. 그런데 이제 그분의 가르침을 거부하시다니! 당신은 그분이 이 땅의 위대한 진보를 위해 귀환하셨다고 환영하고는 다시 배신하고 있어요! 그분이 당신에게 더이상 관심을 두시지 않으면 어떻게 될까요? 그분께서 넌더리가 나서 더 이상 당신을 보호해주시지 않고 구름의 나라로 돌아가시면 목테수마가 보호해주리라고 생각하십니까?”

뚱보는 망설였다.

말리는 코르테스를 보며 고개를 끄덕였다.

알바라도와 그의 부하들은 신전 경내에서 신호를 기다리고 있었다. 화승총 사수가 신호탄을 공중으로 발사하자 알바라도의 부하들은 칼과 묵직한 쇠창을 들고 신전 층계를 뛰어올라갔다. 그들은 사제들을 때려눕힌 후 지렛대를 사용해 돌 우상들을 층계 가장자리 너머로 밀어버렸다. 돌덩이들은 신전 마당으로 굴러떨어져 산산조각이 났다. 어둠의 신, 비의 신, 뱀의 신, 옥수수의 신, 불의 신 등이 땅바닥에 내동댕이쳐져 불꽃을 일으켰다.

얼마 되지 않아 신전에서 검은 연기가 피어올랐다. 토토낙 부족민들이 분노의 함성을 지르며 몰려들었다. 언제쯤 덤벼들까 하고 말리는 생각했지만 그들은 뚱보의 지시를 기다릴 뿐이었다.

스페인 병사들은 코르테스와 뚱보 족장 주위로 방어진을 치고 있었다. 그들의 칼과 창, 화승총 등이 이런 순간에 대비한 훈련에 따라 부족민들을 향하고 있었다. 순식간에 상황이 바뀌어버렸다고 말리는 생각했다. 프란체스카가 어디선가 비명을 질렀고 족장의 뚱뚱한 질녀가 달려나와 우스꽝스럽게 맴을 돌며 목놓아 울부짖었다. 올메도 신부는 무릎을 꿇고 기도문을 읊조리고 있었다.

아길라르는 기도서를 가슴에 꼭 껴안고 토토낙 부족민들을 온화하고 인내심 있는 표정으로 바라보았다.

말리는 뛸 듯이 기뻤다. 그녀의 아버지는 늘 그녀에게 확신시켜 주었던 것이다. 혼돈을 결코 두려워하지 말아라. 너는 파괴 속에서 너의 운명을 찾게 될 것이니라.

코르테스는 칼을 뽑아들었다.

"이 미개인들은 죄없는 여인들과 어린애들을 얼마나 많이 도살했나?"

그는 부하들을 향해 목청을 높였다.

"이런 야만적 행위를 허용하면서 어떻게 우리가 기독교인이며, 영광스런 스페인의 백성이라고 자처할 수 있겠는가? 구경만 하고 아무 일도 하지 않을 건가? 이 모험에서 우리가 하느님을 전파하지 못하면 우리들의 삶은 아무 가치도 없다!"

부족민들이 앞으로 몰려들자 병사들은 대오를 정비했다. 그때 베니테스가 왕궁 쪽을 손으로 가리켰다. 토토낙 궁사들이 지붕에 쫙 깔려 있었다.

코르테스는 뚱보 족장의 팔을 붙잡고 목에 칼을 들이댔다.

"마리나!"

아길라르가 소란 속에서 말리에게 소리쳤다.

"족장에게 질서를 회복하지 않으면 죽게 될 거라고 말하라."

뚱보 족장은 무릎을 꿇었다. 날카로운 칼끝에 찔려 뚱보의 축 늘어진 살에서 피가 뚝뚝 떨어지고 있었다. 말리는 뚱보 앞에 얼굴을 바짝 들이댔다.

"깃털 달린 뱀께서는 당신을 죽이실 겁니다. 그리고 도시 전체를 죽음으로 몰아넣으실 겁니다. 당신이 살 수 있는 유일한 길은 부족민들을 진정시키는 거예요, 지금 당장!"

뚱보는 알았다는 듯이 고개를 끄덕이며 뭐라고 뇌까렸다.

노예 두 사람이 뚱보가 일어설 수 있게 도왔다. 그는 자기 나라 말로 부족민들을 향해 외쳤다. 목소리가 덜덜 떨리고 있었다. 분노의 함성이 차츰 잦아들었다.

광장에 정적이 감돌았다.

22

　다음날, 토토낙인들은 신전에서 돌 우상들을 밧줄로 묶어 끌어내렸다. 비의 신, 옥수수의 신, 그 밖의 많은 신들이 숲속으로 사라졌다. 말리는 그들이 코르테스의 명령대로 우상들을 부수어서 땅에 파묻진 않았다는 것을 알았다. 부족민들은 비밀스런 장소에 그 신들을 숨겨놓았다. 하지만 신들의 권능이 도전을 받고 그 지위가 파괴된 것만으로도 충분했다.

　피라미드 꼭대기에 새로 이엉을 올리는 작업이 진행되고 있었다. 신전 벽의 핏자국들은 깨끗이 씻겨졌고, 성소는 새롭게 단장되었다. 싱싱한 꽃다발과 밀랍으로 만든 양초들이 놓이자 분위기가 화사하게 바뀌었다. 사제들의 의복도 핏빛 무늬가 새겨진 검은 옷에서 하얀색 의복으로 바뀌었다. 피가 두껍게 말라붙어 있었던 사제들의 기다란 머리카락도 스페인 병사들의 날카로운 칼날에 싹둑 잘려나갔다.

　신들의 석상이 놓였던 자리에는 십자가와 성모 마리아의 그림이 안치되었다. 코르테스가 친히 성모 마리아와 아기 예수의 그림을 들고 계단을 올라 성소까지 운반했다.

　말리는 그의 의도를 이해했지만 처음엔 무척 놀랐다. 코르테스는 그녀가 지금까지 상상해온 신들과는 전혀 달랐다. 어떻게 성스러운 신인 그가 온화한 얼굴의 어머니와 아기의 그림 앞에 매일 무릎을 꿇을 수 있단 말인가? 그는 인간을 제물로 바치는 의식에 분노했다. 그 대신 자신의 신 오메테오틀의 성스런 피를 마셨다.

　그는 깃털 달린 뱀이면서 동시에 아니었다.

　그는 완전무결한 존재는 아니었다. 하지만 결점이 없는 신은 존재하지 않는다고 그녀는 나름대로 변명하며 자위했다. 불멸의 존재가 아닌 신들도 흔했다. 때때로 신은 인간으로 화하기도 한다. 목테수마가 그랬던 것처럼.

　그때 문득 어떤 생각이 그녀의 마음에 떠올랐다. 만약 신이 한 남자의 내부에서 자신의 길을 찾을 수 있다면, 살아 있는 여자의 가슴 속에는 신성(神性)이 깃들일 만한 따뜻한 보금자리가 없는 것이 아닐까?

23

코르테스는 산 후안 데 울루아를 포기하고 셈포알란 북쪽으로 십 킬로미터 떨어진 평원에 새로운 식민도시를 건설하기로 결심했다. 그래서 교회, 시장, 점포, 병원, 시청, 병기창 등이 건설되었다. 도시 방어를 위해 감시탑, 망루, 난간을 갖춘 돌 성벽을 사방으로 높이 쌓았다. 진흙 벽돌을 굽는 가마가 세워졌고, 선단에서 차출된 대장장이들이 단철을 만드는 작업을 시작했다. 뚱보 족장과 맺은 협정의 일환으로 셈포알란 주민 수천 명이 징발당했지만 스페인 사람들도 건물의 기초를 파거나 가마로 흙을 나르는 일을 도왔다. 코르테스도 친히 통나무들을 등에 지고 날랐다.

말리와 레인 플라워는 유일한 스페인 의사인 멘데스를 도와 병원에서 일했다. 늪지들이 메워지면서 열병과 풍토병이 차츰 줄이들었다. 말리는 나름대로 진가를 보여주었다. 그녀의 약초 치료는 여러 가지 병에 효험이 있었다.

새 식민도시가 모양을 갖추어가는 동안 멕시카 제국은 기다리며 지켜볼 따름이었다.

코르테스는 반쯤 공사가 끝난 교회에서 임시 제단으로 쓰이는 기다란 가대(架臺) 앞에 꿇어 엎드렸다. 성모 마리아와 아기 예수 그림이 걸린 벽 위에 나무 십자가가 걸려 있었다. 코르테스는 손으로 묵주를 돌리며 조용히 묵상에 잠겼다. 요란한 못질 소리와 인부들의 떠들썩한 소리가 들리지 않는 듯 차분한 표정이었다.

말리는 그의 헌신을 지켜보았다. 그녀는 한 남자가 어머니와 아기의 그림 앞에 무릎을 꿇고 있는 모습에 아주 크나큰 감동을 받았다. 그의 부드러움과 힘의 증거를 보여주는 것 같았다. 그 그림은 그의 우상이자 그에게 영감을 불어넣어주는 것으로 보였다. 한 신이 또다른 신 앞에 엎드리고 있는 모습으로 느껴서인지 그녀의 마음은 혼란스럽지 않았다. 깃털 달린 뱀은 마지막으로 환생했을 때 사제였다. 그래, 그 사제신께서 이제 다시 돌아와 다른 신들을 파괴하고 멕시카 백성들에게 전쟁과 파괴와 기만 따위를 가져다주는 신이 아닌 성스럽고 관대한 신이 되지 못할 이유가 어디 있단 말이지?

깃털 달린 뱀에 대한 그녀의 믿음은 거듭났다. 아기를 안고 있는 어머니가 공포를 불러오는 신일 리는 없어! 저런 여신도 피를 요구할 수 있을까?

말리는 가슴을 드러낸 채 교회로 걸어오고 있는 노르테를 바라보았다. 그는 어깨에 토막을 낸 통나무를 지고 있었다.

말리는 촌탈 마야 어로 그를 소리쳐 불렀다.

"노르테! 저 좀 도와줄래요?"

노르테는 그녀를 보더니 놀란 표정을 지으며 통나무를 내려놓았다.

"도울 수 있는 일이라면."

"이쪽으로 좀 와주세요."

노르테가 다가와서 조심스럽게 물었다.

"무얼 도와줄까?"

"코르테스 주인님께 뭐 좀 물어봐주시겠어요?"

노르테는 미심쩍은 표정을 지었다.

"왜 나지? 아길라르한테 부탁하면 될 텐데."

"당신이 물어봐줬으면 해요."

그는 잠시 주저하다가 승낙했다.

"좋아."

그는 말리를 따라 반쯤 지어진 교회 안으로 들어갔다. 말리는 코르테스가 기도를 끝낼 때까지 기다렸다.

이윽고 코르테스가 일어나서 놀라움과 반가움이 교차된 표정을 지었다. 그녀를 보고는 즐거운 표정을 지었지만 노르테를 보고는 얼굴을 찌푸렸다.

말리가 노르테를 보며 말했다.

"코르테스 님께 용서해주시기 바란다고 전해주세요. 신과 함께 하시는 시간을 방해할 뜻은 아니었어요. 그리고 물어봐야 할 게 있다고 하세요."

두 남자는 몇 마디 말을 재빨리 주고받았다.

"용서하고 말고 할 게 없다고 하시는군. 당신을 보니 아주 기쁘다고 하셔."

노르테가 코르테스의 말을 전했다.

말리는 그 정중한 말에 미소를 지었다. 그리고 망설였다. 이런 말을 물어도 될까?

"코르테스 님을…… 저는 깃털 달린 뱀이라 생각하고 있다고 전해주세요."

노르테는 갑자기 통역을 멈추었다.

"뭐라구?"

"당신도 그렇게 생각지 않나요?"

노르테는 어리둥절한 표정이었다.

"이 사람은 신이 아니야. 날 믿어요."

"제 말 그대로만 전해주세요."

코르테스는 어리둥절한 표정으로 두 사람의 대화를 지켜보았다.

노르테는 코르테스에게 말리의 말을 전했다. 그러자 코르테스는 말없이 그녀를 한참 바라보았다. 이윽고 노르테에게 뭐라고 이야기했다.

"그봐, 내가 뭐랬어."

"뭐라고 말씀하시던가요?"

"당신이 무슨 말을 하는지 이해하실 수가 없대. 오히려 내게 깃털 달린 뱀이 누구냐고 물으시는군."

"당신 말을 믿을 수 없어요."

"이 사람도 나처럼 스페인 사람에 지나지 않아. 나보다 좀더 탐욕스럽고 무자비하다는 점에서 차이가 있긴 하지만."

코르테스가 다시 뭐라고 말했다. 노르테는 말리에게 그 말을 전했다.

"당신은 조용히 이곳에서 나가달라고 하는군. 나는 남아 있고. 아마 내게 매질이라도 할 모양이야."

말리는 고개를 저었다. 인간이 신이 될 수도 있다는 것을 그는 왜 모르는 걸까? 뭔가 이유가 있어서 진정한 정체를 숨기고 있는지도 몰라. 그럼 누구 때문에? 노르테 때문일까?

"어서 가!"

노르테는 말리에게 화를 냈다.

"이 사람을 더이상 화나게 하지 마. 그에 대해서 당신은 나만큼 알지 못해."

말리는 코르테스를 바라보았다. 그의 표정에는 지난 며칠 동안 그녀에게 보여주었던 은밀한 미소도 즐거운 기색도 없었다. 내가 코르테스 님을 화나게 했는지도 몰라. 당황한 그녀는 서둘러 그곳을 물러났다.

코르테스는 노르테를 물어뜯을 듯이 노려보았다. 그는 노르테를 이교도보다 더 나쁜 반역자로 여기고 있었다. 하지만 당분간 이용 가치는 있다고 생각했다.

"그녀가 한 말을 자넨 이해하나?"

"그녀는 각하를 케쌀코아틀, 즉 깃털 달린 뱀이라고 생각하고 있습니다. 깃털 달린 뱀은 우리들의 신…… 아니 원주민들의 신입니다."

코르테스는 입술을 비틀며 미소를 지었다. 정말 구역질나는 놈이로군!

"그녀는 왜 날 그렇게 생각하지?"

"아마 외모 때문일 겁니다. 깃털 달린 뱀은 늘 이렇게 묘사되어왔지요. 코르테스 님처럼 키가 크고, 살갗이 희고, 턱수염을 기르고 있다고요. 물론 원주민들은 아무도 턱수염을 기를 수 없지요. 그리고 이곳에 도착하신 방법도 그래요. 이 사람들은 깃털 달린 뱀이 언젠가 동쪽에서 배를 타고 귀환하여 자신들을 멕시카의 폭정에서 구해줄 것이라고 믿어왔어요. 해안 쪽 사람들은 그것에 대해 거의 신앙에 가까운 믿음을 지니고 있어요. 일종의 이단이죠.”

“그래서 이들이 나를 해방자로 받아들였군.”

코르테스의 말을 들으며 노르테는 눈을 내리깔았다.

“자넨 알고 있었나?”

코르테스가 물었다.

“인디언의 미신일 따름입니다.”

“그래도 내게 알려주었더라면 충성스러운 행동으로 생각했을 걸세.”

“아무 의미도 없다고 생각했습니다.”

코르테스의 표정에 희미한 미소가 스쳐갔다. 이 녀석은 날 멍청이로 알고 있군, 하고 그는 생각했다. 아니면 그걸 최상의 변명이랍시고 생각해낸 걸까.

“그렇다면 노르테, 자네도 나를 깃털 달린 뱀이라고 생각하나?”

“저는 스페인 사람입니다, 대장.”

“한때는 그랬지. 누가 알아, 언젠가 다시 스페인 사람이 될지. 그런데 내 질문에 대답하지 않았어.”

“저처럼 스페인 사람이라 생각합니다, 대장.”

“스페인 사람인 건 맞지만 자네처럼은 아니지. 내가 자네처럼 되었다간 하느님께서 돌로 쳐서 죽이실 거야. 어쨌든 도움을 줘서 고맙네. 이젠 자네 할 일이나 하게.”

햇빛이 수면 위로 어른거렸다. 거미 원숭이들이 끽끽거리는 소리가 숲속의 공터로 울려퍼졌다. 아길라르가 관목 숲에서 갑자기 나타났다. 말리는 혼자 냇물에서 목욕을 하고 있었다. 수도사는 입을 쩍 벌렸다. 그가 시선을 돌리기 전에 죄의식을 느끼며 몰래 그녀의 몸을 훔쳐봤다는 것을 말리는 알았다.

"얘기할 게 있네."

아길라르가 중얼거리듯 말했다.

"듣고 있어요."

"옷을 입어."

"아직 목욕이 끝나지 않았어요. 하지만 하실 말씀이 있으면 해보세요."

말리는 아길라르가 그리도 급히 말하려는 게 무엇인지 짐작이 갔다. 교회에서 코르테스와 자신이 나눈 이야기를 전해들었으리라. 그의 호통을 들어야겠지만 지금은 그녀가 유리한 입장이었다. 놀아서 있는 사람을 협박하기란 쉽지 않기 때문이다.

"깃털 달린 뱀이 누구냐?"

아길라르가 다그치듯 물었다.

말리는 장난스레 손바닥으로 물을 떠서 자신의 어깨와 가슴에 끼얹었다.

"깃털 달린 뱀은 한때 인간이었어요. 멕시카 이전 시대에 톨란의 사제왕이셨죠. 인간을 제물로 바치는 의식을 모두 폐지하고 세상에서 가장 훌륭한 도시인 톨란을 건설한 위대한 왕이시자 정의롭고 온화한 지도자셨죠. 하지만 그의 적인 어둠의 신 테스카틀리포카가 그의 권능을 시기해 그분을 꾀어 용설란 술을 잔뜩 마시게 했어요. 그리고는 그분의 여동생을 유혹하여 잠자리를 같이하게 했죠. 다음 날, 깃털 달린 뱀은 가책으로 괴로워하다가 뱀의 뗏목을 타고 동쪽으로 기비렸어요. 그분은 언센가 놀아와 왕좌를 다시 되찾겠다고 서언을 했죠. 돌아온다는 해는 갈대 하나의 해였어요. 올해가 바로 갈대 하나의 해예요."

"아주 마법 같은 이야기로군. 이교도의 마법 이야기! 신은 오직 한 분뿐이야!"

말리는 물 속으로 머리를 담갔다. 그러자 물위에 기다랗고 풍성한 머리칼이 사방으로 퍼졌다. 아길라르는 바보로군. 신은 절대 한 분만 존재할 수 없어! 코르테스가 아길라르를 신뢰하고 있다는 것이 그녀로서는 놀라웠다.

"멕시카인들에게 코르테스 님에 대해 어떻게 이야기했지?"

아길라르가 큰 소리로 외쳤다. 나무들 틈에 숨어 고함지르는 남자. 자신이 얼마나 우스꽝스럽게 보이는지 알기나 할까?

"전 당신이 말한 대로 전했을 뿐이에요."

말리는 무슨 꿍꿍이가 있을까 미심쩍어하며 조심스럽게 대답했다.

"토토낙인들에게는 뭐라고 했나?"

"코르테스 님 말씀을 그대로 통역했을 뿐이에요. 토토낙인들에겐 제가 믿는 것을 말하지 않았다구요."

"그런데 그들은 믿고 있어. 코르테스 님을 신으로 믿고 있단 말이야! 당신은 그분을 파멸시키고 있다는 것을 깨달아야 해. 인간을 인간이 아니라고 주장하면 하느님께 불경죄를 범하는 거야!"

"사람들이 코르테스 님을 깃털 달린 뱀이라고 생각한다 해서 그게 왜 제 잘못이에요?"

물에서 불쑥 나온 말리와 마주치자 아길라르는 당황했다. 그녀의 알몸을 본 그는 급히 시선을 돌리며 끙, 하고 앓는 소리를 내었다. 그리고 더듬거리며 말했다.

"다, 다, 당신은 이해하지 못해! 사, 사람들이 코르테스 님을 시, 신이라고 믿게 되면 예수님을 믿지 않게 돼. 진정한 기독교인이 되지 않으면 그들은 영원히 지옥불에 타죽는 고통을 겪을 거야! 그런 벌을 받느냐 안 받느냐는 당신의 행동에 달려 있어! 당신이 죄를 짓느냐 않느냐에 달려 있단 말이야!"

말리는 면사 옷으로 몸의 물기를 닦았다. 하지만 서둘러 옷을 입지는 않고 아길라르가 고비나무 뒤에서 연설을 계속하게 내버려두었다.

"제가 잘못했다고 비난하시는데, 전 당신 말을 그대로 전했을 뿐이라고요, 아길라르."

"그 말이 정말이길 빌겠네!"

"이것만은 알아두세요. 전 코르테스 님에게 누가 될 행동은 전혀 하지 않았어요."

말리는 아길라르 쪽으로 다가가 그의 어깨에 손을 얹었다. 그녀는 그의 물건이 빳빳해지는 것을 느꼈다. 그는 지금 놀라고 있다. 이 불쌍한 사람은 목테수마의 엄청난 군대보다는 벌거벗은 한 여인에게 더 놀라고 있었다.

"남녀 사이에 벌어지는 일을 알고 있나요?"

"당신은 푸에르토카레로의 여자잖아."

"우리는 누군가에 속했다가 다른 사람에게 주어지기도 하죠. 내가 선택한 건 아니에요."

"무슨 말을 하고 있는 거야?"

말리가 속삭이듯 말했다.

"당신이 남녀간의 일을 정말 알고 있다면 말이에요, 여자의 몸과 남자의 몸은 단순히 다르기만 한 게 아니란 걸 알 거예요. 해와 달처럼, 땅과 바다처럼, 웃음과 눈물처럼 한 존재는 다른 존재를 서로 보완하며 존재한답니다. 그래서 코르테스 님 없는 저는 존재할 수 없어요. 그렇기 때문에 그분께 누를 끼칠 어떤 행동도 하지 않았답니다."

아길라르는 감정에 겨운 목소리로 말했다.

"널 위해 기도하겠어."

그리곤 돌아서서 가버렸다.

말리는 천천히 옷을 입었다. 이상한 사람이야. 왜 한 인간이 신이 되는 것을 그렇게 두려워하는 걸까? 그녀는 아길라르가 고뇌하는 이유는 알 수 없었지만 경고의 의미는 알아차렸다. 지금부터라도 조심해야만 되겠다.

부하들이 코르테스가 깃털 달린 뱀이란 사실을 모르고 있다는 사실만은 그녀에게 분명해졌다. 부하들에게도 자신의 정체를 숨기려 하는 사람이 코르테스였다. 그건 교회에서 그녀의 질문에 침묵함으로써 암시해주었다. 그가 자신의 정체를 숨기는 이유가 무엇이든, 그녀는 상황을 좀더 파악할 때까지 조심스럽게 행동하기로 마음먹었다.

24

　코르테스는 새 숙소에 있었다. 그곳은 그가 언젠가 꿈꾸었던 자기만의 궁전은 아니었다. 바닥은 흙을 다진 땅이었고, 점토 벽돌로 쌓은 벽에 짚으로 지붕을 이은 초라한 곳이었다. 하지만 이 신천지에서 그가 기반을 확고히 다져나갈 출발점이었다. 이제 되돌아갈 수는 없게 되었다.

　그는 양피지와 깃털펜을 한쪽으로 치워놓았다. 스페인 국왕에게 보낼 편지를 쓰던 중 방문객 둘이 나타났기 때문이었다.

　그는 새삼 여자를 훑어보며 열아홉이나 스무 살쯤 되었을 거라는 생각을 했다. 소녀 티가 남아 있는 게 그 이상으로는 보이지 않았다 하지만 섬은 눈농자엔 총기가 빛나고 있었다. 여자의 시선은 바닥에 나소곳이 고정되어 있었다. 정말 값진 선물이었다.

　그리고 못생기고 바싹 마른 아길라르. 숱이 줄어든 머리칼에 땀 방울이 맺혀 있는 그는 독수리 부리같이 기다란 얼굴에 도끼처럼 툭 불거진 입으로 애써 경건한 표정을 지었다. 코르테스는 목에 달라붙는 벌레를 손으로 찰싹 때렸다. 성직자들은 정말 지겨워!

"마리나에게 좀 말해주게. 테노치티틀란이라 부른다는 멕시카의 수도에 대해서 아는 대로 좀 이야기해보라고 말이야. 그녀 얘기론 어렸을 때 가본 적이 있다더군."

말리가 부드럽게 얘기하자 아길라르가 통역했다.

"이 여자는 코르테스 님이 아시고 싶은 게 무엇이냐고 묻는군요. 기억을 더듬어 최선을 다해 말씀드리겠답니다."

코르테스는 미소를 지으며 고개를 끄덕였다.

"그 도시는 커다란 호수 위에 건설되었다고 그녀에게 들었네. 그렇다면 배를 이용해야만 접근할 수 있는 건가?"

말리의 대답을 아길라르가 통역했다.

"그녀 말로는 테노치티틀란은 세 개의 제방도로로 육지와 연결되어 있다고 합니다. 그 둑길마다 다리가 놓여 있는데, 그 다리들은 나무로 만들어져 있어서 적의 공격을 받을 때는 재빨리 제거할 수가 있답니다. 그런 이유로 그 도시는 난공불락이라고 말할 수 있다는군요."

난공불락이라고, 코르테스는 미소를 지으며 생각했다. 난공불락인 여자나 도시를, 그는 그 동안 얼마나 자주 드나들었왔던가?

"그러면 그 도시와 가장 닮은 곳은 어디지? 셈포알란인가?"

말리는 생기에 넘쳤다. 폭포수처럼 쏟아지는 그녀의 말이 쉽사리 멈출 것 같지 않았다. 아길라르는 그녀가 말을 채 마치기도 전에 통역을 시작했다. 그는 말리의 말을 따라가기에 바빴다.

"셈포알란보다 훨씬 크고 비교할 수 없을 만큼 아름답다는군요. 멕시카인들이 치남파스라고 부르는 섬들이 도시 근교에 있다고 합니다. 물위에 세운 진흙섬으로 곡식을 재배하는 곳이라는군요. 도시 변두리에 흙벽돌로 지은 집들이 늘어서 있는 것은 셈포알란과 비슷하지만, 중심부에는 웅장한 신전과 궁전들이 셀 수도 없을 만큼 많이 있답니다. 수십만 명의 사람들이 그 도시에 살고 있다는군요."

코르테스는 실망했다. 인디언들은 모두 과장하는 버릇이 있다. 말리 역시 마찬가지인 듯했다. 말리의 이야기가 사실이라면 그 도시는 세계에서 가장 큰 도시가 될 것이다. 베니스, 로마, 세비야와 같은 규모의 도시를 야만인들이 건설했다는 건 도무지 말이 안 된다.

"그 다리들에 대해 좀더 알고 싶네. 만약 부대가 다리 하나만 건너가면 도시를 쉽게 포위할 수 있는가?"

말리는 코르테스의 말을 이해했다.

"테노치티틀란을 정면에서 공격하는 건 불가능하다는군요. 셈포알란처럼 모든 집들은 지붕이 평평하고 난간이 있어서 전사들이 요새처럼 사용할 수 있답니다."

그럼 다른 방법을 찾아야겠군, 하고 코르테스는 생각했다.

"지혜를 빌려줘서 고맙다고 하게. 비록 어리지만 아주 총명하고 사려깊은 태도에 감명을 받았다고 말이야."

코르테스는 자신의 사탕발림에 그녀가 기쁘게 미소 짓는 것을 보았다.

아길라르가 말했다.

"일개 인디언 계집의 말에 너무 신경 쓰시는 건 아닙니까?"

코르테스는 치밀어오르는 화를 누르고 엷은 미소를 지었다. 이 수도사 녀석은 분수도 모르고 나설 때와 나서지 않을 때를 가리지 못하는군.

"그건 내가 판단할 것이네."

"하지만 각하······"

"닥치게!"

아길라르는 금방 수그러들었지만 그 대신 옆에 서 있는 말리에게 혐오의 눈길을 던졌다. 시건방진 성직자로군.

"그녀에게 몇 가지 더 물을 게 있네. 멕시카와 그 인접국들의 관계에 대해서 좀 자세히 알고 싶어. 멕시카의 속박에서 벗어나려고 하는 종족은 토토낙 족뿐인지 물어보게."

말리는 이 문제에 대해 할말이 많았다.

"멕시카는 동맹 내부에 많은 적들이 있답니다. 이 여자 말을······ 전부 이해할 순 없습니다만, 멕시카는 멕시코 계곡에서 갑자기 부상한 부족인 것 같습니다. 그들은 잔혹한 방법으로 지배권을 장악했다는군요. 그리고는 지배하에 들어온 모든 종족들에게 지나친 공물을 요구하고 있답니다. 그래서 주변 종족들이 커다란 적대심을 품고 있으며 심지어 멕시카와 끊임없이 투쟁을 벌이는 나라도 있다고 합니다."

"그래?"

"그 대표적인 것이 텍스칼라라는 나라로, 독수리 바위의 땅이란 뜻이랍니다. 이곳과 테노치티틀란 사이의 산맥 안에 자리잡은 나라라고 합니다."

"알겠네."

코르테스는 미소를 지었다. 분열되어 있는 왕국은 존속이 불가능한 법이지.

"마리나에게 도와줘서 고맙다고 말해주게, 아길라르 수도사. 나중에 다시 얘기하고 싶다고 하고 오늘은 이만 끝내지."

　말리는 일어나며 코르테스의 눈을 바라보았다. 코르테스도 시선을 피하지 않았다. 저 눈길은 나를 원하고 있는 것이 분명해, 하고 코르테스는 생각했다. 저 여자의 마음을 받아들이더라도 그건 그녀가 선택한 것이야. 그렇지만 조심해야지. 그는 아길라르를 돌아보았다. 수도사는 두 사람 사이에 흐르는 미묘한 감정을 눈치 채고 떨떠름한 표정을 짓고 있었다. 그는 지금까지 얘기한 내용에 대해 코르테스가 자신과 상의하고 싶을 거라고 예상하며 기다렸다. 그러나 코르테스는 혼자 있고 싶은 모양이었다.

　"이제 가도 좋아."

　코르테스의 목소리는 차가웠다.

　혼자 남은 코르테스는 의자 깊숙이 몸을 묻고 사신의 처지를 돌아보았다. 자신이 지금 일생일대의 도박을 벌이고 있다는 생각이 들었다. 하지만 안 될 건 없잖은가? 그는 서른세 살이었다. 남자의 삶에서 부귀와 명예와 사랑을 빼면 뭐가 남는단 말인가? 대부분의 사람들은 마치 영원히 살기라도 하는 것처럼 위험에는 몸을 도사린다. 하지만 인간은 누구나 죽게 마련이다. 남자가 중년이 되어서도 모험을 선택하지 않는다면 여생은 너무 초라하게 끝나버릴 것이다. 그는 고향인 엑스트레마두라를 떠나면서 자신에게 약속했다. 금의환향을 하든지 아니면 교수대에서 죽음을 맞이하겠다고.

　"행운은 용감한 자에게 온다."

　코르테스는 혼자 중얼거렸다.

　도박이긴 하지만 하나뿐인 에이스를 쥐고 있는 사람은 그 자신이었다. 그리고 그 에이스는 바로 말리였다.

그들은 코르테스가 거처하는 사령부 건물로 무리지어 몰려왔다. 건설 작업을 하느라 땀으로 얼룩진 얼굴에는 다들 피로감이 역력했다. 그들은 경계심과 흥분, 약간의 두려움 등이 뒤섞인 마음으로 코르테스의 연설을 기다렸다.

뭔가 새로운 계획을 꾸미고 있구나, 하고 베니테스는 생각했다. 저 자의 눈을 보면 알 수 있지.

"새 식민도시 건설은 계획대로 잘 진행되고 있소. 이제 며칠 후면 정말 중요한 일을 해야만 하오."

코르테스는 잠시 말을 멈추고 방 안 사람들을 둘러보았다. 주요 지휘관들이 모두 있었다. 올메도 신부와 아길라르 수도사의 모습도 보였다. 그의 전쟁 고문관들이었다.

"우리는 이곳에 머무는 동안 스페인 국왕 폐하께서 흡족해하실 일을 하지 못했소. 우리가 찾는 영광과 부는 멕시카의 호상 도시 테노치티틀란에 있소."

"지금 당장 쳐들어갑시다."

레온이 어깃장을 놓는 듯한 목소리로 말했다.

코르테스는 레온의 말을 유머로 받아들이듯 희미한 미소를 지었다.

"닭을 잡는 데도 여러 방법이 있소. 쫓아가서 잡기도 하고, 모이를 놓아 유인해서 잡기도 하지. 여기 앉아서는 어느 방법을 쓰든 오늘 저녁 식탁에 오르게 할 순 없소. 요새 건설 작업이 끝나면 곧바로 테노치티틀란으로 이동할 것을 제의하는 바이오."

베니테스는 자기 귀를 의심했다. 코르테스의 제의는 기절초풍할 일이었고, 거의 자살행위나 다를 바 없었다.

"오백 명으로 수백만 인디언들과 맞서겠다는 것입니까?"

오르다스가 의문을 제기했다.

"우리에겐 오백 명의 장군이 있소. 우리 스페인 사람 하나하나가 목테수마의 압제에 시달리고 있는 나라들의 백성으로 군대를 조직할 수 있소. 내가 마리나에게 들은 바로는 멕시카 황제는 개에게 달라붙은 벼룩떼보다 더 많은 적들을 가지고 있소."

"개에게 벼룩은 단지 귀찮은 존재일 뿐이죠."

레온이 대꾸했다.

코르테스의 안색이 갑자기 변했다. 그러나 곧 그는 미소를 지으며 느긋한 표정으로 돌아갔다.

"귀관들은 너무 두려움에 사로잡혀 있어."

"인디언들에 사로잡혀 있는 것보다는 낫습니다."

오르다스가 맞받았다.

"우린 이미 세우틀라에서 실력을 보여주었소. 원주민들의 숫자가 아무리 많아도 우리는 이길 수 있소. 꼭 전쟁을 하자는 것이 아니오. 목테수마와 싸우지 않아도 됩니다. 그 도시 안으로 들어갈 수만 있다면 우리는 다른 수단으로 선의의 과업을 이룰 수가 있소."

코르테스는 다른 장교들이 자신을 지지해주길 기다렸다. 하지만 알바라도와 푸에르토카레로마저 서먹서먹한 침묵을 지키고 있었다.

분위기를 바꾸기 위해 코르테스는 책상을 쾅 두들겼다.

"지난번 산타마리아 호에 옮겨 실은 황금 바퀴를 잊어버렸소? 귀관들이 날 따른다면 황금 바퀴 하나씩은 문제없소!"

"병력이 좀더 많다면 끝끝이도……"

푸에르토카레로가 우물거렸다.

코르테스는 그의 말을 제지하고 연설을 계속했다.

"병력은 얼마든지 있소. 우리와 이미 동맹을 맺은 토토낙이 있잖소. 그리고 테노치티틀란으로 진군하면서 다른 부족들과 동맹을 맺을 수도 있지. 우리는 구세주로 이곳에 왔단 말이오. 이 사람들은 우리가 자신들을 멕시카로부터 구원해줄 거라고 믿고 있소. 그러니 우릴 지지할 것이오. 수천 수만 명이 말이오."

코르테스는 말을 멈추고 참석자들을 둘러보았다.

"귀관들, 신의 과업을 수행할 뿐 아니라 각자에게 부와 명예가 돌아가는 일이오. 누구나 평생 쓰고 남을 만큼 충분한 부가 보장될 거요."

"우린 코르테스 대장과 함께 가야 합니다."

모두의 시선이 목소리가 난 쪽으로 향했다. 아길라르였다.

알바라도가 갑자기 히죽 웃었다.

"난 대장 혼자서 그 황금을 전부 차지하도록 하진 않겠소."

"푸에르토카레로는?"

코르테스가 물었다.

얼굴이 잿빛으로 변한 푸에르토카레로도 고개를 끄덕였다.

"나도 가겠소."

산도발이 말했다.

"나도 가겠소."

하라미요도 말했다.

코르테스의 시선이 베니테스에 머물렀다.

이런 바보, 다른 선택의 길이 있어? 하고 베니테스는 생각했다. 그도 빈손으로 쿠바에 돌아가고 싶진 않았다. 내가 무엇을 할 수 있지? 여기 요새에 남아봤자 정글 풍토병에 걸려 죽기밖에 더하겠어?

"좋아요. 안 갈 이유가 없죠."

베니테스는 자신에게 말하듯 대답했다.

코르테스만큼 나도 미쳤군! 우리 모두가 그의 광기에 전염되었
어. 멕시카인들이 거대한 황금 바퀴를 해변으로 가져올 날을 기다
리다 우리 모두는 열병에 걸린 거야.
　그 병은 우리 모두를 죽일 거야……

25

세찬 물살에 모든 소리가 떠내려가고 있었다. 나비들이 은색 껍질의 목화 주변을 춤추듯 날아다녔다. 잠자리들이 폭포의 초록색 그늘 안을 빙빙 맴돌았다. 푸른 벌새가 까마귀나무의 꽃 주위를 붕붕거렸다.

노르테는 셔츠와 바지를 벗고 연못으로 풍덩 뛰어들었다. 레인 플라워가 양치류들 사이에 쪼그리고 앉아 노르테를 지켜보고 있었다. 이번만큼은 살금살금 다가왔기에 그가 보지 못했으리라 확신했다. 뭐 하러 저 사람을 따라 여기까지 왔지? 뭘 보고 싶어서? 말리가 위험하다고 극구 말렸는데도 듣지 않고 말이야.

하지만 어쩔 수 없었다. 그녀는 그에게 반해버렸다. 이 아름다운 스페인 사람은 그녀가 난생처음 보는 아주 슬픈 눈을 하고 있었다.

레인 플라워는 그가 목욕하는 것을 계속 훔쳐보았다. 목욕을 끝낸 노르테는 물에서 나와 옷가지를 집어들었다. 그는 옷을 입지 않고 벌거벗은 채 연못 끝, 폭포에 가려져 있는 동굴 쪽으로 걸어갔다. 그리고 몸을 구부려 안쪽으로 사라졌다.

레인 플라워는 궁금증을 참기 힘들었다. 가슴이 뛰었다.

그녀는 숨어 있는 곳에서 나와 조심스럽게 바위들을 타넘고 동굴 입구까지 다가갔다. 동굴 앞에서 발걸음을 멈추고 안을 살펴보았다.

바위벽을 파 만든 벽감 안에 점토로 조그맣게 빚어 만든 깃털 달린 뱀 조각상이 안치되어 있었다. 노르테가 그 앞에 무릎을 꿇고 있었다. 그는 품안에서 조그만 조롱박과 가오리 뼈를 꺼냈다. 그러더니 느닷없이 그 가오리 뼈로 자신의 성기를 찔러댔다. 그리고는 성기 아래 조롱박을 대고 뚝뚝 떨어지는 피를 받았다. 고통으로 배어난 땀이 피부에 번들거렸다.

조롱박 안에 받은 피를 깃털 달린 뱀의 얼굴에 끼얹는 걸로 공양 의식은 끝났다.

레인 플라워는 돌아서서 나오다가 바위에 미끄러졌다. 노르테가 달려나왔다. 숨으려고 했지만 그럴 틈이 없었다. 노르테는 햇살무늬가 번지는 연못을 뒤로 하고 못 박힌 듯 서 있는 그녀를 발견했다.

그는 레인 플라워를 노려보았다.

그녀는 망토를 머리 위로 벗어버렸다. 스커트와 속옷도 벗어 던졌다. 그리고 동굴 안으로 들어갔다.

그는 아름다웠다. 가슴과 어깨, 다리의 구릿빛 피부가 땀에 젖어 빛나고 있었다. 미동조차 하지 않는 그의 얼굴은 오래 굶주린 듯 수척해 보였다.

레인 플라워는 무릎을 꿇고 그의 성기에서 흐르는 피를 혀로 부드럽게 핥았다. 그가 가느다란 신음을 토해냈다. 말리는 꽃으로 남자를 애무하라고 말해준 적이 있었다. 레인 플라워는 신들에게 바치려

고 한 피를 맛보았다. 이렇게 남자를 애무하게 되리라고는 상상도
해본 적이 없었다. 그녀의 손 안에서 남자의 성기는 깃털 달린 뱀으
로부터 돌려받은 풍성한 피로 점점 더 거대해졌다.

그가 여자 앞에 무릎을 꿇었다. 그리고는 그녀의 입술에 묻은 피
를 핥았다. 비늘이 덮인 몸에 부리가 달린 얼굴을 한 케쌀코아틀이
어둠 속에서 두 남녀를 지켜보고 있었다. 마침내 두 사람의 몸뚱어
리가 바닥에서 뱀처럼 서로 뒤엉켰다.

보랏빛 석양과 함께 공기가 쌀쌀해졌다. 두 사람은 동굴 입구에
앉아 어두워지는 정글을 바라보며 밤의 교향곡에 귀를 기울였다.
벌레들이 울어대고, 산 속 어디선가 표범이 으르렁거렸다. 레인 플
라워가 몸을 부르르 떨자 남자는 그녀를 더욱 바짝 안았다. 두 사람
은 멀리 베라크루스에서부터 타오르는 모닥불을 볼 수 있었다.

"이제 돌아가야 해."

남자가 속삭였다.

그녀는 다시 한번 그의 입술을 찾았다. 그런 다음 재빨리 옷을 입
고 밖으로 달려나갔다. 위험한 불장난. 작은엄마한테도 이 비밀은
지켜야만 한다.

어른거리는 그림자, 나무 타는 연기 냄새. 구름이 달을 가로질러
흘러가고 있었다. 코르테스는 불을 피워놓고 주사위 도박을 하는
보초병들과 농담을 주고받았다. 졸고 있는 보초병에게는 따끔한 질
책도 했다. 푸에르토카레로가 홀로 난간에 서 있는 게 보였다. 푸에
르토카레로는 밤하늘을 배경으로 떠오른 정글의 실루엣을 바라보
고 있었다. 오리사바 뒤로 달이 두둥실 떠올랐다.

"쿠바가 그리운가?"

코르테스가 물었다.

"스페인이 그립습니다."

"스페인이라……"

코르테스에게 스페인의 추억은 엑스트레마두라의 수평선과 드문드문 들어선 코르크 참나무와 올리브의 숲, 눈이 아플 정도로 강렬하게 내리쬐는 여름날의 태양, 말을 타고 갈 때 몸이 얼어붙을 정도로 언덕을 가로질러 불어오는 겨울날의 매서운 바람 등이었다. 스페인이란 말이 나오면 아버지가 꾸려가는 구차한 농장이 제일 먼저 떠올랐다. 쇠빗장이 걸린 커다란 참나무 문, 가구 하나 없이 휑뎅그렁한 방들, 하인도 먹을 것도 없는 부엌……

"부하들과 이야기를 해보셨습니까?"

푸에르토카레로가 물었다.

"나는 사령관으로서 할 바를 다했네. 부하들의 마음을 알고 싶었어."

"겁을 집어먹은 자들도 있어요."

겁을 집어먹은 자는 바로 네놈이지, 하고 코르테스는 생각했다. 하지만 그 문젠 그냥 넘어가지. 그는 그림자 하나가 마당을 급히 가로질러오는 것을 보았다. 여자의 일굴이 관솔불에 잠시 드러났다. 마리나였다. 그녀는 푸에르토카레로의 집 안으로 사라져버렸다.

"마리나의 봉사에 만족하고 있나?"

"물론입니다, 사령관님."

"그래, 어떻던가?"

코르테스는 캐물었다.

상스러운 느낌을 주는 그 질문에 푸에르토카레로는 당황한 듯했다.

"그녀는 정말 아름다워요. 그런데 정열이 없죠."

정열이 없다고? 코르테스는 생각했다. 난 그렇게 생각지 않아. 아마 자네한테만 정열을 보이지 않는 거겠지, 친구.

"그렇지만 통역관으론 꽤 쓸모가 있죠."

"그렇지. 정말 쓸모가 있어."

코르테스는 동의했다.

두 사람은 잠시 말이 없었다. 쓸모 있는 정도가 아니야, 하고 코르테스는 생각했다. 그 여자가 없었다면 우린 이곳까지 올 수도 없었을 테지. 목테수마의 영주들로부터 황금을 확보하거나 토토낙 족을 다룰 엄두도 못 내었을 거야. 정말 모든 일을 해결하는 만능열쇠라구. 코르테스는 말리가 이야기한 호상도시를 생각하며 궁금증이 일었다.

"부하들이 우리를 따라 기꺼이 테노치티틀란으로 갈 거라고 생각하나?"

푸에르토카레로는 고개를 저었다.

"이곳에 식민지를 건설하는 데는 모두 찬성했어요. 그래서 열심히들 도시를 건설했죠. 사령관님, 그렇지만 지금이라도 쿠바로 돌아가고 싶어하지 않을까요?"

"내 의견은 쿠바로 돌아가자는 겁니다!"

에스쿠데로가 큰 소리로 외쳤다.

코르테스는 식민도시 청사 회의실 바깥에 놓인 의자에 앉아 광장에 모인 스페인 병사들에게 방금 연설을 끝낸 참이었다. 연설 도중 테노치티틀란으로 진군할 거라는 말이 나오자 일부 병사들은 분노의 함성을 내질렀다.

틀림없이 레온과 오르다스가 함께 꾸민 짓이라고 베니테스는 생각했다.

"병사들은 지쳤소. 무엇보다 한 병사가 백 명씩을 상대해야 할 만큼 많은 적들이 도사리고 있는 도시로 진군하라고 명령할 순 없소!"

오르다스가 목소리를 높였다.

"그렇지만 여기에 머물러봐야 얻을 게 아무것도 없네."

코르테스가 대꾸했다.

"그럼 쿠바로 돌아갑시다!"

에스쿠데로가 다시 소리쳤다.

코르테스 옆에 서 있던 레온이 병사들을 향해 말했다.

"나는 이 적은 인원으로 수많은 적들에 둘러씨여 있는 상황에서 식민지를 건설할 수 있다는 말을 더이상 믿을 수 없소. 우리 대다수는 쿠바의 농장으로 되돌아가고 싶어합니다!"

일부 병사들이 환호를 보냈다. 레온은 코르테스 쪽으로 시선을 돌렸다.

"해안에 있을 때 사령관께서는 쿠바로 돌아가고 싶은 사람은 누구든 갈 수 있다고 말씀하셨습니다. 이제 사령관의 명예를 걸고 그 약속을 실천해야 합니다! 정당하게 우리 몫인 황금을 챙겨서 돌아가겠소. 그리고 당신은 당신이 하고 싶은 대로 하시오!"

베니테스는 점점 많은 병사들이 레온에게 동조하고 있음을 느낄 수 있었다.

이때 알바라두가 코르테스 옆에 있는 의자 위로 뛰어올랐다. 그리고 손을 들어 레온을 가리키며 소리쳤다.

"자넨 산 후안 데 울루아에서 제발 같이 있게 해달라고 코르테스

대장님께 빌지 않았나. 마치 여자처럼 마음이 변하고 있군. 그땐 통사정을 하더니 이제 와선 떠나겠다구? 자넨 비겁한 도망자에 불과해!"

레온은 욕설을 퍼부으며 알바라도에게 주먹을 휘둘렀다. 격렬한 싸움이 벌어졌다. 코르테스는 반발이 너무 심하자 망설이고 있는 듯했다. 그때 하라미요가 연단 위로 올라갔다. 아주 극적인 장면처럼 보였다. 베니테스는 이 특별한 쇼가 산 후안 데 울루아에서처럼 코르테스가 치밀하게 연출한 것이 아닌가 하는 의심이 들었다.

"전쟁터에서 동지들에게 등을 돌리고 달아나렵니까?"

하라미요는 군중을 향해 외쳤다.

"그것이 남자로서 할 짓입니까!"

에스쿠데로를 비롯해 그와 의견을 같이하는 병사들이 야유를 퍼부었다.

코르테스는 손을 들어 그들을 진정시켰다. 그리고 완전히 잠잠해질 때까지 기다렸다가 말문을 열었다.

"나는 여러분 누구도 다치게 하고 싶지 않소."

그의 목소리는 부드럽고 설득력이 있었다.

"하지만 보시다시피 나는 양편으로 갈린 의견 사이에 짓눌려 있소."

말을 멈춘 그는 알바라도와 레온을 돌아보았다.

"그래서 이렇게 결정하기로 하겠소. 스페인에 사신을 보내, 왕께 청원하여 이곳에다 식민지를 건설할 권리를 인정받겠소. 왕에 대한 충성의 표시로 나는 여태까지 모은 재물 중 나의 몫을 왕에게 보낼 것이오. 여러분도 모두 나와 똑같이 할 것을 부탁합니다. 폐하를 위해서 자기 몫을 포기한 사람들은 모두 이름을 청원서에 올리겠소.

그래서 왕께서 그 사람의 충성심을 알게 할 것이오. 희생을 한 사람들에게는 왕께서 나중에 수백 배로 보답해줄 거라고 믿고 있소. 그러길 원치 않는 사람들은 자신들의 몫을 챙겨갈 수가 있소. 누구든 나에게 그 이상의 것을 요구하거나, 내가 자신들의 운명에 대해 그다지 심사숙고하지 않았다는 말은 하지 않기를 바라오."

더이상 항의의 말을 기다리지 않고 코르테스는 연단에서 뛰어내렸다.

정적이 감돌았다. 사령관의 약속에 안도하여 즐거워하는 사람이야말로 세상에서 가장 둔한 존재였다. 그들은 자신들이 어떻게 속아넘어갔는지 깨달았다. 왜냐하면 문서에 서명하지 않으면 푸에르토카레로가 스페인으로 데려갈 것이고, 거기서 챙겨간 황금노 포기해야만 한다. 재물을 내놓지 않으려는 사람들을 찾는 일이 본분인 왕실 재무원의 보복이 뒤따를 것이기 때문이다.

설사 쿠바로 돌아간다 해도 빈손으로 가야 될 것이다.

훌륭해, 코르테스는 역시 천재야. 베니테스는 인색한 미소를 지었다.

코르테스가 자신을 어떻게 다루었는지 오르다스의 설명을 듣고서야 간신히 깨달은 레온의 안색이 갑자기 변했다. 레온은 자신이 곧 체포되기라도 할 것처럼 겁먹은 표정을 지었다. 알바라도는 웃으며 레온에게 뭔가를 이야기해주었다.

"아직 최종적으로 결정된 것은 아닙니다."

레온우 그렇게 외치고는 싱금싱금 걸어가버렸다.

26

아길라르는 교회에서 설교하기를 좋아했다. 하지만 당장은 거의 완성되어가는 지붕에서 두들겨대는 망치 소리에 귀가 먹먹할 지경이었다. 그래서 그는 설교를 멈추고 자카란다 나무 그늘 아래 앉아 잠시 쉬었다. 레인 플라워는 그를 바라보았다. 그의 짙은 갈색 수사복은 땀에 젖어 있었다. 그는 여전히 가슴에 성서를 꼭 껴안고 있었다. 그의 신도들인 포톤찬에서 데려온 사팔뜨기 미녀들은 그의 발치께 땅바닥에 앉아 낭패스런 표정으로 그를 바라보고 있었다. 토토낙 여인들은 촌탈 마야 어를 모르기 때문에 그의 성서 공부반에서 제외되었다.

그는 가끔 눈을 들어 레인 플라워를 바라보았다. 같이 공부하자는 그의 권유로 참석하긴 했지만 그녀는 고개를 살래살래 내저었다.

오늘의 가르침은 유달리 혼란스러워서 전혀 따라갈 수가 없었다. 스페인 사람들은 단 하나의 신을 모시고 있는 듯했다. 그런데 그 하나의 신 아래 세 분의 신이 있었다. 하나의 신에서 만들어진 세 분의 신 가운데 또 신의 아들이 있었다. 또 교황이라고 불리는 다른 사람도 있었다. 교황은 신이기도 하고 아니기도 했다. 아길라르의 말투로 보아 이 신들 가운데 그 누구도 스페인 왕만큼 강력하지는 않다고 그녀는 생각했다.

아길라르가 설교를 마치자 여인들이 기도문을 암송했다.

여인들이 모두 떠나자 그는 뒤돌아섰다가 레인 플라워가 여전히 자신을 지켜보고 있는 것을 보고 깜짝 놀랐다.

"이사벨."

그는 자신이 지어준 그녀의 세례명을 불렀다.

"하느님에 대한 너의 갈망을 발견하니 기쁘기 그지없구나."

"수도사님 말씀 잘 들었어요. 그런데 신에 대해 말씀하실 때 코르테스 님에 대한 말씀은 없으셨지요."

"코르테스?"

"그분도 당신이 모시는 신들 가운데 한 분 아닌가요?"

그는 전투용 곤봉으로 정수리를 한 대 얻어맞은 듯한 표정을 짓더니 몸을 흔들면서 자리에서 일어났다.

"물론 아니지."

"그럼 내 생각이 맞군요. 그분도 당신처럼 단지 인간에 지나지 않아요."

"원주민들은 어디서 그런 불경스런 말을 들었는지 모르겠군. 코르테스는 우리의 지도사도 교황 성하와 전능하신 하느님의 축복으로 사명을 받았을 뿐이야. 우리와 같은 인간일 뿐이지."

"당신들은 구름 나라에서 오지 않았나요?"

"우린 모두 스페인이리 불리는 위대한 나라에서 태어났지만 쿠바에서 이리로 건너왔어. 쿠바는 바다 건너에 있는 섬나라야."

지금까지 당신이 지껄여댄 말 중에서 가장 그럴듯한 소리로군, 하고 레인 플라워는 생각했다.

"왜 이곳으로 왔나요?"

아길라르는 미소를 보냈지만 그녀는 별로 신경 쓰지 않았다.

"우리는 너희들에게 하느님을 알리러 왔어. 너희들이 구원받기를 원하지."

"누구로부터요?"

"악마로부터."

악마라고? 아마도 멕시카인들의 벌새 신을 뜻하는 모양이지.

불쌍한 말리. 그녀는 어떤 점 때문에 코르테스를 신으로 믿는 걸까? 그녀도 나처럼 아길라르 수도사에게 배워야만 해. 그녀는 코르테스가 다른 사람과 똑같은 인간이라는 사실을 아마 믿으려 하지 않을 거야. 끈질기게 그 환상을 붙잡고 놓지 않겠지.

하지만 그게 무슨 문제야! 그냥 꿈꾸게 내버려둬. 포톤찬 여인들이 스페인 사람들에게 바쳐졌을 때 이미 미래는 자신들의 손아귀에서 벗어나 있었다. 토토낙 족 여인들과 달리 포톤찬 여인들은 집에서 멀리 떠나 있었고 밤에 몰래 도망칠 수도 없었다.

목테수마의 제단이 그들을 기다리고 있다는 것이 문제일까? 인생은 그저 한바탕의 꿈, 죽음이 잠시 뒤로 미뤄지는 것일 뿐이지.

레인 플라워는 뒤돌아 걸어갔다.

"기다려."

아길라르가 숨을 헐떡이며 그녀를 불렀다.

"너에게 성서를 읽어주겠다."

하지만 레인 플라워는 듣고 있지 않았다. 그녀는 오직 언제 연못에서 노르테를 다시 만날 수 있을까 하는 생각뿐이었다.

"푸에르토카레로, 내가 가장 신뢰하는 친구이자 동지여. 자네가 우리를 대표해서 스페인으로 가줬으면 하네."

푸에르토카레로는 그 말에 놀라지도 불쾌해하지도 않았다. 코르테스는 생각했다. 이 친구는 군대생활을 좋아하지 않아. 예측불허인 이 열병의 나라에서 오래 생존할 체질도 못 돼. 그가 받은 교육에는 왕실이 더 맞을 거야. 귀족으로 익힌 매너도 그렇고.

그는 인디언 여자 말리의 얼굴을 떠올렸다. 아니야, 그건 아니야. 코르테스는 고개를 저었다.

아니, 설사 그렇다 하더라도 다른 장교들은 그의 논리에 반박할 수 없을 터였다. 그들은 왕으로부터 공식적인 승인을 얻어야 했다. 그러자면 왕실을 잘 아는 사람을 보내야 했고, 푸에르토카레로가 가장 적임자였다. 그는 세비야의 고위 판사의 조카이며, 더욱이 스페인 왕가에 가장 큰 영향력을 가진 메데인 공작의 친척이기도 했다.

코르테스는 밀랍으로 봉한 보고서를 탁자 위로 밀며 말했다.

"편지에 석 달 전 우리가 도착한 이후의 모든 상황이 적혀 있네. 쿠바의 벨라스케스 총독의 전횡과 탐욕 때문에 내가 과감한 행동을 취할 수밖에 없었던 이유들을 폐하께 실명하는 내용도 들어 있어. 또한 새로운 식민지를 개척하고 있는 우리 모두의 왕에 대한 충성심도 담아놓았네."

"폐하의 친서를 받아 가능한 한 빨리 돌아오겠소."

코르테스는 미소를 지었다. 푸에르토카레로가 그리울 것이다. 그는 충성스럽고 믿을 수 있는 동지였다. 하지만 앞으로 인디언과 싸움이라도 벌어진다면 그보다는 알바라두를 곁에 두는 편이 더 나을 것이었다.

"폐하께서 내리실 결정을 돕기 위해 지금까지 우리가 확보한 보물 전부를 자네에게 들려 보내겠네."

코르테스는 생각했다. 거의 전부 보내겠지만 뚱보 족장이 조카딸 카탈리나를 내게 선사하던 날 그녀가 차고 있던 금 장신구와 텐딜레의 영주들이 내게 걸어주었던 금붙이들은 빼놓아야겠어. 그것들은 정당한 내 소유니까.

"금붙이와 보석은 대략 2천 카스테야노스가 될 걸세."

"폐하께선 틀림없이 감동하실 겁니다."

"아침에 해안으로 떠나 산 후안 데 울루아에서 기선을 타야 하네. 알라미노스가 항해장으로 안내해줄 거야."

푸에르토카레로는 자리에서 일어나더니 잠시 머뭇거리다 말했다.

"그 여자…… 마리나 말입니다."

코르테스는 당혹감을 드러내지 않으려고 애썼다.

"마리나가 어쨌다는 건가?"

푸에르토카레로는 씩 웃었다.

"친절하게 대해주십시오."

산 후안 데 울루아

산타마리아 호는 잔잔한 바다 물결을 타고 있었다. 태양이 이제 막 수평선 위로 떠오르고, 갑판 위에서는 돛을 올리는 선원들의 고함 소리가 만을 가로질러 울려퍼졌다. 해안에서 불빛 하나가 푸에르토카레로가 탈 거룻배를 비추고 있었다.

몇 명의 병사들이 해안에 서서 황금이 선적되는 것을 지켜보고 있었다. 말리는 그들이 모래땅에다 침을 뱉으며 코르테스의 이름을 입에 올리는 것을 들었다.

푸에르토카레로는 가죽 부츠를 신고 해변으로 성큼성큼 내려섰다. 아침햇살을 받아 그의 머리칼과 수염이 황금빛으로 빛났다. 말리는 갑자기 그에 대한 애틋한 감정이 밀려오는 것을 느꼈다. 이제 그는 떠나려 한다.

푸에르토카레로는 약간 지겨운 표정을 짓고 있는 아길라르에게 뭐라고 말했다.

수도사가 말리에게 그 말을 전했다.

"언제 놀아올지 모른다고 하네."

"금빛 머리 주인님께 전해주세요. 그 동안 친절하게 대해주셔서 삼사드리고 행운을 빈다구요."

말리는 너무 흥분해서 어찌할 바를 몰랐다. 그녀는 일을 이렇게 꾸민 사람이 코르테스라는 것을 알고 있었다. 형제의 아내를 자기 침대로 꾀어들이려는 것이나 다를 바 없는 그의 계획은 이제 완성되었다. 푸에르토카레로는 구름 나라로 돌아가고 있었다.

푸에르토카레로는 그녀의 손을 잡았다. 그녀 곁을 떠나기 싫은 듯 보였다.

"당신이 잘 지내길 바란다고 하네."

아길라르가 통역했다.

"그분도 잘 지내시길 바란다고 해주세요. 내 둥지는 그분 없이는 기쁨이 없고 커다란 공허감만 자리할 거라고 전해주세요."

아길라르는 길게 한숨을 내쉬며 고개를 돌려버렸다.

"그런 말은 전해줄 수가 없네."

그녀는 익살맞게 웃었다.

"그러면 바람의 신께서 그분이 타신 거대한 카누를 천국으로 잘 인도해주실 거라고 전해주세요."

"스페인은 천국이 아니야."

아길라르는 투덜거렸다. 그리고 무뚝뚝한 어조로, 미소짓고 있는 푸에르토카레로와 스페인어로 몇 마디 주고받았다.

"수도사님은 그분께 제 말을 그대로 통역하지 않았어요."

말리가 항의하자 아길라르는 눈살을 찌푸렸다.

"내가 말한 것을 당신이 안다는 건가?"

말리는 아길라르를 뚫어지게 쳐다보았다. 마침내 아길라르가 시선을 돌렸다.

"당신이 그를 그리워할 거고 잘 지내길 바란다고 말한 대로 전했네."

"그리고 그분은 나 또한 잘 지내길 바란다고 하셨죠."

"그건 당신 추측일 뿐이야."

아길라르는 차갑게 쏘아붙였다.

"그리고 나머지는요."

"그게 전부야."

"더 있어요."

아길라르는 말씨름을 하려다가 어깨를 으쓱하고 털어놓았다.

"당신이 최선을 다해 코르테스 님의 친구가 되어달라고 요청했네."

"코르테스 님을 위해서는 무슨 일이든 할 거예요. 하지만 이 말은 전하실 필요 없어요. 그분도 알고 계실 거예요."

아길라르는 코웃음을 치곤 해변으로 걸어가버렸다. 두 사람은 이제 작별인사를 끝내야 했다.

　푸에르토카레로는 그녀의 손에 키스를 하고 거룻배를 향해 모래 사장을 걸어내려갔다. 선원들이 얕은 곳에서 거룻배를 밀었다. 그는 말리에게 손을 흔들어 보이고는 고물 쪽에 자리잡았다. 그것이 그녀가 본 푸에르토카레로의 마지막 모습이었다.

27

베라크루스

구스만이 문가에 서 있었다. 코르테스는 주사위 게임을 하다가 고개를 들었다. 하나둘씩 모여든 장교들이 탁자 주위에서 침묵을 지키고 있었다.

"무슨 일인가?"

"마리나가 밖에 와 있습니다, 대장."

알바라도가 싱글거렸다.

"푸에르토카레로가 없으니 어디가 가려운 모양이죠."

그의 말에 다른 장교들이 웃음을 터뜨렸다.

코르테스는 싸늘한 눈길로 그들을 침묵시키곤 말했다.

"들어오라고 하게."

구스만이 밖으로 나갔다가 잠시 후 말리와 함께 들어왔다.

"아길라르도 데려오게."

코르테스가 구스만에게 말했다.

"아니에요. 아길라르 님은 오시지 않아도 됩니다."

말리가 스페인어로 말했다.

스페인 사람들이 놀란 눈으로 그녀를 바라보았다.

"그만두게."

코르테스는 구스만에게 말하고 여자에게 시선을 돌렸다.

"스페인어를 할 줄 알아?"

"천천히 말하면…… 알아들을 수 있어요."

코르테스는 웃었다. 정말 놀랍군. 이 여자는 그들과 함께 지낸지 벌써 석 달이나 되었다. 그리고 푸에르토카레로와 같이 살면서 병사들의 병과 상처를 치료해주었다. 아주 총명한 어지라 시간을 게을리 보내지 않았을 것이다. 코르테스는 이 여자가 그 동안 스페인 사람들이 얘기한 것을 얼마나 알아듣고 있었는지, 그리고 지금까지 비밀로 해오던 일을 왜 밝히려고 결심했는지 궁금했다.

"정말 대단하구나."

말리는 코르테스의 칭찬을 무시하고 말했다.

"그들이…… 당신의 카누를…… 훔치려고 해요. 내일."

코르테스의 얼굴에서 웃음기가 싹 사셨다.

"훔쳐?"

그는 순간 말리가 말한 '카누'라는 것이 해안에 정박해 있는 그들의 범선을 가리킨다는 것을 깨달았다.

"누가 훔치다는 거냐?"

"레온…… 오르다스…… 디아스…… 에스쿠데로…… 움브랄."

말리가 공모자들의 이름을 하나씩 나열히지 그들은 모두 놀랐다.

알바라도의 입에서 욕이 새어나왔다.

"그걸 어떻게 알았지?"

"그들은…… 내가 있는데도…… 신경 쓰지 않고 말했어요. 내가…… 말을 못 알아듣는다고…… 생각했나봐요."

"배신자들!"

산도발이 식식거렸다.

코르테스는 미소를 지었다.

"이 사실을 알면 놈들은 혼비백산하겠군. 하느님이 천사를 보내어 우릴 지켜주셨어."

"어떻게 하실 겁니까?"

알바라도가 물었다.

"그 동안 참을 만큼 참아왔어. 지금이야말로 물렁한 태도를 벗어던지고 뜨거운 맛을 보여줄 때야."

코르테스는 하라미요에게 지시했다.

"에스칼란테에게 일러 부하 열 명 정도를 데려오라고 하게. 지금 당장 공모자들을 모조리 체포해. 잠깐, 디아스 신부는 빼고 네 놈만 잡아서 방책으로 끌고 가게. 알바라도가 심문할 거야. 사건의 진상을 캐보라구."

알바라도는 열심히 고개를 끄덕였다.

"즉각 실행하겠습니다, 대장."

벨라스케스 추종자들에 대한 심문 계획을 세운 뒤 장교들은 방에서 나갔다. 코르테스와 말리 단둘만 남게 되었다. 다시 한번 내 목숨을 구해주었군, 하고 코르테스는 생각했다. 널 과소평가했어. 넌 목테수마 보물창고의 황금 전부와 맞먹는 가치가 있어.

"고맙네."

그녀는 이번엔 눈을 내리깔지 않았다. 대신 그가 이해할 수 없는 나우아틀 어로 중얼거렸다.

당신은 깃털 달린 뱀입니다. 나의 운명은 당신과 함께 합니다.

28

알바라도의 셔츠는 땀으로 얼룩지고 소맷자락에 피가 묻어 있었다. 그는 밤새 일을 처리하느라 피로한 기색이 역력했다. 코르테스 역시 한숨도 자지 못했다. 커다란 탁자 앞에 앉은 그의 얼굴은 분노로 어두웠다. 결정은 이미 내려졌다.

바깥에서는 뿌연 새벽 빛이 수평선 위로 오르고 있었다.

"뭐 알아낸 것 있나?"

코르테스가 물었다.

"에스쿠데로가 꽤 끈질기더군요."

"끝까지 버티던가?"

"결국은 입을 열었죠."

알바라도는 탁자 위에 놓인 쿠바산 포도주 병을 들어 백랍 잔에 부었다. 그리고는 갈증이 나는 듯 단숨에 입에 털어넣었다. 입 주변에 묻은 붉은 와인 방울이 턱수염 속으로 스며들었다.

"모든 것을 자백했습니다. 로프로 묶어놓고 물을 몇 양동이 퍼부어대자 전부 다 털어놓았죠."

"공모자들은 누구라고 하던가?"

알바라도는 떨떠름한 표정을 지었다. 좋지 않은 소식인 모양이군, 하고 코르테스는 생각했다. 알바라도는 탁자 위에 공모자들의 명단을 내어놓았다. 코르테스는 재빨리 훑어보더니 숨을 크게 들이마셨다. 충격이었다. 이렇게 많은 병사들이 벨라스케스를 추종하고 있으리라곤 생각지 못했다. 그는 이러한 사실을 혼자만 알고 있거나, 아니면 남은 사람들의 충성심을 확인하는 모험을 해야만 했다. 계획대로 실행하려면 그들 모두가 필요한 사람들이었다.

음모에 가담한 사람은 거의 무두였다. 그들 중 한두 명쯤은 군율이라는 이름 아래 회생시키지 않으면 안 될 것이다.

"이렇게 많아?"

알바라도는 탁자 위에 굳어버린 촛농을 손가락으로 집적거렸다.

"이들은 범선 한 척을 훔쳐 쿠바로 돌아갈 계획이었답니다. 벨라스케스에게 푸에르토카레로가 스페인 사신으로 간 것을 알려서 저지할 계획이었다고 하더군요."

코르테스의 관자놀이에 심줄이 부풀어올랐다.

"항해사는 누군가?"

"후안 세르메뇨입니다."

"세르메뇨라."

코르테스는 웅얼거렸다. 항해사는 없어도 될 존재였다. 코르테스는 당분간 항해 계획이 없었다. 그는 알바라도를 돌아보며 말했다.

"가담자들의 명단을 다른 병사들이 알지 못하게 해야 하네. 에스쿠데로를 주모자로 만들어 그가 다른 반란자들 이름을 밝히지 않은 걸로 가장하게. 처벌받지 않은 병사들은 자신들의 행운에 대해 하느님께 감사드리겠지. 그리고 앞으로 더욱 열심히 충성심을 보이려고 할 걸세."

그는 잠시 생각했다. 눈앞에 공모자들의 명단이 어른거렸다.

"세르메뇨 항해사를 교수형에 처하게. 선원 몇 명은 육지 전투를 위해 살려두겠어. 물론 에스쿠데로도 처형할 거고."

"다른 놈들은 어떻게 할까요?"

"이 명단에 오른 선원들은 모두 채찍 이백 대씩 내리겠네. 선원들은 병사들보다 이용가치가 없으니까."

"디아스 신부는요? 그리고 오르다스와 레온 녀석은 어떻게 하실 겁니까?"

"디아스는 성직자라 손댈 수가 없어. 그가 관련된 사실은 모르는 체하지. 다른 두 녀석은…… 레온은 훌륭한 전사고 오르다스도 이탈리아의 수많은 전투에서 공을 세운 역전의 용사야. 둘 다 필요한 존재지. 관용을 베풀어 앞으로 충성을 다할 기회를 주겠네. 그들은 방책에서 땀을 흘려야 될 거야. 공식적으로 충성을 맹세하고 그것을 충분히 증명할 때까지 말이야."

"그러면 세르메뇨와 에스쿠데로만 처형한다는 겁니까?"

코르테스는 명단을 다시 살폈다.

"훌륭한 전사들이 너무 많이 포함되어 있군."

알바라도는 얼굴을 찌푸렸다.

"썩은 나무 한두 개를 뽑아내서 다른 병사들에게 자신들의 운명을 상기시키는 것도 괜찮겠죠. 하지만 노르테는 어떻게 하실 겁니까?"

"명단에 그 녀석 이름은 없는데."

"그게 무슨 상관입니까? 그놈은 말썽꾸러기에다 쓸모도 없습니다."

코르테스는 고개를 끄덕였다.

"좋아. 노르테도 함께 교수대에 매달지. 그놈을 위해 슬퍼해줄 사람은 아무도 없을 거야. 자네가 알아서 하게."

두 사람은 교수대에서 묵직한 밧줄로 목이 감긴 채 기다렸다. 한 사람은 병사들이 다가와 몸을 똑바로 세우자 울음을 터뜨렸다. 다른 사람은 도전적인 눈초리로 처형을 지켜보기 위해 모여든 동료들의 얼굴을 노려보았다. 그의 셔츠는 피로 흥건했고 몸도 편치 않아 보였다.

군사재판이 한 시간 전에 서둘러서 열렸다. 식민도시위원회 수석 치안판사를 맡은 그라도와 아빌라가 사형을 언도했다.

교수형이 집행되기에 앞서 탁자 위에 서류가 놓여졌다. 아직 서명되지 않은 공식 처형 명령서였다. 코르테스가 알바라도와 디에고 고도이를 대동하고 등장했다. 텐딜레의 영주를 맞이할 때 입었던 검정색 벨벳 정장 차림이었다. 그는 고개를 숙인 채 천천히 광장을 가로질러갔다. 탁자 앞에 멈춰 선 그는 교수형에 처해질 두 사람을 바라보고 머뭇거렸다.

태양이 막 바다 위로 떠올라 요새 위로 긴 그림자를 던지고 있었다. 말리는 새벽의 냉기에 몸을 떨었다.

"처형 명령서에 서명하셔야 합니다."

알바라도가 말했다.

"정말 어려운 임무로군."

코르테스가 낮은 목소리로 중얼기리는 소리가 말리의 귀에 들렸다.

알바라도는 분노한 표정으로 말했다.

"사령관님, 이 두 사람은 반역죄를 저질렀어요. 우리 모두를 배신한 자들입니다. 결정을 내리셔야 합니다."

코르테스는 탁자 위로 몸을 숙여 깃털펜을 집어들었다.

"내가 글을 쓸 줄 모른다면 좋겠군. 사람을 죽여야 한다는 문서에 서명을 해야 하다니."

이윽고 그는 서명을 마치고 곧장 자리를 떴다.

말리는 가슴이 아팠다. 코르테스 님은 마음이 얼마나 아플까. 자신을 배신한 사람들의 죽음조차 지켜볼 수 없는 모양이었다. 이것은 증거였다. 그의 진정한 정체에 대한 이보다 더 확실한 증거는 없었다.

북소리가 울려퍼졌다.

두 사람 앞에 각각 세 명의 집행인이 섰다. 알바라도의 신호로 집행인들은 밧줄 끝을 끌어당겼다. 세르메뇨와 에스쿠데로가 공중에서 다리를 버둥거렸다.

정말 볼 수가 없어. 말리는 고개를 돌려버렸지만 두 사람이 죽어가며 내지르는 비명 소리는 여전히 들려왔다.

레인 플라워는 그녀 뒤에 서 있었다. 그녀의 시선은 단말마의 소리를 내며 죽어가는 두 스페인 사람들에게 고정되어 있었다. 그 모습은 그녀에게 생생한 고통으로 다가왔다. 노르테는 그 다음 차례였다.

광장의 눈부신 햇빛 아래 서 있던 베니테스의 눈이 방책 안 어둠에 익숙해지기까지는 약간의 시간이 걸렸다. 노르테는 방책 안 감방 구석에서 머리를 무릎에 박은 채 웅크리고 있었다. 감옥 안은 숨쉬기도 곤란할 만큼 뜨거웠다. 환기용으로 벽 위쪽에 조그마한 창이 하나 나 있을 뿐이었다. 그의 셔츠는 땀으로 흠뻑 젖어 있었다.

노르테의 발목과 팔목에는 족쇄가 채워져 있었다.

"세르메뇨와 에스쿠데로는 처형당했소?"

노르테가 낮은 목소리로 물었다.

"두 시간 전에."

노르테는 고개를 끄덕였다.

"올메도 신부가 다녀갔소. 고해성사를 하길 바라더군. 고해성사를 하지 않아 내가 천국으로 가지 못할까 걱정하는 것 같았어. 아길라르를 보내어 코르테스에게 탄원을 했다고 합디다."

"그 때문에 내가 여기 온 건 아니네. 고해성사는 자네와 신 사이의 문제야."

"내가 그들에게 해준 말이 바로 그 말이오."

노르테는 고개를 들었다.

"집행은 언제 하죠? 너무 오래 기다리게 하는군. 내가 얼마나 겁을 먹고 있는지 그들은 알고 있소? 누군가가 이런 내 꼴을 즐기고 있는 모양이지?"

"집행이 유예되었네."

노르테는 웃음소린지 울음소린지 분간하기 어려운 소리를 냈다.

"왜죠?"

"내가 탄원을 했지. 자네의 언어 능력이 우리에게 아직은 필요한 거리고 했어. 인주민들과 시낸 시간이 즐거운 추억으로 남아 있겠지만 자네가 위험한 존재는 아니라고 설명했지. 자네를 대신해서 흥정을 했다고나 할까."

노르테는 메마른 소리로 웃었다. 절망, 안도감, 놀라움 등이 뒤범

벅된 웃음이었다.

"왜 그런 짓을 했소?"

"나는 야만인이 아니니까."

"나를 돕는 이유가 뭐요? 나를 경멸하면서."

정말 왜지, 하고 베니테스는 생각했다. 그날 아침 군사법정에 참석해서 세르메뇨와 에스쿠데로를 위해서는 할 일이 아무것도 없었다. 그들을 변호해야겠다는 생각만 마음속에서 맴돌았을 뿐이었다. 에스쿠데로에 대해서는 쿠바를 떠나기 전에 들은 얘기가 있었다. 수년 전 그는 산티아고에서 성지기로 근무할 때 벨라스케스의 명령으로 코르테스를 반란 혐의로 체포한 적이 있었던 것이다. 그런 그가 이 원정대에서 코르테스의 비위를 거슬리는 행동을 했다는 것은 정말 어리석은 짓이었다.

하지만 노르테는 전혀 문제가 달랐다. 에스쿠데로의 심문과정에 참여했던 하라미요가 노르테의 이름은 음모자의 명단에 없었다고 베니테스에게 알려주었던 것이다. 노르테에게는 죄가 없었다.

베니테스에게는 그것이 중요한 문제였다. 내가 그를 어떻게 생각하고 있든 그건 중요하지 않아. 정의는 지켜져야 한다고 베니테스는 생각했다. 자신이 저지르지도 않은 범죄 혐의로 교수형을 당해서는 안 된다.

하지만 내가 뭔데, 하고 베니테스는 자신을 비웃었다. 이런 개자식이 교수형을 당하든 말든 내가 무슨 상관이지? 하지만 누구에게나 지켜야 할 명예는 있는 법이야, 하고 그는 속으로 중얼거렸다. 이런 일을 못 본 체할 수는 없어.

"자넨 이 음모에 가담하지 않았지?"

"그건 내 질문에 대한 대답이 아닌데."

"자네에게 하는 짓이 옳지 않기 때문에 도우려는 것뿐이야."

노르테는 잠시 생각한 뒤 물었다.

"나 대신 흥정을 했다고 하셨는데?"

"코르테스에 대해 충성을 맹세한다면 내 부하가 될 거야. 그리고 스페인 병사로서 전투에 참여하는 데 동의해야만 해."

"알겠소."

"이 제안을 받아들이겠나?"

"당신은 이상한 사람이군요, 베니테스."

"정의를 믿기 때문에?"

"당신의 목적을 위해 정의를 이용하지 않기 때문이죠."

"자네 대답을 기다리겠네. 그리 오래 기다릴 슈 없어."

노르테는 벽에 머리를 기대었다.

"원주민들 사이에서 나는 수년 동안 재미있는 구경거리였죠. 낯설고 신기한 외국 사람, 부랑자로 말이죠. 몇 번씩이나 죽고 싶었던 때가 있었죠. 하지만 육신의 생명은 끈질기더군요."

그는 잠시 침묵했다가 계속했다.

"당신 제안을 모두 받아들이겠소, 베니테스. 그럴 가치가 있다면 내 목숨을 구해주시오. 왜 그런지는 모르겠지만 죽기가 너무 어렵소."

29

다음날 에스쿠데로가 자백한 명단에 올라 있는 사람들은 모두 셈포알란 북쪽으로 보내졌다. 알바라도가 그들을 통솔했다. 코르테스는 그들에게 일상적인 정찰에 지나지 않는다고 말했다.

"레인 플라워는 당신과 함께 강으로 가고 싶답니다."
노르테가 속삭이듯 말했다.
베니테스는 얼굴을 찌푸리고 노르테를 보았다. 그리고 레인 플라워에게 시선을 돌렸다.
"뭐 하러?"
"목욕하러요."
"목욕은 몸에 좋지 않아. 열병이라도 걸리면 어떡하려구."
"원주민들은 내내 목욕하며 살지만 병에 걸리지 않아요."
그들은 교회 지붕 공사를 막 끝마쳤다. 베니테스는 셔츠 바람으로 올메도 신부가 헌당의식을 집전하는 것을 지켜보았다. 사제들은 정말 웃기는 사람들이었다. 수백 명의 토토낙 인부들이 어리둥절한 표정으로 디아스 신부와 아길라르 수도사가 코펄 향로를 들고 복도를 걸어가는 모습을 바라보았다. 라틴어 기도문은 소수의 장교들을 제외한 대부분의 스페인 사람들도 이해할 수 없었다.

베니테스는 노르테의 팔을 잡고 문간으로 갔다.

"그녀가 왜 나와 같이 목욕을 하겠다는 건가?"

노르테는 어깨를 으쓱했다.

"당신은 자신에게서 악취가 난다는 것을 모르고 있잖아요. 탐욕스런 대머리수리라도 그 고약한 냄새를 참지 못한 겁니다."

베니테스는 노르테의 멱살을 움켜잡았다.

"이런 망할 자식."

"기분을 상하게 하려는 뜻은 아니었소."

노르테는 기겁을 하며 말했다.

"우리 스페인 사람들은 자신에게서 나는 냄새를 알지 못해요. 원주민들은 매일 목욕하여 몸의 땀을 씻어낸답니다. 레인 플라워도 당신이 그렇게 하길 바라는 거라구요."

베니테스는 그를 놓아주었다. 하지만 망설여졌다. 두 사람이 자신을 놀리지는 않나 하는 의심이 들었다. 아니면 뭔가 꿍꿍이 속이 있는 건 아닌가?

노르테는 자신의 목을 주무르며 말했다.

"그녀와 목욕을 히러 가든 말든 내가 상관할 바는 아니죠. 단지 그녀의 바람은 같이 목욕을 하자는 겁니다."

레인 플라워는 두 남자가 알아들을 수 없는 말로 나누는 이야기에 귀를 기울이며 결과를 기다렸다. 베니테스의 시신과 부딪히자 그녀는 격려의 미소를 보냈다. 제기랄, 정말 웃기는군! 목욕하러 가지 않는다 해도 오후 내내 올메도의 지루한 설교를 들으며 이곳에 머물러야 할 판이었다. 그는 동의의 뜻으로 고개를 끄덕이곤 그녀 뒤를 따라갔다. 두 사람은 목재들이 어수선하게 흩어져 있는 광장을 지나 베라크루스 교외로 나갔다.

레인 플라워는 옷을 벗어던지고 연못 속으로 걸어들어갔다. 그녀의 몸에 맺힌 물방울이 이슬처럼 반짝였다. 시원한 초록의 그늘 아래 그녀의 단단한 젖꼭지가 도드라져 보였다.

베니테스는 갑자기 자신이 없어졌다.

그녀가 돌아서서 인디언 말로 뭐라고 외쳤지만 그는 알아들을 수 없었다. 물에서 나와 다가오는 그녀의 다리로 물줄기가 흘러내렸다. 그녀는 그의 옷을 벗겼다. 그는 한낮의 햇빛 아래, 그것도 여자 앞에서 벌거벗고 서 있는 자신이 약간 부끄러웠다. 혹시 그의 동료들이 숲속에 숨어서 자신을 보며 웃지나 않을까 조마조마했다. 이렇게 자신도 야만인이 되어가는 첫 단계를 밟고 있는 건가, 노르테처럼?

베니테스는 레인 플라워를 따라 연못 안으로 들어갔다. 그녀는 비누나무 가지 하나를 쥐었다. 그리고 그것을 손으로 문질러 기름을 낸 뒤 그의 몸에 발라주었다. 그녀가 마야 어로 계속 뭐라 종알거렸다. 그 말을 알아들을 수 있다면 얼마나 좋을까 하고 그는 생각했다. 그녀는 손에 물을 담아 그의 가슴과 어깨에 끼얹었다. 그리고 그를 연못의 깊은 곳으로 끌어당겨 비눗물을 씻어주었다.

목욕을 마친 후 그녀는 널찍하고 납작한 바위가 있는 곳까지 헤엄쳐갔다. 그늘이 그 공터에서 비껴나 있어서 햇빛을 받은 바위는 따뜻했다. 그곳에 등을 대고 누워 그녀는 그에게 오라고 손짓했다.

"당신은 덩치가 크고 못생겼어요."

그녀가 큰 소리로 외쳤다. 그러나 베니테스는 그녀의 마야 어를 알아들을 수 없었다.

"그래도 당신은 친절하고 정의감이 넘치는 사람이에요. 노르테를 위해 하신 일은 정말 훌륭했어요."

그는 철벅철벅 소리를 내며 연못을 가로질러 가 바위 위에 누운 그녀 곁으로 갔다. 그의 가슴과 허리에서 물줄기가 흘러내렸다. 짐승처럼 무성하게 그의 몸을 덮고 있는 털들이 흠뻑 젖어 있었다. 구름이 태양을 가리자 그는 몸을 떨었다. 그의 살갗은 치가웠다.

"제가 어떻게 해드릴까요? 나의 연인은 아름답고 신들의 길을 이해하고 있답니다. 당신은 서툴지만 친절해요. 스페인 사람들이 당신을 제 남편으로 정해주었어요. 제가 어떻게 해드릴까요?"

레인 플라워는 그에게 입을 맞췄다. 그의 커다란 팔이 자신을 감아오는 것을 느꼈다. 두 사람은 햇빛에 달구어져 따뜻한 바위 위에 나란히 누웠다. 그녀는 바위 위에 몸을 뻗고 누우며 이것은 목테수마의 제단이고 자신은 거기에 바쳐진 제물이라고 상상해보았다. 제단에 바쳐지면 정말 이런 기분일까? 그녀는 구름 한 점 없이 푸른 하늘을 바라보며 잠시 그런 생각을 했다.

그의 빳빳하고 까칠까칠한 턱수염이 여자의 갈색 살갗에 닿았다. 그녀는 그의 입을 자신의 가슴으로 당겨가며 속삭였다.

"이바요, 털북숭이 병사님."

그녀의 두 팔과 허벅지가 베니테스의 몸을 휘감았다.

"이제야 땀 냄새가 안 나는군요. 이젠 제 동굴 속으로 들어와 물과 숲의 향기를 맡을 수 있어요. 지도 당신을 가까이서 즐길 수 있고요."

"카로, 카로 미아(사랑, 내 사랑)."

베니테스가 중얼거렸다.

레인 플라워는 그 말의 뜻이 궁금했다. 말리에게 물어봐야지. 노르테와는 언어가 장벽이 아니었다. 하지만 그녀는 노르테의 여자가 아니었다.

그녀는 베니테스에게 주어졌던 것이다. 그런 만큼 자신이 이 남자를 좋아한다는 걸 보여줄 작정이었다. 그를 상냥하고 좋은 냄새가 나는 남자로 만들어야지. 또 마야 어도 몇 마디 가르쳐줄 거야. 그러다보면 언젠가는 이 남자를 조금은 좋아하게 될지도 모르지.

베라크루스

알바라도와 벨라스케스 추종자들이 셈포알란에서 돌아왔다. 그들은 만이 텅 비어 있는 것을 보고 망연자실했다. 그리고 다른 동료들로부터 배들이 전부 가라앉아버렸다는 이야기를 듣고는 정신없이 허둥댔다.

이제 쿠바로 돌아갈 길은 없어진 것이다.

30

코르테스는 바다를 등지고 모래사장에 서 있었다. 올메도 신부도 그 옆에 커다란 나무 십자가를 들고 서 있었다. 감동적인 모습이군, 하고 베니테스는 생각했다. 텅 빈 바다와 십자가라, 그들의 절망적인 마음과 믿음을 드러내는 두 가지 상징처럼 느껴졌다. 사령관은 일부러 과장된 태도를 취하고 있었다. 그는 말하지 않고도 요점을 알리는 법을 알고 있었다.

하지만 병사들은 점점 흥분 상태에 빠져들고 있었다. 충격적인 일들이 너무 많았다. 베니테스는 그들의 얼굴에서 복잡한 감정들을 읽을 수 있었다. 공포와 체념, 분노, 원망. 원정은 그들이 쿠바를 떠나며 기대했던 것보다 너무 오랜 기간 동안, 그리고 너무 깊숙하게 진행되고 있었다.

코르테스가 말문을 열었다.

"귀관들, 귀관들이 우리 선박에 관한 소식을 듣고 괴로워하고 있다는 것을 알고 있소. 하지만 어느 누구도 나보다 더 괴롭지는 않을 것이오. 우리 선단을 책임지고 있는 선원들의 보고서가 여기 있소. 귀관들이 셈포알란에 가 있는 동안 난 그 보고서를 받았소. 이 빌어먹을 기후 탓에 배들의 목재가 썩어들었고, 벌레들과 쥐들이 배를 전부 갉아먹었소. 우리 선원들의 말에 의하면 이런 배들로 대양을 항해할 수는 없다는 것이오. 내가 할 수 있었던 유일한 일은 배들을 인양하여 해변으로 끌어내는 것이었소."

베니테스는 그 문서를 보았다. 선원들은 코르테스가 말한 대로 배의 상태를 보고하고 있었다. 그에 대한 대가를 두둑이 받았기 때문이었다. 하지만 이 속임수는 베니테스에겐 그리 중요하지 않았다. 그는 이미 코르테스와 함께 이곳에서 죽음을 맞든지 운명을 개척해 나가기로 결심했다. 모두가 허둥지둥했지만 베니테스는 더이상 관심이 없었다.

코르테스는 말을 계속했다.

"지난주 내내 강철로 된 부분과 밧줄은 거룻배에 실어 해변으로 날랐소. 그리고 썩은 선체들은 만에 가라앉혔소. 정말 어려운 결정이었지만 선원들의 조언에 따라 그렇게 할 수밖에 없었다는 점을 이해해주리라 믿소. 다른 선택의 여지가 없었소."

코르테스는 잠시 침묵했다. 그의 오른손에 쥔 서류가 바람에 날려 바스락거렸다.

"냉정하게 생각하면 이 불행한 사고로 인해 우리가 비탄과 무기력에 빠져서는 안 된다는 것을 알 수 있을 거요. 불운은 다른 이익을 가져다주는 법이오. 배의 상실은 우리 원정대가 백 명의 좋은 대원들을 얻게 되었다는 것을 의미하오. 선원들이 이젠 더이상 선단에 있을 필요가 없어졌기 때문이오. 그들은 오늘 우리에게 충성을 맹세하고 행동을 함께 하기로 했소. 우리 앞길에 신의 은총이 내릴 것이오.”

숙연해진 병사들을 보며 그는 말을 계속했다.

“영광은 우리들의 것이라는 사실을 누구도 의심해선 안 될 것이오. 이 땅의 원주민들은 우리를 자신들보다 우수한 인종으로 존경하고 있소. 나는 그들의 편견을 고쳐줄 이유가 없다고 생각하오.”

베니테스는 아길라르를 흘깃 바라보았다. 수도사는 말리를 독기 어린 표정으로 노려보고 있었다.

“나는 오늘 귀관들에게 각자가 품고 있는 꿈 이상으로 많은 부를 안겨줄 것을 맹세하는 바이오. 우리에게 필요한 것은 용기와 믿음이오. 기억하시오. 비록 우리가 부를 추구하고 있지만 또 다른 일을 수행하고 있다는 사실을. 바로 우리 주 예수 그리스도의 사명이오. 우리 모두는 이교도들이 지옥의 사원에서 가장 비인간적인 의식을 거행하는 것을 알고 있소. 우리는 그 악마의 건물들을 찾아서 부숴 버려야 하오. 그래서 백성들을 구원하고 야만적인 나라를 진정한 기독교의 땅으로 만들어야 하오. 우리가 기쁜 마음으로 수행하는 모험은 우리 자신의 이익일 뿐 아니라 전능하신 하느님을 위한 것이기도 하오.”

코르테스는 잠시 멈추었다가 말을 계속했다.

“그러니 계속 나아갑시다. 하느님의 뜻을 좇아 일하는 우리는 절대 안전하다는 것을 명심하시오. 우린 실패할 수가 없소! 배를 잃었으므로 주사위는 던져졌소. 테노치티틀란으로 진군합시다!”

순간적인 망설임이 일었다. 모든 것을 잃고 자포자기할 때의 주저함이라고 베니테스는 생각했다. 그때 레온이 칼을 뽑아 하늘 높이 쳐들었다. 교수형에 치해질 뻔했다가 코르테스의 자비 덕분에 살아난 보답이라도 하듯 그는 과격파로 변했다.

"테노치티틀란으로!"

레온이 외쳤다.

자신들의 공포와 불만을 옹호해줄 대표자가 없는 나머지 사람들은 크게 술렁거렸다. 수백 명의 사람들 입에서 함성이 터져나왔다.

"테노치티틀란으로!"

그래, 테노치티틀란으로, 하고 베니테스는 생각했다.

우리 모두에게 신의 은총을.

31

결실의 달, 8월.

코르테스는 젊은 장교 후안 에스칼란테에게 베라크루스 요새의 책임을 맡겼다. 심하게 아프거나 나이가 많은 병사들만 요새의 수비대로 남았다. 그들은 힘든 여행을 견뎌낼 수 없기 때문이었다. 나머지 병사들은 전부 코르테스와 함께 떠났다.

그들은 밀집 대형을 이루고 행군했다.

기수 크리스토발이 회색 얼룩말을 타고 행렬의 선두에 섰다. 그 뒤에 자리잡은 코르테스의 갑옷과 머리 장식이 햇빛에 반짝거렸다. 말리는 올메도 신부와 함께 걸어서 따라갔다. 올메도는 토토낙 개 승사들의 귀와 코에서 뽑은 터키옥들이 점점이 박힌 커다란 십자가를 높이 쳐들고 있었다. 그들 뒤로 오십 명씩 이루어진 여섯 개조의 보병부대가 뒤따르고 있었다.

토토낙 족과 쿠바인 심꾼들은 스페인 사람들의 무거운 철제 갑옷을 짊어지고 가거나 대포가 실린 수레를 끌고 갔다. 포병들 뒤로 창기병, 화승총 사수, 궁수 등이 뒤따랐다. 오천 명의 토토낙 족 전사들도 왕권을 상징하는 휘황찬란한 깃털로 장식하고 후미에서 따라갔다. 태양이 강철 투구, 화승총, 놋쇠 장식 마구 등을 뜨겁게 달구었다.

광기야, 하고 베니테스는 생각했다. 오백 명의 군인과 술 달린 곤봉과 거북껍질 방패로 무장한 원주민 부대 몇천 명으로 한 나라를 점령하러 가다니.

완전히 미쳤어!

셈포알란을 빠져나와 이어지는 길은 옥수수가 익어가는 끝없는 들판이었다. 이윽고 행렬은 시계풀 덩굴들이 무성하게 엉킨 습기찬 정글로 접어들었다. 불타는 듯이 빛나는 덩굴에 휘감긴 숲을 지났다. 병사들은 숨을 헐떡거리며 무거운 갑옷에 욕을 해댔다. 셈포알란에서 데리고 나온 타바스칸 족 여인들은 정글로 달아나버렸다. 말리와 레인 플라워만이 남았다.

그들은 바닐라와 코치닐 나무가 우거진 비옥한 골짜기에서 야영을 하고, 다음날 모래강의 도시라는 뜻을 가진 할라파를 향해 가파른 길을 올랐다. 뒤를 돌아보면 그들이 지나온 안개 덮인 정글과 열기에 달아오른 해변이 멀리 보였다. 앞에는 깎아지른 듯한 암벽들과 하얗게 빛나는 산길이 가로놓여 있었다.

코르테스는 할라파로 입성하기 전에 완전군장 차림에 깃털 투구를 썼다. 울창한 계곡의 숲 사이에 초록색 일색인 치장벽토 건물들이 옹기종기 모여 있었다. 주민들은 미리 그들의 도착 소식을 전해 들었다. 그래서 깃털 달린 뱀의 비위를 거스르지 않기 위해 신들의 석상을 신전에서 정글 속의 비밀장소로 옮겨놓았다. 사제들은 피가 엉겨붙은 머리카락을 잘랐고 면사로 짠 로브로 갈아입었다. 할라파의 귀족들은 자신들이 사는 훌륭한 집들을 스페인 사람들을 위한 숙소로 내놓았다. 그리고 연회를 준비해놓고 있었다.

지금까지는 승리의 행군이었다. 이제 토토낙 땅을 떠나 멕시카 땅에 첫발을 내딛게 될 것이다.

안개가 자욱한 계곡, 양치류와 난초류로 울창한 어두컴컴한 숲. 밤색 말의 옆구리에서는 김이 모락모락 났다. 부엉이들이 어둠 속의 은신처에서 사람들의 나지막한 외침 소리에도 고개를 쭈뼛거렸다.

말리는 윗옷과 치마를 벗고 동굴의 딱딱한 바닥에 드러누웠다. 신에게 바쳐진 제물인 양 그녀는 팔을 머리 위로 들고 있었다. 코르테스가 그녀의 다리 사이에 무릎을 꿇었다. 그의 얼굴엔 땀이 송글송글 맺혔고 두 눈은 어둠 속에서 반짝였다. 어둠 속에서 날카로운 송곳니와 혀를 드러내고 있는 또하나의 형체는 깃털 달린 뱀 조각상이었다. 점토를 구워 만든 것으로 형형색색 채색을 한 것이었다.

코르테스는 먹이를 낚아채기 위해 선회하는 독수리처럼 공물로 바쳐진 과일들과 작은 새들 사이를 서성거렸다. 말리의 갈색 피부는 매끈하고 부드럽고 순수하고 야만적이었다. 그의 내부에서 야수가 으르렁거렸다. 성모 마리아와 세례 요한이 새겨진 메달이 어둠 속에서 반짝거렸다. 정복의 순간. 소유의 순간. 침략자의 포옹. 여자는 그를 깊숙이 받아들였다.

절정의 순간 코르테스는 깃털 달린 뱀의 목구멍을 응시했다. 축복의 순간에 그는 악마와 대면하고 있었다. 그가 거두게 될 영광에 의해 모든 죄는 용서받을 것이다.

　말리는 이미 자신의 신과 함께 있었고, 그녀의 운명은 이루어졌다.

32

할라파를 떠난 후에도 길은 계속 오르막이었다. 그들은 정글을 뒤로 하고 시원한 숲으로 올라갔다. 물살이 세차게 흐르는 냇가 주위로 참나무, 떡갈나무, 소나무가 우거져 있었다. 거대한 분화구 밑을 지나 그들은 이제 눈 덮인 산봉우리를 빠르게 통과해야 했다. 맨살이 다 드러나게 옷을 입은 짐꾼들은 추위에 떨기 시작했다.

그들은 토토낙의 변경지대인 시코틀란이란 도시에 도착했다. 족장의 이름은 올린테클이었다. 그는 스페인 사람들이 타고 온 말들과 전투견에 그다지 강한 인상을 받지 않은 듯 멕시카 계곡에 목테수마가 배치해놓은 군대는 십만 명이라고 말해주었다.

다음날 그들이 떠날 때 코프레 데 페로레 봉우리 위로 먹구름이 뒤덮이며 우르르 천둥 소리를 냈다. 토토낙 사람들은 겁에 질려 지평선 쪽을 바라보았다. 그리고 도시 안의 모든 침구들을 사재기하거나 훔치기 시작했다.

그들은 잿빛 하늘 밑을 행군했다. 대포에 매달린 삼각 깃발과 산 디에고 깃발이 바람에 펄럭거리고 북소리가 외로운 고갯길을 따라 울려퍼졌다.

오후만 되면 비가 내렸다. 대포 바퀴들이 진흙수렁에 빠져 꼼짝하지 않았다. 말들은 바위에 미끄러져 비틀거리며 높은 암반에 발을 디디려고 애썼다. 그들은 구름 속으로 올라가서 놈브레 데 디오스라는 높은 고개를 지났다. 비는 진눈깨비와 우박으로 바뀌었다. 쿠바 짐꾼 몇 명은 산길에서 얼어 죽었다.

황량하게 버려진 마을들이 나타났다. 그들이 온다는 소식을 듣고 사람들이 달아난 탓이었다. 뼈만 앙상하게 남은 개들이 그들의 발소리를 듣고 짖어댔다. 그 개들은 병사들의 칼에 도살되어 저녁 식사거리가 되었다. 버려진 신전들에는 인간의 해골들이 나뒹굴고 있었다.

신전을 지날 때마다 궁중 서기관 디에고 고도이는 의무적으로 왕의 통고서를 읽었다. 올메도 신부와 아길라르 수도사는 산꼭대기에 이를 때마다 나무 십자가를 세웠다. 대머리수리가 그들의 머리 위를 맴돌며 날카로운 소리로 울었다.

수목 경계선을 지나 한참 올라가자 길은 평평해졌다. 황량한 고원에 도달한 것이다. 소금물이 담긴 호수들을 배경으로 가시투성이의 용설란과 말라 비틀어진 나무들이 몇 그루 보였다. 구할 식량도 마실 물도 없었다. 짐꾼들이 폐렴이나 굶주림, 갈증으로 죽어갔다.

코르테스가 큰 소리로 외쳤다.

"거의 다 왔다! 저 산봉우리만 넘으면 이 여행도 끝이야!"

천막 말뚝을 박을 땅조차 보이지 않자 그들은 담요를 단단한 현무암 위에 깔았다. 옆 사람과 서로 부둥켜안고 온기를 나누며 잠을 청해보려고 했다. 차가운 밤바람이 머리 위로 매섭게 몰아치고, 어둠 속에서 얼음 바늘처럼 차가운 비가 비스듬히 쏟아져 내렸다.

베니테스는 레인 플라워를 꼭 껴안았다. 그는 자기 망토를 끌어당겨 여자의 가녀린 어깨를 감싸주곤 자신의 체온을 나눠주기 위해 몸을 꼭 붙였다.

우리 모두 이 황량한 곳에서 얼어 죽어가는구나. 까마귀들이 뼈도 남기지 않고 모조리 먹어치우겠지. 그는 자신의 바보 같은 행동을 저주했다. 왜 코르테스를 따라 여기까지 왔을까? 레온과 오르다스의 말이 옳았다.

멀리 산사태가 나서 우르릉거리는 소리가 들려왔다.

레인 플라워도 그를 꼭 껴안고 세차게 몰아치는 비바람 속에서 마야 어로 뭐라고 중얼거렸다. 노르테가 가까이 다가왔다. 베니테스는 자신의 이빨이 딱딱 마주치는 소리를 들을 수 있었다.

"이 여자가 뭐라고 하는 거지?"

"이상하대요."

노르테가 대답했다. 윙윙거리며 세차게 불어대는 바람 소리 속에서 그의 말이 간신히 들렸다.

"이런 고난을 무릅쓰면서까지 목테수마의 제단에 우리 자신을 바치려고 하는 이유를 모르겠대요."

2부 | 남쪽의 벌새

스페인 사람들은 모두 자신들의 믿음을 한 가지 항목으로

간단명료하게 정리한 권리헌장을 호주머니에 넣어가지고 다녀야 한다 :

"이 스페인 사람은 자신이 선택한 대로 행동할 권리를 부여받았다."

카니베트

33

아래쪽으로 널따란 골짜기가 펼쳐져 있었다. 초록의 옥수수밭, 라벤더 꽃밭, 과수원이 보였다. 바람은 서쪽으로 불어가고 하늘은 구름 한 점 없이 맑았다. 고산에서 추위에 떨며 내려온 그들의 몸을 햇살이 따스하게 어루만져주었다. 코르테스는 밀집 대형을 이루도록 명령했다. 대오를 정비한 그들은 개선군대처럼 사우틀라로 행진해 들어갔다. 그들은 이제 고원을 지나며 얼어 죽을 뻔했던 병사들이 아니었다.

코르테스에게 사우틀라에서 가장 훌륭한 저택이 제공되었다. 커다란 떡갈나무 탁자와 그가 좋아하는 놋쇠와 터키옥으로 상감세공한 나무 의자가 일층 중앙에 놓여졌다. 짐꾼늘이 해안에서부터 짊어지고 온 가구들이었다.

다음날 아침이 되자 평소와 같이 장교들이 회의실에 모였다. 베니테스는 한 가지 변화가 있음을 알아차렸다. 말리는 와 있었지만 그녀에게 통역할 아길라르가 보이지 않았다.

방 안의 분위기는 밝았다. 사우틀라에 도착했을 때 그들은 구운 칠면조 요리, 호박 케이크가 차려진 식사를 대접받았고 셈포알란을 떠난 이후 처음으로 지붕 아래에서 잠잘 수가 있었다. 끔찍했던 여행의 경험은 이제 뒷전으로 물러난 추억이었다.

코르테스는 좌중을 둘러보았다.

"귀관들, 먼저 진군 노정에 대해 의논해봐야 할 것 같소."

"어떤 길들이 있습니까?"

알바라도가 물었다.

"두 가지 길이 있소. 지난밤에 나는 이 도시 족장과 얘기를 나누었는데, 그는 촐룰라란 곳을 경유하여 가기를 강력히 주장했소. 그곳에 도착하면 우리는 열렬한 환영을 받을 것이 틀림없다고 하더군. 그런데 토토낙 사람들은 아무리 멀고 험난한 길이라 해도 텍스칼라를 통과하는 길을 제안했소."

"빌어먹을, 토토낙 사람 말을 무시하고 멕시카인의 말을 들어서는 안 돼요."

모두 목소리가 난 쪽을 돌아보았다. 말리였다.

베니테스는 씩 웃었다. 그녀는 하라미요, 산도발, 알바라도와 같은 말투가 거친 남자들과 너무 많은 시간을 보낸 듯했다. 코르테스는 놀란 표정이었다.

"네 개인교사들을 갈아치워야겠군."

그는 나무라는 투로 말했다.

"텍스칼라 족에 대해서 아는 게 있나, 마리나?"

알바라도가 말리에게 물었.

"그들은 멕시카와 전쟁중이에요. 누구나 알고 있는 사실이죠. 해마다 목테수마의 제단에 바쳐지는 심장들 대부분이 텍스칼라 포로들의 것이에요. 목테수마는 텍스칼라 족의 영원한 적입니다."

말리가 말을 마치자 장내에 침묵이 감돌았다. 코르테스는 사람들을 둘러보며 말했다.

"그럼 텍스칼라로 가는 게 어떻겠소?"

모두가 동의한다는 뜻으로 고개를 끄덕였다.

"그러면 토토낙에게 요청하여 텍스칼라로 사신 네 사람을 보내 우리의 소명을 전하고 반(反)멕시카 동맹을 맺자고 제안하겠소. 저들이 합류하면 테노치티틀란에 입성하기 전에 두 개의 큰 나라가 우리 편이 되는 것이오. 칼집에서 칼 한번 뽑지도 않고 목테수마를 미리 고립시키는 셈이오."

코르테스의 말을 듣고 최면에 빠진 그들은 고개를 끄덕이며 동의를 표했다. 코르테스의 말대로라면 그 일은 너무나 쉬워 보였다. 베니테스는 손가락마다 황금 반지를 끼고 주머니 가득 보석을 채운 벨벳 옷을 멋지게 차려입은 채 고향 엑스트레마두라로 돌아가는 자신의 모습을 상상해보았다. 해안에서 출발할 때만 해도 도저히 가능해 보이지 않았던 일들이 지금 이 산중에서는 금방이라도 이루어질 듯한 생각이 들었다. 코르테스가 설명한 대로 정말 쉬운 일이 될 거야. 잘 익은 자두를 따는 일처럼.

토토낙의 사람 넷이 다음날 텍스칼라로 떠났다. 그들은 직위에 따라 공식 예복인 양질의 면사로 싼 망토에다 버클을 찬 차림이었다. 또 몇 가지 선물과 함께 코르테스가 서명하여 붉은 밀랍으로 봉한 서신을 가지고 갔다. 선물에는 톨레도산(産) 검, 식궁, 쿠바 상류사

회에서 유행하고 있는 붉은 비단모자 등이 포함되었다.

사신 대표의 옷차림은 더욱 화려했다. 그는 심장 모양을 아로새긴 작은 비취를 머리카락에 꿰어 매달아 감추었다. 그것은 저승의 '황색 괴물'에게 통행세를 지불할 때를 대비한 것이었다. 스페인 사람들이 생각했던 것만큼 텍스칼라 부족이 우호적이 아니라면 살아서 돌아오기 어려울지도 모르기 때문이었다.

그들이 알고 있기로는, 텍스칼라인들이 가장 좋아하는 음식은 사신들을 요리한 스튜였다.

34

사신들은 텍스칼라의 4인 위원회로부터 정중한 환대를 받았다. 그리고 가지고 간 선물과 서신을 전하고 멕시카와 맞서 싸우고 있는 텍스칼라를 지원하기 위해 깃털 달린 뱀이 귀환했다고 설명했다. 그들은 노고에 대한 치하를 받은 뒤 미리 준비해둔 숙소로 안내되었다.

하지만 그날 밤 그들은 체포되어 목조 우리에 갇혔고 다음날 '연기 나는 거울'에게 제물로 바쳐질 신세가 되었다. 다행히 사신들 중 두 사람은 간신히 도망쳐서 이틀 후 지저분한 몰골로 탈진한 채 스페인 야영지로 돌아왔다.

코르테스는 해답을 얻었다. 동맹은 어렵겠군. 텍스칼라 족장은 토토낙의 뚱보 족장처럼 호락호락하지 않은 모양이니까.

노르테는 누워서 하늘을 바라보았다. 수많은 별들이 벨벳 천에

다이아몬드를 쏟아놓은 것처럼 밤하늘을 수놓고 있었다. 사우틀라의 자유스러움이 그의 마음을 어지럽혔다. 유카탄의 작은 마을을 떠올리며 아버지 없이 자라고 있을 어린 두 아들을 생각했다. 한때는 자신의 자식이 아닌 것 같다는 생각을 한 적도 있었다. 들창코에 짙은 구릿빛 피부의 그 아이들은 누가 뭐래도 인디언이었기 때문이다. 하지만 그의 피붙이였고, 그는 그 아이들을 사랑했다.

가슴속에 쓰라린 고통이 되살아났다.

아이들이 말을 듣지 않는다고 아이들 엄마가 칠리 연기로 혼내주려다가 화상을 입혔던 기억이 떠올랐다. 아이들 엄마는 땅딸막한 체구에 각지고 못생긴 얼굴이었고, 늘 어색한 미소에 말이 없는 여인이었다. 그녀의 아버지로서는 딸 하나쯤 내버린 셈 쳐도 괜찮았을 정도로 볼품없는 여자였다. 같이 살게 된 몇 달 후 노르테는 그녀가 수줍음을 타고 단순한 성격이라는 것을 알게 되었다. 그녀와 살며 두 아이를 낳았다. 그 덕분에 같이 표류했던 동료들처럼 신전 제단의 제물이 되지 않고 목숨을 건질 수 있었다.

그를 마야인으로 묶어놓은 것은 그렇게 태어난 두 아들이었다. 그 아이들은 유카탄에 살고 있었고 지금도 그의 마음을 아프게 하고 있었다.

노르테는 눈을 감았지만 편안히 쉴 수가 없었다. 주변의 동료 병사들은 코를 골며 자고 있었다. 돼지우리 같은 곳에서 자고 있는 꼴이란, 하고 그는 생각했다. 턱없이 증오심이 밀려왔다.

그는 탈출에 대해서도 생각해보았다. 해변에서 잡혀온 이래 매일 밤 그 생각을 했다. 코르테스가 나를 잡으려고 부하들을 보내겠지. 그는 결코 주저하지 않을 거야. 스페인 사람들의 자부심은 기독교 신사보다 원주민을 좋아하는 것을 용납하지 않는다. 때가 오기를 기다려야 해. 코르테스가 배신자 한 사람 따위에 신경쓸 수 없을 때를 노려야 해.

그들 중에서 분풀이를 해주고 싶은 사람은 베니테스뿐이었다. 지금 당장이라도 그의 목을 찢어발기고 싶었다.

사우틀라를 떠난 그들은 울창한 숲을 지나 서쪽으로 나아갔다. 지나치는 숲들마다 오솔길 왼편으로 늘어선 커다란 나무 둥치에 벽감과 그 속에 안치한 자그마한 점토 입상들이 보였다. 그 입상들은 신전에서 보았던 악마들의 복사판으로 언덕 꼭대기까지 이어졌다. 또 소나무들 사이를 밝은 색실로 이어놓은 것이 보였다. 병사들은 멈추어 서서 신기한 듯 그 실을 잡아낭겨보기도 했다. 토토낙인들은 겁에 질려 눈을 동그랗게 뜨고 그 실들을 바라보았다.

재수없는 부적이야, 하고 토토낙인들은 쑤군거렸다. 목테수마의 주술사 부엉이 남자가 마법을 걸려고 만들어놓았다고 했다.

스페인 사람들은 웃어넘기고 행군을 계속했다.

그들은 시냇가에서 잠시 멈췄다. 누비 갑옷을 입고 있는 노르테는 숨을 헐떡거렸다. 무거운 창의 무게에 짓눌려 근육이 쑤셔왔다. 등에 멘 방패와 칼을 풀어놓고 철제 투구에 차가운 물을 담아 머리에 끼얹었다.

그는 말을 탄 베니테스 뒤를 따라가고 있는 레인 플라워를 바라보았다. 그녀는 머리를 다소곳이 숙이고 그와 눈이 마주치지 않으려고 했다.

플로레스와 구스만이 옆에서 씩 웃어 보였다. 무슨 생각을 하고 있는지 알고 있다는 표정이었다. 그렇지만 네놈들은 내가 저 여자와 몸을 섞었다는 사실까지는 알 수 없으리라. 알고 있었다면 코르테스에게 보고했을 것이고 나는 벌써 교수형에 처해졌겠지.

베라크루스에서 그들이 내 목을 매달도록 내버려뒀어야 했다. 산다는 게 뭔가? 나그네의 주머니에 든 몇 푼의 돈 같은 것이다. 그럴 가치가 있든 없든 오늘을 즐기기 위한 몇 푼의 돈, 그게 삶이다.

내일이면 그 돈은 도둑의 주머니에 있을 것이므로.

그들은 계곡 언저리를 향해 빠른 걸음으로 강을 건넜다. 회색빛 성벽들이 양쪽으로 늘어서 있었다. 그들 앞에 불쑥 모습을 드러내고 있는 거대한 성벽은 난공불락으로 보였다.

코르테스는 말고삐를 당겨 멈춰 서서 이 새로운 경이를 질린 표정으로 응시했다. 화강암으로 축조된 성벽이 계곡 양편으로 벼랑처럼 뻗어 있었다.

"제기랄, 성벽의 길이가 적어도 십 킬로미터는 넘어 보이는군."

베니테스가 투덜거렸다.

크리스토발이 척후병의 임무를 맡았다. 성벽의 높이는 분명 삼 미터가 넘어 보였고, 말을 타고 가는 크리스토발의 눈에도 성벽 너머의 풍경은 보이지 않았다. 그는 돌아와서 코르테스에게 보고했다.

"방비하는 병사들은 보이지 않습니다, 대장. 그런데 들어갈 수 있는 출입구는 단 한 군데뿐입니다. 그것도 제가 여태까지 보았던 성문과는 다릅니다. 통로가 구부러지고 비좁아서 말을 타고는 한 번에 한 사람씩밖에 들어갈 수 없게 되어 있습니다. 걸어가는 것이 더 빠를 것입니다."

"함정이야."

산도발이 투덜거렸다.

노르테가 앞으로 나와 말을 타고 있는 베니테스에게 속삭였다.

"뭐라 하는가?"

코르테스가 베니테스에게 물었다.

베니테스는 노르테를 그의 자리로 돌려보냈다.

"조심해야 한다고 하는군요. 텍스칼라에서 모든 전쟁의 최우선적 목표는 적들을 도망갈 수 없는 곳으로 끌어들이는 거랍니다. 이런 방법을 써야 신들의 제물로 바칠 포로들을 더 많이 잡을 수 있다는 거지요."

코르테스는 다시 성벽을 응시했다.

알바라도가 말을 타고 다가왔다.

"토토낙인들이 이 성벽에 대해 말해주지 않던가요?"

"난 그들이 이 성벽에 대해 너무 과장한다고 생각했네. 원주민들이 이런 것을 건설할 수 있으리라고 상상이나 했겠나?"

말들이 머리를 내두르며 날뛰자 끈에 달린 놋쇠 장식들이 쩔렁쩔렁 요란스런 소리를 냈다.

베니테스가 끼어들었다.

"우린 타바스칸 족을 어렵사리 물리쳤습니다. 그런데 훨씬 더 강력한 적들이 닥친 꼴 아닙니까?"

"그들과 싸우고 싶진 않아. 멕시카와 맞서 싸울 동맹을 맺고 싶지."

"그렇다면 다른 길로 가야 하지 않을까요? 촐룰라로 말입니다."

"누려운가, 베니테스?"

"죽는 건 두렵지 않습니다. 하지만 무의미하게 목숨을 던져버리고 싶진 않아요. 황금을 찾아서 왔으니까요."

"황금은 바로 서기에 있어! 우리가 두려움 없이 나아가면 자네가 꿈꾸는 것 이상으로 많은 황금을 차지할 수 있을 거야."

"저도 베니테스의 말에 동의합니다. 우린 돌아가야 합니다."

하라미요가 말했다.

"돌아가다니, 돌아가서 무얼 할 건가? 저 악마의 소굴 안으로 달려들어가 쳐부수는 게 우리가 할 일이라구."

코르테스는 뒤편에 있는 토토낙 족 전사들 대열을 가리키며 말을 이었다.

"분명히 말하건대, 우리가 조금이라도 두려워하는 기색을 보인다면 저 녀석들은 당장 우리의 목을 위협할 거야."

베니테스는 생각했다. 코르테스가 옳다. 토토낙 족의 병력은 우리보다 열 배나 많아.

코르테스는 안장 위에서 몸을 들썩이며 말을 계속했다.

"무어인을 물리쳤던 엘 시드 경을 생각하게, 귀관들. 그분이라면 성벽과 맞닥뜨렸다고 후퇴를 했겠나?"

코르테스는 크리스토발이 들고 있던 깃발을 낚아채어 높이 쳐들었다. 그리고 말을 돌려 병사들을 향해 소리쳤다.

"귀관들! 성스러운 십자가의 상징인 이 깃발을 따르라. 이 깃발 아래 뭉쳐 우리는 정복에 나설 것이다."

그는 성벽을 향해 말을 달렸다. 그리고는 곧 출입구를 통과하여 시야에서 사라졌다. 베니테스는 알바라도와 산도발을 돌아보았다. 알바라도는 어깨를 으쓱하곤 곧 코르테스의 뒤를 좇아 말을 몰았다. 그들 중 아무도 성벽 저쪽에 무엇이 기다리고 있는지 아는 사람은 없었다.

하지만 코르테스를 따라갈 도리밖에 없었다.

35

　광대하고 텅 빈 평원이 펼쳐져 있었다. 음산한 하늘에 검은 그림자를 던지며 독수리 한 마리가 그들의 머리 위를 선회하고 있었다. 코르테스가 한쪽을 가리켰다. 붉고 흰 망토를 입은 열 명쯤 되는 원주민 척후병들이 보였다. 그들은 스페인 병사들을 발견하곤 계곡 아래 요새 쪽으로 줄행랑을 치고 있었다.

　"저들을 잡아야겠어."

　코르테스는 베니테스에게 말했다.

　"라레스와 기병 네 명을 데리고 가서 저들의 퇴로를 막게. 나는 말리를 데리고 와서 저들과 협상을 시도해보겠네."

　베니테스 일행은 도망치는 원주민들을 금방 따라붙어 퇴로를 차단하고 소떼처럼 몰아붙였다. 베니테스는 자신들이 타고 있는 말을 보면 타바스칸 족이 그랬던 것처럼 겁을 집어먹을 거라고 생각했다. 그런데 웬걸, 그들 중 하나가 고함을 지르며 흑요석을 장착한 커다란 곤봉을 휘두르며 덤벼왔다. 놀란 나머지 베니테스는 미처 창을 휘둘러볼 생각도 못했다. 텍스칼라 척후병의 곤봉이 말의 어깻죽지를 후려쳤다. 말이 비명을 지르며 뒷걸음질치는 가운데 베니테스는 균형을 잡으려 애썼다.

이 위기에서 그를 구해준 사람은 라레스였다. 그는 말을 타고 달려와 창으로 그 척후병의 가슴을 찔렀다.

그러자 다른 텍스칼라인 두 명이 창을 치켜들고 그들을 향해 돌진해왔다. 베니테스는 말을 진정시켜보려 했지만, 상처를 입은 말은 껑충거리며 날뛰었다. 창을 다루는 게 쉽지 않겠다고 판단한 그는 창을 놓고 칼을 빼어들었다. 그리고 달려드는 첫번째 인디언을 내려쳤다. 두번째 인디언은 말발굽에 깔렸다. 그때 동료 기마병이 달려오는 것이 보였다. 하라미요였다.

다른 기마병들과 합류한 베니테스는 혼전을 벌이고 있는 라레스쪽으로 달려갔다. 말들이 돌진하여 덮치는데도 땅에 버티어 선 텍스칼라 전사들은 곤봉과 창을 휘둘러대어 두 마리 말에 부상을 입혔다.

빌어먹을!

베니테스는 다른 말들이 곤봉에 맞아 무릎이 꺾여 나뒹구는 것을 보았다. 그의 말도 다리가 꼬여 기어가다시피 했다.

라레스가 고함을 지르며 손으로 한쪽을 가리켰다. 베니테스는 인디언들이 뒤에서 공격하는가 싶어 말 위에서 몸을 돌렸다.

하느님 맙소사!

지평선이 그들을 향해 달려오는 듯했다. 그것은 차츰 소나무 숲과 뚜렷이 대조되어 붉고 하얀 선들로 변했다. 수천 명의 인디언들이었다. 그들의 함성이 바람결에 희미하게 실려왔다.

　코르테스와 나머지 기병대원들이 텍스칼라 족의 시체들이 있는 곳으로 달려왔다. 시체들은 말발굽 아래 피묻은 넝마조각처럼 나뒹굴고 있었다. 코르테스는 베니테스를 보고 고함을 질렀다.
　"자네에게 싸우라는 명령은 내리지 않았어!"
　"저들이 먼저 공격했습니다. 방어하기 위해선 어쩔 수 없었습니다."
　코르테스는 돌아섰다. 지금 그를 나무라고 있을 시간은 없었다. 인디언들이 벌써 백 보쯤 되는 거리까지 다가와 있었다.
　"이런 빌어먹을, 우린 이제 다 죽었군."
　베니테스가 탄식했다.
　"그렇지 않아. 우리에게 대포가 있는 한 어림없지."
　코르테스가 확신에 찬 목소리로 말했다.
　말 두 마리가 들판에 나자빠져 있었다. 라레스와 베니테스는 말에 올라타고 코르테스 뒤를 따랐다. 나머지 기병들도 그 뒤를 따랐다.

　베니테스는 돌진해오는 인디언들의 얼굴을 선명하게 볼 수 있었다. 그들은 얼굴을 죽은 자처럼 색칠하고 몸에는 붉고 하얀 줄무늬를 그리고 있었다. 그들의 우렁찬 함성 소리에 베니테스는 기운이 쭉 빠지는 기분이었다. 그는 칼을 쥔 손에 힘을 주었다. 침착해야 돼.
　베니테스의 말은 불구나 마찬가지였다. 어깻죽지에 커다랗게 찢어진 살덩이가 덜렁거렸고 오른쪽 앞다리를 따라 피가 줄줄 흐르고 있었다. 그는 위쪽으로 시선을 돌렸다. 수레에서 대포늘이 내려져 포탄이 장전되고 있었다. 메사가 대포 옆에 서서 코르테스의 명령을 기다리고 있었다. 오르다스가 이끄는 보병들은 그 뒤에 진을 치고 있었다. 인디언들이 돌진해오면 그에 맞서서 대포들을 지키기 위해서였다.

베니테스는 말에서 내려 오르다스 쪽에 합류했다.

"괜찮은가?"

오르다스가 물었다.

베니테스는 말할 힘이 없어 고개만 끄덕였다.

"가장 시끄러운 놈들은 항상 깡패들이나 저 대포밥들이야. 진정한 병사들은 자기 임무를 조용히 수행하는 법이지."

오르다스는 자신에게 다짐하듯 말했다.

깡패들이라고? 하고 베니테스는 생각했다. 저들은 깡패처럼 싸우진 않아. 돌진해오는 말에 맞서 싸울 수 있는 전사는 그렇게 많지 않다구.

코르테스가 칼을 높이 들었다가 아래로 내렸다.

대포가 발사되자 텍스칼라 족의 선두 대열이 무너지는 듯했다. 자욱한 화약 연기가 걷히며 살아남은 인디언들이 혼란 속에서 우왕좌왕하는 것이 보였다. 그들은 도망가기보다는 전사자나 부상자들을 끌고 가려고 애썼다.

코르테스의 신호가 다시 떨어지자 대기하고 있던 기병들이 돌진해 들어가 인디언들을 칼과 창으로 베고 찔렀다. 그런 식으로 대포를 쏘아 대열을 무너뜨리고 나면 기병들이 전속력으로 돌진하여 무찌르기를 반복했다.

그러나 텍스칼라 인디언들은 동료들의 시체 곁을 떠나려 하지 않았다.

"저놈들은 왜 도망가지 않는 거지?"

베니테스는 넌더리가 난다는 듯이 투덜거렸다.

포탄이 재장전되었고 코르테스는 다시 발사 명령을 내렸다.

매운 연기가 평원을 가로질러 퍼져나갔다. 텍스칼라 족은 계곡으로 후퇴했다. 오르다스는 기침을 심하게 하더니 땅에 침을 뱉었다.

"베니테스, 자네에게 말했지? 대포밥들이라고."

그는 칼을 엄지손가락에 대고 그은 뒤 피를 빨았다.

"진정한 용사는 피 한 모금 마시지 않고는 잠자리로 자신의 칼을 가져가지 않지."

오르다스는 말을 마치고 칼을 다시 칼집에 넣고 성큼성큼 걸이가 버렸다.

코르테스는 말을 움직여 대포 뒤쪽으로 갔다. 오른손에 쥐고 있는 피묻은 칼이 흔들거렸다. 그는 베니테스를 돌아보며 말했다.

"이제 저들은 협상을 하자고 할 거야."

제발 그렇게 되기를, 하고 베니테스는 생각했다. 저들이 협상을 제의하지 않는다면 우리는 모두 죽는다. 말 한 필은 병사 삼백 명과 맞먹는 가치가 있을 것이다. 그렇다면 이 조그마한 전투에서 아군측은 육백 명의 전사자와 구백 명의 부상자를 대가로 치른 셈이었다.

코르테스가 멀리 가기를 기다렸다가 하라미요가 말을 타고 다가왔다. 베니테스는 그를 쳐다보았다.

"나는 이 싸움이 어떻게 끝날지 알고 있었어. 내가 때맞추어 코르테스에게 달려간 게 정말 다행이었지."

베니테스는 전투중 겁에 질려 있던 하라미요의 표정을 떠올렸다.

"그래, 정말 다행이었어."

하라미요는 안장에서 몸을 기울이며 속삭이듯 물었다.
“무슨 놈의 인디언들이 말을 보고도 겁내지 않지?”
베니테스는 대답하지 않았다. 그도 알 수 없었기 때문이다.

36

그들은 초록의 옥수수 농장들이 펼쳐져 있는 넓은 평원을 발견했다. 마을 사람들은 농장을 팽개친 채 가재도구들을 챙겨 달아나버렸다. 털 빠진 개 몇 마리가 어슬렁거리다가 병사들 손에 잡혀 냄비 속으로 들어갔다.

그들은 작은 시냇가에서 야영을 했다. 날이 금세 어두워졌고, 공기가 차가워지며 비가 내리기 시작했다.

기마병 넷이 덱스칼라 속 척후병들과의 충돌로 부상을 입었다. 멘데스가 불려와서 상처들을 소독해주었다. 부상자들의 비명 소리가 어둠 속에서 떨고 있는 다른 병사들을 더욱 춥게 만들었다. 말리와 레인 플라워도 불려가서 부상병들을 간호했다. 두 여자는 한 인디언 시체에서 떼어낸 시방으로 고약을 만들어 부상자들의 상처에 바르는 법을 멘데스에게 보여주었다.

야영지 주위로는 보초들이 세워졌다. 병사들은 잠들다가도 부엉

이 우는 소리와 산 속을 어슬렁거리는 야생 고양이들의 울음소리에
깜짝 놀라 깨어나곤 했다.

코르테스의 천막에서는 촛불이 밤늦게까지 켜져 있었다. 작전회
의의 분위기는 무거웠다. 말리가 보기에 코르테스말고는 모두 겁에
질려 있는 것 같았다.
"우리는 돌아가야 합니다."
레온이 입을 열었다.
"이젠 돌아가고 싶어도 갈 수가 없어."
코르테스가 말했다.
"바람 냄새를 맡아보게. 무슨 냄새가 나지 않아? 소나무 수액을
끓이는 달콤한 향기 말이야. 동쪽에서 풍겨오고 있네. 우리가 들어
왔던 성문엔 이제 사람들이 들어와 있어. 지금 그곳엔 텍스칼라 족
이 우리를 기다리고 있네. 우리가 후퇴하여 성벽 밑을 지나가면 뜨
거운 물세례를 퍼붓겠지. 게다가 지금 토토낙 족 동맹군은 우리를
무적이라 생각하고 지지하고 있네. 우리가 그렇지 않다는 낌새라도
보이면 뚱보 족장은 틀림없이 우리를 잡아먹고 더 뚱뚱해질 거야."
무거운 침묵이 길게 이어졌다.
"나는 오늘 전투에 대해 마리나와 얘기해보았네. 그 결과 우울하
게 생각할 이유가 전혀 없다는 생각이 들었어."
"저 여자야 우울할 이유가 없겠죠."
알바라도가 빈정거렸다.
"저 여자는 이 악마들과 싸우지 않으니까요."
말리는 앞뒤 가리지 않고 불쑥 말을 뱉어냈다.
"당신 검을 제게 주시면 당신처럼 그 개자식들을 해치울게요. 그

대신 당신은 우리 주인님의 개로 저녁식사나 준비하시죠."

그리고는 덤으로 한마디 보탰다.

"염병할 자식!"

알바라도의 눈에서 불꽃이 번쩍 일었다. 다른 장교들은 싱글거리며 폭소를 참느라고 애썼다.

"화를 내기 전에 그녀의 말을 먼저 들어보게."

코르테스가 부사령관을 달랬다.

장교들의 시선이 모두 그녀를 향했다. 적어도 주인님은 나를 진정으로 존중해주신다. 말리는 그렇게 생각했다. 나는 코르테스 주인님께 봉사하고 있지, 두더지나 난쟁이 같은 당신들의 시녀가 아니야!

그녀는 생각을 모아 아직 서툰 스페인어로 말했다.

"여러분은 오늘 전투에서 텍스칼라 족이 동료들의 시체와 부상자들을 끌고 돌아간 이유를 궁금하게 여기고 있을 겁니다. 그건 동료의 시체를 '꽃의 전쟁' 터에 버려두고 가면 어둠의 신이 죽는 날까지 저주를 내린다고 믿기 때문입니다. 또 적들이 그 시체를 먹어치우면 자신들의 용맹과 힘을 흡수하여 다음날 두 배나 사나워진 적과 싸워야 된다고 믿고 있죠. 그래서 그들은 필사적으로 죽은 동료들을 끌고 가는 거예요."

"그런 미신 때문에 저들은 오늘 갑절로 희생을 당했군."

베니테스가 고개를 끄덕이며 말했다.

"멕시카 족, 텍스칼라 족, 토토낙 족의 전사들에겐 꽃의 전쟁에서 지켜야 할 엄한 관습이 있어요. 여러분처럼 커다란 철 뱀을 쓰거나, 멀리 떨어져서 총과 활을 쏘아 사람을 죽이는 것은 자연의 법칙에 어긋나고…… 불명예스리운 일이죠. 비겁한 자들의 방법이에요."

알바라도가 어리둥절한 표정으로 그녀를 쳐다보았다. 그리고 코르테스에게 물었다.

"이 여자가 우리를 모욕하고 있는 겁니까?"

코르테스는 미소를 지었다.

"그녀의 말인즉 우리가 지구력만 있으면 한 사람이 수십 명의 원주민을 죽이지 못할 이유가 없다는 걸세. 아마 백 명도 가능하겠지. 저들은 군사훈련의 개념이 없어. 그들의 흑요석 창날은 강철 갑옷에 산산조각나버려. 보통의 군대라면 그만한 병력 규모는 우리를 궤멸시키고도 남을 만큼 충분해. 하지만 저들은 통상적인 방법으로 싸우지 않으니까……"

코르테스는 양손바닥으로 탁자를 탁 치곤 계속했다.

"내일 또 공격해오겠지. 저들에게 스페인 무기의 뜨거운 맛을 보여주자고. 타바스칸 족에게 했던 것처럼 말이야. 그러고 나면 동맹을 맺자고 간청할 거야."

말리는 장교들의 얼굴을 살펴보았다. 이들이 왜 그렇게 두려워하는지 이해할 수 없었다. 적들은 신들의 바람에 흩날리는 먼지와도 같은 존재다. 깃털 달린 뱀 케쌀코아틀의 동풍에 먼지처럼 날아갈 것이었다. 전사들은 집을 짓고 농사나 짓고 사는 보통 남자들보다 특권을 가지고 있다. 적을 사로잡아 신의 제물로 바칠 수 없다면 그들의 삶은 목표를 잃어버리고 말 것이다.

검푸른 평원 위로 바람이 세차게 휘몰아치고 있었다. 코르테스의 막사에서 나온 베니테스는 열 명쯤 되는 병사들이 불을 피워놓고 옹기종기 모여 있는 모습을 보았다. 걸음을 옮기던 그는 어둠 속에서 누군가와 부딪혔다.

"어떤 개자식이야!"

욕설이 들렸다.

"노르테?"

"죄송합니다."

노르테가 투덜거리듯 말을 이었다.

"내 머리와 부딪힌 사람이 장교인 줄 알았다면 가만히 있었을 텐데요."

베니테스는 몸을 구부렸다. 어두워서 상대방의 표정은 보이지 않았다. 하지만 그는 노르테가 냉소를 보내고 있다는 것을 느낄 수 있었다. 노르테는 얇은 담요를 어깨에 두른 채 몸을 오들오들 떨고 있었다.

"왜 나른 병사들과 함께 있지 않는가?"

"왜일 것 같습니까?"

베니테스는 코르테스 막사의 탁자에서 집어온 옥수수빵을 그의 손에 건넸다.

"이거 먹어. 독이 들어 있진 않으니까."

낚아채듯 빵을 받아든 그는 마지못한 듯 고맙다고 중얼거렸다. 베니테스는 손에 호오 하고 입김을 내뿜었다. 그는 자신들 앞에 얼마나 많은 고통이 남아 있을지 궁금했다. 내일쯤이면 모두 죽을 테니까 그다지 많진 않겠지.

"장교님 말은 괜찮아요?"

노르테는 옥수수빵을 입에 가득히 물고 물었다.

"절름발이가 됐지."

"당신은 아직 살아 있으니 행운아입니다. 텍스칼라 족은 싸움에 관한 한 명성이 자자해요. 코르테스는 틀림없이 그런 점을 빼고 이야기했겠죠. 그는 이 싸움에서 이길 수 없어요.”

“그는 우리가 이길 수 있다고 생각하네.”

“그들이 대포 소리에 익숙해지면 오늘처럼 쉽게 이길 수 없을 겁니다.”

평원을 가로지르는 바람이 죽은 자를 위한 장송곡처럼 으르렁거렸다.

“오늘 그들은 나를 쉽게 죽일 수 있었지.”

베니테스는 말했다. 그는 텍스칼라 족의 전투방식이 두려웠다. 비록 야만인들이지만 용기만큼은 정말 무서웠다.

“그들은 당신을 죽이고 싶지 않았던 겁니다. 진정한 전사는 생포하는 일에만 관심이 있어요. 신들에게 제물을 바칠 영광을 위해서죠. 전쟁의 목적이 그밖에 뭐가 있겠어요?”

“승리하는 것.”

베르테스는 겁에 질린 개가 짖어대는 것 같은 공허한 웃음소리를 들었다.

“그게 바로 스페인 사람들의 사고방식이죠. 이 사람들에겐 전쟁이란 결투의 집합체에 지나지 않아요, 아시겠어요? 한 사람 대 한 사람이 맞서는 싸움이 수백 번 수천 번 이루어지는 것이 전쟁이란 말입니다.”

“그래서 그들은 후퇴하면서도 서로를 돕지 않았던 건가? 그들이 힘을 합쳐 공격했다면 나를 쉽게 이길 수 있었을 텐데.”

“다른 사람의 싸움에 끼어들면 한 전사가 신에게 바칠 제물을 사로잡아 명예와 영광을 얻을 수 있는 기회를 빼앗는 것이 되죠. 젊은이들이 자신들의 지위를 향상시키는 유일한 방법은 전쟁입니다. 포로를 많이 잡아야 좋은 망토를 입을 권리가 생기고, 좋은 집에서

많은 처를 거느리고 살 수가 있죠. 그것이 서로를 돕지 않는 이유
예요. 친구가 더 좋은 삶을 누릴 수 있는 기회를 빼앗아서는 안 되
니까요."

베니테스는 그의 말에 매혹되었다.

"자네가 마야인들을 위해 싸울 때도 그랬었나?"

"그들은 내게 싸우라고 요구하지 않았어요. 달리 쓸모가 있었죠.
그들은 나를 이용해 다른 혈통을 만들려고 했습니다."

"그러면 내일은 우릴 위해 열심히 싸울 건가?"

"싸워야죠. 그렇지 않으면 텍스칼라 족이 나를 죽일 테니까. 안
그래요?"

"자네와 같은 동포인데도?"

"마야인이 내 동포입니다. 이들은 텍스칼라 족이구요."

"같은 원주민이지."

"계속 미끼를 던질 겁니까, 베니테스? 무슨 말을 듣고 싶은 거죠?
좋아요, 사실 나는 당신들을 모두 경멸합니다. 내가 스페인 사람이
란 사실조차도 싫습니다. 할 수만 있다면 마야로 돌아가 살고 싶어
요. 하지만 그렇게 할 수가 없어요. 됐습니까? 이제 나를 교수형에
처할 겁니까?"

바람이 잠시 잦아든 순간 베니테스는 타오르는 모닥불 너머로 코
요테가 신음하듯 으르렁거리는 소리를 들었다. 이 녀석은 문명인이
미개인과 사는 것을 하느님께서 질색하신다는 사실을 왜 모르는 걸
까? 어떻게 스페인 사람이 야만인처럼 사는 것이 더 좋다고 말할
수 있는 걸까? 신전의 악취 속에서 겸도 우상늘 앞에 꿇어 엎드려
행복을 찾을 수 있을까?

베니테스는 더이상 말하지 않고 돌아섰다. 그는 지금까시 사제들

과 얘기할 시간이 없었지만, 이 원정이 끝나기 전에 이곳에서 개종할 생각이었다. 그가 옳다는 것을 노르테도 알게 될 것이다.

어쩌면 그때는 그를 교수형에 처하도록 내버려둘지도 모른다.

말리는 코르테스가 성모 마리아 상 앞에 꿇어 엎드린 모습을 지켜보았다. 그는 조용히 입술을 움직여 기도를 하며 묵주를 손가락으로 부드럽게 돌리고 있었다. 완전히 몰두하고 있어서 그녀가 기척을 내도 알아차리지 못했다. 이윽고 그는 기도를 마치고 성호를 그었다.

코르테스는 장갑과 칼에 손을 뻗었다. 전날 밤 말리의 몸을 탐하기 위해 옷을 벗을 때도 그는 오로지 갑옷만 벗었을 뿐이었다. 그녀가 텍스칼라 족은 야간엔 결코 싸우지 않는다고 말했지만 그는 훌륭한 장교는 어떤 상황에도 대비해야 한다고 대답했다. 그래서 경계선 주위로 야간 순찰을 할 것과 부하들 모두에게 갑옷을 입은 채 취침할 것을 명했다.

"벌써 아침이에요?"

말리가 속삭이듯 물었다.

코르테스는 회색 눈동자를 빛내며 그녀를 돌아보았다.

"깨울 생각은 아니었어."

"저를 깨운 건 당신이 아니에요."

말리는 일어나서 거친 털 담요를 어깨에 둘렀다.

"계곡에서 스라소니들이 서로 불러대는 소리를 들었어요."

코르테스는 칼을 차고 탁자에서 기다란 초록색 깃털 장식이 달린 투구를 집어들었다. 아침 바람이 막사로 세차게 불어왔다. 그는 밖으로 나갈지 어쩔지 잠시 머뭇거렸다.

"텍스칼라 족이 굴복을 할까, 마리나? 오늘 그들을 쳐부순다면 평화협상을 제의해올까?"

"뭐라 말씀드릴 수 없군요, 주인님. 제가 알고 있는 건 그들이 멕시카에게 결코 굴복하지 않을 거란 사실이에요."

그는 갑자기 슬픈 표정을 지었다.

"저들과 싸우고 싶지 않아. 그런데 내게 싸움을 강요하는군. 내가 어떻게 해야 할까?"

신이 왜 이럴까, 하고 그녀는 생각했다. 적이 싸움을 걸어와야만 싸우겠다는 것인가? 전쟁에서 피를 뿌리는 건 당연한 일 아닌가? 텍스칼라 족은 이분이 그들의 적이 아니라 구원자라는 사실을 왜 모르는 걸까?

바깥에서 올메도 신부와 디아스 신부에게 밤 사이에 있었던 일을 고해성사하고 있는 병사들의 목소리가 들려왔다. 텍스칼라 족의 북소리가 이른 새벽 어둠 속에서 들려오기 시작했다. 코르테스는 눈살을 찌푸렸다.

"저들이 우리보다 멕시카인들을 상대로 피를 흘려줬으면 좋겠군."

말리는 그의 팔목을 잡았다.

"주인님, 전투 계획을 세우실 때 석늘이 스페인 방식으로 싸우지 않는다는 사실을 명심하세요. 지휘자들을 잃게 되면 그들은 갈팡질팡할 거예요."

"명심하지."

코르테스는 여자에게 부드럽게 키스하고 막사 밖으로 나갔다.

말리는 그의 그림자가 희미해지는 것을 바라보았다. 말을 향해 성큼성큼 걸어가는 코르테스를 환영이리도 하듯 협곡에서 산고양이들이 다시 한번 으르렁거렸다. 스라소니는 새벽의 신인 깃털 달린 뱀을 받드는 신성한 존재였다. 깃털 달린 뱀을 손꼽아 기다려온 그들은 그의 귀환을 반기고 있었다.

말리는 처음으로 두려움을 느꼈다. 코르테스는 오늘 패배한다면 다시 구름 나라로 돌아가서 상서로운 때를 기다릴 것이다. 하지만 그녀에겐 다시 기약할 날이 없었고 그런 날들을 바라지도 않았다. 늙어 시들 때까지 그를 기다리며 살아가야 할 이유가 없었다. 따분한 삶보다는 영광스럽게 죽는 것이 나았다.

하지만 그녀는 여전히 두려웠다.

37

들판이 온통 인디언들로 덮여 있는 듯 보였다. 들판에 가득한 옥수수 수염들처럼 그들의 깃털 장식이 산들바람에 흔들렸다. 오토미족은 붉고 하얗게 칠을 했고, 텍스칼라 족은 록 헤론 씨족의 노랗고 하얀 줄무늬를 몸에 칠하고 있었으며, 장교들은 자신들의 영주인 '말벌의 반지'를 상징하는 전투 깃발을 휘날리고 있었다. 수천 개의 흑요석 창날들이 햇빛을 받아 번쩍거렸다.

전투를 준비하는 고함 소리로 시끄러워지기 시작했다. 소라고둥과 피리 소리가 길게 울려퍼졌다. 뱀가죽 북 소리가 타당타당 하고 울렸다. 코르테스는 군대의 대오를 사각으로 포진시켰다. 양쪽으로 포병을 거느리고 기병대가 선두에 섰다. 그는 말을 타고 열 걸음 앞으로 걸어나가 스페인 국왕의 칙고장을 읽었다. 그의 목소리는 평원을 가로질러 원주민들의 함성 소리 너머로 울려퍼졌다.

코르테스는 라틴어로 된 그 문서를 끝까지 다 낭독했다. 법적으로 필요한 행위였다. 그리고 말머리를 돌려 부대 앞에 섰다.

"기병대는 세 분대로 나누어 임무를 수행하라. 창을 높이 들고……"

텍스칼라 족이 접근해오자 북소리와 피리 소리에 귀가 멍멍해질 지경이었다. 코르테스는 목청을 높였다.

"명심하라. 저들은 우리를 죽이려는 게 아니라 생포하길 원한다. 저들의 흑요석 창은 우리 갑옷을 내리쳐봐야 산산조각날 뿐이다. 인디언들은 맨 앞 줄의 전사들만 싸우기 때문에 숫자에 압도당할 필요는 없다. 저들은 언제나 일 대 일로만 싸운다. 우리는 지치지만 않으면 승리할 수가 있다."

인디언들은 활의 사정거리까지 다가왔다.

"화승총 사수들과 석궁 사수들은 번갈아가며 발사하되 너무 많이 쏘진 말라."

말을 마친 코르테스는 적들을 향해 말을 돌려 칼을 빼어들었다.

"하느님을 위하여! 성 야곱을 위하여!"

대포 곁에 서 있던 말리는 토토낙 동맹군이 그의 연설을 단 한마디도 알아듣지 못한다는 사실을 상기했다. 그래서 그들을 향해 나우아틀 어로 외쳤다.

"깃털 달린 뱀께서 오늘 우리의 승리를 약속하셨다! 여러분은 죽지 않는다. 그분이 여러분을 불패의 전사로 만드실 것이다!"

토토낙 군인들은 창을 들고 환호했다.

"뭐라고 말했나?"

아길라르가 소란한 와중에 그녀에게 소리쳐 물었다.

말리는 들은 척도 하지 않았다.

"뭐라 했느냐고 물었잖아!"

아길라르가 다시 소리질렀지만 그의 말은 소음에 묻혀버렸다. 텍스칼라 족이 다가오면서 화살과 돌멩이들이 비오듯 쏟아졌다.

인디언들은 한 번에 한 조씩만 싸움에 나섰다. 나머지 병력은 뒷전에서 대기하고 있었다. 그 병력들은 메사가 이끄는 포병들의 완벽한 먹이였다. 십오 킬로그램의 무거운 포탄이 발사될 때마다 그 병력들은 거의 몰살을 당했다. 그런 다음 다시 스페인 기병들이 달려가 쓸어버렸다. 그래도 살아남은 자들은 동료의 시체와 부상자들을 끌고 가려고 애썼다.

하지만 그들은 파도처럼 쉴새없이 밀려왔다. 꽃의 전쟁터에서 죽는 것은 영광이었고 천국에 이르는 길을 보장해주었다.

시간이 가며 수적으로 열세인 스페인군은 지치기 시작했다. 몸과 얼굴을 하얗고 노란색으로 칠한 텍스칼라 전사 한 조가 방어선을 돌파해왔다. 말리는 포병 구스만이 쓰러지는 것을 보았다. 그는 무기력하게 대포 곁에 나동그라졌고, 텍스칼라 전사가 그 앞에서 양손으로 쥔 전투봉을 치켜들었다.

"안 돼!"

구스만이 날카롭게 비명을 질렀다.

인디언 전사는 대포를 죽이려고 창으로 대포의 포신을 후려쳤고, 흑요석 날이 산산조각 흩어졌다.

스페인 보병 한 명이 피투성이가 된 다리를 질질 끌며 기어가는 것이 보였다. 밀리는 그 보병의 손에서 창을 낚아챈 후 텍스칼라 족에게 덤벼들었다. 창끝은 적의 가슴을 향했다.

마치 통나무를 찌르는 것 같았다. 창끝이 적의 가슴에 정확하고 빠르게 박혔지만 그녀는 다시 뽑아낼 수가 없었다. 전사의 얼굴을 보니 자신보다 나이가 어린 남자였다. 전사의 머리카락 장식인 피오치틀리가 아직 포로를 한 명도 잡은 적이 없다는 사실을 말해주고 있었다. 전사는 포신에 등을 기대고 해변에 올라온 물고기처럼 숨을 헐떡거렸다.

구스만이 일어서서 그녀가 전사의 가슴에서 창을 뽑아낼 수 있게 도와주었다. 전사가 갑자기 그녀를 밀었다.

그녀는 뒤로 물러나며 비틀거렸다. 다른 스페인 병사들이 대포들을 보호하려고 돌진해왔다. 말리가 돌아보니 아길라르가 자신을 노려보고 있었다. 왜 저 사람은 저렇게 넋나간 표정으로 노려보는 걸까? 모든 병사들이 지금 목숨을 걸고 싸우고 있는데 나는 왜 나 자신을 위해서 싸울 수 없단 말인가?

인디언들이 협곡으로 퇴각하기 시작했다.

"산티아고와 스페인을 위해!"

코르테스가 기병대에게 패잔병들을 추격하라고 명령했다.

베니테스는 말에 박차를 가했다. 그의 말은 부상에서 회복되지 않은 상태여서 다른 기병들과 보조를 맞출 수가 없었다. 돌격하는 기병들 뒤를 따라가다 그는 무슨 일이 기다리고 있는지 알아차렸다. 하지만 손을 쓰기엔 이미 늦은 상황이었다.

텍스칼라 족은 그들을 함정으로 이끌고 있었다. 수천 명의 오토미 족이 좁은 골짜기 양편에 숨어서 기다리고 있었다. 이제 그들은 붉고 하얀 칠을 한 인디언들에게 휩쓸려버렸다. 코르테스가 후퇴 명령을 내렸지만 그의 목소리는 요란한 북과 피리 소리에 파묻혀버렸다.

베니테스는 자신이 포위되었다는 사실을 알았다. 인디언들은 그

의 다리를 붙잡고 필사적으로 말에서 끌어내리려 하고 있었다. 그
는 인디언들의 등에 칼을 휘둘렀다. 인디언 전사 하나가 공중으로
뛰어오르며 날카로운 흑요석 날이 달린 커다란 창을 휘둘렀다. 다
른 두 명은 그의 말을 주먹으로 사정없이 때리고 있었다. 머리에 심
한 타격을 입은 말은 땅에 쓰러져 바로 죽어버렸다.

이제 죽는구나, 베니테스는 땅바닥에 떨어지며 생각했다. 그래, 차
라리 여기서 끝을 내자. 포로가 될 수는 없다!

넘어지면서 그의 칼이 손에서 빠져나갔다. 그는 숨을 헐떡이며
일어나려 했지만 인디언들이 재빨리 덮쳐왔다. 그들의 손이 그를
붙잡았다.

끌려가면서도 그는 발길질을 하며 야생동물처럼 그들을 물어뜯
었다. 자신이 내지르는 비명이 끔찍하게 느껴졌다.

<h1 style="text-align:center">38</h1>

베니테스는 자신을 사로잡은 인디언을 끌어안고 땅바닥에 뒹굴었다. 그는 다시 일어서려고 했지만 팔다리를 움직일 수가 없었다. 자신의 몸에 덮쳐오는 그물을 보며 그는 두려움과 분노의 비명을 질렀지만 어찌해볼 도리가 없었다.

갑자기 고함 소리와 함께 강철 무기에 나무 방패가 박살나는 소리가 그의 귀에 들렸다. 스페인 창기병 한 명이 베니테스를 에워싸고 있는 인디언들을 무찌르고 있었다. 그 병사는 베니테스를 공격하는 인디언 하나를 창으로 찔러 쓰러뜨린 뒤 다른 인디언들에게 창을 휘두르고 있었다.

노르테였다.

무기 다루는 솜씨는 서툴렀지만 그는 사납고 날랜 동작으로 인디언들을 공격하고 있었다. 그 덕분에 베니테스는 그물에서 빠져나올 수 있었다. 그는 다시 일어서서 칼을 찾았다. 하지만 두 사람은 다시 붉고 하얀 물결에 포위되었다. 베니테스는 뒤로 물러나 노르테에게 다가갔다.

오토미 족 두 명이 앞으로 다가왔다.

인디언 전사 다섯이 시체가 되거나 중상을 입고 그들 발치에서 나뒹굴고 있었다. 두 사람은 이제 더이상 싸울 수도 없을 만큼 지쳐 있었다. 베니테스는 자신이 얼마나 오랫동안 싸웠는지 짐작도 할 수 없었다. 주위에 동료 기병들의 모습은 보이지 않았다. 이미 다 도살되었거나 포로가 되었는지 모른다. 코르테스마저 죽었다면 패배는 기정사실이다.

그때 노르테가 비명을 지르며 쓰러졌다.

자신에게 덤벼들던 적을 끝장낸 베니테스는 몸을 돌렸다. 오토미 족 하나가 노르테를 끌고 가는 중이었다. 베니테스는 재빨리 그 전사의 가슴을 칼로 찌른 다음 노르테를 보호할 태세를 갖추었다.

오토미 족 전사들이 이빨을 드러내며 으르렁거렸다. 그중 하나가 다시 베니테스를 상대하기 위해 앞으로 걸어나왔다.

그 순간 누군가가 말을 타고 달려왔다. 산도발이었다. 곧 창을 든 병사들이 뒤따라왔다. 산도발은 말 위에서 그를 향해 손을 뻗었다.

베니테스는 노르테의 몸뚱어리 양쪽에 두 다리를 굳게 딛고 선 채 산도발의 손을 뿌리쳤다. 이교도인 그가 내 목숨을 구했어. 그가 죽었든 살았든, 그를 버리고 가느니 차라리 이 자리에서 죽는 게 나아. 용감한 인디언들처럼, 하고 베니테스는 생각했다. 그런 생각이 들자 갑자기 웃음이 터져나왔다.

해가 산 너머로 지자 골짜기에 땅거미가 내렸다. 동료의 부축을 받은 병사들이 절뚝거리며 하나둘 모여들었다. 지친 나머지 땅바닥에 주저앉아 무릎 사이에 고개를 처박고 있는 병사도 보였다. 중상자들이 두어 명씩 대포 옆 땅바닥에 여기저기 흩어져 있었다. 그들은 통증으로 경련을 일으키며 연신 신음 소리를 내질렀다. 매캐한 화약 냄새가 대지에 가득했다.

말리는 자신이 찔렀던 인디언 전사를 바라보았다. 그는 대포 곁에 널브러져 거친 숨을 몰아쉬고 있었다. 그녀는 누군가가 그의 숨통을 끊어주길 바랐지만 스페인 병사들은 동료들의 부상에 정신이 팔려 고통받는 인디언 따위에 신경 쓸 겨를이 없었다.

"당신은 고해성사를 올려야 해."

뒤에서 아길라르의 목소리가 들렸다. 그는 닳아서 너덜너덜한 기도서를 여전히 가슴에 꼭 껴안고 있었다. 기름기로 번질거리는 그의 머리칼은 땀에 젖어 있었다.

말리는 그를 빤히 쳐다보았다.

"당신은 살인이라는 큰 죄를 범했어."

정말 돌아버리겠군. 전쟁터에서 적을 죽이는 것이 그렇게 나쁜 일이란 말인가?

아길라르는 그녀의 팔을 붙잡았다.

"당신 영혼을 위해 기도해야 되겠어. 살인죄를 범한 영혼 말이야."

"주위를 보세요, 아길라르 수도사님."

"코르테스 병사들은 교황 성하로부터 특별사면을 받았어. 저들은 그리스도의 이름으로 싸웠다구."

말리는 그의 손을 뿌리치고 그 자리를 떠났다. 아길라르는 미친 사람이야. 수수께끼 같은 말만 하고 있어.

"당신은 하느님께 용서를 빌어야 해!"

그녀의 등에 대고 아길라르는 소리쳤다.

대포 곁에서 죽어가고 있던 인디언의 신음 소리는 구스만이 재빨리 칼을 휘두르자 이내 멈춰버렸다. 아길라르는 성호를 그었다.

39

방 안엔 피 냄새가 진동했다. 병사들은 자신들의 배설물로 지저 분해진 바닥에 드러누워 어머니를 외쳐대며 울부짖었다. 올메도 신부와 디아스 신부는 촛불 아래에서 병사들의 고해성사를 들었고, 병자성사(病者聖事)를 행했다. 멘데스와 말리는 병사들의 상처를 치료하느라 바빴다.

노르테는 고통으로 신음하고 있었다. 그의 얼굴은 수척했고 창백한 뺨은 억센 수염이 덮고 있었다. 레인 플라워는 무릎을 꿇고 앉아 그의 손을 잡아주었다. 그리고 식초에 담근 약초로 그의 상처 부위를 찜질해주었다.

베니테스는 자신의 목숨을 구해준 노르테에게 형제애 같은 것을 느꼈다. 감사의 말과 함께 쾌유를 빌기 위해 노르테를 찾아온 그는 그곳에서 레인 플라워를 발견하자 마치 몽둥이로 뒤통수를 한 대 얻어맞은 듯한 느낌이었다. 그는 배신감과 함께 속았다는 생각이

들었다. 노르테는 그녀의 간부(姦夫)였던 것이다. 그가 일말의 가책에서 자신의 목숨을 구해준 것이라는 사실을 깨닫자 베니테스는 자신의 어리석음이 통탄스러웠다.

노르테의 몸 위에 어른거리는 그림자를 보고 레인 플라워가 고개를 들었다. 그녀는 깜짝 놀라 볼에 흐르는 눈물을 소매로 훔쳤지만 너무 늦었다.

베니테스는 신음하고 있는 노르테 곁에 쭈그리고 앉아 나지막이 그의 이름을 불렀다.

"노르테."

노르테는 눈을 떴다. 그는 눈을 깜박이며 초점을 맞추려고 애쓰는 듯했다. 베니테스는 좀더 가까이 몸을 숙였다.

"말해주고 싶은 게 있네. 우선 내 목숨을 구해줘서 고맙네."

노르테는 입을 열려고 애썼지만 너무 고통스런 모양이었다.

"두번째로 하고 싶은 말은 자네가 죽어버렸으면 좋겠다는 거야."

그는 일어나서 나와버렸다. 비가 내리고 있었다. 규칙적인 리듬으로 지붕을 때리는 빗방울은 용마루를 타고 내려 개울을 이루며 피로 얼룩진 입구를 진흙탕으로 만들었다. 그는 숨을 크게 들이마시고 땀과 악취와 비명 소리 가득한 그곳을 빠져나왔다. 좋아. 노르테가 자신의 목숨을 구해준 일은 빚을 갚은 것이었다. 베라크루스에서 교수형에 처해질 뻔한 그를 구해주지 않았던가. 하지만 레인 플라워는 그런 것과는 전혀 상관없는 문제였다.

잊어버려, 하고 그는 혼자 중얼거렸다. 그 여자는 원주민이고 매춘부에 지나지 않아.

노르테가 고통받고 있다는 사실이 그는 기뻤다. 빌어먹을 자식.

그 여자 역시 마찬가지였다.

40

그들은 탑 언덕이라 불리는 곳에서 야영을 했다. 가까운 밭에서 옥수수를 따오고 마을에서 개를 잡아 끼니를 때웠다. 코르테스는 토토낙 족이 텍스칼라 족 포로들을 잡아먹지나 않을까 염려스러웠다. 그런데 올메도 신부는 그런 문제로 그들을 성가시게 하지 말라고 충고했다. 다급한 상황에서 유일한 동맹국인 그들의 비위를 건드릴 여유가 없었다.

그들은 사흘 동안 텍스칼라 족과 두 차례나 싸웠다. 지금은 일시적인 휴전 상태였고, 코르테스의 부하들은 탈진하여 사기가 땅에 떨어져 있었다.

코르테스는 평원에서 철수하여 일단 기다려보기로 작정했다.

원주민들이 버리고 떠난 마을에서 가장 좋은 집들을 골라 장교들의 숙소로 배정했다. 코르테스도 몇 채 안 되는 흙벽돌집 한 채를 차지하고 자신이 좋아하는 의자와 떡갈나무 탁자를 방 한쪽에 들여놓았다. 그 의자에 앉아서 그는 양피지에 깃털펜으로 왕에게 보내는 편지를 쓰고 있었다.

촛불에 비친 그의 얼굴은 수척하고 피로해 보였다.

총 사백 명의 병력에서 사십오 명이 전사했고 십여 명은 병에 걸린 상태였으며 나머지 병사들도 대부분 한두 군데 부상을 입고 있었다. 지난번과 같은 전투가 다시 벌어진다면 이번엔 아주 끝장이 나고 말 것 같았다.

그는 가능한 한 장문의 편지를 쓰려고 했다. 피로가 뼛속까지 몰려오기 전에 편지를 마무리해야 했다. 그는 테노치티틀란을 점령한 뒤 이 새로운 땅의 총독이 될 권리를 왕에게 요구하고 싶었다.

말리는 그를 바라보았다. 갈라진 벽 틈으로 매서운 바람이 몰아치고 있었지만 그의 린넨 셔츠는 땀으로 흥건했다. 그의 손은 깃털펜을 잡고 있을 수 없을 정도로 심하게 떨렸다.

북소리와 노랫소리가 바람에 실려 들려왔다. 텍스칼라 족 진영에서 장례식을 하는 모양이었다. 오늘 전투에서 사로잡은 토토낙인들을 제물로 바치고 있으리라.

말리는 코르테스가 편지를 다 쓸 때까지 참을성 있게 기다렸다. 이윽고 그는 편지를 봉투 안에 넣고 밀봉했다. 막중한 책임에 짓눌린 탓인지 어깻죽지가 축 처져 있었다.

"내가 어떻게 해야 되지, 귀염둥이?"

그가 나지막이 물었다. 피로하고 시쳐 보였다. 그것이 말리를 놀라게 했다.

그녀는 코르테스의 어깨에 손을 얹고 피곤한 근육을 주물러주며 말했다.

"오늘 잡은 포로들을 풀어주세요. 말벌의 반지 영주에게 돌려보내며 이렇게 전하라고 하는 거예요. 우리와 합류하여 목테수마와 싸운다면 모든 것을 용서해주겠다고요."

코르테스는 오랫동안 말없이 촛불에 드러난 그녀의 얼굴을 응시했다. 말리는 자신의 말을 그가 듣지 않고 있었나 하는 생각이 들었다. 하지만 이윽고 그는 고개를 끄덕이곤 부관 카세레스를 불러 그날 전투에서 생포한 인디언 두 명을 데려오라고 명령했다.

산도발이 그들을 데리고 들어왔다. 포로들은 팔목을 등뒤로 단단히 결박하고 밧줄로 올가미를 만들어 목에 걸어놓은 상태였다. 사타구니에 감은 헝겊만 남기고 겉옷은 다 벗겨버려 벌거숭이나 다름없었다. 죽음을 예상하고 눈꺼풀을 내려뜨린 채 두 포로는 까만 머리장식 아래로 방 안을 살피고 있었다.

코르테스는 생각을 간추리며 그들을 유심히 관찰했다.

"저들에게 말해. 난 더이상 싸우고 싶지 않다고."

"당신 부인들은 지금쯤 다른 남자들과 재미보느라 비명을 지르고 있을걸요."

말리는 나우아틀 어로 말했다.

"당신들은 우리 주인님을 매우 화나게 했어요. 이분께서는 평화를 이루기 위해 여기에 오셨습니다. 그런데 당신들은 이분을 공격하여 몹시 분노하게 만들었어요."

두 인디언은 땅바닥만 내려다보고 있었다.

"족장에게 전하라고 해. 나는 목테수마를 상대하러 테노치티틀란으로 가는 중인데, 텍스칼라 족이 계속 나와 대적하려 한다면 주민들을 모두 죽이고 집들도 모두 불태워버릴 거라고 말이야."

말리는 미소를 지었다. 그의 병사들은 너무 지쳐서 일어설 기력조차 없을 지경이었다. 하지만 속으론 초조하더라도 신이 어떻게 달리 말할 수 있겠어?

"어둠 속에서도 지혜를 보는 눈먼 하얀 새에게 전하세요. 깃털 달린 뱀께서는 빵의 나라를 되찾으러 귀환하셨어요. 목테수마의 운명을 끝장내러 가시는 그분의 길을 방해하지 말라고요. 비키지 않으면 당신들의 운명도 멕시카처럼 될 겁니다."

인디언 포로들의 눈이 휘둥그레졌다. 그들은 두려움에 몸을 떨고 있었다. 탁자 뒤에 앉아 있는 턱수염 난 사람이 정말 케쌀코아틀일지 모른다고 생각하면서.

코르테스가 고개를 끄덕이자 산도발이 앞으로 가외 두 인디언의 결박을 풀어주었다. 코르테스가 베네치아 산 유리알로 된 염주를 건네자 두 인디언은 어리둥절한 표정으로 그 선물을 바라보았다.

"깃털 달린 뱀께서 친히 내리시는 선물이에요. 구름의 나라에서는 가장 귀한 터키옥보다 더 값비싼 보석이랍니다. 이제 돌아가서 족장에게 깃털 달린 뱀의 말씀을 전하세요."

산도발이 서둘러서 두 포로들을 데리고 나갔다. 코르테스는 카세레스에게 나가라는 뜻으로 머리를 끄덕였다.

다시 말리와 코르테스만 남았다. 그는 탁자 위에 머리를 떨구며 두 주먹을 불끈 쥐었다. 그에게 열병이 도졌음을 말리는 알아차렸다.

그녀는 코르테스를 침대에 누이고 옷을 벗겼다. 그의 몸은 한기로 덜덜 떨렸고 누운 추점을 잃고 있었나. 그녀는 옷을 훌훌 벗고 자신의 몸으로 그의 몸을 따뜻하게 해주었다. 여자가 그의 머리를 부드러운 가슴으로 꼭 껴안자, 그는 아기처럼 여자의 젖꼭지를 빨았다.

말리는 밤새도록 그를 껴안고 있었다. 그리고 처음으로 그에게서 신이 아닌 한 인간을, 신의 옷으로 자신의 모든 불완전함을 가린 한 남자의 모습을 보았다. 그녀는 자신이 가장 사랑하는 존재가 신인 지 아니면 신의 껍질을 쓴 한 사내인지 구분할 수가 없었다.

41

작전회의실의 분위기는 침울했다. 4인 위원회는 자신들의 낮은 권좌에서 굳은 표정으로 '젊은 말벌의 반지'를 바라보았다. 턱수염을 기른 침입자들이 수많은 젊은 전사들의 목숨을 앗아갔다. 젊은 말벌의 반지와 모든 장교들이 최선의 노력을 기울였지만 적들은 조금도 퇴각할 기미를 보이지 않았다.

"그 여자 말로는 말린체가 깃털 달린 뱀이라고 합니다."

'목화의 반지'가 입을 열었다.

"그 자가 깃털 달린 뱀이라면 나는 비의 신이오."

젊은 말벌의 반지가 대꾸했다.

"그들도 우리처럼 죽어요. 그들이 타고 다니는 커다란 짐승도 죽었소. 내 전사들이 한 마리를 잡아 먹어지웠지."

"그들이 새로운 시대를 열기 위해 돌아왔다는 말도 있습니다. 당신의 칼과 창이 그들의 피부에서 튕겨나온 건 사실이잖소?"

목화의 반지가 물었다.

"그들의 갑옷이 우리 것보다 우수한 것뿐이오."

"그 여자는 그들 테울레스……가 멕시카와 싸우는 우리를 돕고 싶어한다고 말했소."

다른 영주인 랍셋위민*이 말했다.

젊은 말벌의 반지는 말없이 랍셋위민을 노려보았다. 그가 사용한 나우아틀 어 테울레스는 '신들'이란 뜻이기 때문이었다.

"우릴 설득하려는 속임수에 지나지 않소. 멕시카가 우리에게 늘 패배하자 이를 만회하려고 그들을 데려온 것이오. 그들은 침략자일 뿐이니 모두 죽여야 해. 그냥 놔둔다면 우리 모두의 치욕이오."

"난 그 말에 동의하지 않소."

랍셋위민이 반대하고 나섰다.

"우리는 그들과 협상을 해야 한다고 생각합니다. 그들이 정말 멕시카의 적이라면 우리는 테노치티틀란과 맞서 싸울 수 있는 동맹국을 얻게 됩니다."

"속임수라면 어쩔 거요?"

"설사 속임수라도 말린체는 성의를 다했다고 보오. 그는 포로들을 제물로 바치지 않고 대신 선물을 들려 돌려보냈소."

'늙은 말벌의 반지'는 주위에서 벌어지고 있는 격렬한 토론에 귀를 기울였다. 그는 판단을 내리기 전에 모든 족장들에게 두려움을 토로하게 했다. 그는 자기 아들이 잘못 판단하고 있다고 생각했다. 그들은 보통 사람들과는 달랐다. 말린체가 정말 깃털 달린 뱀인지는 좀더 두고 봐야겠지만 어쨌거나 신인 것만은 분명했다.

---

* Laughs at Women, 여자만 보면 웃는 자.

"이제 그만 됐네."

늙은 말벌의 반지는 조용히 말문을 열었다. 토론은 끝났다는 의미였다. 횃불이 환한 방 안에 침묵이 감돌았다. 그는 늙고 눈까지 멀었지만 오랜 세월 위원회의 우두머리를 맡아왔다. 이제 그가 최종 결론을 내리는 일만 남았다.

"이 침입자들이 신인지 인간인지는 아직 알 수가 없네. 내 아들처럼 나도 그들의 말을 전부 믿지는 않아. 그들은 자신들을 목테수마의 적이라고 주장하고 있지만, 그렇다면 멕시카는 왜 그들을 무찌를 군대를 보내지 않고 있겠나?"

그는 잠시 쉬었다가 말을 이었다.

"저들이 테울레스라면 평범한 방법으로는 물리칠 수가 없어. 부엉이 남자와 사제들을 불러 신들과 상의하게 해서 턱수염 난 이방인들을 물리칠 방법을 알아냈네. 그들은 동쪽에서 왔기 때문에 모든 기운을 태양 신으로부터 얻고 있어. 그래서 그들을 물리치려면 태양이 없는 밤에 공격해야만 해."

젊은 말벌의 반지는 회의가 시작된 후 처음으로 불안한 표정이 되었다.

"하지만 밤엔 악귀들이……"

아버지가 손을 들어 아들을 제지했다.

"우리 주술사가 밤의 악귀들로부터 전사들을 보호해줄 특별한 부적을 나눠줄 거야."

"하지만 어둠 속에서는 한 번도 싸워본 적이 없는네……"

"내 말대로 해. 우리 전사들의 사기를 더이상 떨어뜨릴 수는 없어. 그들의 강철 뱀이 마치 낫으로 옥수수 줄기를 자르듯 우리 젊은이들을 죽이지 않았나. 나는 결정을 내렸네. 내일 밤, 저들의 아잉시를 습격하도록 하게."

촛불이 바람결에 하늘거리자 원주민이 벽감 안에 모셔둔 점토로 만든 조잡한 신상들의 그림자가 흔들렸다. 탁자 한 개와 기하학적 도안으로 거칠게 짠 낡은 태피스트리 몇 장이 벽에 걸려 있을 뿐 가구라고는 거의 없었다.

비상회의에 참석한 장교들은 모두 동료들의 부상 상태를 보며 놀라고 있었다. 알바라토와 레온 둘다 어제 있었던 전투에서 부상을 당했다. 레온의 곱슬곱슬한 턱수염은 뺨의 상처에서 흘러내린 피로 얼룩져 있었고 알바라도는 팔에 감은 붕대에 피가 흥건했다. 베니테스 역시 어깨에 깊은 상처를 입었다.

"이사벨은 어디 있나?"

알바라도가 들어오며 베니테스에게 물었다.

베니테스는 머뭇거렸다. 자신이 생각했던 것보다 알바라도가 더 많은 것을 알고 있는 게 아닌가 하는 생각이 들었다.

"병원에서 멘데스를 돕고 있네."

"코르테스도 거기 있겠지."

레온이 말했다.

산도발이 고개를 끄덕였다.

"열병을 앓고 있네."

"사랑의 열병이겠지."

알바라도가 차갑게 말했다.

"마리나와 너무 많은 시간을 보내고 있어. 그 여자가 사령관에게 지나친 영향력을 끼치지나 않을지 염려되는군."

"소문에 할라파에서부터 사령관의 정부가 되었다고 하더군."

산도발이 말했다.

"사령관은 푸에르토카레로를 스페인으로 보낸 뒤 바로 그 여자와 잠자리를 같이했다네. 그 여자를 마치 스페인 귀부인 다루듯 한다니까. 우리가 험한 산길을 행군할 때도 그 여자를 가마에 태워서 데리고 다녔으니, 염병할!"

레온이 투덜거렸다.

"아길라르 얘기론 그 여자가 사령관을 신이라고 인디언들에게 이야기한다던데."

알바라도의 말에 잠시 어색한 침묵이 흘렀다. 베니테스가 입을 열었다.

"사실을 확인할 순 없지만 그가 자기 입으로 그런 소릴 하는 걸 한 번도 들어본 적이 없네."

"암튼 이제부터 우린 어떻게 해야 하나?"

산도발이 물었다.

"어떻게 하긴?"

베니테스가 반문했다.

"사령관 말대로 돌아갈 길은 없어. 이기든지 죽든지 여기서 끝장을 내야 해."

"그 여자의 잘못이야. 그 여자가 우리를 여기까지 끌고 왔다구. 사령관을 살살 녹여서 말이야."

알바라도가 말했다.

"어쨌거나 사령관이 내일은 괜찮아지기를 기도하사나. 그 양반이 없으면 우린 패배할 수밖에 없을 테니까."

레온이 말했다.

"나도 코르테스만큼은 전투를 지휘할 수 있네."

알바라도의 말에 모두가 탁자만 내려다보며 침묵에 빠져들었다.

"두고보게."

알바라도는 볼멘소리를 남기고 나가버렸다.

"당신 말대로 코르테스가 없으면 우린 이길 수 없어."

산도발이 중얼거리듯 말했다.

방 한쪽 구석에서 한 여인이 코르테스를 바라보고 있었다. 희미한 불빛에 비친 여자의 얼굴은 그가 상상했던 그대로였다. 평온하면서도 창백한 얼굴. 기다란 자주색 로브를 입은 그 여인은 팔에 아기를 안고 있었다. 그 환영이 그에게 손을 내밀자 코르테스는 그 손을 붙잡으려고 애썼다. 그리고 어린 시절 세비야 성당에서 치유(治癒)의 성모 마리아 상 앞에 무릎을 꿇고 할머니에게 배웠던 기도말을 중얼거렸다.

"너는 하느님의 축복을 받고 있단다. 가는 곳마다, 하는 일마다 네 곁엔 내가 있어."

"저들은 굴복하려 들지 않아요."

코르테스는 중얼거리듯 말했다.

"그들 모두 네 앞에 무릎을 꿇을 거야. 아무것도 두려워할 거 없어. 제국은 이미 너의 것이니까. 나를 위해 그렇게 될 거야. 그게 너의 운명이란다."

"내 운명이라고요?"

"넌 다른 사람들과 달라, 코르테스. 내가 너를 선택했고, 너는 나의 투사란다. 나를 이곳에 데려왔으니 이제 수천 배로 보답하겠다."

코르테스는 여인의 로브 자락을 만졌다. 그런데 어떤 손이 그를 침대로 이끌었다.

"뜨거워요. 당신 피부가 타는 듯해요."

말리가 속삭였다.

"마리아……"

"누구랑 얘기하고 계시는 거예요?"

코르테스는 자주색 로브를 입은 여인을 다시 보려 했지만 이미 사라지고 없었다. 어둠만이 있었다. 방 안의 공기는 몸이 얼어붙을 만큼 차가웠다. 땀에 젖은 피부에 갑자기 한기를 느낀 그는 갑자기 몸을 떨기 시작했다. 말리가 머리맡에 누워 그를 따뜻하게 해주는 동안 그는 오들오들 떨면서 저주의 말을 뇌까렸다.

그는 마침내 잠들었다. 날이 밝아오자 자주색 로브의 여인은 까맣게 잊혀졌다. 그 여인에 대한 기억은 잊혀졌지만, 어두운 방에서 한바탕 꿈처럼 다가왔던 환영이 잠깐 떠올랐다가 이내 사라졌다.

말리는 벌거벗은 몸으로 침대에서 일어났다. 평원은 여전히 어둠에 잠겨 있었다. 깃털 달린 뱀의 상징인 새벽별이 동쪽에서 떠올랐다가 사라졌다. 스라소니는 그 별을 환영하듯 밤새 울부짖었다. 코르테스는 깊고 편안하게 숨을 쉬었다. 열병은 이제 씻은 듯 사라졌다.

그녀는 깃털 달린 뱀의 자식을 자기 뱃속에 잉태라도 한 듯 배에 손을 얹었다. 신의 어머니가 된다는 것은 그녀의 인생에서 가장 영광스런 승리가 될 것이다. 톨텍 족을 위한 새로운 왕조의 왕자를 잉태할 수만 있다면……

말리는 새벽이 냉기가 풀리오자 몸을 떨었다.

야영지에서는 벌써 병사들이 유령처럼 돌아다니고 있었다. 그들은 담요를 두르고 모닥불 주위에 옹기종기 앉아 있었다. 안개비가 산에서 묻어오고 있었다.

말리는 자신을 바라보는 시선을 느꼈다. 누군가가 그녀를 지켜보고 있었다. 남자는 쿠바 산 포도주를 품에 안 듯이 들고 꿀꺽꿀꺽 마셨다. 누군지 분명히 보진 못했지만 하라미요 같다는 생각이 들었다.

그녀는 피부 위에 불개미가 기어가듯 후끈하게 달아오르는 것을 느끼고 서둘러 안으로 들어왔다.

42

"병사들을 대표해서 청원을 드리러 왔습니다."

데그라도가 말했다.

"돌아가자는 의견입니다. 사령관께서 영웅적인 업적을 세우시지 않았다는 말은 아닙니다. 하지만 이제 우리 능력을 넘어섰습니다. 우리는 시저처럼 배를 불태웠어요. 하지만 우린 로마인들처럼 병력이 많지 않아요. 겨우 오백 명 병력으로 산 후안 데 울루아 해변에 상륙했고 그나마 날이 갈수록 그 숫자가 줄이들고 있어요."

코르테스는 침묵하고 있었다.

"다른 병사들과 마찬가지로 저도 쿠바에 재산과 인디언 노예들을 가지고 있습니다. 하느님의 은혜로 쿠바에 무사히 돌아살 수만 있다면 황금을 얻지 못한 것에 대해 절대 불평하지 않겠어요. 정말 나는 살아 있다는 것만으로 축복받았다고 생각할 겁니다. 해안으로 돌아가야 합니다. 그래서 쿠바로 돌아갈 배를 만들어야 해요."

베니테스는 경멸조로 얼굴을 찌푸렸다. 이 문제로 쑥덕거렸군. 게다가 데그라도는 병사가 아닌 회계원이었다. 그의 말에 귀기울일 필요가 뭐 있담?

데그라도의 절망감을 이해 못 하는 건 아니었다. 그들은 보름 동안이나 빈약한 식량 배급으로 연명하면서 이 언덕 꼭대기 신전에서 포위를 당하고 있었다. 병자나 부상자들을 위한 식수조차 모자랐다. 그들의 옷은 계속되는 비로 마를 새가 없었다. 하느님마저 버리신 황폐한 평원으로 비바람이 휘몰아쳐 뼛속까지 시려왔다. 그 추위와 굶주림에 시달리면서도 이따금씩 인디언 척후병들과 맞닥뜨려야만 했다.

베니테스는 이미 황금과 영광의 땅 테노치티틀란에 관해서는 잊었다. 두번째 전투에서 입은 팔의 상처가 곪아서 무자비하게 아파왔다. 이제 그의 유일한 희망이라면 하루라도 더 살아남는 것이었다.

병사들은 이제 쿠바가 낙원이라도 되는 듯이 어서 돌아가자고 외쳐댔다. 그들이 느끼는 고통은 스페인에 대한 향수를 더욱 부채질했다. 베니테스는 생각에 빠져들었다. 스페인에 남아 있었다면 지금 이 순간 나는 무얼 하고 있을까? 아마 세련된 귀족사회를 맴돌며 톨레도의 왕실 주변을 어슬렁거리고 있겠지. 변변찮은 시골 귀족 출신으로 부유한 후원자를 만나거나 수지맞는 결혼이나 하기를 바라면서. 그런 별볼일 없는 현실에서 도피하기 위해 쿠바로 건너갔건만, 하찮은 작위를 가진 벨라스케스는 그를 받아들여 담배 농장 일을 맡겼다. 농원은 메마른 토양에다 가뭄이 계속되었고 일할 인디언들마저 턱없이 부족했다. 그곳으로 돌아가느니 차라리 이곳에서 끝장나는 것이 나을지도 몰랐다. 야만족들과 맞서 죽을 고비를 넘기면서 그는 기대하지도 않았던 것을 자신에게서 발견하고 있었다.

언젠가 베라크루스에서 노르테가 말했던 대로, 죽는다는 것은 결코 쉬운 일이 아니었다.

"우린 돌아갈 수 없네. 우리에게 남은 유일한 길은 전진뿐이야. 내가 여러 차례 말했다시피 돌아가려면 성벽을 지나야 할 텐데, 그러면 동맹인 토토낙 족마저 우리 목에 칼을 겨누게 될 거야."

코르테스는 레온을 바라보며 물었다.

"레온, 자넨 어떻게 생각하나? 데그라도 말에 동의하는가?"

"우리 사령관님은 당신이십니다. 저는 동료 장교들에게 각자의 의무를 충실히 이행할 것을 요구합니다."

변덕쟁이 같은 놈! 베니테스는 쓴웃음이 나왔다. 코르데스는 날뛰는 한 마리 사자를 순한 양으로 만들어놓았다. 레온에게는 언제나 올가미가 그림자를 드리우고 있었다.

코르테스는 좌중을 둘러보았다.

"베니테스 자네는?"

"우리가 돌아갈 수 없다는 사실은 이해하지만 정말 걱정입니다. 이교도들은 포기하지 않을 겁니다. 저들은 밤낮으로 우리를 괴롭히고 있습니다. 많은 병사들이 질병과 추위, 굶주림으로 고통받고 있어요. 저들을 격퇴한다손 치더라도 멕시카와의 싸움이 또 남아 있습니다."

코르테스는 다른 사람들 쪽으로 시선을 돌렸다. 오르다스와 하라미요는 시선을 피했다. 알바리도와 산도발은 관심없다는 표정을 지어 보였다. 베니테스는 생각했다. 산도발 녀석은 얼음처럼 차가운 피를 가졌기 때문이고, 알바라도는 너무 오만해서 자신이 죽는다고는 생각도 못 하기 때문이겠지.

"명예와 영광이 그렇게 쉽사리 얻어질 거라고 생각했나?"

코르테스는 그들에게 물었다.

"데그라도, 자네 부하들에게 우리는 지금 성스러운 십자가의 깃발 아래 싸우고 있다는 사실을 상기시키게. 우리는 진정한 믿음을 전하러 이곳에 왔어. 하느님께서 보호막을 치시고 우리 곁에 함께 하실 것이네."

데그라도가 사령관의 말에 별로 감명받지 않은 듯하다고 베니테스는 생각했다. 데그라도는 불퉁한 표정을 짓고 있었다.

"각하의 결정을 부하들에게 전하겠습니다. 그들은 제 명령에 복종할 것입니다."

데그라도는 경례를 하고 나갔다.

"나도 저런 충성심을 불어넣을 수 있다면 좋겠는데."

코르테스의 말에 다른 장교들은 쿡쿡 웃었다. 데그라도가 사실 부하들을 핑계로 청원하는 척한 것임을 그들 모두 알고 있기 때문이었다. 병사들은 데그라도를 믿으려 하지 않을 것이고 침을 뱉으며 야유할 것이다. 데그라도는 순전히 자신을 위해서 청원했던 것이다.

베니테스는 고개를 들었다. 코르테스가 방구석을 뚫어지게 바라보고 있었다. 그의 얼굴에 미소가 떠올랐다. 그는 코르테스가 바라보는 쪽으로 시선을 옮겼다. 아무것도 보이지 않았다.

"성모 마리아가 우리와 함께 계신다네. 여러분, 우리는 이길 것이오."

병사들은 맨땅에 밀짚 깔개만 깔고 누워 있었다. 부상 부위를 감은 붕대는 흥건하게 피로 물들었고, 얇은 모포로 간신히 가린 몸뚱어리는 추위에 덜덜 떨고 있었다. 퀭한 눈으로 서까래를 멍하니 바라보는 병사도 있었고, 신음 소리를 내며 연신 어머니를 불러대는 병사도 있었다.

베니테스는 악취를 풍기는 부상자들을 지나 노르테를 찾았다. 레인 플라워가 여전히 그와 함께 있었다. 그녀는 노르테가 누워 있는 밀짚 깔개 옆에 쪼그리고 앉아 있었다. 노르테의 퀭한 얼굴에는 지난 일 주일 동안 자란 턱수염이 무성하게 덮여 있었다. 부상을 당하기 전까지만 해도 흑요석 조각으로 날마다 깔끔하게 면도를 하던 노르테였다. 수염 없는 마야인들과 함께 살 때 몸에 밴 습관인 듯했나. 이제야 그는 진짜 스페인 사람같이 보였다.

레인 플라워는 베니테스를 보자 재빨리 시선을 피했다.

베니테스는 부상자 앞에 쪼그리고 앉았다. 곪은 피냄새가 진동했다. 너도 이젠 그다지 좋은 냄새를 풍기지 않는군, 베니테스는 흡족한 기분이 들었다.

"노르테."

부상자의 눈이 껌벅거렸다. 그는 무슨 말을 하려고 했지만 목소리가 나오지 않는 모양이었다. 레인 플라워가 그의 고개를 받치고 자그마한 호리병에 든 물로 입술을 축여주었다.

"턱수염이 자라니까 이젠 우리 편처럼 보이는군."

노르테는 억지로 웃어 보였다.

"저를…… 모욕하러…… 오신 겁니까?"

"글쎄, 그럴 수만 있다면."

노르테의 상태는 어제보다 좋아진 것 같았다. 뺨의 누런 기운이 가셨고 숨쉬는 것도 한결 나아 보였다.

"자넨 좀더 아파도 싸."

"정말…… 고맙군요. 상처는…… 그다지 깊지 않아요. 그런데 갈비뼈가…… 부러졌어요. 숨쉬기도 어렵고. 정말…… 아파요."

"곧 괜찮아질 거야."

베니테스는 레인 플라워를 바라보았다. 그녀는 그와 시선을 마주치지 않으려고 했다. 부상자처럼 타바스칸의 이 어린 여자도 여위고 병들어 보였다.

어둠 속에서 한 부상자는 도깨비가 자신을 괴롭히고 있다고 투덜거렸다.

노르테가 레인 플라워를 힐끗 보고는 베니테스에게 물었다.

"……알고 있죠?"

베니테스는 고개를 끄덕였다.

"어떻게 하실 거죠?"

"아직 결정하지 않았어. 방법이야 있지만 그럴 필요가 없겠지."

노르테는 레인 플라워를 보며 말했다.

"친절을 베풀어주세요. 이 여자에겐 죄가 없어요."

"그래?"

노르테의 눈빛이 미묘하게 변했다.

"알았어요."

"뭘 알아?"

"이 여자를 데려갈 생각이었죠? 그건…… 절대로 안 돼요. 여자를 스페인에 데려가봐야…… 구경거리가 될 뿐이에요."

"난 그런 생각 한 적 없네."

노르테의 얼굴에 어두운 미소가 떠올랐다가 곧 사라졌다. 그는 그런 상상을 했음직도 하다. 하지만 난? 베니테스는 혼란스러웠다.

내가 정말 이 인디언 여자를 좋아하게 되었나?

멘데스는 오두막 구석에 있는 나무 탁자에서 수술 준비를 하고 있었다. 네 명의 병사들이 부상자의 팔다리를 붙잡고 상처 부위에 쿠바 산 와인을 끼얹었다.

"왜 내 목숨을 구해주었지?"

베니테스가 물었다.

"나는 평생 이 지옥에서 살아야 하는데…… 당신만 그 고통에서 해방되게 둘 순 없죠?"

수술대 위의 부상자가 비명을 지르고 있었다. 베니테스는 귀를 틀어막고 싶었다.

"그래서 자네 동족인 인디언을 죽여가며 날 구했단 말인가?"

"그들은…… 내 동족이 아니라고 했잖아요. 내 피부색을 벗겨낼 순 없어요. 난 스페인 사람입니다…… 당신처럼. 턱수염도 있고 눈도 푸르고…… 왜 그걸 부정하죠?"

레인 플라워가 노르테에게 뭐라고 속삭였다.

"당신 팔을 보여달라는군요."

"일없네."

두 사람은 또 무슨 말인가 주고받았다.

"이곳에서는…… 상처에 쉽게 감염이 된다는군요. 당신을…… 치료해주고 싶답니다."

"아무려면 어떤가? 자네 말대로 우린 이곳에서 모두 죽어가고 있는데."

노르테의 숨결이 가빠지기 시작했디. 무리해서 말한 탓에 기운이 소진된 모양이었다.

"당신은 이 여자의 언어를…… 조금이라도 배워야 해요. 당신이 친절하게 대해주면…… 이 여자도 친절하게 대할 겁니다.”

　수술대 위에 있는 병사의 비명 소리가 그쳤다. 고맙게도 의식을 잃어버린 것이다.

　“마야인들과 함께 살면서…… 한 가지 깨달은 게 있어요. 사람은 누구나 두 개의 인생을 살게 된다는 사실이죠. 현세의 인생과…… 내세의 인생이 그것인데…… 마야인들 대부분은 내세의 인생을 좇아 살고 있었죠.”

　“그게 무슨 소린가?”

　“어쩌면 당신은…… 순수한 스페인 사람이 아닐 겁니다.”

　베니테스는 더이상 듣고 싶지 않았다. 그는 일어나서 서둘러 밖으로 나왔다.

　빌어먹을 녀석.

　하는 짓마다 얄미운 놈이야. 이제 그는 진정한 스페인 사내라면 당연히 품어야 할 노르테에 대한 증오심을 노르테에 대해 품을 수가 없었다. 노르테는 그 여자와 잠자리를 같이했다. 두 사람을 벌할 권리가 그에게 있었지만 그는 아무 행동도 취하지 않았다. 복수를 망설이며 질질 끌다가 그만 기가 꺾이고 만 것이다. 그 두 연놈이 그의 기를 꺾어버렸다.

　밖에 나와보니 구름이 달을 가로질러 흘러가고 있었다. 모닥불 연기 냄새가 빗줄기에 녹아들었다. 몸은 지쳤지만 마음이 혼란스러워 그는 잠들 수가 없었다.

43

레인 플라워는 촛불 아래에서 상처를 살펴보았다. 더러운 붕대를 벗겨내는 순간 코를 찌르는 지독한 고름 냄새가 물씬 풍겼다. 텍스칼라 족의 창에 찔린 상처가 깊숙하게 나 있었다. 벌어진 상처는 벌겋게 부어올라 누런 농이 흘러나왔다.

베니테스는 고통스러운 신음 소리를 내뱉었다.

레인 플라워는 약초향이 풍기는 찜질약을 상처 부위에 놓고 천으로 단단하게 싸맸다. 그리고는 베니테스를 바라보며 그를 어리둥절하게 만들었다.

그에게 미소를 지어 보였던 것이다.

그녀는 베니테스가 알아들을 수 없는 말로 몇 마디 숭얼거렸다. 베니테스는 대답 대신 손을 뻗어 여자의 머리카락을 어루만져주었다.

이 구릿빛 피부에만 익숙해진다면 정말 아름다운 여잔데 말이야, 하고 그는 생각했다. 그가 구애했던 어떤 스페인 여성보다 그녀는 아름다웠다. 하지만 그는 지금까지 여성들과 사귄 경험이 별로 많지 않았다. 그 자신이 여성에게 매력적인 남자가 아니라는 것도 알고 있었다. 커다란 체구에 매너는 거칠었고, 코가 너무 커서 얼굴과 심한 부조화를 이루고 있었다. 그는 쿠바에서 여자 뒤꽁무니를 쫓아다니는 걸로 유명했던 알바라도나 코르테스와는 달랐다. 그는 여자들의 눈길을 끌어본 적이 한 번도 없었으며, 그렇다고 외모의 부족함을 메워줄 부나 권력이 있는 것도 아니었고 뚜렷한 재능이 있는 것도 아니었다.

그는 갑자기 밀려오는 고독감에 사로잡혔다. 마침내 이곳에서 아름다운 여성을 만나게 되었지만, 간단한 말 한마디 서로 나눌 수가 없지 않은가. 이 여자가 무슨 생각을 하고 있는지 그는 궁금했다. 틀림없이 노르테 생각을 하고 있겠지. 통증과 함께 분노가 몰려왔다. 그녀의 이교도 애인 노르테는 귀를 뚫고 문신을 하고 있다. 노르테는 그녀의 언어를 지껄일 수 있고 그녀의 인생과 신들을 상기시켜줄 수가 있다.

기분이 좋을 리 없었다. 하지만 베니테스는 여자의 배신을 처음 알았을 때 그랬던 것처럼 분노를 느낄 수가 없었다. 오로지 못난 자신에 대한 자학만 있을 뿐이었다. 그는 아름다운 것들을 결코 소유할 수 없었다. 그것은 그의 잘못이지 그녀의 잘못이 아니었다. 그렇다면 노르테는? 전쟁터에서 등을 맞대고 같이 싸운 전우를 진정으로 미워하기란 어려운 일이었다.

레인 플라워의 손가락이 부드럽게 그의 뺨을 쓰다듬었다.

"카로."

베니테스는 나직이 말했다. 물론 그녀는 알아들을 수 없는 말이었다.

그녀는 그에게 부드럽게 키스했다. 의무감이나 보답을 바라고 하는 키스는 아니었다. 정말 이런 방법으로 그에게 키스를 해준 여인은 없었다. 조심해야지, 하고 그의 마음속에서 단호한 목소리가 들려왔다. 원주민과 사랑에 빠질 수도 있다고 자신을 속이려 들지 마. 이 여자는 그저 하나의 선물에 불과해. 그런 여자로 대접하는 게 군인정신이야.

그는 여자를 침상으로 부드럽게 끌어당겼다.

달이 가운데 부분이 농익어 부풀어오른 모습으로 하늘 높이 떠 있었다. 달 그림자가 계곡을 가로질러 달려갔다. 테울레스가 언덕 위의 마을을 점령하고 있다. 그들은 깃털 달린 뱀의 시전을 점령하여 요새로 사용하고 있었다. 하나의 전조였다.

랍셋위민은 부엉이 주술사에게 마음속으로 저주의 말을 퍼부었다. 밤에 싸우는 것은 자연의 순리에 어긋나고 명예롭지도 못하다. 또 어떤 이점이 있는 것도 아니었다. 전사들이 어떻게 지휘관의 신호를 알아볼 수 있겠는가? 또 적과 동료를 어떻게 구별한단 말인가?

그는 젊은 말벌의 반지 곁에 서서 탑의 언덕 경사면으로 이동하고 있는 전사들의 그림자를 지켜보았다.

바람이 세차게 불며 으르렁거리고 있었나. 바람의 신인 깃털 달린 뱀이 전사들을 지켜보고 있다. 멀리서 저승의 신 믹틀란테쿠틀리의 전령인 부엉이가 우는 소리가 들렸다.

또하나의 나쁜 조짐이었다.

갑자기 언덕 전체가 개똥벌레로 뒤덮인 듯했다. 랍셋위민은 테울레스의 불지팡이에서 탕탕 소리가 나며 전사들이 어둠 속에서 고통과 공포로을 내지르는 비명 소리를 들었다. 테울레스들은 어떻게 자신들이 오는 것을 알았을까? 그들은 밤에도 볼 수 있다는 걸까?

그는 지휘관들에게 후퇴하라고 고함을 질렀다. 북소리와 호각 소리가 골짜기에 울려퍼졌다.

랍셋위민은 이제 자신의 전사들에게 들려주었던 여자의 말이 진실임을 알았다. 말린체는 정말 깃털 달린 뱀이었다.

그 남자는 사타구니에만 헝겊을 두르고 있었다. 말리는 그의 근육과 힘줄이 꿈틀거리는 것을 볼 수 있었다. 무릎을 꿇은 남자의 두 발은 밧줄로 묶여 있었고, 하라미요가 그 밧줄 한 자락을 밟고 있었다. 그가 오른손으로 포로의 목과 손목을 함께 묶은 매듭을 팽팽하게 당기자, 포로의 두 팔이 어깨 위로 올라가며 목을 조였다.

알바라도는 다른 밧줄로 포로의 팔꿈치 위쪽을 묶은 뒤 커다란 쇠못을 지렛대처럼 매듭에 밀어넣고 힘껏 비틀어 두 팔을 꽉 죄었다. 피가 통하지 않게 된 포로의 팔은 곧 시퍼렇게 부풀어올랐다.

젊은 포로는 숨을 헐떡거리며 몸부림쳤다.

야습 도중에 생포된 포로였다. 달빛 덕분에 텍스칼라 족의 움직임은 쉽게 포착되었다. 보초병들이 그들을 발견하고 비상을 걸었던 것이다. 지난번 포로들은 코르테스가 전략상 선물까지 들려 돌려보내며 평화 협상을 제의했지만 이번에 잡힌 포로는 운이 없었다.

말리는 코르테스를 쳐다보았다. 이런 짓을 그만둘 수는 없을까. 열병을 한바탕 앓고 난 이후로 그는 변했다. 더이상 신처럼 행동하지 않았다.

"내가 누군지 아냐고 물어보게."

코르테스는 야릇한 표정으로 말리에게 말했다.

"깃털 달린 뱀께서 자신을 알고 있냐고 묻고 계세요. 대답해야
고통을 받지 않아요. 그분은 단단히 화가 나셨어요."

말리가 젊은 포로에게 말했다.

하라미요는 밧줄을 더욱 팽팽히 죄며 포로의 대답을 재촉했다.
텍스칼라인은 캑캑 기침을 해대며 애써 숨을 가다듬었다. 거품을
문 입에서는 침이 질질 흘러내렸다. 그는 숨을 크게 들이마셨다. 잠
시 시간이 흐른 뒤 하라미요가 다시 밧줄을 죄어 대답을 재촉했다.

전사는 말없이 말리를 바라보았다. 이 고문을 멈춰달라고 탄원하
는 눈빛이었다. 전쟁을 하다 죽거나 신전의 제물로 바쳐지는 것은
그에게 두렵지 않았다. 하지만 이것은……

"신이라고 말하는 사람도 있고…… 인간이라 말하는 사람도 있
어요. 밀빌의 반지께서는…… 의심을 품고 계십니다."

말리는 코르테스를 돌아보았다.

"알고 있답니다."

"우리와 싸우는 이유를 물어보게."

그 질문을 듣고 난 젊은 전사는 소리쳤다.

"당신들이 우리 땅을 침입했기 때문이야! 당신들은 도둑이
고…… 살인자라구. 곧 우리 전사들이…… 당신들 심장을 구워서
신들에게 바칠 거야!"

말리는 이 말을 통역하지 않았지만 하라미요는 그의 고함 소리를
듣자 밧줄을 더욱 세게 죄었다. 그의 머리가 뒤로 젖혀지며 조용해
졌다. 말리는 코르테스를 바라보았다. 왜 이렇게 해야 되죠? 전쟁에
서 죽이는 것은 어쩔 수 없지만 이런 진인한 짓은……

"저 자가 뭐라고 했지?"

코르테스가 물었다. 그녀는 방 안이 몹시 추운데도 그의 이마에

땀방울이 맺혀 반짝이는 것을 보았다.

"……우리보고 침략자라고 했어요."

코르테스는 온몸에 힘이 쭉 빠지기라도 하는 듯 의자에 털썩 주저앉았다. 그리고 잠시 후에 하라미요에게 시선을 돌렸다.

"그놈의 코와 손을 잘라 목에 붙들어매어 마을로 돌려보내."

말리는 자신의 귀를 의심하지 않을 수 없었다. 그녀는 명령을 취소해달라고 애원하는 눈빛으로 코르테스를 바라보았다. 하지만 이미 친절이 사라진 그의 눈빛은 차갑게 그녀를 한번 흘낏 바라보았을 뿐이었다. 이런 분이 고통에 가슴 아파하는 깃털 달린 뱀이란 말인가? 베라크루스에서 반역자들을 처형하는 서류에 서명하며 그토록 괴로워하던 사령관이란 말인가? 아기를 안고 있는 어머니의 그림 앞에 꿇어 엎드려 기도하던 신이란 말인가?

코르테스가 그녀에게 말했다.

"포로들을 돌려보내기 전에 말벌의 반지에게 전할 메시지를 주도록 하게. 내가 이제 인내심을 잃었다고 하고, 이틀 이내로 평화협상에 응하지 않으면 마을로 진군하여 모조리 불태워 버리겠다고 하게."

바깥에서는 벌써 하라미요가 코르테스의 명령을 시행하고 있었다. 그가 남자의 손을 찍어누르자 구스만이 싱글거리며 창으로 내리쳤다. 손목이 잘려나가며 남자는 비명을 질렀다. 잘린 손목에서는 시뻘건 피가 솟구쳤다. 하라미요는 잘린 포로의 손목을 뜨거운 송진액에 담가 상처를 소독했다.

하라미요가 나이프로 코를 자르자 포로는 더욱 찢어질 듯한 비명을 질렀다.

말리가 신전에서 목격한 것보다 훨씬 끔찍스러운 장면이었다. 그들에겐 사후의 안락을 보장받을 수 있는 죽음조차 허락되지 않았다. 포로들은 불구자로 늙어서 저승에 가게 될 것이다.

온화하신 지혜의 신께서 왜 이런 명령을 내리는 것일까?

왜?

"주인님……"

그는 손을 들어 그녀를 물리쳤다.

"피곤해. 난 좀 쉬어야겠어. 내가 말한 대로만 해."

그는 부관에게 신호하여 말리를 방에서 내보내게 했다.

"그래도 나는 저들을 신이라고 믿을 수 없습니다."

젊은 말벌의 반지가 말했다.

4인 위원회 참석자들은 젊은 말벌의 반지를 노려보았다. 그를 너 이상 믿지 않았던 것이다. 송진 횃불이 벽에서 탁탁 소리를 내며 타고 있었다.

"그러면 우리의 패배를 어떻게 설명하시겠소?"

랍셋위민이 물었다.

"왕자님 말씀대로 설사 인간이라 할지라도 저들은 틀림없이 신의 가호를 받고 있어요. 그들은 밤에도 환하게 볼 수 있을 뿐만 아니라 우리들의 마음까지 읽을 수 있습니다."

"그래도 우리는 그들을 물리칠 수 있소."

젊은 말벌의 반지는 우겼다.

"그렇지 않아."

마침내 그의 아버지가 입을 열었다.

늙은 족장은 이 끝없는 말싸움이 지겨웠다. 그리고 젊은 전사들의 장례식을 치르는 북소리에도 이젠 진절머리가 났다.

"저들을 물리칠 수 있다는 말을 난 더이상 믿고 싶지 않아. 폭풍의 달 내내 싸웠지만 저들은 물러서지 않고 시종 평화협상을 하자고 제안하고 있어. 그들의 요구는 우리들의 불구대천의 원수인 멕시카하고 싸우겠다는 것이야. 그리고 우리 전사들의 코와 손을 잘라 돌려보냈네."

모두가 침묵을 지켰다. 젊은 말벌의 반지마저 잠자코 있었다.

"그 자는 신처럼 예측할 수 없는 존재야. 정말 깃털 달린 뱀이라면 우린 그의 인내심의 한계를 시험해본 꼴이네. 이 신들이 우리와 동맹을 맺어 멕시카에 대항하자고 제안했네. 이 제안은 거짓이 아닐 거라는 생각이 들어. 목테수마의 통치 사십 년 동안, 그리고 그의 선왕들의 통치 기간 내내 우리는 젊은이들의 피를 멕시카의 제단에 바쳐왔네. 하지만 이 신들과 동맹을 맺는다면 멕시카를 쳐부술 기회가 생기는 것이고, 우린 그 오만하고 잔인한 압제에서 해방될 수가 있어. 그리고 저들이 구름의 나라로 돌아간 뒤에는 우리가 계곡의 주인이 될 수 있을 거야."

젊은 말벌의 반지가 항의하자 늙은 족장은 손을 들어 제지했다.

"기회는 있지 않았는가, 아들아. 우린 지금까지 아무 소득도 없는 전쟁을 해왔어. 이젠 그들에게 평화를 제의해야만 한다."

44

정말 초라해. 멕시카와 비교할 수 없을 정도야, 하고 말리는 생각했다.

실제로 그들 중 몇 사람이 입고 있는 로브는 멕시카에서 훔친 것으로 핏자국마저 보였다. 나머지 사람들도 용설란 섬유로 짠 초라한 망토를 입고 있었다.

말리는 의자에 앉아 사신들을 맞고 있는 코르테스 곁에 서서 통역을 했다. 오십 명 남짓 되는 대규모 사절단이었다. 치장한 깃털 장식과 보석들로 판단하건대 사신들 모두가 텍스칼라의 족장들이나 귀족들이었다. 그들의 우두머리는 스페인 사람만큼 키가 컸고 병을 앓은 듯한 반점이 피부에 있었다. 그는 사신들 젊은 발벌의 반지이며 텍스칼라 영주의 아들이라고 소개했다.

"우리는 말린체 님께 용서를 구하러 왔습니다."

젊은 우두머리가 볼멘 표정으로 말문을 열었다.

"우리는 말린체 님이 우리의 불구대천의 원수인 목테수마가 보낸 사람이라고 확신했습니다. 그렇게 생각한 이유는 당신들이 멕시카의 속국인 토토낙 족을 동반하고 있었기 때문입니다. 그러나 이제는 우리가…… 판단을 잘못했다는 것을 알았습니다."

그는 내키지 않는 말을 억지로 하는 듯 보였다.

말리는 코르테스에게 전했다. 그는 속으로 안도하면서도 전혀 내색하지 않았다.

"이 전쟁에 대해 책임져야 할 사람은 그들뿐이라고 전해. 나는 그들과 친구가 되려고 왔는데 그들은 나를 공격했고 많은 파괴를 불러왔어. 우리 장교들은 그들의 도시를 모두 불태우고 싶어해. 내가 그들을 말릴 수 있을지 모르겠다고 전하게."

말리는 놀랐다. 도시를 다 불태우겠다고? 그의 부하들은 밤에 불도 제대로 피울 수가 없었던 것이다.

하지만 코르테스의 말은 젊은 말벌의 반지를 경악하게 만들기에 충분했다. 하지만 그는 속을 내비치지 않았다. 그의 부친이 평화의 약조를 받아오라고 명령했기 때문이었다.

"말린체에게 전하시오."

그는 말리에게 말했다.

"우리의 동의 없이 텍스칼라로 진군하면 전쟁을 피할 도리가 없소. 그렇지만 우리가 오해했던 것에 대해서는 정말 유감으로 생각하며, 우리 4인 위원회는 귀측이 동맹을 맺기 원한다면 우호적인 태도를 보일 거요."

"그 정도로는 지난 상처를 잊을 수가 없겠는데."

코르테스는 손가락으로 의자 팔걸이를 두드리며 말했다.

말리는 입을 딱 벌린 채 그를 바라보았다.

"그 말씀 그대로 전할까요, 주인님?"

"평화협정을 맺기 위해선 이렇게 해야 한다고 전해. 지금 즉시 내게 복종해야만 하고 스페인 카를 폐하께 동맹을 제의할 것. 이를 거절하면 텍스칼라로 진군하여 모두 불태워버리고 백성들은 전부 나의 노예로 만들 것이라고 말이야."

말리는 젊은 전사에게 시선을 돌렸다.

"깃털 달린 뱀께서는 당신들이 지금 당장 그분의 말씀에 복종해야 한다고 하십니다. 그렇지 않으면 텍스칼라로 진군하여 여러분 모두에게 벌을 내리실 거랍니다."

젊은 말벌의 반지는 코르테스를 뚫어지게 바라보다가 말리에게 말했다.

"저 자가 정말 신이오?"

"뭐라고 하는 거지?"

코르테스가 물었다.

"주인님이 정말 신이냐고 묻는군요."

말리가 나지막이 말했다. 아길라르가 목을 길게 빼고 엿듣는 것이 보였다.

"인간이라고 말하게. 하지만 오직 한 분이신 진정한 신을 섬기고 있다고 해."

말리는 망설였다. 코르테스 님이 신이 아니라고 한다면 이 젊은 왕자는 다시 싸우려 들 것이다. 그러면 우린 패배하겠지. 왜 애써 진실을 숨기려 하세요, 주인님?

당신 자신이 깃털 달린 뱀이라는 사실을 모르고 계실 리는 없을 텐데요.

"이분은 인간일 뿐이에요."

말리는 젊은 말벌의 반지에게 말했다.

"하지만 내면에 신이 계시죠. 그래서 결코 전투에 패하시지 않아요."

말리는 젊은 추장의 표정을 살펴보았다.

그래, 그럴 수 있지. 때로 신들은 인간으로 화하곤 하니까. 깃털 달린 뱀도 톨텍을 다스릴 때는 인간이었어.

텍스칼라인에게는 그것이 해답이 될 수 있을지 몰라도 말리에겐 그렇지가 않았다. 어떤 인간이 정말 신이라면 그 사실을 자신이 모를 수가 있을까? 말리는 의심이 들었다. 그렇지 않다면 내가 모르는 더 큰 신비로움이 있는 걸까?

은빛 강물이 평원 아래로 뱀처럼 구불구불 흐르고 있었다. 맑게 갠 하늘을 배경으로 우뚝 솟은 먼 산들이 스페인의 안달루시아 풍광을 연상시켰다. 언덕 양편으로 늘어선 하얀 석조 건물들엔 높은 담에 둘러싸여 잘 가꾸어진 정원들이 있었다. 그들이 예상했던 이교도의 더러움과는 아주 거리가 먼 도시였다. 셈포알란보다도 훨씬 더 아름다웠다.

도시 원주민 전부가 그들을 환영하러 나왔다. 전날까지만 해도 원한 맺힌 적이었던 그들은 거리를 메우고 지붕 위까지 올라가서 꽃을 던져주었다. 이번에는 전쟁이 아닌 환영의 뜻으로 그들은 북을 두드리고 소라고둥을 불어댔다.

그들이 텍스칼라에 입성한 날은 신들이 귀환한다고 알려진 달의 첫째 날이었다.

늙은 말벌의 반지는 가마에 앉아 광장에서 기다리다가 그들을 맞았다. 그의 뒤편으로 영주들과 하인들이 죽 늘어서 있었다. 그는 몹시 늙어서 갈색 얼굴 전체가 쪼글쪼글한 주름살로 덮여 있었다. 마치 조그마한 원숭이 같군, 하고 코르테스는 생각했다. 말벌의 반지 앞에 놓인 돗자리에는 황금 장신구와 피륙 몇 필이 쌓여 있었다. 전부 다 해서 이십 크라운 이상은 되지 않겠다고 코르테스는 어림했다.

코르테스가 말에서 내리자 늙은 말벌의 반지는 하인들의 부축을 받고 일어나서 짧은 인사말을 했다. 코르테스는 말리의 통역에 귀를 기울였다.

"텍스칼라에 오신 것을 환영하며 변변찮은 선물을 공물로 내놓았답니다."

말리는 금붙이들과 옷감을 가리켰다.

"훨씬 더 많은 선물을 드리고 싶지만 목테수마에게 주위 산들을 포위당하고 있기 때문에 자기네는 매우 가난하다는군요."

"그의 우정을 세상의 모든 황금보다 더 가치 있는 걸로 여긴다고 전해. 또 앞으로는 더이상 멕시카의 속박으로 고통받지 않아도 될 거라고 하고. 멕시카 영주들의 압정에서 백성들을 해방시키기 위해 위대한 주님께서 나를 보내셨다고 말이야."

말리는 나우아틀 어로 통역하고 나서 코르테스에게 다시 말했다.

"코르테스 님의 친절한 말씀에 감사드린답니다. 또 동맹관계를 한시라도 빨리 공고히 하기 위해 공물을 느리고 장교들과 결혼할 여인들을 바치겠답니다. 그런데 우선 코르테스 님의 얼굴을 한번 만져보고 싶다는군요."

"내 얼굴을?"

"늙은 말벌의 바지는 맹인입니다. 그래서 영주님의 얼굴을 만져보고 싶은 거죠."

늙은 인디언의 손가락이 자신의 얼굴에 닿는다고 생각하자 코르테스는 본능적인 혐오감을 억누르기 어려웠다. 그러나 동의한다는 뜻으로 고개를 끄덕이곤 꼼짝 않고 서 있었다. 늙은 말벌의 반지가 옹이진 손가락으로 그의 입술과 눈, 턱수염을 더듬었다. 주름살투성이의 얼굴에 기쁜 미소가 넘쳐흘렀다.

"뭐라고 하는 거지?"

코르테스가 말리에게 물었다.

"우리 신들 중 한 이름을 말했어요, 주인님."

"어느 신 말인가?"

"깃털 달린 뱀."

코르테스는 주위를 둘러보았다. 소란스런 환영 분위기 탓인지 장교들이나 성직자들은 아무도 그 말을 듣지 못한 듯했다. 코르테스는 아찔한 기분이었다. 말리가 말한 대로 이 사람들은 정말 인간이 신이 될 수 있다고 믿는군! 불경스러운 생각이었다. 하지만 그런 신심을 잘만 이용한다면 당장은 자신에게 도움이 될 수 있으리라는 생각이 들었다.

"그런데 주인님."

말리가 그에게 물었다.

"뭐라고 전할까요?"

코르테스는 그녀의 얼굴을 유심히 살펴보았다. 그녀의 의중을 읽어내는 일은 불가능했다.

"말할 게 없어. 이 자는 충분히 느끼고 있을 테니까."

그날 밤, 아길라르는 어둠 속에서 그녀를 기다렸다.

"같이 이야기 좀 해야겠어."

그가 다가서자 강렬하고 고약한 체취가 물씬 풍겼다. 스페인 사람이건 멕시카인이건 사제들에게서 냄새가 나는 건 다 똑같다고 말리는 생각했다.

그녀는 발걸음을 빨리 했다.

"코르테스 님은 나를 더이상 회의에 끼워주지 않아."

"그건 내가 알 바 아니에요."

"코르테스 님이 걱정되어서 그렇지. 올메도 신부는 좋은 사람이지만 그가 이해할 수 없는 부분이 있단 말씀이야."

"그게 뭔데요?"

"그는 너무 잘 믿거든. 일테면 그는 당신이 코르테스 님의 말씀을 정확히 족장들에게 통역한다고 믿고 있단 말이야."

"당신은 어떻게 생각하시는데요? 제가 나비에 관한 시라도 암송하고 있다고 생각하세요?"

"조심하게, 마리나. 당신은 위험한 게임을 하고 있어."

말리는 휙 돌아서서 그를 노려보았다. 닳아서 해진 성서를 가슴에 안고 다산을 상징하는 목걸이를 목에 건 우스꽝스러운 몰골의 사내가 거기 서 있었다. 이 사내는 멕시카나 코르테스에 대해 얼마나 알고 있을까?

"그분께 해가 될 일은 전혀 하지 않을 거예요."

"그러면 말 조심해. 그분을 파괴할지도 모르니까."

"그분은 파괴될 수 없어요. 당신이나 나에 의해서는."

"그도 인간일 뿐이야. 인간은 누구나 파괴될 수 있어."

아길라르는 한 걸음 다가서며 조용히 말했다.

"특히 여자에 의해서."

아길라르가 어둠 속으로 사라진 후에도 말리는 그의 말이 마음에 걸렸다.

45

테노치티틀란

짙은 초록색 모피 망토를 어깨에 걸친 목테수마는 옥좌에 앉아 초점을 잃은 멍한 눈으로 먼 곳을 바라보고 있었다.

우먼 스네이크는 그의 앞에 꿇어 엎드려 있었다.

황제는 최근 전해들은 소식으로 골머리가 아팠다. 스페인 사람들이 꽃의 전쟁터에서 텍스칼라를 무찌르고 굴복시켰다는 소식이었다. 최근 몇 년 동안은 그 자신의 군대도 그런 승리는 거두어본 적이 없었다. 어떻게 몇백 명의 군대로 수만 명의 군대를 무찌를 수가 있을까? 어떻게 그런 일이 가능하지?

그건 불가능한 일이었다. 그들이 신의 인도를 받고 있거나, 말린체가 케쌀코아틀, 깃털 달린 뱀이라면 몰라도.

그 자가 신이 확실하다면 달래는 수밖에 없었다. 하지만 깃털 달린 뱀은 멕시카가 모시는 신들의 목록에는 들어 있지 않았다. 멕시카에 힘을 주는 근원이 아니었다. 아주 오랜 옛날, 목테수마의 선조들은 이 계곡에 정착할 때 사슴가죽 주머니에 신들을 모시고 왔었다. 남쪽의 벌새 위트실로포치틀리는 전쟁의 신이었고, 연기 나는 거울인 테트스카틀리포카는 어둠의 신이었다. 깃털 달린 뱀과는 달리 그 신들은 인간의 피를 제물로 받아먹고 살았다. 톨란의 고대 도시에서 깃털 달린 뱀을 추방할 음모를 꾸몄던 신은 바로 연기 나는 거울이었다.

목테수마는 최근 일어난 일들이 암시하고 있는 끔찍스런 의미에 대해 깊이 생각해보았다. 부하 전사들이 그 신들과 대적할 수 있을까? 누가 승리를 하든 멕시카의 파멸은 불을 보듯 뻔했다. 거인들끼리의 충돌은 태양을 파괴해 비와 바람이 없어지는 결과를 가져올 것이다. 목테수마 혼자서 이 대재앙을 막아야 할 책임을 지고 있었다.

그는 이런 일이 일어나리라는 것을 늘 염두에 두고 있었다. 이런 재앙을 막아보려는 마음으로 대신전 안에 깃털 달린 뱀을 위한 사당을 세우라는 명령을 내린 적이 있었다. 하지만 그 사당이 세워지고 있는 동안에도 그의 마음속 깊이 재앙은 피할 수 없다는 생각이 떠나지 않았다.

무거운 책임에서 오는 중압감이 그를 짓눌렀고, 두려움에 사로잡힌 나머지 혼자 낄낄 웃게 만들었다.

46

텍스칼라

멕시카 영주가 가져온 선물인 금은보화가 코르테스의 발치에 놓여 있었다. 그걸 보며 그는 내심 놀랐지만 애써 태연한 척했다.

"텍스칼라 족에 대한 승리를 축하드린답니다."

말리가 말했다.

"고맙다고 하고 모두 오해에서 비롯된 일이었다고 전해. 나는 누구와도 전쟁을 하고 싶지 않으며 평화를 이루러 왔다고 말이야."

말리는 멕시카의 지도자에게 그 말을 전했다. 그는 두툼한 비취와 오팔 반지를 손가락에 끼고 있었고 귀와 아랫입술에 비취 구슬을 주렁주렁 매달고 있었다. 또한 케쌀 털로 만든 커다란 부채장식을 들고 온갖 장신구로 치장한 망토를 걸치고 있었다. 그는 커다란 매부리코를 치켜들고 코르테스를 바라보았다.

겸손이 뭔지 좀 가르쳐줘야겠군, 하고 코르테스는 생각했다.

"이들 말로는 텍스칼라 족을 믿지 말아야 한다는군요. 텍스칼라 족은 배신을 잘하고 믿을 수 없는 존재라며, 우리 모두 자다가 죽음을 당하지는 않을까 걱정이랍니다."

말리가 말했다.

코르테스는 미소를 지었다. 서로 말이 통한다는 게 얼마나 좋은 일인가!

"우리 걱정을 해줘서 고맙다고 해. 만약 텍스칼라 족이 배반하면 내가 사전에 알아낼 거라고 하고. 나는 인간의 마음을 읽을 수 있으니까 말이야."

다시 몇 차례 말이 빠르게 오갔다. 말리는 멕시카 영주의 말에 놀라며 다시 확인을 하는 듯했다.

"뭐라고 하나?"

"거룩한 대변자 목테수마가 우호의 표시로 매년 공물을 보내고 싶답니다. 코르테스 님은 매년 막대한 금, 은, 비취, 옷 들을 받으시게 되셨어요. 하지만 목테수마는 자신의 수도로 코르테스 님이 오시는 것은 너무 위험하다고 주장한답니다. 여기서부터 테노치티틀란 사이엔 텍스칼라 족처럼 반항적인 부족들이 너무 많기 때문이라는군요. 그러니 일단 공물을 모아 동쪽의 구름 나라로 돌아가시라고 권하고 있어요."

황제는 나를 두려워하는군, 하고 코르테스는 생각했다. 역시 내가 신비에 싸인 깃털 달린 뱀이라고 생각하기 때문에 그리겠지! 사신을 보내 애원하고 거기다 엄청난 뇌물까지 주어 자신의 땅을 떠나주길 바라는데, 마치 몇백 명 군대의 지휘자는 목테수마이고 엄청난 병력의 통치자는 나인 것 같군. 내가 선수를 쳐서 토토낙과 텍스칼라와 동맹을 맺으니까 이젠 자신들보다 훨씬 강력한 군대로 보이겠지.

코르테스는 흥분을 속으로 감추었다.

"말리, 위대한 황제께 나의 진심에서 우러나는 우정을 전해달라고 해. 황제의 바람도 기꺼이 받아들이겠다고 말해. 하지만 황제에게 개인적으로 전할 말이 있어. 스페인 국왕의 명령을 어기고 돌아갈 수는 없으니까."

멕시카의 지도자는 이 대답에 당황한 듯 보였다. 또 긴 말이 오갔다. 그녀가 제대로 통역하고 있는지 코르테스는 궁금했다. 얼마나 윤색해서 나를 불멸의 존재라는 신화로 만들었을까? 위험한 게임이었다. 이 멕시카인들이 어떻게 믿든 이단을 선동하는 말을 내 입으로 꺼내서는 안 돼. 약점 잡힐 일은 하지 말아야지.

"뭐라고 대답했지?"

"코르테스 님께서 굳이 가시겠다면 출룰라까지만 안내하겠답니다. 거기에 도착하면 위대한 군주에 걸맞은 환영을 받으실 거랍니다."

"고맙다고 해. 이 문젠 좀더 생각해봐야겠군. 조만간 대답해주겠다고 전해."

멕시카인들은 인사를 하고 자리에서 물러났다. 코르테스는 그들의 뒷모습을 물끄러미 바라보다가 곁에 서 있는 부관 카세레스에게 명령했다.

"노르테를 데려오게."

노르테의 갈비뼈 부위에 감긴 붕대와 왼쪽 팔에 맨 삼각붕대가 몹시 더러웠다. 열병 탓인지 그의 뺨은 움푹 패어 있었다. 코르테스는 콧구멍을 실룩거렸다. 노르테의 상처에서 고약한 냄새가 풍겼기 때문이다. 그는 카세레스에게 의자를 가져오라고 지시했다. 노르테는 서 있기도 힘들 만큼 허약해 보였다.

"자넨 이제 나가보게. 노르테와 얘기를 나눠야겠어."

코르테스는 부관에게 말했다.

카세레스는 고개를 끄덕이곤 방에서 나갔다.

코르테스는 미소를 지으며 말했다.

"노르테, 자네 같은 전문가의 의견이 필요하네."

"무슨 말씀입니까?"

"자넨 원주민들과 여러 해를 같이 살았지. 그들에 대해 잘 알고 있을 텐데."

"조금은요."

그래, 조금이겠지, 하고 코르테스는 생각했다. 그들과 피로 얼룩진 인간 공양 의식을 같이 할 만큼, 야만인처럼 얼굴에 문신을 할 만큼 말이지. 기독교 교육을 받고서도 야만인들의 관습에 물든 사내에게 느낄 수 있는 것은 오로지 경멸감뿐이었다. 이 녀석은 줏대도 없고 도덕심도 없어.

"깃털 달린 뱀이라는 신에 대해 좀 자세히 알고 싶네."

노르테는 무표정한 얼굴로 코르테스를 바라보았다.

"마리나에게 물어보시는 게 어떻습니까, 각하? 그 여자가 저보다는……"

"난 자네에게 묻고 있네."

노르테는 사령관의 냉랭한 시선에 주눅이 들어 어깨를 으쓱했다.

"단지 전설일 뿐입니다. 그들이 얼마나 미신적인지 잘 아시잖습니까."

"그래도 그 전설에 대해 좀 들어보고 싶군."

"케쌀코아틀, 그러니까 깃털 달린 뱀은 인디언의 신들 중 가장 위대하고 강력한 신은 아닙니다. 하지만 가장 아름답고 인간적인 신으로 알려져 있죠. 키가 크고 흰 피부에 턱수염이 났다고 전해지고 있어요."

노르테는 잠시 말을 멈추었다. 코르테스는 잠자코 기다렸다.

"전설에 의하면 마지막으로 환생했을 때 고대 종족 톨텍의 수도였던 톨란의 사제 왕이었다고 합니다. 톨텍 족은 위대한 학문과 문화를 꽃피운 부족으로 전해지는데 깃털 달린 뱀이 그들의 가장 중요한 신이었죠. 그 신은 아주 현명했을뿐더러 너무 관대해서 살아 있는 생물은 절대 죽이지 않았다고 합니다. 심지어 꽃 한 송이도 꺾지 못했답니다. 그 신은 백성들에게 의술과 점성술을 가르쳐주었죠. 들판에 갖가지 색의 면화를 재배했고, 수확한 옥수수가 얼마나 굵은지 사람의 팔로 껴안을 수 없을 정도였답니다. 백성들은 음악을 연주하고 새들의 노랫소리를 들으며 태평성대를 누렸다고 합니다."

"계속해보게."

"깃털 달린 뱀의 라이벌 신인 테스카틀리포카는 보통 연기 나는 거울이라고 부릅니다. 이 신은 깃털 달린 뱀의 인기에 질투심을 품고 있었죠. 어느 날, 깃털 달린 뱀을 꾀어서 술을 마시게 하여 누이 동생과 잠자리를 같이하게 했답니다. 다음날 깃털 달린 뱀은 양심의 가책으로 괴로워하다가 동쪽 바닷가로 나가서 자신을 불길에 던져버렸죠. 그 재들이 날아올라 하얀 새가 되어 그의 심장을 모든 신들의 어머니인 '서펀트 스커트'에게 가지고 갔답니다. 그래서 다시 살아난 깃털 달린 뱀은 천 마리의 뱀으로 뗏목을 만들어 새벽녘에 바다를 향해 나갔죠. 그리고 언젠가 좋은 시절에 다시 돌아오겠다는 약속을 남겼다는군요."

노르테는 어깨를 으쓱했다.

"말씀드린 대로 전설입니다. 미신이죠."

"미신일 뿐이라면 목테수마는 왜 그렇게 두려워하는 거지?"

"그럴 만한 이유가 있죠."

노르테는 말을 멈췄다.

코르테스의 회색 눈동자가 조용히 그를 바라보았다.

"왜 그런지 말해주겠나?"

노르테는 잠시 주저하다가 대답했다.

"그는 톨텍의 왕좌에 앉아 있기 때문입니다. 멕시카는 톨텍의 문화와 영토를 계승했죠. 백성들 대다수는 자신들이 멕시카가 아닌 톨텍의 후손이라고 생각합니다. 목테수마는 코르테스 님의 도착으로 일어날지도 모르는 반란을 두려워하고 있을 겁니다. 마음속으로는 자신이 사기꾼이라는 사실을 알고 있을 테죠."

코르테스는 미소를 지었다.

"깃털 달린 뱀이 다스리던 수도가 톨란이라고 했지. 그곳은 어디인가?"

"테노치티틀란의 북쪽에 있다고 들었는데 폐허로 남아 있죠. 지금은 촐룰라가 깃털 달린 뱀의 도시입니다."

"촐룰라?"

"유카탄에까지 그 이름이 알려졌어요. 깃털 달린 뱀을 숭배하는 성스러운 도시죠. 매년 수만 명의 사람들이 그곳을 순례합니다."

"알겠네."

코르테스는 머리를 끄덕였다.

"단지 인디언들의 미신에 지나지 않습니다. 전 선혀 믿지 않아요."

코르테스는 노르테의 얼굴 문신과 너덜너덜한 귀를 유심히 바라보았다.

"물론 그렇겠지. 고맙네, 노르테. 이젠 가보게."

그가 나가려고 일어서는데 코르테스가 갑자기 물었다.

"상처는 괜찮은가?"

"치료중입니다."

"베니테스는 자네가 용감히 싸웠다고 하더군. 자네 덕분에 목숨을 건졌다던데."

노르테는 어깨를 으쓱했다. 그는 베니테스의 목숨을 구해주었다. 적어도 그것만은 진실이었다.

"자네를 교수형에 처하지 않은 게 그에겐 행운이었군."

"제게도 좋은 일이었습니다."

노르테가 나가자 코르테스는 미소를 지었다. 저 녀석은 이교도들 틈에서 너무 많은 시간을 보냈어. 하지만 넋까지 몽땅 빠진 건 아니로군.

47

북소리와 피리 소리가 울려퍼졌다. 따뜻한 음식의 향내가 구미를 돋우었다. 커다란 접시에 담긴 호박 케이크, 구운 토끼고기, 고추로 절인 콩 등이 그들 앞의 돗자리에 풍성하게 차려져 있었다. 코르테스와 장교들은 목화의 반지를 비롯한 텍스칼라 족의 영주들과 연회석에 앉아 있었다. 식사하는 동안 곡예사들이 커다란 홀을 가로지르며 공중제비를 넘었고 난쟁이들이 몰려나와 춤을 추었다.

늙은 말벌의 반지가 뒤편의 말리에게 무어라고 말했다.

"뭐라고 하는 거지?"

코르테스가 물었다.

"촐룰라에 가시지 않는 게 좋겠다는군요."

"멕시카인들은 우리를 환대하겠다고 약속했어."

말리는 텍스칼라 족장과 나우아틀 어로 짤막하게 말을 주고받고 나서 그에게 전했다.

"멕시카인들이 환대하겠다는 말을 믿느니 차라리 방울뱀을 믿는
게 났다는군요. 방울뱀은 족장을 물지는 않는다면서요. 테노치티틀
란에 가시겠다면 웨크소트신코를 경유해서 갈 것을 권한답니다."
  갑자기 모두가 우리의 안전에 대해 걱정을 하는군, 하고 코르테
스는 생각했다. 지난 며칠 사이에 태도가 이처럼 돌변하다니.
  "그 문제는 생각을 좀 해봐야겠군."
  "물론 그러시겠지만 촐룰라로 가셔야 해요."
  말리가 말했다.
  알바라도와 베니테스가 그 말을 듣고 놀란 표정으로 그녀를 바라
보았다.
  "버르장머리가 없군. 감히 사령관님께 그런 식으로 말하다니."
  알바라도가 호통을 쳤다.
  코르테스는 미소를 지었다. 그녀와 부하들의 반응이 즐거운 듯했
다. 이 귀여운 여자는 알바라도가 평소 같으면 도저히 참을 수 없을
만큼 비위를 건드렸던 것이다.
  "말리 말이 옳아. 촐룰라로 가겠네."
  "왜죠?"
  베니테스가 물었지만 코르테스는 대답하지 않았다.
  늙은 말벌의 반지가 말리와 다시 말을 주고받았다.
  "우리와 맺은 동맹을 공고히 하고 싶답니다. 그런 뜻에서 장교들
모두에게 여자를 제공하겠답니다."
  그녀는 잠시 머뭇거렸다.
  "말벌의 반지가 코르테스 님께 따님을 바치고 싶답니다."

  목화의 반지가 방 한쪽에 수줍게 앉아 있는 다섯 명의 여인들을

가리켰다. 여인들은 용설란 섬유로 만든 하얀 치마에 아름답게 장식한 위피틀리를 걸치고 비취로 머리를 장식하고 있었다.

"한 여인은 목화의 반지의 따님이고 나머지 여인들도 모두 텍스칼라 족의 유력한 영주들 따님들이랍니다. 말벌의 반지는 맨 오른쪽의 여인이 자신의 딸이라고 하는데, 실제로는 손녀딸이에요. 괜히 생색을 내는 거죠."

코르테스는 여인들을 내키지 않는 눈으로 바라보았다.

"말리는 어떻게 생각해?"

"뭘 말이에요, 주인님?"

"이 친절한 호의를 받아들여야만 하나? 내가 그의 손녀딸을 데리고 자야 하느냐구?"

아, 드디어 이 고집스런 얼굴에도 뭔가 괴로워하는 듯한 기색이 보이는데, 하고 코르테스는 생각했다. 이 똑똑한 나의 공주님께서도 다른 여자들처럼 질투심과 독점욕을 내보이는군. 그녀는 갑자기 혀가 얼어붙은 듯 말을 못 하고 있었다.

코르테스는 미소를 지었다.

"아주 관대한 제의에 정말 감사드린다고 하게. 하지만 따님이 너무 사랑스러워서 받아들일 수 없다고 해. 내가 믿는 종교는 일부일처제만 허용하기 때문이라고 말이야."

다시 음식을 먹기 시작한 코르테스는 그녀가 한동안 침묵하고 있는 것을 느꼈다. 잠시 후 늙은 말벌의 반지에게 그의 대답을 전하는 말리의 목소리는 이런 같지가 않았다.

그는 자신의 마지막 말이 그녀에게 미친 영향을 모르는 체하면서 다시 말했다.

"하지만 다른 장교들은 이 아름다운 여인들을 영광스럽게 부인으로 맞이할 거라고 하게. 그러자면 여인들은 우선 기독교 신앙으로 세례를 받아야 한다고 해. 또 그에게 여생이 얼마 남지 않은 노인이니까 죽음에 대해 생각해봐야 되지 않을까 상기시켜주게. 나는 그를 친구로서 좋아할 것이라고 해. 또 족장들도 섬기는 신들을 버리고 성찬식을 받아야 된다고 전하게. 그래야만 그들의 영혼이 천국에서 평화를 찾을 테니까."

말리는 이 돌연한 말에 충격을 받은 듯 보였다. 코르테스는 멈칫거리고 더듬거리는 그녀의 통역에 귀를 기울였다. 그녀의 말을 듣자 늙은 말벌의 반지의 얼굴에서 미소가 사라졌다.

"이렇게 답변했어요. 코르테스 님이 만족하신다면 자기 딸들에게 물을 끼얹는 일은 기쁜 마음으로 받아들이겠답니다. 하지만 족장 자신은 목숨을 잃을지언정 신들을 포기할 수 없답니다. 그렇게 하면 백성들이 폭동을 일으킬 거래요."

이 사람들은 왜 이렇게 완고한 걸까? 코르테스는 이해할 수가 없었다. 그는 올메도 신부와 디아스 신부가 그들을 충분히 설득하여 자신들의 잘못을 깨닫게 했을 거라고 생각했던 것이다.

"기독교인이 되면 천국에서 영생복락을 누리게 된다고 말하게. 성찬을 받지 않고 죽으면 지옥불에 던져져서 영원히 고초를 겪어야 한다고 말이야. 인간을 제물로 바치는 이 고약한 의식을 그만두지 않으면……"

올메도 신부가 앞으로 나와 코르테스에게 말했다.

"각하, 지금은 적당한 때가 아닌 것 같군요. 좀더 부드럽게 접근할 필요가 있습니다."

코르테스는 성직자의 혈색 좋은 얼굴을 바라보았다.

"사제로서 그리스도의 말씀을 전파하는 것을 막는가?"

"저는 다만 말씀을 부드럽게 하시길 바랄 뿐입니다."

"자넨 늘 날 가로막기만 했네!"

"이들에게 하느님을 알리는 일은 급히 서두르기보다 시간을 두고 천천히 진행하는 게 낫다고 봅니다. 이렇게 서두르면 그간 우리가 쌓아온 기반마저 송두리째 무너지게 됩니다."

알바라도가 거들고 나섰다.

"올메도 신부 말씀이 옳습니다, 각하. 신앙을 강요하면 이들을 자살로 몰고가는 결과만 초래할지도 모릅니다."

코르테스는 고개를 저었다. 이런, 겁쟁이들 같으니라구. 진실을 알려 그들을 구원하는 중요한 일에 방법이 무슨 문세란 말인가? 그렇지만 아무도 지지하지 않는다면 그로서도 도리가 없었다. 그는 말리에게 시선을 돌렸다.

"말벌의 반지에게 말하게. 우린 신부들을 기쁘게 맞아들이겠다고. 신앙에 대해선 나중에 다시 얘기할 수 있을 거야."

참담한 대립이 불러올 결과에 가슴 졸이며 숨죽이고 있던 베니테스는 기다랗게 안도의 한숨을 내쉬었다. 올메도 신부조차 떨고 있었다. 그들은 그만큼 어려운 승리를 거두었다.

그런데 코르테스는 그걸 모두 망칠 뻔하지 않았는가?

48

말리는 그와 함께 나란히 잠자리에 누웠다. 그의 정액이 그녀의 동굴 속에서 아직도 끈적거렸다. 그녀는 창문을 통해 전쟁의 신인 자기 오빠 위트실로포치틀리에게 목을 베인 시스터 문이 밤하늘을 환히 밝히고 있는 것을 바라보았다. 코르테스는 잠시 그녀를 잊고 조용히 누워 케쌀코아틀의 형제 별들을 쳐다보고 있었다.

"부인에 대해선 한마디도 안 하셨어요."

말리가 나직이 말했다.

그는 움찔했지만 대답은 하지 않았다.

"아름다우신가요?"

"당신 같진 않아, 말리, 난 그 여자를 사랑하지 않아."

"왜 함께 오시지 않았나요?"

그는 어둠 속에서 미소를 지었다.

"여기에? 그 여자는 자기 손을 잡아줄 하녀가 없으면 침대에서 나오지도 않을 여자야."

말리는 자신의 허벅지를 그에게 포개고 곱슬곱슬한 털로 뒤덮인 그의 가슴에 뺨을 비벼댔다.

"부인 이름은 뭐예요?"

"그 여자 애긴 하고 싶지 않아."

말리는 눈물을 글썽였지만 어두워서 들킬 염려는 없었다. 그는 그 눈물을 보지 못했을 것이다. 잠시 후 목소리를 진정시키고 그녀는 말했다.

"제겐 말씀해주셨어야죠."

"당신이 실망할까봐 그랬는데, 역시 내 생각이 옳았어."

"자제분은 있어요?"

"없어. 한 명도."

말리는 생각했다. 그렇다면 아직 멕시카를 다스릴 후계자는 없다는 얘기구나.

"우리가 테노치티틀란에 입성하면 그땐 부인이 오실까요?"

"그런 걸 왜 묻지? 그 여자가 내 아내이긴 하지만 사랑하지 않는다고 했잖아."

"그럴지도 모르죠. 하지만 진작 말씀해주셨더라면 좋았을 거예요."

"뭐 하러? 언젠가 난 더 좋은 아내를 맞이할 텐데."

"저 말이에요?"

"달리 누구겠어, 나의 귀염둥이!"

그는 속삭이듯 말했다.

"내가 어떤 여자를 당신만큼 사랑할 수 있겠어?"

잠시 후 그는 잠들었지만 말리는 밤이 깊을 때까지 생각에 잠겨 있었다. 그가 신일지는 모르지만, 신들은 원래 예측할 수 없는 존재들이었다. 그녀의 관대한 신도 희생을 요구할지 알 수 없었다. 그럴 경우 깃털 달린 뱀을 위해 자신의 심장을 기꺼이 바칠 것인지 그녀는 결심하지 않으면 안 되었다.

늙은 말벌의 반지는 새로 친구가 된 코르테스에게 선심을 베풀어 도시의 신전들 가운데 하나를 교회당으로 개조하도록 허락했다. 그 교회당에서 텍스칼라 족의 젊은 공주 다섯 명은 장교들에게 안기기 전에 특별 의식을 통해 세례를 받았다.

말벌의 반지의 큰 딸은 루이사라는 세례명을 받고 알바라도에게 갔다. 코르테스가 완곡하게 사양하자 늙은 족장은 붉은 머리 거인은 자신의 형제라며 알바라도를 선택했던 것이다. 코르테스가 선발한 산도발, 크리스토발 올리드, 알론소 데 아빌라가 나머지 여인들을 맞이했다. 가장 아름다운 여인은 목화의 반지의 딸이었는데, 엘비라라는 세례명을 받고 레온의 짝이 되었다.

그 여인을 레온에게 준 것은 전략적으로 탁월한 선택이라고 베니테스는 생각했다. 한때는 적이었지만 이제는 그의 확고한 지지자가 된 레온에게 보답하는 방법으로 썩 훌륭했다. 코르테스는 어떤 일을 전략적 속셈 없이 처리한 적이 한 번도 없었다.

49

촐룰라

　병사들은 아나왁 계곡 아래 초록 들판에 아늑하게 자리잡은 도시를 바라보며 일제히 탄성을 내질렀다. 신들을 모신 수백 개의 하얀 탑들과 피라미드들이 평평한 지붕의 가옥들 위로 우뚝우뚝 솟아 있었다.

　단지 순례자들을 위한 도시가 이럴진내 수도 테노치티틀란은 과연 어느 정도일까? 하고 베니테스는 생각했다. 그는 매번 이 신천지에 있는 최고의 것을 보았다고 믿었더랬다. 셈포알란에서, 텍스칼라에서, 그런데 촐룰라를 보며 또 그런 느낌이었다. 매번 새롭게 펼쳐지는 경이로움들은 언제나 그의 예상을 뛰어넘었다.

　그날 저녁 '잠자는 여인'의 그림자가 짙게 드리워질 무렵, 그들은 도시 외곽 아토약 강둑에서 야영을 했다. 화산 봉우리 주변에 덮인

하얀 눈이 달빛을 받아 마치 공주의 목에 걸린 순백의 목걸이처럼
반짝였다.

다음날 아침, 출룰라의 사신들이 그들을 영접하러 왔다. 소매에
술장식이 달린 사제복 차림의 사제들과 귀족들이었다. 평소의 방식
대로 사신들은 소라고둥과 피리를 불어 도착을 알렸으며 부채와 코
팔 향로를 든 노예들을 대동하고 있었다.
코르테스는 완전군장 차림으로 사신들을 기다렸다. 말리가 그의
오른쪽에서 대기했고 장교들이 뒤에 늘어섰다.
출룰라 사신 대표가 앞으로 나와 땅에 입을 맞추고 공식적인 인
사말을 했다.
"이름이 성난 코요테라고 합니다."
말리가 말했다.
코르테스 바로 뒤에 서 있던 알바라도가 하라미요와 산도발에게
속삭였다.
"성난 코요테라기보단 성난 오리 같은데."
그들이 웃음을 터뜨리자 코르테스는 말없이 그들을 노려보았다.
"고맙다고 말해주게. 그리고 카톨릭 왕 카를 5세 폐하의 이름으
로 이 나라에 진정한 새 종교를 전하고 악마의 일을 종식시키러 왔
다고 해."
말리가 성난 코요테에게 통역했다.
"깃털 달린 뱀께서는 자신의 도시에서 쉬기 위하여 돌아오셨어요.
이분은 모든 신들의 아버지이신 올린테클의 부르심으로 왕좌를 되
찾고 인간을 제물로 바치는 의식을 끝내기 위해 오셨다고 하십니다."
코요테의 얼굴에 분노가 그대로 드러났다. 그는 대답을 미리 신

중하게 준비해온 듯했다.

예상했던 일이긴 하지만 말리는 그의 말을 듣자 얼굴을 찌푸렸다. 이런 위선자들! 자신들의 신에게 헌신하는 체하면서, 약속대로 깃털 달린 뱀이 돌아왔는데도 그분을 영접하기는커녕 알아보지도 못하다니! 무슨 신앙이 그렇지?

"뭐라고 하나?"

코르테스가 물었다.

"코르테스 님을 맞이하게 되어 기쁘다는군요. 또 숙소와 먹을 것을 준비하겠답니다."

말리는 잠시 말을 멈추었다.

"그리고 코르테스 님의 말씀을 매우 흥미있게 듣긴 했지만 자신들에게 필요한 모든 것을 주시는 신들을 배신할 수가 없답니다."

거칠게 짠 용설란 망토 차림의 랍셋위민은 성난 코요테에게 다가가더니 망토를 손가락으로 쿡쿡 찔렀다. 그가 걸친 망토는 테노치티틀란의 통상금지 조치에 따라 텍스칼라의 백성들은 구할 수 없는 고급 면사로 짜서 화려하게 염색한 것이었다. 신경이 거슬린 그는 언짢은 표정을 지으며 그 자리를 피하려고 했다. 랍셋위민은 계속 그를 곁눈질했다.

성난 코요테가 말리에게 물었다.

"우호관계를 맺자면서 왜 우리의 숙적을 데리고 왔소?"

말리는 코르테스에게 설명했다.

"저들은 텍스칼라 족을 두려워해요. 오랜 적이죠."

"테노치티틀란으로 가는 여행에 나를 따라왔다고 하게. 해를 끼치지는 않을 거라고."

말리가 말을 전했지만 성난 코요테는 진정되지 않았다. 그는 스페인 사람들이 촐룰라에 들어갈 때 텍스칼라 족은 도시 밖에 남아 있어야 한다고 주장했다.

"절대 안 됩니다."

알바라도가 즉각 반대하고 나섰다.

"이건 함정입니다."

산도발도 거들었다.

말리는 코르테스의 결정을 기다렸다.

하지만 코르테스는 빙그레 웃기만 할 뿐이었다. 그는 알바라도를 돌아보며 말했다.

"이방인들이 적들과 동맹을 맺고 나타났으니, 내가 성난 코요테라도 의심하지 않을 수 없겠지. 당연히 적들은 도시 밖에 있어야 한다고 요구할 걸세."

"우린 그렇게 할 수 없습니다, 사령관님."

알바라도가 강력히 항의했다.

"나도 위험을 알고 있네."

코르테스는 말리에게 시선을 돌렸다.

"그의 요청을 받아들이겠다고 하게."

자살행위라고 말리는 생각했다. 다시 신처럼 행동하시네. 아주 거만하게 말이지.

"깃털 달린 뱀께서는 당신들의 요구에 동의하셨어요. 하지만 인내심을 시험하지 말라고 경고하셨어요. 이분은 사람의 마음을 읽기 때문에 당신들이 꾸미는 모든 일을 알고 계십니다."

성난 코요테는 조소를 띠고 말했다.

"난 이곳에서 깃털 달린 뱀을 보지 못했소."

"멕시카 황제인 거룩한 대변자도 이분을 알아보셨어요. 그래서 금과 보석을 공물로 산더미처럼 보냈습니다."

말리가 대답했다.

코르테스가 끼어들었다.

"저 자가 뭐라고 하나?"

"아무것도 아니에요. 그저 오만불손한 사람이에요."

알바라도와 산도발은 서로 눈길을 주고받았다. 두 사람은 말리가 원주민과 사적으로 대화하는 것을 달갑지 않게 여겼다. 하지만 코르테스는 그런 일에 아주 무심해 보였다.

"우리는 도시에서 받을 환대를 기대하고 있다고 하게."

성난 코요테와 수행원들이 떠나자 코르테스는 말리 곁에 다가가 속삭이듯 물었다.

"저들을 믿어도 될까, 귀염둥이?"

"주인님의 부하들을 다 죽이고 싶다면요."

그는 고개를 끄덕였다.

"내 생각도 그래."

그는 장교들을 뒤로 하고 걸어나갔다. 말리의 눈에 산토끼 한 마리가 관목 숲에서 나와 오솔길을 가로지르는 게 보였다. 나쁜 일이 일어나려는 징조였다.

그들이 도시로 진군해 들어가자 원주민들이 구름처럼 몰려들어 환영했다. 젊은 아가씨들이 꽃다발을 던져주었고 곡예사들은 행렬 앞을 날려가며 공중제비 묘기를 보였다. 사제들이 길가에 늘어서서 소라고둥과 피리를 불고 북을 두드렸다. 스페인 병사들은 대포를 운반하는 데 필요한 토토낙 족만 동반하고 성문 안으로 들어왔다. 틱스칼라 족은 도시 외곽 강가에 머물며 야영할 준비를 했다.

베니테스는 말 위에서 몸을 돌려 팔에 삼각붕대를 한 채 보조를 맞추느라 애쓰는 노르테를 보았다. 레인 플라워가 그와 나란히 걷고 있었다. 그녀는 베니테스를 쳐다보며 뭐라고 소리쳤다.

"뭐라고 하는 거지?"

그는 노르테에게 물었다.

"당신의 명예가 지속되는 동안 즐기라고 하는군요. 내일이면 저들이 우리 모두를 죽일 테니까요!"

50

그들이 신전 마당을 가로질러 걸어가는 동안 들리는 소리라고는 군화 소리와 강철 검이 부딪혀 쩔렁거리는 금속성 소리뿐이었다. 군중들이 그들을 위해 길을 열어주었다.

코르테스는 앞장서서 피라미드 계단을 올랐다. 길고 가파른 오르막이었다. 꼭대기까지 올랐을 때 무거운 갑옷 탓인지 모두 숨을 헉헉거리며 땀을 줄줄 흘렸다. 하얗고 붉은 망토 차림의 사제들이 떼를 지어 그들을 지켜보고 있었다.

코르테스는 그들을 무시하고 신전 안으로 들어갔다. 베니테스가 그 뒤를 따랐다.

잠시 후 어둠에 적응된 베니테스는 똬리를 튼 거대한 뱀 석상이 자신을 노려보고 있는 것을 보았다. 그 석상은 바깥에서 본 사제들의 옷차림과 똑같은 붉은 십자가 무늬가 화려하게 수놓인 하얀 망토를 걸치고 있었다. 뱀의 봄체에는 비취가 점점이 박혀 있었는데

머리는 뱀이 아니라 긴 머리카락에 턱수염이 난 남자의 얼굴 모습
이었다.

"이것이 깃털 달린 뱀이로군."

코르테스가 중얼거렸다.

베니테스는 등골이 오싹해지는 것을 느꼈다. 제단석의 검붉은 피
가 마치 금속처럼 반짝거렸고 죽음의 냄새가 도처에 배어 있었다.
그는 코르테스를 바라보았다. 씩 웃어 보이는 코르테스의 눈이 박
명 속에서 기묘하게 번득였다. 마치 술을 잔뜩 마시고 취한 듯한 표
정이었다.

코르테스가 알바라도에게 말했다.

"이들 중에는 나를 깃털 달린 뱀이라고 생각하는 사람도 있다네."

그는 턱수염을 기른 우상 앞 신단에 오르며 말했다.

"내가 저 신과 닮아 보여?"

알바라도가 올메도 신부를 흘깃 돌아보곤 언짢은 기색으로 말했
다.

"그런 말씀을 하시면 안 됩니다, 각하."

"저건 사탄입니다."

올메도 신부가 말했다.

"제가 보기엔 아길라르 같은데요."

산도발이 웃으며 말했다.

"알바라도를 닮은 것 같기도 하고."

"그런 소리 마!"

알바라도가 발끈했다.

베니테스는 손에 칼을 쥐고 있었다. 그의 눈에는 입구 주변에 몰
려 있는 사제들의 모습이 심상치 않아 보였다.

"이곳을 떠납시다."

제발, 우리는 지금 싸울 준비가 되어 있지 않다구요. 우리 여섯은 지금 수천 명에게 에워싸여 있단 말입니다.

베니테스는 어깨 너머로 코르테스를 보았다. 돌발사태가 벌어지면 어떻게 해야 할지 알 수가 없었다. 코르테스는 이제 위험하고 전혀 예측할 수 없는 인물이다. 일곱 달 전 쿠바를 떠날 때와는 전혀 다른 사람이 되어 있었다.

코르테스도 그 사제들을 마주 바라보았다.

"마치 자기들 신전 안에 괴물들이 들어왔다는 표정들을 짓고 있군."

그는 올메도 신부에게 밀했다.

"나의 증인이 되어주시오, 신부. 나는 이 왕국에 있는 모든 우상들을 집어던지고 이 벽들의 핏자국을 모두 긁어낼 것을 맹세하오! 유일신이신 하느님을 위해서 말이오. 나는 그분의 종입니다. 아멘."

"아멘."

올메도 신부의 목소리가 울려퍼졌다.

코르테스는 석상에서 내려오더니 쑥덕거리고 있는 사제들 사이를 성큼성큼 걸어나와 태양 아래로 내려섰다. 그 저주받은 곳을 한시라도 빨리 벗어나고 싶었던 나머지 일행도 급히 그를 따라나섰다.

말리는 시장을 어슬렁거렸다. 플로레스와 다섯 명의 병사들이 그녀 뒤를 따랐다. 온갖 물건들이 팔리고 있었다. 돌, 대리석, 나무 등으로 만든 건축재, 주전자, 흑요석 거울, 아이섀도, 치료용 약재, 깃털, 소금, 고무, 역청. 상인들과 손님들은 카카오나 옥수수 값을 놓고

입씨름을 했고, 짐꾼들이 망토와 자수 치마, 섬유 샌들을 담은 커다
란 대바구니를 운반하고 있었다. 창녀가 치맛자락을 들어올려 문신
이 그려진 허벅지를 드러내 보이며 손님들을 꾀었다. 나이든 여인
네들이 땅바닥에 쪼그리고 앉아 갈대를 엮어 만든 돗자리에 옥수수
와 후추 다발을 늘어놓고 팔고 있었다. 말리는 음식의 향기에 취했
다. 옥수수 가루와 다진 고기와 고추로 만든 맛있는 타말레, 소금과
벌꿀을 끼얹어 구운 호롱박 씨앗 등의 냄새에 군침이 절로 돌았다.
물물교환을 하느라고 시장이 온통 대혼잡을 이루고 있었다.

갑자기 아름다운 자수 망토를 입은 여인이 나타나자 사람들은 길
을 비켜주었다. 손가락, 손목, 목 등을 마노 보석으로 치장한 여인은
한 무리의 노예들에 둘러싸여 있었다. 말리는 요란스런 그 행차를
보고 즉시 그녀를 알아보았다. '갈대숲의 새'라 불리는 그 여인은
촐룰라에서 가장 유력한 귀족인 성난 코요테의 어머니였다.

갈대숲의 새가 기다리는 동안 노예 소녀 하나가 나무껍질 종이
백 장을 가지고 물물교환에 나섰다. 곧 카카오 콩 백이십 다발로 흥
정이 이루어졌다.

말리는 자신을 호위하고 있던 병사들에게 자리를 좀 피해 있으라
고 말했다.

"갈대숲의 새님."

말리가 불렀다.

여인이 아무 대답 없이 오만하게 그녀를 바라보았다.

말리는 눈을 내리깔고 적당히 존경의 예를 표했다.

"말씀드릴 게 있어서요, 마님."

"무슨 이야기를 하겠다는 거지?"

"도움이 필요해요."

그 말에 여인의 태도가 바뀌며 표정이 부드러워졌다. 그녀는 말리의 어깨 너머로 스페인 병사들을 흘깃 바라보았다.

"괜찮아요, 마님. 저 개들은 아무도 우아한 말을 할 수 없어요. 우리 말을 한마디도 알아듣지 못한답니다."

"무슨 일이지, 아가씨?"

"전 저 악마들로부터 도망쳐야만 해요."

말리의 말을 들은 갈대숲의 새는 조금 놀란 듯했지만 그런 말이 나오리라 예견하고 있었던지 크게 당황하진 않았다.

"아가씬 노예인가?"

"전 멕시카 왕족의 피를 받았어요. 명문 귀족의 딸인데, 파이날라에 있는 우리집에서 이 더러운 개들한테 납치를 당했어요. 전 좀 도와주세요."

늙은 여인은 망설이다가 말했다.

"여기선 안 되겠고, 오늘밤 우리집으로 오렴."

여인은 두려운 듯 병사들을 한 번 바라보곤 가버렸다. 하인들이 그녀의 뒤를 강아지처럼 졸래졸래 따라갔다.

"벌써 이틀째 식량을 가져오지 않았습니다. 병사들이 굶주리고 있는데 뭘 먹이죠? 촐룰라 사람들의 약속을 먹입니까?"

알바라도가 물었다.

베니테스가 탁자 위로 몸을 내밀며 말했다

"노르테가 토토낙 족 몇 사람과 얘기해봤답니다. 도시 밖으로 나가는 길목에서 함정들을 발견했다는군요. 그 안으로 떨어지면 날카로운 창에 찔리도록 만든 함정이랍니다. 또 집집마다 평평한 지붕 위에 돌멩이들을 쌓아놓았답니다. 우리가 도망칠 때 내던지려는 거죠. 우리는 함정에 빠진 것 같습니다."

축제 분위기 속에 촐룰라로 입성한 지 사흘이 지났다. 도착했을 때는 광장에 접해 있는 훌륭한 궁전을 숙소로 제공받았고 칠면조와 옥수수 요리를 대접받았다. 하지만 식량 공급은 갑자기 끊겼고, 병사들은 거리로 나가면 환영의 꽃다발 대신 조롱과 험악한 표정들과 맞닥뜨리고 있었다.

"오늘만 해도 소라고둥 소리를 여섯 번이나 들었습니다. 그들의 전쟁 신인 벌새에게 제물을 바치는 신호라더군요. 우리와 싸우기로 한 것 같습니다."

레온이 말했다.

"나도 다른 소문을 들었습니다. 촐룰라 족이 우리 병사 스무 명을 잡아 목테수마 신전의 제물로 보내고 막대한 황금을 받기로 약속했답니다."

소라고둥 소리가 아주 가까이서 들려오자 열띤 토론이 멈췄다. 또 사람의 심장이 위트실로포치틀리에게 제물로 바쳐지고 있는 모양이었다.

그 나팔 소리에 방 안에는 갑자기 찬 기운이 돌았다. 잠시 아무도 입을 열지 않았다.

"그들은 부녀자와 아이들을 피난시키고 있습니다. 오늘 오후 수백 명이 언덕으로 떠나는 걸 목격했습니다."

하라미요의 보고였다.

"베라크루스로 돌아가야 합니다."

데그라도가 주장했다.

오르다스는 팔짱을 끼고 경멸조로 쏘아붙였다.

"자넨 몇 달 전에도 돌아가자고 가장 큰 소리로 외쳐대던 사람이

잖아."

그는 데그라도를 노려본 뒤 말을 이었다.

"난 대포를 쏘아 황금이 쌓이는 걸 보아왔네. 대장께서는 모두가 불가능하다고 믿었던 전쟁들을 승리와 명예로 이끄셨어. 게다가 이전에도 누차 얘기했지만 우린 돌아갈 수가 없네."

"그렇다면 텍스칼라 족을 도시 안으로 끌어들여야 합니다."

알바라도가 말했다.

코르테스는 생각에 잠긴 듯했다.

"우린 유령들에게 포위되어 있는지도 모르지. 저들도 텍스칼라 족처럼 우릴 좋아하지 않을지도 몰라. 하지만 난 저들이 우리를 배반할 의사가 있는지 아직 확인하질 못했네."

코르테스는 뒤에서 말없이 토론을 지켜보는 말리에게 시선을 돌렸다.

"마리나, 당신 생각은 어때?"

달이 산 너머로 졌다. 거리의 어둠 속에서 한 사람이 서둘러 광장 옆 커다란 궁전으로 들어갔다. 기다리고 있던 하인이 방문객을 널찍한 현관을 지나 횃불이 켜져 있는 거실로 안내했다. 다른 사람들은 모두 잠든 듯 집 안은 고요했다.

"스페인 악마들이 따라오지 않았어요?"

갈대숲의 새가 물었다.

말리는 고개를 저었다.

"아주 조심스럽게 행동했어요. 사람들이 모두 잠들어 있을 때 보초들 곁을 살금살금 기어서 빠져나왔죠."

갈대숲의 새는 말리에게 갈대 돗자리 위에 앉으라고 손짓했다.

하인이 거품이 이는 초코라틀 한 잔을 가져왔다. 따뜻한 음료가 담긴 토기잔을 쥔 말리의 손이 가늘게 떨렸다.

아가씨가 겁에 질려 떨고 있군, 하고 갈대숲의 새는 생각했다. 야만인들 같으니라구! 감히 흉악한 텍스칼라 놈들과 함께 이곳에 오다니. 지도자가 깃털 달린 뱀인 체 가장하고 말이야. 모두 죽어도 싸지.

그녀는 방문객을 찬찬히 뜯어보며 살폈다. 시련을 겪은 탓인지 야위어 보였다. 그렇다 해도 눈에 거슬리는 구석은 없는 빼어난 용모였다. 게다가 젊었다. 하지만 야만인들의 씨앗을 배기라도 했다면 정말 위험한 존재였다. 그게 문제였다.

"그래, 어디 아가씨 얘기 좀 들어볼까."

말리는 시선을 바닥에 떨구고 있었다.

"전 파이날라에서 태어났어요. 코아싸코알코스에서는 걸어서 하루가 걸리는 거리죠. 어머니는 멕시카의 명문 귀족의 딸로, 목테수마의 조상인 '물에 비친 얼굴'의 후손이셨죠. 아버진 고향의 족장이셨고요."

갈대숲의 새는 가슴이 뛰었다. 자신의 육감을 믿었던 게 옳았다. 이 말리날리가 정말 황실의 혈통을 가졌다면 그것은 곧 입증될 것이고, 이 아가씨를 아내로 맞는 남자는 출세하게 될 것이다. 누구나 아는 사실이지만 요즘 출세할 수 있는 사람들은 황실의 친척들뿐이었다. 촌수가 아무리 멀더라도 좋았다.

"언젠가 우리 마을에서 야영을 하던 스페인 병사들이 저를 납치했어요. 그들은 자기들 마음대로 저를 끌고 다녔죠. 제가 우아한 말과 마야인들의 동물이 으르렁거리는 듯한 말을 할 수 있다는 사실을 알고는 통역관으로 써먹기 위해서였죠. 그리고 제게 자기들의 말을 배우도록 강요했어요. 그래서 저는 그들과 의사소통을 할 수 있게 된 거예요."

"깃털 달린 뱀이라고 떠벌린다는 말린체는 누구죠?"

"솔직히 말씀드리면 그를 처음 보았을 때 전설로 내려오는 예언이 실현되는 걸로 믿었어요. 그 사람은 깃털 달린 뱀과 생김새가 닮았고 부하들도 마술적인 힘을 가지고 있었거든요. 그들이 가지고 다니는 불과 연기를 내뿜는 철 뱀과 불지팡이 말이에요. 하지만 그들도 우리처럼 죽는다는 것을 알게 되었어요. 그들은 오로지 우리의 황금과 초콜릿, 비취를 훔치려고만 한다는 사실을 깨달았죠."

"그럴 줄 알았지. 나도 그 자가 신이 아니란 걸 알고 있었어!"

늙은 여인은 말리의 손을 잡았다.

"정말 고생이 많았겠어."

"달아나고 싶어도 붙잡혀 죽을까봐 무서워요. 어떻게 해야 할지 모르겠어요."

"너무 염려하지 말아요. 내가 도와줄 수 있으니까. 처녀는 얼굴도 예쁘고 교육도 잘 받은 것 같아. 또한 훌륭한 멕시카의 피를 타고 났으니 좋은 남편을 만날 수 있을 거야. 앞으로 행복하게 될 거야."

"먼저 스페인 병사들로부터 벗어나야만 해요."

"내가 이곳에 숨겨줄게."

"스페인 사람들은 끝까지 쫓아와서 찾아낼 거예요. 공연히 저 때문에 곤란에 처하시면……"

갈대숲의 새는 망설였다. 이젠 말해도 좋겠다 싶지만 이 아가씨가 받아들이지 못할 수도 있었다. 마침내 그녀는 말문을 열었다.

"저들은 나를 곤란하게 만들 수 없어, 귀여운 아가씨. 모두 죽을 거니까."

"네에?"

늙은 여인은 고개를 저었다.

"이런 말을 해선 안 되지만……"

말리는 얼굴이 하얗게 질려 다시 물었다.

"무슨 말씀이에요? 무슨 일이 있나요?"

갈대숲의 새는 다시 주저했다. 그리고 누가 엿듣고 있기라도 하는 듯 목소리를 낮추었다.

"남편과 귀족들이 목테수마와 비밀 회합을 가졌어. 거룩한 대변자께서는 이방인들을 모두 죽이길 바라신대. 숙소에서 굶주리다 못해 도시를 떠나려 할 때 그들은 모두 살해당하게 될 거야."

말리는 놀라 그녀를 뚫어지게 바라보았다.

"아가씨가 왜 그들과 함께 죽어야만 해? 내겐 마침 결혼할 나이가 된 아들이 있어. 아가씨가 그 스페인 놈들의 씨를 배고 있지만 않다면, 내 아들과 결혼하여 다시 행복하게 살 수 있을 거야."

"저도 그랬으면 좋겠어요."

말리는 한숨을 쉬었다.

"하지만 가망이 없어요. 당신들은 그들을 이기지 못해요. 그들은 어림없이 적은 병사로도 텍스칼라 족을 굴복시켰어요. 악마들이에요."

"꽃의 전쟁터에선 악마였을지 모르지만 그들 홀로 우리 도시 안으로 들어온 이상 함정에 빠진 거야. 이제는 무적의 군대라도 도리가 없지."

말리는 노부인의 손을 꼬옥 쥐고 몸을 앞으로 기울이며 말했다.

"저도 이런 순간을 꿈꾸어왔어요, 마님. 어떻게 도망쳐야 하죠? 제가 도울 일은요?"

"지금은 아무것도 할 일이 없어. 저들의 의심을 사지 않도록 조심하며 때가 오기만을 기다리면 되지. 저들이 떠날 준비를 하면 재빨리 빠져나와 이곳으로 달려오면 되네. 그럼 일이 끝날 때까지 내가 숨겨줄 테니까."

말리는 오랫동안 침묵을 지켰다. 갈대숲의 새가 그녀의 손을 잡았다.

"고생이 많았겠군, 귀여운 아가씨. 끔찍한 꼴을 많이 당했지?"

"전 저들이 정말 신인 줄 알았어요. 너무 바보 같은 생각이었어요!"

그녀는 흐느껴 울기 시작했다.

갈대숲의 새는 그녀의 손을 꼬옥 잡아주었다. 불쌍한 아이야.

비밀을 지키기로 맹세했지만 이 아이에게 이야기했다 해서 설마 무슨 일이 있으랴? 멕시카의 훌륭한 처녀가 왜 악마들과 함께 죽어야 해? 그녀를 구하는 것은 갈대숲의 새의 의무였다. 그리고 그녀의 혈통을 증명해주면 아들 하나를 테노치티틀란의 실력자로 출세시킬 수 있게 될지도 몰랐다.

다음날 코르테스는 촐룰라의 족장 두 사람에게 전갈을 보냈다. '지금 여기'라는 이름의 영주와 '땅 아래'라고 불리는 영주에게 다음날 아침 이 도시를 떠나겠다고 알리는 전갈이었다. 그는 식량과 식량을 운반할 짐꾼들, 그리고 전사 천 명을 상납하라고 요청했다. 또 깃털 달린 뱀의 신전 마당에서 거행할 작별의식에 도시의 모든 영주들이 참석해줄 것도 요청했다.

제2권으로 이어집니다.

나우아틀 어(Nahuatl) : 아스텍의 공용어. 나우아틀이란 '명료한 소리'라는 뜻이다. 나우아틀 어는 어간에 문법적 관계를 나타내는 요소가 결합하여 문장에 상당하는 전체를 한 단어로 취급하기 때문에 동작의 주체나 무엇(누구)과의 관계가 드러난다. 정복 직후 스페인은 언어연구를 통해 인디오의 의식구조를 파악하고 성경을 나우아틀 어로 번역하여 가톨릭을 전파하기 시작했다.

믹스텍스 족(Mixtecs) : 멕시코 남부 오악사카 산지에서 믹스텍 문명을 꽃피운 종족. 우수한 가지무늬토기(채문토기)와 독창적인 의장의 금공예품 등의 유물이 발견되었다. 이 문화의 영향은 촐룰라에도 미쳐 '믹스텍 푸에블라'라는 문화형식을 만들었고, 아스텍 문명에도 큰 영향을 주었다.

믹틀란테쿠틀리(Mitlantecutli) : 저승의 신. 뼈드렁니가 난 해골의 모습이다.

아칼란(Acalan) : 멕시카와 마야 두 제국 사이에 위치한 강기슭의 마을로, 코르테스는 이곳을 지나 테노치티틀란으로 향했다. 원래 작은 부족마을에 지나지 않았지만 강기슭이나 소택지의 상인들이 고지의 사람들과 만나는 중심지로 유명해졌다.

오메테오틀(Ometeotl) : 신들의 신. 양성(兩性)으로, 기원을 뜻하는 여신 오메치우아틀과 권위를 뜻하는 남신 오메테쿠틀리로 이루어졌다.

위트실로포치틀리(Huitzilopochitli) : 태양과 전쟁의 신. 멕시카를 세울 때 이 신의 계시를 받았다고 한다. 남쪽의 벌새, 요술 벌새, 왼손잡이 벌새라고도 불린다.

촐룰라(Cholula) : 케쌀코아틀에게 봉헌된 주요 도시. 나우아틀 어로 '샘들의 자리'라는 뜻이다. 햇빛에 말린 벽돌로 지은 피라미드는 중앙아메리카 인디언들이 세운 가장 큰 건축물(높이 54m, 면적 0.18Km² 정도)로 후기 고전시기(900~1200년경)에 세워졌다. 피라미드 꼭대기의 케쌀코아틀 신전은 코르테스가 테노치티틀란을 정복하기 위해 내륙으로 진군해들어가는 동안 파괴한 것으로 알려졌다. 현재는 이곳에 지붕이 둥근 교회가 많은데(400여 개), 이는 스페인 사람들이 원래 있던 신전 꼭대기마다 교회를 세웠기 때문이다.

케쌀코아틀(Quetzalcoatl) : 아스텍의 창조주이자 태양·바람·영혼·문명의 신. 흰 얼굴에 깃털이 달린 뱀의 몸을 하고 있다. 명계 믹틀란에서 가져온 뼈에 자기의 피를 뿌려 인간을 만들었다. 테스카틀리포카가 그에게 술을 마시게 하고 그의 여동생과 동침하게 하자, 그는 궁전에 불을 지르고 깃털의 문장과 녹색 가면으로 몸을 감싼 채 톨란을 떠나 뱀으로 만든 뗏목을 타고 동쪽으로 갔다고 전해진다.

테노치티틀란(Tenochititlan) : 멕시코 중앙고원에 위치한 고대도시로 멕시카 제국의 수도였다. 테스코코 호상의 작은 섬에 건설된 조그만 부락이었으나 아스텍 족의 세력증대와 디불이 위트실로포치틀리의 대신전과 제왕의 궁전을 중심으로 확대 재건되어 16세기 초에는 인구 20만의 대도시가 되었다. 호안이 도시와는 세 개의 제방도로로 연결되어 있었고 수로도 완비되어 있었으며 도시 북쪽에는 트라테롤코라는 상업지구가 있어 큰 시장이 상설되어 있었다. 1521년 스페인 침입자들에 의해서 정복되고 파괴되었다. 그후에 현재의 멕시코시티가 건설되었으며 간척공사로 호수는 본토와 연결되었다.

테스카틀리포카(Tezcatlipoca) : 케쌀코아틀의 동료. 차는 달의 신이다. 만물의 탄생과 성장을 주관한다. 또 모든 죄를 꿰뚫어보고 벌을 내리기도 한다. 밤하늘의 신, 연기 나는 거울로도 불린다.

톨텍 족(Toltec) : 툴라를 수도로 하여 멕시코 중앙고원에서 톨텍 문화를 이룩한 종족. 회화, 벽화, 조각을 만들어냈고, 상형문자를 사용했다. 많은 신을 섬겼는데 그중 하나가 케쌀코아틀이다.

틀라토아니(Tlatoani) : 거룩한 대변자. 아스텍 문명에서는 틀라토아니로의 정치권력 집중과 함께 국가의 발전이 이루어졌다. 테노치티틀란의 틀라토아니가 파견한 행정관과 재판관이 주변지역을 관할했다.

틀랄록(Tlaloc) : 물, 비, 샘물의 신으로, 만물이 자라게 한다.

할라파(Jalapa) : 모래강의 도시라는 뜻이며 멕시코 동부 베라크루스 주의 주노이나. 해발고도 1,427m의 고원상에 있다.

옮긴이 **이창식**

고려대학교를 졸업하고 전문번역가로 활동중이다. 성균관대학교 사회교육원
영미소설 전문번역가 양성과정에서 강의하고 있다. 『한니발』『사랑은 사소한
일에도 상처를 입는다』『마르코 폴로』『쥐의 왕』『황금나침반』『따뜻한 영혼
을 가진 사람이 아름답다』 등을 우리말로 옮겼다.

문학동네 세계문학

깃털 달린 뱀 1

초판인쇄 | 2002년 7월 29일
초판발행 | 2002년 8월 7일

지 은 이 | 콜린 팔코너
옮 긴 이 | 이창식
책임편집 | 김현정 조연주 장한맘 손미선
펴 낸 이 | 강병선
펴 낸 곳 | (주)문학동네
출판등록 | 1993년 10월 22일 제22-188호

주　　소 | 136-034 서울시 성북구 동소문동 4가 260번지 동소문빌딩 6층
전자우편 | editor@munhak.com
전화번호 | 921-6790~5, 927-6731~2
팩　　스 | 927-6753

ISBN 89-8281-456-6 04840
　　　　89-8281-455-8(세트)
* 잘못된 책은 바꿔드립니다.
www.munhak.com

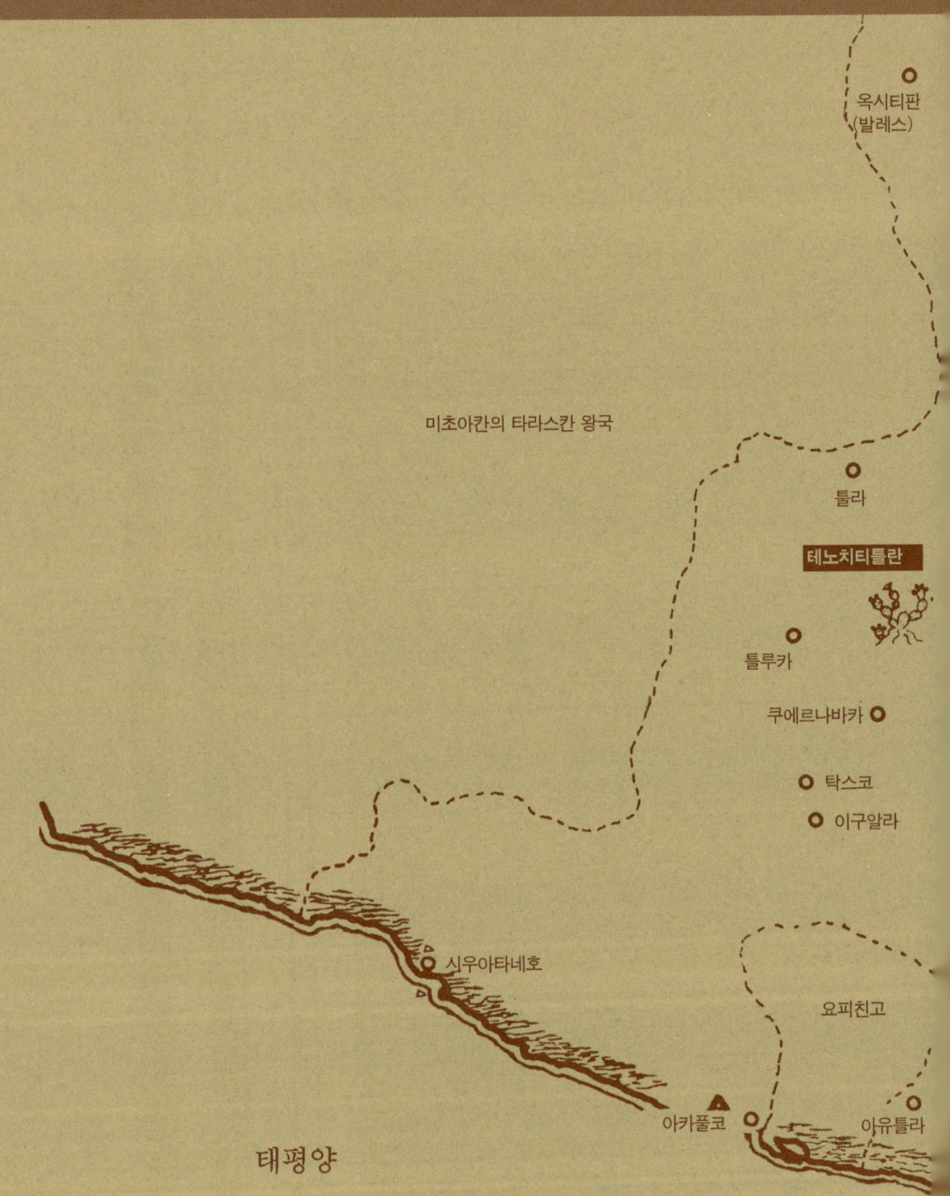
옥시티판
(발레스)
미초아칸의 타라스칸 왕국
툴라
테노치티틀란
틀루카
쿠에르나바카
탁스코
이구알라
시우아타네호
요피친고
아카풀코
아유틀라
태평양

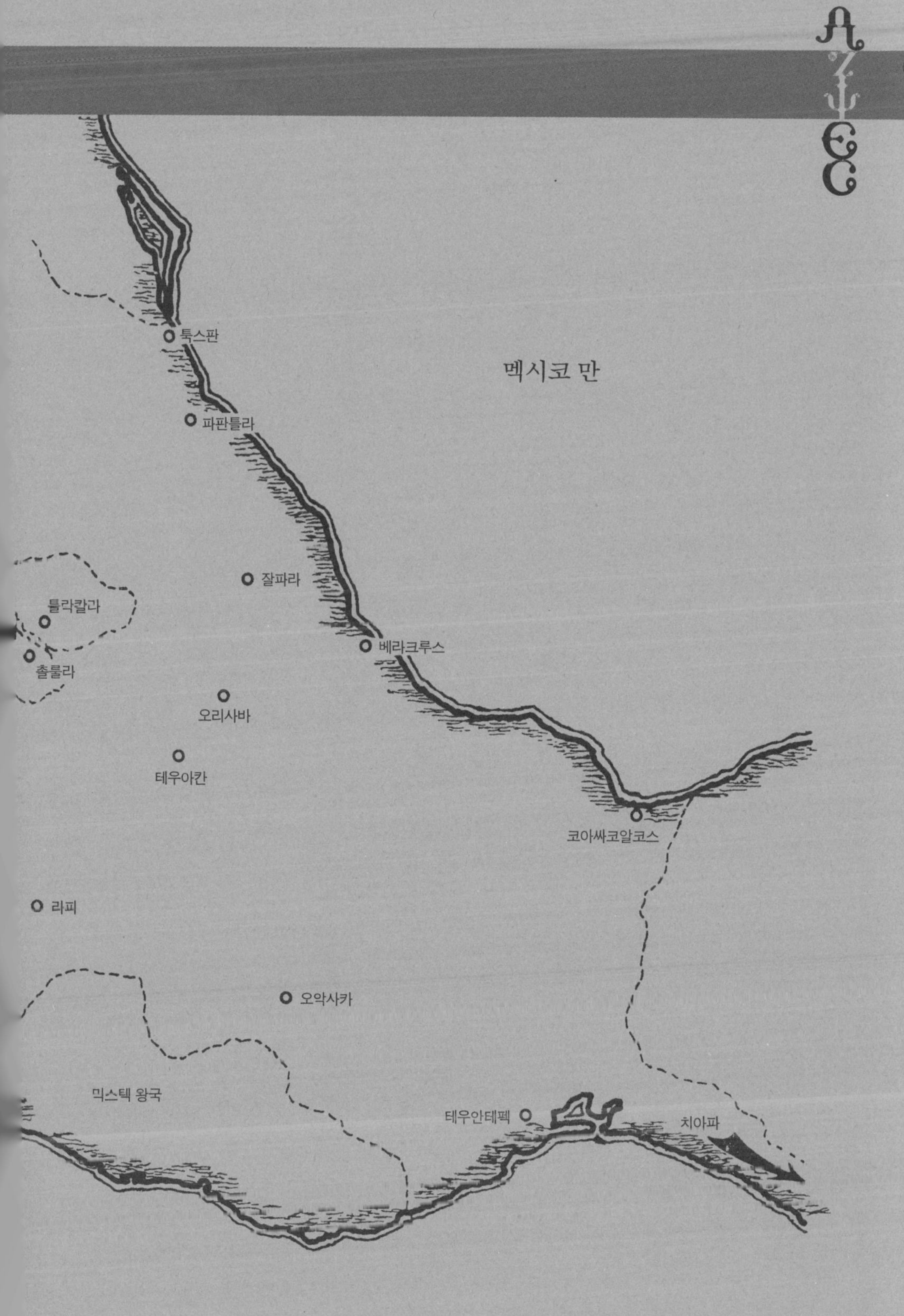

AZTEC
멕시코 만
툭스판
파판틀라
잘파라
틀락칼라
베라크루스
촐룰라
오리사바
테우아칸
코아싸코알코스
라피
오악사카
믹스텍 왕국
테우안테펙
치아파